斎藤茂吉の人間誌

小泉博明

彩 流 社

目次

序章

一九五一（昭和二十六）年の文化勲章受章者の中に、斎藤茂吉と光田健輔がいる。ちなみに、柳田国男、武者小路実篤も同年の受章者である。光田健輔は、戦前からのハンセン病医療の功績により受章している。茂吉は歌人として受章したのであるが、精神病医、青山脳病院院長として、ハンセン病者と同様に差別、排除された精神病者に臨床医として寄り添った素顔がある。精神病とハンセン病という視点で、茂吉と光田が並んでいる姿は、ほとんど誰も意識せぬ思いもよらぬ構図であり、不可思議な縁を感ずるのである。

さて光田健輔は、ハンセン病医学の重鎮である。ハンセン病者は、予防のために遠隔地や離島への隔離政策が推進された。隔離することが前提であり、療養所は単なる収容所に過ぎなかった。十分な治療法も無く、軽症者が重症者のケアをし、しかもいったん入所すれば、親が危篤であっても外出が許可されず、逃亡すれば所長の「懲戒検束権」により、逃走罪で監禁所に入れる状況であった。また、病者には現金を持たせず、療養所内だけで通用する円券(金券)があった。死亡すると、誰もが解剖されて、療養所内で荼毘に付され、療養所内の納骨堂に納められた。このように病者は死亡しても、療養所から出ることを許されなかったのである。

戦後となり、「癩予防法」を改訂し、一九五三(昭和二十八)年に「らい予防法」が制定された。特効薬プロミンの治療が始まっていたが、「強制隔離」や「懲戒検束権」などを継続した内容であった。光田が積極的に関与したとされるが、光田のパターナリズムにより、終始一貫して、ハンセン病者にとって隔離政策を「最善」としたのであった。光田への批判もあるが、時代精神を読み取り、社会からも隔離政策への改善や撤廃という声も上がらず、無作為の作為だったのである。一九九六(平成八)年に、九十年にもわたり存続していた「らい予防法」が廃止された。

精神病に関しては、一九〇〇(明治三十三)年に「精神病者監護法」が成立した。これは、法的に精神病者の私宅監置を容認し、私宅監置ができない場合のみ、精神病院への収容と隔離となる。私宅監置とは「座敷牢」であり、劣悪な家畜小屋のような施設もあり、拘束されていた。一九一八(大正七)年に、呉秀三、樫田五郎は『精神病者私宅監置ノ実況及ビ其統計的観察』を刊行し、「我邦十何万ノ精神病者ハ実ニ此病ヲ受ケタル不幸ノ外ニ、此邦ニ生レタルノ不幸ヲ重ヌルモノト云フベシ」と精神病者の二重苦を論じた。そして、一九一九(大正八)年に政府は「精神病院法」を公布し、公立精神病院の不足を私立精神病院で代用するものであり、その中に青山脳病院もあった。青山脳病院院長であった茂吉は、精神病者への差別、排除が常態化した時代にあって、病者の自殺、逃亡、暴力などに直面し、懊悩しつつも全力を尽くし、病者へのあたたかな眼差しを送り続けたのであった。

なお、本書は精神病医茂吉の周辺に関わる論考をまとめたものであり、関心あるところから読み進めていただければと思う。

第一章　茂吉の性の諸相

一　妻てる子との別居

戦争詠を作った頃に斎藤茂吉が吉井勇宛てに書いた、一九三七（昭和十二）年十二月二十日消印の絵葉書が発見された。その中に、次の歌が書かれていた。

勝鬨のうづもよけれど南なる君が家居（いえい）もにくからなくに

茂吉は、前々日の十八日から一泊二日で『柿本人麿』の校正のため伊香保温泉に逗留していた。茂吉は、妻てる子が一九三三（昭和八）年十一月八日「ダンスホール事件」に関わっていたことが新聞に掲載された後、妻とは別居中であり、青山脳病院院長の重責も担っていた。吉井勇の妻徳子も同じく「ダンスホール事件」に関わっていたが離婚し、国松孝子と再婚していた。細川光洋は

「『勝鬨のうづ』は、日中戦争で南京陥落を祝う国民の歓喜の渦のこと。その勝利もいいが、吉井君が新居で過ごすのも好感が持てる」[1]と解釈している。まさに、婿養子である茂吉は離婚できず、吉井勇の再婚を羨望する複雑な心境を吐露しているとも言える。しかし、離婚できなかった理由は婿養子であっただけではなく、むしろ青山脳病院院長として精神病者を放置することができなかった医者としての矜持を保ったからといえよう。

また、茂吉は妻てる子と別居後に、一九三四(昭和九)年九月十六日に向島百花園で開かれた正岡子規三十三回忌歌会で永井ふさ子と邂逅し、逢瀬を重ねていた。しかし、一九三七(昭和十二)年十二月になると、茂吉はふさ子との訣別を決めていた。というよりも、茂吉の離婚し再婚する勇気が無い優柔不断な態度に、ふさ子が耐え切れなかったともいえよう。したがって、茂吉は吉井勇の再婚が気になっていたのである。

茂吉には、性的な情感に満ちている歌がある。当然ながら直情的ではなく、内向的で透明なものもある。人間が生きていれば「性」と深い関係にあり、「性」は不可避な存在である。

二　「隣り間」への執着性

茂吉の性格を端的に言えば「執着性」や「粘着性」である。茂吉の長男茂太は次のように性格を分析する。

茂吉の飽くなき執念深さと、徹底的な理論の追求、論争のはげしさは、（略）この性格に由来するものがあったのであろう。このような「はげしさ」の反面、父は「気兼ね」をし、「気にしたことがなかなか頭から離れず」、「からだのことを気にして」人一倍大事をとり、何事も「完全にせねば気がすすまぬ」ところがあった。そうして、「孤独」を愛し、「気を廻し」、或る点では「無頓着」であった。[2]

そして、「父の体質は、神経学的にみて、明らかに自律神経不安定性の特徴を示している[3]」と結論づけた。

さて、家屋の密室性の乏しかった頃は、旅館でも襖一つの隣り間（隣室）の動向が、耳を傾ければ分かりやすかったのである。廊下が続き、鴨居や欄間から隣室を覗くことも可能だろう。茂吉は隣室が気になって仕方がない。

隣り間に男女（をとこをみな）の語らふをあな妬（ねた）ましと言ひてはならず　（『つゆじも』「唐津浜」大正九年）

唐津の木村屋旅館に投宿にした時の歌で「九月六日。男ひとり芸妓ふたり」とある。隣室の男女が仲睦まじく語っているのを聴いて、「妬ましと言ひてはならず」と言いながら、心中は妬ましく、心静まらず気になって仕方がないということである。

隣間にここのいでゆにひとよ寝るをみならほそくわらふがきこゆ

（『石泉』「葛温泉」昭和六年）

この歌も隣間の動向に耳を傾けているものである。「妬むことなし」と言っているが、本意は如何許りであろう。

隣室(となりま)のをとこをみなの若きこゑ聞こえてくれども妬むことなし

（『白桃』「高山国吟行」昭和八年）

この歌は上高地での作であるが、『つゆじも』と歌意は同様である。

となり間に媚(こ)び戯(たはむ)るるこゑ聞きて氷の水を飲みほすわれは

（『白桃』「瀞・本宮・湯の峯」昭和九年）

この歌は「大峰参拝」「東熊野街道」「紀州木本海岸」「瀞・本宮・湯の峯」「湯崎白浜」へと続く、

紀州吟行の一つである。ここでは、動悸や昂奮を静める為「氷の水を飲みほす」のである。また、日記にも隣室の動向が次のようにある。

大正十五年十一月九日　火曜日。天気吉。
昨夜十二時半頃、眠薬ヲ飲ミテ眠リツカントシタルトコロ隣室ニ上諏訪ノ若者、若イ芸者ヲツレコミテ交合ス。交合ノ有様ハ割合ニ静カナリシモソノ前後ノ談話、耳ザワリシテ困リタリ。○午前七時半起床。冷水ニテ顔洗ヒ、[4]

睡眠薬を服用したにも関わらず、おそらく隣室が気になり一睡もできなかったのであろうか。かなりの時間をかけて、聞き耳を立てていたと推測される。朝には冷水で気を静めている。

昭和十二年一月九日　土曜
午前八時十分東京駅発、箱根強羅十時半着、一福ノ設備ナカナカヨシ。炬燵ナドモヨイ。アララギ選歌ヲ一気ニナス。疲労甚シ。夜、客ガ女中ト交合ス。音ガシナカッタガ、動悸ガシタ。又嫉妬モオコラナカッタ。身心疲労ノタメニ、唸ツタ。[5]

素朴な疑問として「音ガシナカッタ」にも関わらず、どうして客と女中がそのような行為をしたことが分かるのだろう。おそらく茂吉は、全ての官能を鋭敏にして集中し、隣室の動向を想像し「動悸ガシタ」のであった。ここでも心にもなく「嫉妬モオコラナカッタ」という。しかも身心共に疲労困憊し、唸ったのであった。

昭和十五年十月十九日　土曜　ハレ
電車ニテ湯ノ浜着、亀屋ホテル投。（略）隣室ノ夫婦暁ヨリ交合二回、ソレ以前ハ眠リテ不知。(6)

暁前は眠っていて知らないとのことであるが、真実であろうかと疑念を持たざるをえない。このように日記には隣室の動向が記され、夜を徹しての飽くなき、その執着心に感嘆し、呆れるばかりである。

さて、人間の性癖は耳を欹てて隣室の動向を窺うから、やがて鍵穴や節穴から覗き見る窃視癖の行動へと大胆にも激化することもあるが、茂吉も然りである。茂吉のヨーロッパ留学中のことである。一九二四（大正十三）年六月十日から一泊二日で、茂吉はミュンヘンからGarmisch（ガルミッシュ）へ出かけた。ヨーロッパ留学の目的であった学位論文も完成し、帰国前に少し余裕があったのである。その時のホテルでの出来事である。随筆『蕨』という題名のように、郷愁を誘う蕨取りのための本来は小旅行であった。

それから一寝入したとおもふころ、隣室で何かなまめく話ごゑのするのを聞いた。はじめは夢現（ゆめうつつ）の境に聞ゐていたが、やうやく意識が薄明を離れるに従って、それは男女ふたりの声だといふことが分かった。僕は、はてなと思った。これは隣室に客が来て宿の婢女（ひぢょ）に戯れ挑んでゐるのではあるまいかと思った。その時、部屋の暗闇に、隣室との境の扉（ドア）の下の方から細く幽かな光線の差してゐるのに気づくと、僕は反射的に起きた。そして眼鏡をかけて扉に近づき、錠の穴から隣室をのぞいた。"Hineinschauen" である。隣室にはあかあかと電気燈がとぼって、そこに二たりの若い男女がゐる。僕は、息をこらし、気を静めてそれを見るに、驚かざることを得ぬ。女は体貌佳麗で、男もまた吉士（きっし）といっていい。ふたりともゲルマン族らしく、猶太族の相貌はない。

ふたりは衣を脱した。女はすき通るような『潔白細膩（けっぱくさいじ）』である。男が衣を持ってこちらの扉に近づいて来たとき、僕はおもわず後じさりした。余り距離が近いので反射的にさうなったのであった。それから急いで二たびのぞかうとした時、いきなり額をば扉の撮手（つまみ）に打（ぶ）つけたので、また反射的に後じさりした。しかし二人はその音にも気づかなかったらしい。うら若い男女は自然の行為に移って行った。おおよそ半時間にして彼らはつひに電気燈を消した。暗黒は僕の『自我』意識を蘇らせたのであるから、僕は二たび床のなかにもぐった。(7)

この一文は名高い。茂吉は、全神経を集中し何時間も息を殺し、姿勢を崩さずに、鍵穴から隣室を覗き凝視していたのである。まさに“Hineinschauen”（覗き）したのである。ましてや、目の当たりに男女の行為を見れば動悸も激しくなり、益々興奮して眠れなくなるのである。果たしてこのような行為は、単なる好奇心というよりも、男性に茂吉自らを投影しての嫉妬心からであろうか。また、窃視している茂吉の姿を想像するに失笑を買いそうである。翌朝になって、茂吉は自らの行為を「客観」に徹し、「自然（じねん）無邪気」という。さらに暗闇の中で「相狎無所不至」という熟語を思い、「親愛不尽」という熟語を思ったという。誰でも隣室の動向が気になるであろう。さらに、鍵穴から隣室を覗こうという衝動に駆られるかもしれない。その行動は見ず知らずの人間ではなく、顔見知りの人間の動向に、とくに好きな異性に対して関心を持つのではないだろうか。だとすれば、常人からすれば茂吉の行動は異常であり、むしろ滑稽でもある。しかも、今回だけ偶然にも隣室が気になったというのではなく、この行為は常態化していた可能性が高いのである。次は、昭和十二年のふさ子宛の書簡末尾にある、ふさ子による茂吉との回想談である。

　また、ミュンヘンかどこかの安ホテルで、隣室の男女のベッドシーンを鍵穴から覗き見をした話もきかせた。「あちらの人たちの交合は、前奏が非常にながくて、それを鍵穴のところへかがんで、興奮しながら、息をつめて今か今かとのぞいていたが、クライマクスというのはほんの五分位の短いものだった、あっけなかったな、それが終って、男の方が何かの拍子にベッドから下りて、ドアの方へ近寄って来たので、僕はみつかったと思って慌てて飛びのいたはず

みに、そばにあった椅子をひっくり返して、大きな音を立てたのでこちらが魂消てしまったよ」と言って笑わせた。(8)

この話は、ミュンヘンとあるが、『蕨』と同じホテルなのか別なのか不明である。いずれにしても、一回だけの体験とは言い難いであろう。しかも、茂吉は、このような低俗な猥談ともいうべき話を少し自慢気にふさ子に話しているようである。この行為は茂吉の鬱屈した心情を表出したものであろう。しかし、常人には理解しがたき行為である。しかも、ふさ子への笑い種にしているのである。そして、鍵穴から覗くだけではなく、夕暮れに男女の抱擁と接吻という動態を、至近距離から観察したこともある。次は、随筆『接吻』である。

> そこの歩道に、ひとりの男とひとりの女が接吻をしてゐた。
> 男はひょろ高く、痩せて居って、髪は蓬々(ぼうぼう)としてゐる。身には実にひどい服を纏(まと)ひゐる。うつむき加減になって、右の手を女の左の肩のところから、それから左手は女の腰のへんをしっかりおさへて立ってゐる。口ひげが少し延びて、あをざめた顔をしてゐるのが少し見える。女はのびあがって、両手を男の頸(くび)のところにかけて、そして接吻してゐる。女は古びた帽をかぶりゐる。それゆえ、女の面相は想像だもすることは難(むつか)しい。
> 僕は夕闇のなかにこの光景を見て、一種異様なものに逢著したと思った。そこで僕は、少し

行過ぎてから、一たびそれをかへり見た。男女は身じろきもせずに突立っている。やや行って二たびかへり見た。男女はやはり如是(によぜ)である。僕はやや不安になって来たけれども、これは気を落着なければならぬと思って、少し後戻りをして、香柏の木かげに身をよせて立ってその接吻を見てゐた。その接吻は、実にいつまでもつづいた。一時間あまりも経(た)ったころ、僕はふと木かげから身を離して、いそぎ足で其処(そこ)を去った。

ながいなあ。実にながいなあ。

かう僕は独語した。そして、とある酒屋に入って、麦酒の大杯を三息(みいき)ぐらゐで飲みほした。そして両手を頭でかかへて、どうも長かったなあ。実にながいなあ。かう独語した。そこで、なほ一杯の麦酒を傾けた。そして絵入新聞を読み、日記をつけた。僕が後戻(あともどり)して、もと来し道を歩いたときには、接吻するふたりの男女はもう其処にいゐなかった。[9]

この一文も余にも有名である。一九二二(大正十一)年のある夏、留学先のウィーンのGurtel(ギユルテル)街で夕食後に見た男女の光景である。茂吉は、木かげで一時間余りも固唾を呑んで、一点を凝視していたのである。この感想が「ながいなあ。実にながいなあ。」とは至言である。読者はこの光景を見ていた茂吉の常軌を逸した行動に対し唖然とするばかりであり、しかも、その時間が「ながいなあ。実にながいなあ。」と嘆息するのである。その後、興奮冷めやらぬ状態で、麦酒を大杯二杯飲み干し、再びもとの場所へ戻り確認するなどは、茂吉らしい「執着性」の発露そのままである。その夜、仮寓にて茂吉は興奮状態が静まると「今日はいいものを見た。」と呟くのであった。茂吉は、精神的な不能者（インポテンツ）とも言うべき一連の自らの行為に対し慙愧することはないのだろうか。茂吉には、何か満たされない渇きがあり、その渇きへの代償行為なのだろうか。

三　心中への執着性

心中は情死とも言われ、エロス（性）とタナトス（死）が交錯する。一九三六（昭和十一）年五月八日に、東京市荒川区尾久の待合で猟奇的な殺人事件が起こった。世に言う「阿部定事件」である。茂吉は、彼女と呼吸合わせるが如くに「阿部定」の歌を詠んでいる。

阿部定が新聞記者に話したるみぢかき言もわれは悲しむ　（『暁紅』「新秋雑歌」昭和十一年）

サダイズムなどといふ語も造りつつ世人（よひと）はこころ慰むらしも
この二人の男女（をとこをみな）のなからひは果（はて）となりけり罪ふかきまで
阿部定が切り取りしものの調書をば見得べきもな常の市民われは
行ひのペルヴェルジョを否定して彼女しづかに腰おろしたり　（『暁紅』「雑歌控」昭和十一年）

佐藤佐太郎は『茂吉秀歌』に、二首目の歌を取り入れている。「なからひ」は「仲」のことである。次のように論評する。「この二人の男女の関係は終局となった、犯罪事件となって、猟奇的な殺人死体遺棄事件として世の人は笑い草としたのであったが、この作者の反応は世俗とちがっていた。変態性欲の一つの現われだから、作者の専門医学とも関係があるが、単にそれだけでなく、性欲は人間の切実な本能であるという人間的諦視が根本にあった。だから事件的な興味を洗い去って純粋詠歌としてここに結晶しているのである。男女の関係を単純に言葉を延べていって、『果となりけり』と強く詠歎して、終りを『罪ふかきまで』と収めたこの単純化がいい。そして、何ともひびきが長く深い一首である」[10]という。佐太郎は世間では下世話な話題として「笑い草」にしたというが、この事件の背後にある鬱々とした空気を感じ取らなければなるまい。この事件の年の前には二・二六事件が起こり、翌年には日中戦争への突入という、閉塞感漂う時代精神のなかで起きたのが「阿部定事件」なのであった。世人は阿部定を題材にすることで、当時の得体のしれぬ鬱憤を晴らすことができたのではないだろうか。この事件は、後に世人の言う「純愛」「絶対愛」「究極のエロス」などと持ち上げるものなのであろうか。また、ペルヴェルジョ(perversio)とは性的倒錯のことであるが、阿部定が自分は異常ではないと言って、「しづかに」腰をおろしたという。

なお、『痴人の随筆』の中に「嫉妬」があり、阿部定について論じている。被害者は東京の中野にある鰻料理屋の主人であり、各地を転々としていた阿部定はその料理屋の女中として働いていたのであった。

阿部さだが公判廷で嫉妬のことを告白してゐたが、あれはたいへん自然なところがあった。邪念の何のと云はれてゐるが、どんな大聖といへども地金を洗へば阿部さだの持つ心境のやうなものを多かれ少なかれ持ってゐるものである。それだから夢闅房私語云々は決して人ごとではないといふことを世の賢者達は覚悟すべきである。(11)

一方では、一九二三（大正十二）年六月に起きた有島武郎の心中事件では、次の歌を詠んでいる。

心中といふ甘たるき語を発音するさへいまいましくなりてわれ老いんとす
有島武郎氏なども美女と心中して二つの死体が腐敗してぶらさがりけり
抱きつきたる死(しに)ぎはの遘合をおもへばむらむらとなりて吾はぶちのめすべし
（『石泉』「美男美女毎日のごとく心中す」昭和七年）

軽井沢三笠ホテルの別荘である「浄月庵」にて有島武郎と中央公論の雑誌記者である波多野秋子が縊死心中した。有島は人妻の秋子と不倫関係となり、秋子の夫から姦通罪で告訴すると脅かされていた。結果的に、二人は心中を決行した。遺体が発見された時には、醜悪な臭気を発し腐乱が激しかった。遺書から身元が判明した。ここで留意すべきは、大正十二年の事件のことを、十年以上も経過して詠んだことである。かなり茂吉は有島武郎の心中に対しては、批判的であり「美女と心中」した有島への嫉妬を露悪している。有島の心中事件への激高した情動と比較し、阿部定事件に対しては極めて冷静である。昭和七年から昭和十一年に至るまでの間に、茂吉の女性観に微妙な変容があったといえよう。

四　精神病医における性欲

精神病医である茂吉は、性欲や変態について科学的、医学的に次のように論じている。初出は、一九三七(昭和)十二年七月十七日発行の河合栄次郎編「学生と生活」(日本評論社)である。冒頭は次のように記す。

人間の性欲は極めて大切な、且つ根強い体欲であって、内外の機縁に応じて衝動(Trieb)としてあらはれくる。そしてこの衝動は、障害を通じて同様な有様と同様な度合に於てあらはれて来るのではなく、一定の年齢期間に於て、もっとも鮮明で且つ強靭である。即ち、春機発動期(Pubertas)頃からその衝動が強くなり、一定の曲線をもってその強さが高まり、老いに至って衰退する。これが健康な人間の性欲の常態である。春機発動以前に於ける性欲状態の研究は、フロイド一派の学者によって種々記述せられてゐるが、当っている点もあり、当っていない点もある。いづれにしても、春機発動以前即ち童幼期における人間の性欲は、自覚的衝動としてその圧迫を感ぜない程度のものである。また、人間六十歳を超えて、性欲の圧迫を感ずると称するものが幾ら居たところで、その程度は、所詮壮年期に於けるやうなものではない。[12]

続いて、このように言う。

人間の性欲を記述するものは、きまってその病的状態を記述するやうである。即ち色情倒錯といふものであって、サディスムスにしろ、マゾヒスムスにしろ、同性愛にしろ、フェチシスムスにしろ、エキスヒビチヨニスムスにしろ、沢山の例を率いて記述して居る。そこで、青年諸子のうちには、自らがさういふ倒錯ではなからうかと云って煩悶する向もあるけれども、さういふ特殊な場合は専門の医家が相談相手になって呉れるから、自らそれと極めてしまふのは間違だとおもふ。

総じて、病的とか尋常とかいふのは、量の関係でもあり得る。そこで誰にでも、マゾヒスムスの傾向があったり、サディスムスの傾向があったりするものであるから、それを直ちに病的と見立ててしまふのも間違である。[13]

また『変態性欲と其害毒及治療法』において、次のようにいう。初出は雑誌「実業之日本」一九二六(大正十五)年四月一日号掲載である。

性欲異常者、色情倒錯者は、一つの変質者である。社会学的にいへば、社会的消極(Social-negativ)の人である。さういふものは社会的に役に立たぬばかりでなく有害である。吾々はさういふ有害なものを除く方が好い。(略)吾々は常にこの健康な性欲を保ち、健康な性欲を享楽して、さうして、日本の古の神々が健康な□□をしながら、新しき神々と新しき国土とをどしどし生みたまうたことに範るべきである。[14]

ここでは「変態性欲」が有害なものであり、「健康な性欲」を保つことを推奨している。何を以て「健康な性欲」と呼ぶべきなのか不明であるが、大正時代の精神を読み取れば理解できよう。現代では許容されるであろう「変態性欲」なるものに対して寛容性が乏しい、あるいは無いともいえよう。なお、精神病医である茂吉は自らの性欲を次のように詠んでいる。

こぞの年あたりよりわが性欲は淡くなりつつ無くなるらしも　(『たかはら』「所縁」昭和四年)

この歌は四十六歳の時の歌であり、妻てる子の「ダンスホール事件」による「精神的負傷」を受ける前である。この年の一月十七日に自らが検尿したところ蛋白が出たので、一月二十一日に杏雲堂病院の友人佐々廉平が診察すると慢性腎炎であった。その結果なのか、性欲は直ぐにでも「無くなるらしも」とは弱きな情況であり、大胆な発言でもある。

　さしあたり吾にむかひて伝ふるな性欲に似し情の甘美を
（『つきかげ』「昭和二十四年一月一日」昭和二十四年）

六十六歳の茂吉における、老いと性との関係、性欲の衰退を考えさせる歌である。「情の甘美」とは巧みな表現である。

　わが色欲いまだ微かに残るころ渋谷の駅にさしかかりけり
（『つきかげ』「無題」昭和二十六年）

なぜ「渋谷の駅」なのかと言えば近くには香雲荘があったからであろう。茂吉ならば、浅草の駅が相応しい場所である。何度も逢瀬を重ねた、ふさ子が渋谷に住んでいたのであった。すでに足が不自由な茂吉であったが、車で近くに立ち寄った時に、あの頃の濃密な思い出が蘇生したのであろう。ふさ子の存在を知らない読者には、「渋谷の駅」はこの歌を読み解くための鍵となる隠語なのである。さて、茂吉には次の歌がある。

浄玻璃にあらはれにけり脇差を差して女をいぢめるところ

（『赤光』「地獄極楽図」明治三十九年）

「地獄極楽図」とは、故郷である山形県上山市金瓶村の宝泉寺が所蔵する掛軸である。隣家に居た茂吉は、宝泉寺へ毎日のように出掛け、この寺の住職に読み書きを習った。幼い頃に、茂吉の目に焼き付いたものを、イメージとして膨らませたのが、「地獄極楽図」の連作である。「女をいぢめる」という所に、「サディズム」を連想させる。不器用な少年が、好意を寄せる少女に自らの思いを伝えられず、どのように関係性を持てばよいのか、その術を知らず、好意の気持ちが昂揚するが、思わず苛めてしまうという行動に表れることがある。この歌は、そのような屈折した感情であり、所謂「サディズム」であるとは言い難いであろう。

赤き池にひとりぼっちの真裸のをんな亡者の泣きゐるところ

（『赤光』「地獄極楽図」明治三十九年）

「赤き池」とは血の池地獄のことである。『血盆経』によれば、血のケガレゆえに女人は地獄へ堕ちるという。宝泉寺の「地獄極楽図[15]」を見ると、真紅の池には長い黒髪の白い真裸の女性ばかりである。胸まで血につかり嗚咽している女人、かろうじて首だけ出している女人、もはや力尽きて黒髪だけで残して沈んでいる女人などである。岸を見ると、赤鬼に追われ泣き伏している女人がいる。血の池の中央の蓮の上には如意輪観音が真紅の花を持っている。女性の月経や出産の血をケガレとする不浄観は、生殖による豊饒性と裏返しともいえる。ところで『九相詩絵巻』がある。「九相図」とは、屋外で朽ち果てた死体を九段階に分け、白骨となるまで描いたものである。題材とされた人物は、小野小町や檀林皇后などの美女である。このように「血の池地獄」も「九相図」も、その発想は男性の視点に立脚しているものである。茂吉の連作「地獄極楽図」も同様に男性の視点であり、茂吉の深層心理には女性への憧憬と同時に、女性への対応に躊躇する不器用さという愛憎並存（アンヴィバレンス）なものが存在していたのであろう。

めん鶏（どり）ら砂あそび居（ゐ）たれひっそりと剃刀研人（かみそりとぎ）は過ぎに行きにけり

（『赤光』「七月二十三日」大正二年）

茂吉は『作歌四十年』で、「めん鶏どもが砂を浴びて居る炎天の日中に、剃刀研ぎがながく声をひいて振れて来た。その声に心を留めていると、私のいるところの部屋のまえはもう黙ってとおり過ぎてしまった。それが足駄の音でわかる。（略）材料も従来の歌に無いものであり、何となく象徴的で、意味ありげで、一首の奥から何物かがにじみ出てくるようにも思えて、そこで評判になったようであった」[16]という。その儘鑑賞すれば、性的な情動は感じられない。しかし、切れ味鋭い刃物を持つ剃刀研人と無防備なめん鶏が一瞬すれ違う場は、エロスとタナトスが交錯するようにも読み取れる。性的なものが微妙に隠蔽されているところが魅力的であり評価されるのかもしれない。

五　女性観

茂吉の女性観というか、女性との交際、対応を考察するに、妻てる子との関係が大きな影響を与えていよう。茂吉は、遠縁の養父紀一に期待され、十五歳で山形県上山金瓶村から上京し、開成中学校、第一高等学校を経て、二十三歳で東京帝国大学医科大学に入学した。この年に、紀一の娘で、十一歳のてる子の婿養子として入籍した。上京後、すぐに養子になったのではなく、実質的には寄寓していたのである。茂吉はてる子を背負い子守りも経験し、ひたむきな純愛を捧げ、恋情を募らせてきた。歌集には「をさな妻」の連作もある。世間から見れば、十三歳も年下で都会育ちの女子学習院生と、すでに額が少々禿げ上がっている野暮な田舎青年とは不釣り合いに映ったであろう。ましして、茂吉は世間の視線をどのように受け止めたのであろうか。

わが妻に触(さや)らむとせし生(いき)きものの彼のいのちの死ぜらめやも
いきどほろしきこの身もつひに黙(もだ)しつつ入日(いりひ)のなかに無花果(いちじく)を食(は)む
(『あらたま』「折にふれ」大正二年)

まだ触ってもいないのに「死ぜらめやも」と、茂吉は彼に対し激烈な言葉を投げかけている。茂吉の嫉妬の怒りが爆発し、しかし自ら怒りを鎮めようとし「黙しつつ」そして「無花果を食む」のである。作歌することで、怒りが浄化されたとも言えよう。藤岡武雄によれば、紀一の親戚にあたる当時青山脳病院で、茂吉と生活を共にし、てる子の動静を目の当たりに見ていた斎藤平義智による次の証言がある。「てる子さんが青山脳病院に勤務していた医師と親密になり、両者の関係は深い交渉があった[17]」ということであり、この頃に作歌したものである。茂吉にとって養父紀一は絶対者であり、さすがにてる子も不本意ながら紀一の命令には服さねばならない。茂吉にすれば年齢差もあるが、てる子に恋慕している。しかし、相思相愛ではないだけに婿養子である茂吉にすれば、複雑な心境であり、てる子は厄介な存在なのである。しかも、紀一夫妻には五歳になる長男西洋がいたのである。茂吉は激怒しやすい性格であるが、この宿縁に黙って耐えたのである。茂吉の内面を推察するに、いつまでもお国訛りが抜けず、風采の上がらぬ自画像に対し、自信を持って女性に臨む覚悟がつかなかった。だからと言って、このような茂吉の精神的な抑圧が、後になって永井ふさ子と邂逅し暴発したという単純な短絡的なものではない。ここに茂吉の闇があり、複雑な心模様が存在するのである。

茂吉の性に関しては、永井ふさ子との関係に収斂しがちであるが、性の諸相について複眼的に考察することが肝要である。歌人茂吉の門弟たちは、茂吉に対する「負」の価値を消去することに汲々となった。性に関しても、その異常性を隠蔽すればするほど人間茂吉の素顔から遠のき、茂吉の全貌が見えなくなる。

茂吉は女性に対しどのように遇したのであろうか。茂吉は、女性には不器用で、臆病で、野暮であり、優雅な洗練された粋な女性との付き合いは無かったであろう。中野重治は「茂吉は決して好色ではない。（略）むしろ茂吉は、一個の男性として、女性の前におずおずとして生きているように見える。（略）茂吉のすべての作品、散文をも含めて、そこから引き出されるのは茂吉の世俗的『女好き』ではなく、むしろ女ぎらい、そういって悪ければ――こういう言葉はないと思うが――女避けであろう。女性における茂吉は、青年における生娘かのようにはにかみ勝ちであるように見える。たぶんそうであるというのが私の結論である[18]」という。『斎藤茂吉ノオト』（初版）は、戦前に刊行されたものであり、中野は永井ふさ子の存在を知る由もない。しかし、茂吉がふさ子へ書いた赤裸々な恋文があったとしても、茂吉は「女好き」ではなく、中野が言う所の茂吉の「女避け」という女性への対応の評価は的確である。しかしながら、決して「女嫌い」ではない。ふさ子との逢瀬も、世間を憚り過ぎ、落ち着きもなく、とても女性を満足させるような手練手管など微塵も無く余にも不器用すぎていた。女性とのコミュニケーション能力は乏しすぎといえよう。上田三四二は「茂吉にあって、性は或る一人の女性の、人間的存在につながることなく、性そのものとして、一般化され抽象化されたところで追求される[19]」という。茂吉にとって、性は即物的な存在であり、第一歌集の『赤光』の中には、若き生命力から発する瑞々しい抒情性が存在したが、その後になるとロマンチシズムを剥奪した「覗き」へと転換することとなったのである。

養父紀一には不行跡があった。青山脳病院が火災の時には妾宅にいて現場へ駆けつけるのに遅れた。山上次郎によれば紀一亡き後にも、青山脳病院院長であった茂吉に、紀一の愛人から手切れ金の請求があり後始末にも苦慮したとある。[20] 脳病院院長であれば、当時ならば「愛人を囲む」こともできたのではないだろうか。しかし、茂吉には金銭の契約による愛人はいなかった。むしろ、このような度胸がなかったのである。茂吉は女性に対して恋慕するが、情熱的な恋愛には到達できないのである。故に「女嫌い」ではなく「女避け」であり、「覗き」等という異常な行動へ駆り立てたのであり、その行動が熟成され、やがては秀歌という結晶となり昇華されたのであろう。

註

(1)『朝日新聞』二〇一四年四月二十八日付朝刊、「友人に宛てた絵はがきを発見」
(2) 斎藤茂太『茂吉の体臭』岩波書店、二〇〇〇年、十二ページ。
(3) 同書、二五ページ。
(4)『斎藤茂吉全集』第二十九巻、岩波書店、一九七四年、二九六ページ。
(5) 第三十巻、六六二ページ。
(6) 第三十一巻、二六一ページ。
(7) 第五巻、七四六～七四七ページ。
(8) 永井ふさ子『斎藤茂吉・愛の手紙によせて』求龍堂、一九八一年、二二七ページ。
(9) 第五巻、一三二～一三三ページ。
(10) 佐藤佐太郎『茂吉秀歌』下巻、岩波新書、一九七八年、六七ページ。
(11) 第六巻、四六九ページ。

(12) 第二十四巻、七二八ページ。
(13) 同巻、七四三ページ。
(14) 同巻、六九六ページ。
(15) 『新潮日本文学アルバム　斎藤茂吉』新潮社、一九八五年、五〇ページ。
(16) 斎藤茂吉『作歌四十年』筑摩叢書、一九七一年、二六ページ。
(17) 藤岡武雄『茂吉評伝』桜楓社、一九八九年、七三ページ。
(18) 中野重治『斎藤茂吉ノート』講談社文芸文庫、二〇一二年、一一一ページ。
(19) 上田三四二『斎藤茂吉』筑摩叢書、一九六四年、二四一ページ。
(20) 山上次郎『斎藤茂吉の生涯』文藝春秋、一九七四年、三〇七〜三〇八ページ。

第二章　茂吉のユーモア

一　ユーモアとは

ユーモアとは、体液を意味するフモールに由来する。ユーモアを語るに、その人の性格が大きく反映する。さて、斎藤茂吉の性格を次男の北杜夫(宗吉)が精神科医の視点に立脚し次のように指摘する。

彼の言動、また随筆などがおかしみを誘うのは、すべてのことにあまりにひたぶるになるからである。鶏を割くのに牛刀を用うるどころか、さながら弁慶の七ツ道具をくりだす観がある。従って、茂吉のそれらは頭で考えたフモールではなく、おのずからなる体液なのだ。これには彼の癲癇気質、つまり粘液質も大きく関係していることであろう。この気質は物事をきちんと徹底的にやりとげねば気が済まぬ性格である。[1]

養父紀一が気宇壮大であるならば、茂吉は謹厳実直であり愚直でもある。緊張の中に弛緩があれば「笑い」を誘引する。また謹言居士が真摯に事に当たれば当たるほど、ふとした何らかの契機で、周囲に「笑い」を誘引するのである。本人は周囲の「笑い」に同調するどころか、さらに激高し憤怒の形相となる。茂吉は事前に何かを仕込み、用意をしているわけではない。すべからく融通無碍に取り組むのではなく、一点が気になれば徹底的に遂行しなければ諦めきれない。茂吉の執着性、あるいは粘着性という性格が、周囲の「笑い」を惹起せしめるが、その事実が真当な茂吉に、さらなるエネルギーを付与し、往々にして家人に対し理不尽な癇癪をぶつけるのである。妻のてる子に対しても思わず殴打することもあったのである。このように茂吉のユーモアはペーソスと表裏一体の関係にあり、人間性が横溢しているのである。

長男の斎藤茂太と北杜夫の対談集『この父にして――素顔の斎藤茂吉』では、茂吉のユーモアを両氏は息子の視点で次のように語っている。

北　おやじの文章にも歌にもユーモラスのものはかなりあるけど、あれは英国流のユーモア感覚とはかなりはずれているわけです。あまりにひたむきで、むきになっちゃうんで人が読むとおかしくなっちゃうんですね。だからドイツ語のフモールともちょっとはずれているかもしれない。

斎藤　意図したユーモアはきらいだものね。

北　ええ。意図してはぜんぜんいませんね。たとえば、さっき話したけど、あかがねの色になりたるはげあたまかくの如くに生きのこりけりとかいう歌がある。ああいうのもユーモラスな歌だけど、本人は真当しごく本気で詠んでるわけです。

斎藤　「ああそれなのにそれなのに」なんていう歌もそうだな。

北　そうです。あれも本人からいわせれば写生の歌でしょう。(2)

なお「あかがねの色」の歌は『小園』(「残生」昭和二十年)所収である。「実相観入」と言われれば該当するのだろうが、北杜夫はユーモラスな歌とするが、時代精神を読み取らなければならない。この歌にある「生きのこりけり」とは、敗戦となって皇国のために何ら役に立たずに生き残ったという忸怩たる思いを詠んだのである。古今東西、禿頭(とくとう)は笑いの対象となるが、白髪はならないようだ。銃後で時局の波に乗らされて、戦争詠を量産せざるをえなかった「愛国者」である茂吉にとって、生きながらえた、生き恥をさらしているという思いが、この歌に凝縮されたものである。あくまでも「真当しごく」であり、ユーモラスな歌に取り上げられることなど夢想だにしていない。むしろ、茂吉にとって心外なことであろう。佐藤佐太郎は『茂吉秀歌』に所収し、「悲劇的なものと喜劇的なものとが混然としてひびき合っている特殊な歌(3)」と評している。

また「ああそれなのに」の歌については次章で論ずる。茂吉は駄洒落を口にするどころか大嫌いであった。茂太は「ダジャレなんかぼくが飛ばすとものすごくおこるんだ(4)」という。如何にも茂吉らしい対応である。茂吉のユーモアは決して自らが表出するものではない。他者がユーモアを感ずるのである。なお、『斎藤茂吉、その迷宮に学ぶ』[5]で永田和宏が選択した「茂吉と笑い」に関わる短歌一覧の資料がある。これも参考にして、以下を論ずることとする。

二　茂吉と吸血性の虫たち

長男茂太の随筆に『茂吉の体臭』がある。この題名は秀逸である。茂吉には独特の体臭があり、ダニ（蜹）やノミ（蚤）シラミ（虱）という吸血性の虫たちと親和性のある体質であり、絶えず格闘し懊悩し苦しんだ。

家蜹（いへだに）に苦しめられしこと思へば家蜹とわれは戦ひをしぬ

（『暁紅』「晩秋より晩歳」昭和十年）

稚拙な歌という評価もあろうが、イエダニは昆虫ではないが小さな虫のようなものと、茂吉は真剣に対峙し宣戦布告し、一戦を交えるというのである。叩きつぶして駆除するのでもなく、たかが虫けらと「戦ひをしぬ」という姿勢にユーモアを感ずるのである。

この歌は、中野重治の『斎藤茂吉ノート』の「ノート三　茂吉にあるわかりにくいもの」の中で、この歌に対する佐藤佐太郎、土屋文明、柴生田稔、島木赤彦、長塚節らの論評を取り上げている。

そして、中野は次のように言う。

この人たちのいっているような格別傑出した作品ではない。これは口ごもりというよりも曖昧といえるものに近い。またそれは流れる力強さでもない。ここにはわかりきらぬものがありわかりにくいものがある。この批評家たちはそれに気づいていぬように見える。いくら気づいたとしても、それを自分らのなかに出来ている茂吉像、茂吉体系のなかへ主観的に組み入れて、全く容易無造作に呑みこんでしまったという見えである。(6)

茂吉の吸血性の虫たちとの親和性を知っていればこそ、この歌の面白さが際立つのである。さもなければ、この歌の面白さは半減する。

真夜中にわれを襲ひし家ダニは心足(こころた)らひて居るにやあらむ　(『暁紅』「漫吟」昭和十年)

家ダニに刺され憎悪しているが、家ダニは「心足らひて」いるであろうと思いを馳せる優しさがある。茂吉自らの体質や体臭への諦念と、激情を抑圧したダニへの温かな眼差しが交差している。

辛(から)うじて二つ捕(とら)へし家ダニを死刑囚(しけいしう)の如く吾は見て居り　(『暁紅』「遠雲」昭和十一年)

あの憎悪の対象である家ダニを悪戦苦闘の末に捕捉し、愈々駆除する刹那であるが、家ダニを「死刑囚の如く」と表現する。家ダニを「死刑囚」と見なすことにより、少しは積年の恨みが晴れるのであろうか。それとも生命への哀惜の念に堪えないのであろうか。

鼠らを毒殺せむとけふ一夜心楽しみわれは寝にけり

(『暁紅』「楽」昭和十一年)

鼠は家ダニの媒介者なので、これを「毒殺せむ」とする。それを「心楽しみ」にするという。茂吉の心境を推察するに、哀切さを感ぜずにはいられない。

鼠の巣片づけながらいふこゑは「ああそれなのにそれなのにねえ」

(『寒雲』「近作十首」昭和十二年)

これは、家ダニの媒介者である鼠の巣の除去を職人に依頼したところ、職人が片づけながら流行歌を口ずさんだのである。俗謡の一節を短歌に取り入れたことで物議を醸したようだ。なお、映画の挿入歌であった『あゝそれなのに』は一九三六(昭和十一)年テイチクから発売され、芸者美ち奴が歌い一世を風靡した。星野貞志(サトウハチローの別名)作詞、古賀政男作曲である。後に、時局に合わず発売禁止となった。歌詞の大意は、女性の愛情に応えない、気づかない男性に対する切なさを歌ったもので、「ねえ　おこるのは　おこるのは　あたりまえでしょ」と締め括る。茂吉自らが、俗謡を歌うことはなかろうが、「おこるのは　あたりまえでしょ」の歌意が言外にあるのではないだろうか。

また、茂吉は南京虫にも悩まされたがトコジラミのことである。『マインツの一夜』には、次のようにある。ライン川下りを楽しむために、マインツで宿舎に一泊した。一九二二(大正十一)年八月十五日のことである。

夜半を過ぎて午前一時ごろでもあっただらうか。僕の手の甲だの頸のあたりに刺すやうな癢さをおぼえて目が覚めた。果してやられたな。これはやられた。かう思って電燈をつけた。さうして電燈をつけたまま、僕は半醒覚半睡眠といふやうな状態で、幾つも南京蟲を捕獲した。小さいのは胡麻粒(ごまつぶ)ぐらゐ、大きいのは小豆ぐらゐである。ある時は大きなのを両方の指の間に捕まへて、『うぬれ！』などといふ声を出して、磔刑基督の掛かってゐるあたりの壁にそれをなすりつけたりした。それから、しばしば舌打もした。『ええ畜生！』などとも云った。それから憤怒のあまり枕をはふり投げても見た。(略)つひに暁に及んだ。暁の白い光が微かに窓から入込んで来た頃に、やうやく南京蟲は僕の身を襲ふことを避けたらしい。(7)

茂吉は、南京虫が来襲したことによる夜半から暁までの真剣勝負を、決して大上段に構えるでもなく、ありのままに記している。茂吉の痛みに憐憫の情もあるが、たかが南京虫に対し、自らの全存在を傾けて立ち向かおうとする茂吉の言動と行動には、滑稽さが付きまとう。

また『南京蟲日記』には、次のようにある。これは、ミュンヘンに留学していた一九二三(大正十二)年八月二十一日のことである。

日本媼の所に置いてあった荷物を全部Rothmund(ロートムント)街の第一候補の家に運び、ミュンヘンに来て初めて自分の部屋に落付いたやうな気がしたので、午後も教室での為事がなかなか捗った。(略)さう思って私は軽い催眠薬(さいみんやく)を飲んだ。さて暫(しばら)くまどろんだと思ふ時分に頸(くび)の処に焼けるやうな癢さを覚えて目を醒した。私は維也納(ウインナ)以来の屢の経験で直ぐ南京虫だといふことも知った。困った困ったと思ったが、辛抱して三十分余りかかって大小二匹の南京虫を捉へ、それを紙に包んで置いて、日用品だけ大急ぎで調へ日本媼の処に逃げて来た。すでに夜の十二時を過ぎてゐたが、媼は戸をあけて呉れ、私は他人の部屋のソファの上に体を縮めて寝た。(8)

日本媼とは、マリー・ヒルレンブラントのことで、日本人留学生を専門にした下宿屋を営んでいた。日本人の留学生にとって情報交換の場であった。茂吉は満室のため入室できなかったので、ここを拠点とし下宿先を探した。しかし、どこでも南京虫に刺され、転々とし下宿屋を求める新聞広告まで出すことになるのである。次に、蚤（ノミ）の歌もある。

おもひいづることあり夏のみじか夜に金瓶の蚤大石田の蚤

（『つきかげ』「紅梅の実」昭和二十年）

老境の茂吉が、故郷の山形県金瓶村や疎開先の山形県大石田のことを思い出すと、悩まされ続けた蚤との格闘のことばかりである。あれほど敵意をむき出して激情したのであるが、今では懐かしく思われるのである。

蚤のゐぬ晝の床にて臥すわれを幸福の極とみづから言はむか

（『つきかげ』「無題」昭和二十四年）

蚤の居ぬ夜の臥処（ふしど）は戦争のなき世界のごとくにて好（よ）し

（『つきかげ』「鍵」昭和二十四年）

蚤に悩まされることなく臥床することが、晩年の茂吉にとって「戦争のなき」平和な世界と同等であるほどに至福の時間なのである。このように茂吉は、真顔で怨嗟すべき吸血性の虫たちに、宣戦布告までして絶滅を欲するのであるが、愛憎併存で愛惜の情もあるのである。

三　茂吉の性とユーモア

茂吉の性の大らかさについては、かつての東北の農村の若人の大らかさに通底するところがあるだろう。今や忘れられたが、村人が酒を酌み交わし性的な話に興ずる原風景は想像できよう。茂吉は癇癪持ちであるが、基本的には几帳面な性格ではある。ところが、性に関しては身構えるどころか大胆であり、開放的である。この落差が滑稽であり、ユーモアを生み出しているのである。例えば、東京府巣鴨病院の医局落書き帳に『卯の花そうし』がある。そこには、医員であった茂吉の記録も残されていて、大らかな性に関する文章や図が残されている。また長崎医学専門学校教授の時には、長崎の丸山遊郭での逸話が残っている。

茂吉が丸山を歩いていると、妓楼の戸口で医専の学生が一人でまごまごしている。わけをたずねると、学生はここへ入りたいが金が足らないので負けさせているのだという。茂吉はそれでは俺が出してやると言って激励し、みずからもあがったというのである。翌日教室へゆくと、黒板に「斎藤教授○○楼に遊ぶ」と大書してあった。それを見た茂吉は別に顔を赤くするでもなく、一言の弁解をするでなく、にこりとしただけで講義をしたというのである。(9)

邪気の無い逸事だと言いたいが、今ならば看過されるだろうかと余計な事を思う。この場面での茂吉の屈託のない快活さに驚くばかりである。但し、女性を前にすると身構え、機械仕掛けのロボットのような対応となる。この落差も滑稽そのものである。
また、茂吉は伊藤左千夫に連れられて観潮楼歌会に出席し、医者であり文学者であった森鷗外を畏敬するようになり、その影響を受けたのである。一九〇九(明治四十二)年に鷗外は、『ヰタ・セクスアリス』を刊行した。ラテン語で「性欲的生活」を意味するが、政府から発禁処分を受けた。この書と茂吉の性の大らかさの関係性を論ずるのは、いささか牽強付会であろうか。茂吉は『童馬漫語』で、次のように言う。

ニイツチエはRauschといった。予は交合歓喜といふ。ここに受胎(ベフルフッシング)がはじまる。それより初生に至るまで一定の発育が要る。短歌を生む場合に於ても如是である。ゆくりなくもウエルネスはその著『抒情詩及び抒情詩人』のなかに於て受胎といふ語を使つてゐる。

「66交合歓喜[10]」

短歌を生む作歌活動を、交合により受胎し子どもが生まれることに譬えているのである。Rauschとは陶酔、陶然、無我の意であるが、交合歓喜とは絶妙である。交合歓喜と言えば歓喜天(聖天)を想起させる。西郷信綱は「大まじめに直喩化するあたり、そのおかしさは、まさしく茂吉の体液のなせるわざとしかいいようがあるまい[11]」という。
さて、阿川弘之は『斎藤茂吉随筆集』の解説で、「感銘を受けると言うよりも驚き呆れ舌を巻いたと評する方がふさわしいだろう。何に舌を巻いたかと言えば、茂吉のしつこさ執念深さについてである(12)」という。それが如実に表現されている作品が、『接吻』と『手帳の記』であると指摘する。後者の『手帳の記』は、日本海側に取材中に紛失した手帳を執念深く、徹底的に捜索する内容である。茂吉には諦念が無いのか、真剣に捜索する茂吉が、他者から見れば剽軽にも映るのである。前者の『接吻』には、ウィーンの街角で、ある夏の夕暮れに、貧しい身なりの男女が抱擁し、長い接吻をしている光景を描いている。茂吉は、異国の男女の接吻を飽きることなく観察し続けるのである。前述したが、

男はひょろ高く、痩せておって、髪は逢々(ぼうぼう)としている。身にはひどい服を纏(まと)いいる。うつむき加減になって、右の手を女の左の肩のところから、それから左手は女の腰のへんをしっかりおさえて立っている。口ひげが少し延びて、あおざめた顔をしているのが少し見える。女はのびあがって、両手を男の頸(くび)のところにかけて、そして接吻している。女は古びた帽をかぶりいる。それゆえ、女の面相は想像だもすることは難(むつかし)い(13)。

少し行き過ぎて振り返り、もう少し行って又振り返って見るが、男女は依然として同じ姿勢で抱擁し接吻している。そして何と一時間あまりも観察し続けて、かの有名な「ながいなあ。実にながいなあ」と呟くのである。その後、興奮冷めやらぬままに、居酒屋でビールの大ジョッキを飲み干

し、「両手で頭をかかえて、どうも長かったなあ。実にながいなあ」という。さらに、もう一度、もと来し道を引き返し現場に行くが、男女の姿は無かった。仮寓にて寝床で「今日はいいものを見た」という。現場に戻り再確認する執念深さは、茂吉の性格そのものである。翌年の正月にも、ウィーン郊外の山の上で、同様に一時間も男女の接吻の場面に遭遇するのである。

さて、男女二人も二人だが、接吻し続けているのではなく、相互に見つめ合い、会話を交わし、再び抱擁し、時に接吻したとも考えられる。その点は詮索する必要もなかろうが、異国で異空間に佇み科学者の如くに観察する茂吉像を遠景として眺めれば、余りにも野暮で滑稽と言わざるをえないのである。しかし、茂吉は他者の眼差しなど眼中になく意に介さない。

隣り間に男女(をとこをみな)の語らふをあな妬(ねた)ましと言ひてはならず　(『つゆじも』「唐津浜」大正九年)

次に、茂吉は接吻を眺めるだけではなく、他にも隣室を鍵穴から覗き見したり、この歌のように一晩中隣室の声を聴いたりし、興奮冷めやらない行動をするのである。茂吉の性は、屈折しているとはいえ、陰湿なものではなく、だからと言って健康的とは言えないが、大らかであるともいえよう。何故に、これほどまでに時間をかけて隣室の声を聴き続けるのであろうか。読者は、この茂吉の妬ましい心性と状況に対して、ユーモアだけではなくペーソスと一如となった茂吉の姿を想像するのである。次は自らの性をあからさまに歌ったものである。

München にわが居りしとき夜ふけて陰(ほと)の白毛(しらげ)を切りて棄てにき

（『ともしび』「閑居吟　其二」大正十四年）

茂吉は、自らの性を露出的に衒いなく表現する。欧州留学後の作で、まだ四十代であるが、初老の感懐を詠んだのである。「白毛」を「しろげ」ではなく「しらげ」という。これは茂吉独自の読みである。西郷は次のように評する。

ふつうは女陰の意である「ホト」を、茂吉は我が身につき「陰の白毛」と歌っているせいもある。この歌が出たとき、例によって一騒動あったらしいが、茂吉はしかし陽物をもホトといえる根拠があるのを知った上で、かく使ったと思われる。（略）ただホトという場合、私たちの抱く通念は必ずしもそうではないから、（略）おかし味を同時に感じるのだと思う。

こぞの年あたりよりわが性欲は淡くなりつつ無くなるらしも

（『たかはら』「所縁」昭和四年）

この歌は四十六歳の時の歌であり、妻てる子の「ダンスホール事件」による「精神的負傷」を受ける前である。尿に蛋白が出て慢性腎炎の診察が出て、少し弱きになったのか「無くなるらしも」と表現した。しかし、その後永井ふさ子との邂逅があり、性欲が枯れることが無かったのが真実である。

わが色欲いまだ微かに残るころ渋谷の駅にさしかかりけり

（『つきかげ』「無題」昭和二十六年）

この歌は、かつて永井ふさ子が渋谷に住んでいたことを回想しているのである。「渋谷の駅」に、かつての濃密な思いが凝縮しているが、当時の読者には不詳である。ふさ子との関係については、茂吉が手紙は読み終えたら灰燼にすべきと厳命したにもかかわらず、茂吉亡き後年に秘め事がふさ子自身により公開されてしまったのである。また、かつての長崎丸山で遊郭に登楼した状況とは異なり、ふさ子との荻窪での逢瀬を見ると、五十歳を越えた茂吉の余りにも不器用な、あるいは女性へのあしらい方を知らぬ行動は、ユーモラスというよりもペーソスに近いものである。待ち合わせ場所へ行く前に、偶然にもふさ子と出会ったが、予期せぬことであったためか、事もあろうに茂吉は逃げ出したのである。おどおどとし、まるで犯罪者のように怯え、逃げ回る茂吉の姿は、まったく始末に負えない。百年の恋も一時に冷めてしまうだろう。なぜ堂々と自信をもって逢瀬を楽しめないのだろうか。これも、まさに人間茂吉と言えようが、他者の眼差しに戦慄する茂吉の姿は、他者から見ればユーモラスでしかない。一方で、ふさ子宛の茂吉の書簡の内容は、いくら私信とは言え誰もが赤面するような大胆な、あるいは稚拙で赤裸々な恋文であり、性の大らかさを感ずる。この落差にも驚かざるをえない。

さて、随筆に『ドナウ源流行』がある。ドナウ源流地方に旅をし、ドナウエシンゲン駅から帰途につくこととなり、汽車に乗る。

汽車は午後四時二十分に此処を発した。日は未だそう傾いていない。汽車のなかで僕は幽かに淫欲のきざすのを感じた。僕は虫目金を出して地図の川の源の方へ辿って行った。川は森の間の平地を縫うて、Villingen（フィリンゲン）の町に著く、そこまではあのように銀いろをした静寂な川に違いない。(15)

ここには「淫欲のきざすのを感じた」と前後の文脈とは何の脈絡もなしに唐突に言う。この表現により、見事に読者を引き付ける巧みさがある。意図するものなのか、茂吉ならではの文章の技であろう。

銭湯にわれの来るとき湯槽（ゆぶね）にて陰部をあらふ人は善からず

（『つきかげ』「梅雨」昭和二十三年）

次に、この歌は、茂吉が真剣であればあるほどに、読者はユーモアを感ずることになろう。真剣であるが故に、却って面白さが出て来るのである。いずれにしても、性に関して真面目に大胆に詠む茂吉に、滑稽さを感ずるのである。しかし、繰り返すが女性と差しで向き合うとなると、茂吉の行動は滑稽さを通り越して、目も当てられぬような惨めで哀しい姿となるのである。

四　茂吉の癇癪とユーモア

茂吉は、家人に対しては理不尽な癇癪を起す。これは几帳面な性格の裏返しなのである。養父の紀一が死亡するまでは、茂吉はかなりのストレスがあり居場所が無かったであろう。山形県上山金瓶村から上京し、東京帝国大学医科大学へ入学すると、紀一の次女てる子の婿養子として入籍したのである。まさに、おさな妻を迎えることとなる。そして、お嬢様育ちのてる子と茂吉は、性格も生活歴も異なりお似合いの夫婦とはとても言い難い。しかも、てる子の弟である西洋の存在がある。茂吉には、日常の鬱憤がかなり蓄積していたと思われる。妻のてる子へも叱責するのである。その理由も些事であろうと推察される。

汗あえて洋服を著むわづかなる時のひまさへつまを叱れり　（『あらたま』「漫吟」大正六年）

長男の茂太は雷親父であったという。次男の宗吉（北杜夫）も相当怒られたという。しかも家人だけではなく、病院の職員に対しても激怒する。だが、病者に対しては癇癪を爆発させることはない。おそらく、その我慢が臨界点に達し、家人や職員へ向いてしまうのだろう。

今しがた赤くなりて女中を叱りしが郊外に来て寒けをおぼゆ

（『赤光』「郊外の半日」大正元年）

癇癪を起こし女中を叱責したが、冷静になると自省の念に駆られ寂寥感が漂い悲哀となる。ここが滑稽なところである。次は、当時青山脳病院の薬局長であった守谷誠二郎による有名な挿話である。

或る日、世田谷の病院に朝早く私と一緒に出掛けた。診療を終って帰られる時、玄関には大勢の職員が見送りに立った。誰かが「先生、今日はノーネクタイですか」と云った。「ノータイ？」妙な手振りをして居られたが、ネクタイをせずに病院に来られた事に気がつかれて、「院長がネクタイを忘れたのを、誰一人気が付かなかったのか」「僕が朝から病院に来て居るのに」「そんな不注意で精神病者の看護が出来るか」「側で注意しないのが悪い」と大変な剣幕である。一同はしんとしてしまった。(16)

茂吉は自らの不注意を不問にして、我儘な言い草である。この理不尽な癇癪を起こす茂吉に対し、読者はさらなる憤りを感ずるかと言えば、むしろユーモアを感ずるのである。生真面目過ぎる茂吉には、仕事はルーチン・ワーク通りでなければならない。少しの瑕疵も許さず、臨機応変な態度など苦手なのである。

また、食べ物にも執着があり、鰻が大好物であった。戦時中は食糧不足であったが、鰻の罐詰を買占め、家族には提供せずに茂吉一人が味わっていた。しかし、食べ切れずに腐食させてしまうのである。また、味噌汁の具にも執着があった。

> 茂吉は味噌汁がとりわけ好物であった。私の若い頃から「今夜の味噌汁の具は○○にしろ」と台所に命じていた。戦後、疎開先から世田谷区代田の家に戻ってからも、なおこの並々ならぬ癖は残っていた。それを受けるのは、主に兄茂太の妻美智子であった。翌朝の味噌汁（私たちは母の指導からおみおつけと呼んでいた）に至るまで指示をくだした。「大根にしろ」「ネギもありますが」と美智子は答える。
>
> すると父は、「ふーむ、なるほど」とうなり、沈思黙考する。味噌汁の実を決めるのに、まるで入学試験の問題を解くかのごとく熟慮するのだ。これほど些細なことに、目をつぶって長いこと思案する姿を見ていると、大学生の私はどうしても可笑しくなってしまうのであった。[17]

たかが味噌汁で沈思黙考するのであるから、茂吉の幼児性か単純性か、何とも一筋縄では理解できない性格である。誰が見てもあきれ返り苦笑するであろう。

一方では「強者」に対して諂う姿は、人間茂吉らしい所である。長男の茂太という名前についても理由がある。

はじめおやじの頭のなかに描いていたのは「茂一」だったと思うんだよ。ところが少し前に呉茂一、つまり親父の精神科の恩師の呉秀三先生のご令息——あれは正式にいえばシゲイチですか——茂一ができちゃったわけなんで、とにかく恩師よりも墓を小さくしろというほうだから、おそれおおくて茂一をやめちゃったらしくて、そして茂太になったと思うんだ。(18)

恩師呉秀三に遠慮して「茂一」ではなく「茂太」に変えたという。この配慮の一点を以てして権力に弱いことが理解できよう。誰にでも権力に対する弱さがあるが、茂吉にはその対応に何の衒いもない。

　はるばると来て教室の門を入るわれの心はへりくだるなり

(『遠遊』「維也納歌稿　其二」大正十一年)

「一月二十日神経学研究所にマールブルク先生(Prof.Dr.O.Marburg)にまみゆ」とある。欧州留学への気負いと、それに対する「へりくだるなり」が何とも言えない。長崎医学専門学校教授を辞したのは、博士論文の為事の完遂が使命であり、かなりの重圧であったのである。

愛敬(あいぎょう)の相(さう)のとぼしき老碩学(らうせきがく) Emil Kraepelin(エミール・クレペリン)をわれは今日見つ
われ専門に入りてよりこの老学者に憧憬持ちしことがありにき
(『遍歴』「ミュンヘン漫吟　其二」大正十二年)

「十月十一日(水曜)、学会」とある。欧州留学中でのエミール・クレペリンとの握手拒否事件は有名なことである。この歌は秀作とは言えないが、背後には茂吉の憤怒の相が潜んでいるのである。権威に弱く、卑屈になりがちな茂吉が、憧憬していたクレペリンの仕打ちに対し、いつまでも拘泥し続けるのである。胸躍らせ期待して講演会に出掛け、握手を所望した茂吉に対する「裏切り」行為であるだけに、他者から見ればこの些少とも言える事件を終生忘れることはできないのである。
北杜夫は次のように言う。

留学中のことなどほとんど語らなかった父が、クレペリンの「無礼さ」について昂奮した口調でしゃべるのを、中学時代から晩年の箱根の勉強小屋の二人暮しのときまで、私は幾度聞かされたことか。とにかく父は、「うぬれ、この毛唐め！」と心の中で歯ぎしりしたのである。「毛唐」という言葉は随筆にも出てこない。しかし、私は幾度となくそれを聞かされたから、「楡家」の中では、教室を去りゆくクレペリンの後ろ姿を凝視しながら立ちつくす徹吉に、「毛唐め。この毛唐め！」と、田夫のような罵詈を幾編となく繰返させたわけである。(19)

クレペリンにすれば、第一次世界大戦で敵対国であった日本人に対し、軽くあしらったのが本意であるが、大人気ない対応であることも事実である。しかし、茂吉は晩年まで忘れられず、思い出すたびに憤怒するのであった。茂吉はクレペリンの態度に対し抗議すらできず、忍従していたのである。北杜夫が『楡家の人びと』の中で、漸くクレペリンに対し親の仇をとったのである。

公使本多閣下に祝辞のべ帰り来て靴下と犢鼻褌(ふんどし)と洗ふ

（『遠遊』「維也納歌稿　其三」大正十二年）

「一月二十日（火曜）、公使館祝辞」とあり、これも欧州留学中の歌である。留学生が、慣例で正月に大使館に訪問し、公使閣下に挨拶をするのである。おそらく茂吉の事であるから、かなり緊張した面持ちで挨拶をしたのであろう。帰宅後に靴下と褌を洗ったという。閣下に祝辞を述べる茂吉と、靴下と褌を洗う茂吉が並列であり、同じ態度でのぞんでいるので、ある意味ではその老獪さが面白いといえよう。

茂吉は強者に対し必要以上に「へりくだる」態度をとるが、弱者に対しては強硬な態度に出る。ましてや虫に対してでもある。この不均衡な性格は、自らが卑小な存在であるという意識があるのであろう。しかし、強者に対し「へりくだる」だけではなく、たとえ滑稽であったとしても真剣に自己主張しようという意識もあり、そこにユーモアが存在するのである。「笑う者」が「笑われる者」よりも優位に立つのかもしれないが、茂吉にすれば「笑う者」と「笑われる者」の優劣など意識せず、対立的に捉えるのではなく一如となっているのであろう。

五　短歌のユーモア

体液（フモール）とは体内に存在する水分の総称であり、体液成分は体内を移動し、組織細胞へ栄養分や酸素を運び、老廃物を運び去り、温度調節などの機能をもつ身体にとって不可欠な要素である。よって、体液の無い人間がいないように、ユーモアの無い人間はいないということになる。ユーモアの精神は人間社会にとってコミュニケーションを取るための潤滑油の役割を果たすのであり、ユーモア無き社会など想像したくないであろう。但し、ユーモアをどのように表出するかについては個人差が生ずる。秋葉四郎は茂吉の短歌におけるユーモアについて次のように論ずる。

比較的若い歌人は、「茂吉の変なところ」とか「茂吉の稚拙」などと評します。鬼の首でも取ったかのごとく声高に物言う歌人もいますが、しかし、茂吉は敢えてこのような一見稚拙な、衒いのない表現をして、もしかして人が笑ったり、馬鹿にすることがあっても高所から見下ろして微笑しているというユーモアを感じるのです。欠点を欠点として悠々として残す、そんな人間の姿を思わせ、私は密かに喜劇の精神、ユーモアの心をそこに感じています。[20]

秋葉は、茂吉のユーモアを擁護しているようだが、根底には稚拙な歌であることを肯定し、そこに茂吉の人間性を発見しているのである。茂吉は、敢えて「一見稚拙な、衒いのない表現」を意識して表現しているのではなく、まして茂吉の性格から推論しても「欠点を欠点として悠々として残す」というような離れ業を取ることはなく、あくまでも作歌に対しては真剣そのものであったと考えるのが自然であろう。あれほど几帳面な茂吉が「悠々として残す」とは考えにくい。作歌の結果として、本人の意図に反して読者がユーモアを感ずるのである。さらに秋葉は次のように論ずる。

ここには「短歌」という文学形式が型にはまってはならないとする、いわば豪放で且つユーモラスな歌風があると私は見るのです。それが茂吉の歌をより面白くしているのではないでしょうか。考えてみれば、ひとつの山は頂のみで成り立っているのではありません。低いところには低いところの面白さがあり、高所には高所の魅力があるわけです。[21]

ここでも、秋葉は茂吉のユーモアに関しては「低いところには低いところの面白さ」と位置づけ、秋葉は無意識に茂吉のユーモアを感ずる歌そのものの評価は低いという本音を吐露している。部分ではなく、全体の茂吉の歌を俯瞰せよということであろう。日本歌人クラブ会長の立場からであろうが、もっと素直に評価してもよいのではないかと思う。茂吉は、茂太が言うように駄洒落を嫌った。おそらく、家庭の食卓で低級な洒落など言えば、子供や家内に軽く見られ、厳父とならないからである。ところが、茂吉は短歌における洒落については蔑視するどころか、おそらくその潜勢力を認め評価するであろう。そうであるならば、自らがユーモラスな歌を意図的につくるかと言えば、作歌しないのである。それが茂吉なのである。そして、『童馬漫語』では次のようにいう。

予は嘗て、『短歌は直ちに「生のあらわれ」でなければならぬ。まことの短歌は、自己さながらのものでなければならぬ。一首を詠ずれば即ち自己が一首の短歌として生まれたのである。まことの歌人は一首を詠ずるのに身の細るをもいとはぬであらう』と云つたことがある。少し気が引けるが、その後作歌当時のことを省みると、是等の言も盡くは妄でないやうである。一首なり連作数首なりを詠歎してしまつた後の心は、やみ難い心の揺ぎを吐き出してしまつた後の心は、恰もかの Ejakulation の後のやうに一種の疲れをおぼえる。「15作歌の態度」[22]

Ejakulation とは射精の意であるが、大胆に譬える。茂吉は短歌を「生のあらわれ」であり、「自己さながらのもの」という。そして、茂吉のユーモアは無為から生ずる自然なものである。決して作為的に意図的につくられたものではない。他者を笑わせるために創作するのものではない。所謂「ネタ」なるものは仕込まれていないのである。よって、あるがままである茂吉のユーモアが他者の心に染み入り、そこに茂吉の人間性が横溢するのである。そして、息子である長男の茂太や次男の宗吉(北杜夫)へは、そのままではなく異形となって茂吉のユーモアの精神が継承され開花したのである。

註

(1) 北杜夫『壮年茂吉 「つゆじも」〜「ともしび」時代』岩波現代文庫、二〇〇一年、一三〜一四ページ。
(2) 斎藤茂太・北杜夫『この父にして―素顔の斎藤茂吉』講談社文庫、一九八〇年、一七四ページ。
(3) 佐藤佐太郎『茂吉秀歌』下巻、岩波新書、一九七八年、一一〇ページ。
(4) 斎藤茂太・北杜夫、前掲書、一七四ページ。
(5) 岡井隆・小池光・永田和宏『斎藤茂吉、その迷宮に遊ぶ』砂子屋書房、一九八八年、六三〜七〇ページ。「茂吉と笑い〈資料〉」
(6) 中野重治『斎藤茂吉ノート』講談社文芸文庫、二〇一二年、五〇〜五一ページ。
(7) 『斎藤茂吉全集』第五巻、岩波書店、一九七三年、三二四ページ。
(8) 同巻、七八五〜七八六ページ。
(9) 山上次郎『斎藤茂吉の生涯』文藝春秋、一九七三年、二一六ページ。
(10) 『斎藤茂吉全集』第九巻、九二ページ。
(11) 西郷信綱『斎藤茂吉』朝日新聞社、二〇〇二年、二五六ページ。
(12) 阿川弘之・北杜夫編『斎藤茂吉随筆集』岩波文庫、一九八六年、三四二〜三四三ページ。
(13) 同書、四五ページ。

(14) 西郷信綱、前掲書、二五四ページ。
(15) 阿川弘之・北杜夫編、前掲書、八六ページ。
(16) 『アララギ　斎藤茂吉追悼号』守谷誠二郎「病院長時代」、アララギ発行所、一九五三年、五〇ページ。
(17) 北杜夫『壮年茂吉　「つゆじも」～「ともしび」時代』岩波現代文庫、二〇〇一年、一二六～一二七ページ。
(18) 斎藤茂太・北杜夫、前掲書、一三ページ。
(19) 北杜夫、前掲書、一二五～一二六ページ。
(20) 秋葉四郎『歌人茂吉人間茂吉』ＮＨＫ出版、二〇一一年、一一六ページ。
(21) 同書、一一七ページ。
(22) 『斎藤茂吉全集』第九巻、二八ページ。

第三章　茂吉と手帳

一　手帳とは

手帳は自らの備忘録であり、他者に公開することを前提としていない。手帳の内容は、概ねメモ書きであり、日時が不明であっても、筆者のみが分かればよいものである。中には、家人にも秘匿すべき内容もあるだろう。ましてや、筆者は死後に出版され公開されることなど夢想だにしない。また、他者が手帳を読む行為は、いくら公開されたものであっても、いささか躊躇し後ろめたいものではあるが、新たな発見が期待できる楽しみでもある。書簡や日記でも不明な秘匿の内容が、手帳で解明できる可能性もある。

さて、歌人斎藤茂吉の手帳であるが、『斎藤茂吉全集』の第二十七巻(「手帳一」から「手帳四十二」大正八年～昭和十二年)と第二十八巻(「手帳四十三」から「手帳六十五」昭和十二年～昭和二十五年)に収録されている。全部で六十五冊あるが、完全に揃っているわけではなく何冊かは不明である。

その内容は、当然ながら作歌時の備忘録としての性格が色濃く出ている。しかし、茂吉の長男茂太によれば「おやじは、ぼくも手帳は好きなほうですけど、手帳がないと一日も暮らせない。手帳になんでも書いた。たとえばヨーロッパに行っているころの手帳を見ますと、非常に絵がたくさん出てくるわけで、船からアラビア半島だとか、シシリー島なんか、言葉で書くよりも先にさっさと絵にかいてしまう。そういうスケッチが非常に多い[1]」という。茂吉は肌身離さず手帳を携行し、何でも書き留める手帳依存症であり、現代のスマフォ依存症に通底するものがあろう。

ところで、茂吉の性格は茂太が分析するごとく粘着型[2]であり、執念深く、一事に対しいつまでも拘泥する。ドイツ留学中に、講演会終了後に精神医学者のクレペリンに握手を拒否されたことは、終生にわたり茂吉の精神的負傷となった。そして、茂吉の随筆に『手帳の記』がある。これは、山陰旅行中に置き忘れた手帳を執念深く追い求める話であるが、その執念に対して読者は辟易するほどであるが、茂吉が生真面目なだけにかえって滑稽なのである。

二　随筆『手帳の記』の考察

一九三〇（昭和五）年十月十一日から、茂吉は南満州鉄道株式会社（満鉄）の招待を受け、満州各地を旅行、八木沼丈夫[3]の案内を受けた。さらに単身、北平（北京）を旅行し、帰途十一月二十四日に京城（現ソウル）で平福百穂画伯と合流した。

翌二十五日には、平福百穂画伯、中村憲吉[4]の三人で小郡から山口、津和野を経て益田に向かった。津和野は森鷗外(林太郎)の生地である。鷗外も本業は陸軍軍医であり、茂吉が敬愛していた。そして、益田の青木屋旅館に投宿した。

翌二十六日、旅館の番頭の案内で、三人で益田の名所である万福寺、医光寺の庭園を見学し、高津の柿本人丸神社に参拝した。茂吉は柿本人麿研究を進めるなかで、特に人麿の没地に関心を寄せ、後に、その成果は帝国学士院賞を受賞することとなる。その後、益田の停車場前で自動車から降り、停車場前の茶屋に寄った。その時に、ポケットに入れていたはずの手帳が無いのに気付くのであった。ここから手帳の探索の顛末が始まるのである。

「はて、おかしいな」と私は思った。ついさっき柿本神社の四阿(あずまや)のところで手帳をつかったのだから、自動車の中に落したかもしれないと思って、停車場前に休んだばかりの自動車の中を見たが、ない。今しがた歩いて来た僅かの距離の往来には無論ない。これは確かに柿本神社の土産を売る店に置いて来たに相違ないと咄嗟のあいだに私は思った。[5]

そこで、旅館の番頭に、手帳を見つけたら、東京の家に送るように依頼して、三人は次の目的地である出雲大社に向かい、いなばや旅館に投宿した。すぐに茂吉は、益田の青木屋旅館に電話をかけ、番頭に問うと柿本神社の店にも境内にも無いとのことであった。茂吉は、心落ち着かず夕食の酒も旨くない。不安が募るばかりである。茂吉は「つまらぬ手帳だけれども、北平の土地を踏んで来た手帳だけに、惜しい気がして、そう単純に諦めが付かない[6]」という。さらに自らの性格を分析し「特に私の性質はこういうときに、人一倍諦めが悪くて、煮えきらないのである[7]」という。夕食後、もう一度益田に電話をかけ、番頭にもっと丁寧に捜索するようにお願いした。しかも「番頭の奴、碌にさがしもしないのではあるまいか[8]」という疑念までも起こした。ここが茂吉らしい性格である。その晩は寝付きも悪かった。

翌日になり、出雲大社に参拝したが、茂吉は咄嗟に二人の制止も聞かず再び益田へ行く気になった。この咄嗟の行動を「いつも逡巡して煮え切らない私としては誠に不思議なものであった[9]」という。益田駅で降車し青木屋旅館に直行し、番頭と共に再び柿本神社へ行き、隅々まで調べるが見つからない。次に周辺住民、巡査駐在所、高津小学校の首席訓導に依頼する。首席訓導は全校児童を集め、手帳を見つけたら届けよと訓示までした。茶屋で休憩し、ポスターを五、六枚書き、赤インクで二重丸、三重丸などを付け注意を喚起し、謝礼をなす旨も大書した。このような手筈をした後、益田から小郡へ向かった。途中の青原駅で駅員より手帳が見付かったと報告を受けた。汽車から、青木屋番頭と平福、中村二氏に手帳発見の電報を打った。十一月三十日に帰京し数日後に、益田から手帳と番頭の手紙が届いた。

拝啓。御尊台様には、御道中御無事にて御帰東され候や、御案じ申上候。（略）重用なる御手帳を御ふん失に相成、御心配成され候段は、実に私としてもいかんにたへ兼候。（略）所々家々により尋ね候ひしが、駅前運送店の小使なる者、彼の手帳を拾ひたる事聞き申候にて、直ちに参り候へば、一人の男申すには、荒木なる者ノート一冊駅前にて拾ひ居る旨申し候にて、其様子承り見れば、表紙に、北平ノ其二と記し有る旨申し候にて、現品は見ね共、御尊台様に御安心致さす為め、駅に行き（略）駅長様に依頼致し、御電話にて申し御知せ致し候次第に御座候。翌廿八日、私が参上致し受領仕り候。（略）御帰りの際、拾円也頂戴仕り候へども、内五円也を主人様へ預け置き候て、残り五円は郵便小為替にて御返金申上候間御受領下され度候。主人の方よりも五円の内にて拾ひたる御礼を出し、残金御返金致さる可く申居られ候間左様御承知下され度、（略）拾ひたる者青年にて早くわかり申したるに付此上なき御喜びであります。御旦那様駅前にて自働車下車され、十四、五間位御あるきに相成候頃おちたるものに御座候。（略）十一月廿九日。青木屋旅館内番頭中島好吉。斎藤旦那様。[10]

茂吉は、番頭が五円を返送したので、柿本神社への幣饌料として奉納するように依頼した。なお、茂吉の服装はハルピンで買った労働者向けのだぶだぶの露西亜外套であった。ポケットは小さく浅かったのであろう。茂吉は「つまらぬ手帳」と言いながらも、このように執拗なまでに探索する手帳であると、何か特別で、他人に秘匿しておきたい内容があるのではと思う。しかし、その手帳は「手帳二十二」[11]（北平その二）で、満州各地の遍歴の記録で、スケッチと歌が書かれていたものである。

そこまで探索する執着心に驚くばかりである。阿川弘之は「執念深い人が自分の執念深かった話を書けば、それで芸になるというものではあるまい。しつこさがある面白味を伴って、一層の快さに転化して、読む者の気持に訴えて来るのは、やはり文章の力であろう。(略)茂吉先生の随筆群は、よく『研磨』され計算された文章[12]」であるという。なお、別の手帳「手帳二十三[13]」に事の顛末を記録したため、随筆『手帳の記』が迫真をもって書くことができたのである。茂吉は出雲大社から単身、益田駅に引き返した。手帳には次のようにある。

益田駅ニ着キ昨日ノ運転者ヲヤトヒ人丸神社ニ行キカヘリ来リタル道、猿ニ餌ヲヤリタル処、絵ハガキヲ買ヒタル処、小高キ処ノアヅマ屋ノ処ナドヲ見レドモ無シ。絵ハガキ屋ノ若イ細君ニ『ドウモゴ都合ガ悪ウゴザイマスネ。私ノ処ニアリマスナライツデモオ知ラセシマス』ソレヨリ小便ヲシタルトコロナドヲ逍遥シテモナク。茫然トシテソコヽニウロツキタルガ、念ノタメニ社務所ニ御願シテ賽銭箱マデ明ケテ見テモラツタガ、ナカツタ。ソレカラ二タビ人丸神社ヲ参拝シ、守護ヲ受ク。シホシホトシテ石段ヲ下リタ[14]。

賽銭箱の中まで検めるとは、尋常ではない。さらに捜索は続く。

ソレカラ運転手ト二人デ処々ノ人々ニ問ヒ、御願シテ来ルト青木屋ノ番頭トヒツコリアツタ。

彼ハポスター様ノ紙二枚ヲ持チテ、店ニ貼ル処デ竹ノ子ノ皮ニのりナドヲ持ツテ来テヰタ。ソレカラ巡査駐在所ニ行キ、届ケ御願シ、ソレカラ高津小学校ニ行キ、首席訓導ノ尾木氏ニ御願シタルニ『非常招集』ノ鐘ヲ鳴ラシテ児童ヲ集メ、『東京ノ青山脳病院ト云フ大キナ病院ノ院長サンガコノタビ人丸神社ヲ参拝サレテ』云々ト云ツテヰル。（略）番頭ニ10円ワタシテ5円広告料トシテワタシソシテ寂シイ顔ヲシテ益田駅ヲ四時四十分ニ出発シタ。[15]

必死の形相で懇願する茂吉の姿が想起される。あくまでも歌人ではなく、青山脳病院院長の立場である。「非常招集」された児童も甚だ迷惑な話である。

○午後四時五十六分汽車石見（イハミ）横田駅ヲ過グルコロ、汽車ボーイ来リテ「斎藤サントイフ居リマスカ、ハ、サウデスカ、アノ益田駅カラ電話デ、鉛筆トカ無クサレタノガ、アリマシタサウデス」「サウデカ、ソレハアリガタウ」ト云ツテワカレタルガ、僕ハ実ニ感謝シテ感慨モ亦無量ナリ。ソシテドコニドンナ工合ニシテアツタカト云フコトガ今度ハ好奇心ニカハリタルナリキ。[16]

紛失したのが手帳から鉛筆に錯誤しているが、見つかった歓喜の叫びを「感謝」「感慨」「無量」と表現している。

○物ヲ紛失シタル時ノ心ノ経験ハ大正十年クレ「ベルリン」以来の経験ナリ。サウシテイルウチニ「青原駅」ニツイタ。駅長ワザワザ車房ニ来り「サイトウサンヰラレナスカ、手帳ガアッタサウデスガ、ドウシタラヨロシウゴザイマスカ、」「ドウゾ東京ノ方ニ送ッテ下サルヤウ御伝ヘ下サイ、ドウモ難有ウゴザイマシタ」！

○汽車長門峡ヲ過グルコロ布野ノ中村憲吉君同、平福百穂画伯宛ニ「チヨウメンアッタ　ゴアンシンネガフ　イロイロアイスマヌ　アスアサヒロシマタツ」ト至急報ニテ打電シタ。代価1円75銭デアル（略）

○小郡駅7時37分著、すし20銭買食　八時ニ発車　食堂ニ行キチップトモ2円払フ　ハムサラダ。ハムエッグス。白ビール大一本　黒ビール小一本　ソレヨリ少シヅヽ、眠ラントス。[17]

茂吉は上機嫌に微酔気分となり、何日かぶりに睡魔に襲われたのである。創作ノートともいうべき手帳を読み、随筆『手帳の記』と読み比べると、手帳に基づく事実の連続ではなく、茂吉の巧みな創作の過程と人間性を読み取ることができる。このように手帳の存在意義は大きいのである。自今以後、手帳に必ず次の文言を書いた。

この帳面、若し万一、誤って取おとし候やうの場合は、御ひろいの方は左記に御届けください。応分の薄謝を拝呈いたします。東京市赤坂区青山南町五ノ八一斎藤茂吉。[18]

茂吉は、手帳紛失のことを歌に詠んでいる。見つかったので「ユーモアー」と詠んでいるが、ペーソスが相応しいであろう。

うしなひし物見つかれる顚末もあはれに響くユーモアーのみ
現世(うつしみ)の吾もこよひはたのしくて君の鼾(いびき)のそばにいねたり
(『連山』「日本本土」昭和五年)

四　茂吉の病誌

「手帳二」は表紙に『雑記帳大正九年七月』と墨書してある。縦16・1糎、横10・8糎の布装で、一九二〇(大正九)年七月二十八日から同年十一月二十三日までである。茂吉の病誌を語るに貴重な資料が残されている。

一九一八(大正七)年から一九二〇(大正九)年にかけて、「スペイン風邪」と呼ばれるインフルエンザがパンデミー(世界的流行)となった。日本へも一九一八(大正七)年秋に上陸し猖獗を極めた。長崎医学専門学校教授であった茂吉も一九一九(大正八)年の暮れに罹患し、翌年となり肺炎を併発し、生命を危ぶむまで悪化した。二月十四日まで病臥にあり、同月二十四日に職場に復帰したが、本復というには程遠かった。

同年六月二日に突然の喀血に見舞われ、八日には再喀血した。六月二十五日から十日間余、県立長崎病院へ入院した。退院後は転地療養のため、七月二十六日から八月十四日まで、温泉嶽(雲仙)

よろづ旅館へ行き、一旦長崎へ帰ったが、八月三十日には佐賀県唐津海岸の木村屋旅館へ、九月十一日から十月三日までは佐賀県小城郡古湯温泉の扇屋へ投宿し転地療法に努めた。次からは「手帳二」にある一九二〇（大正九）年八月二十五日以降の記録である。

二十五日　朝出ヅ、分量やゝ多く、赤の濃き処あり（略）晝寐　少出ヅ（略）仰臥漫録を読む
二十六日　盆／午前三時頃痰吐く、朝見るに、全く紅色にて動脈血も交り居る如し
温泉にて出でたる如き色にてあれより分量多し、
Haemoptoe なることにはじめて気付きぬ、
朝、痰少量、色紅まじる、あとは、血ノ線（ストライフエン）を混ず、
入浴、淫欲、カルチモン〇・五、原因を考ふべし
朝、怒の情なくなり、全然人を許し、妻をも許し愛せんとする心おこる。
夕日さす浅茅が原の旅人はあはれいづくに宿をかるらむ、
しづかなる我のふしどにうす青きくさかげろふは飛びて来にけり
しづかに生きよ　茂吉われよ[20]

医者である茂吉は、このHaemoptoe（喀血）はインフルエンザではなく、結核を自覚し覚悟したと推察される。当時、結核は死の病である。二十五日には、結核から脊椎カリエスとなった正岡子規

の病床随筆『仰臥漫録』を読み、二十六日には「朝、怒の情なくなり、全然人を許し」、あれほど確執のあった妻てる子に対し「妻をも許し愛せんとする心おこる」、そして最期に「しづかに生きよ　茂吉われよ」とある。この「手帳二」から、病気をあるがままに受容する茂吉の諦念（レジグナチオン）を読み取ることができよう。また、神の加護も念頭にあり、生への意志と執着も読み取ることができる。その後、血痰の色、量などの連綿と几帳面に記される。

二十七日　盆／午前五時半　昨日ヨリ分量少ナケレドモ全ク紅色／午前中横臥ス、午後四時吸入、痰少シ色ツク、午後十時吸入痰出デズ、十一時二十分淡紅色出ヅ（少シ）

二十八日／精霊ナガシ／午前二時喀出シタルニ色ツカズ。／ウツラウツラシテ朝九時　吸入時、肉色中等量

二十九日／朝三時頃ノモノ色ツカズ（心持桃色カ）

朝八時ノモノニ太イ線ノ如クニ色ヅク、二三回、（略）

三十日　朝四時頃色ツカズ、六時、極ク淡紅色、然るに洋服著て少し鬱屈ノ感アリシガ淡紅色ニ色ツク。（午前七時半）夕七時、少しく色づきたるものいづ／（略）

八月三十一日　朝五時、第二切ニ淡色、七時、淡紅色　分量少なし（略）夕食後―淡紅色ノ線ニ點（略）

九月一日　朝六時起床、痰出デズ。海岸を散歩シ、城アトノ砂道ヲ歩ミナガラ咳シテ痰ヲ出シ

タルニ淡紅色ノ槐(原)に稍濃キ紅色ノ太キ線ヲ混ズ、次イデ、第二回、稍濃淡紅色ノ塊、太い線　ついで、色濃くなり出でず　要之、昨日よりも色濃し　しかしこれ咳して痰を喀出する際の出血なりしが如し。痰をも少し楽に喀血することを得ば結果よからんか、明朝よりも少し寝坊して自然に痰ノ出ヅルヲ待ツ方可ナランカ(略)

二日　朝、痰尠シ。鮮紅色の槐(原)あり。午前一回極少出ヅ、／午前三時半水泳、のち淡紅色出づ／夕食後直ぐ寝につけども鮮紅ノ少槐いづ(略)

三日　朝、痰や、多く、鮮紅ノ血痰喀出、のち出です、(略)夕方少し淡紅色、臥床後二點紅色いづ、

四日　朝痰イデズ、(強ヒテハ出サズ)洗面後極少ク紅點出ヅ、／朝食後便所ニテ極小紅點一ツノミ(略)午後六時、のどにからみたる痰を無理に出したるに淡紅色出づ

五日　夜ニ點いづ／朝色つかず(略)午後食後、淡紅色／湯浴二回　全くいろつかず

六日　朝、痰少ナク、朝食前痰カラミ、少々色ヅクノミ(略)午後五時浴、色つかづ白色痰／午後八時浴後、淡紅色痰少シ(略)

七日　朝、痰多く、血痰を混じ、少しく悲観、(略)床に入り手てより淡紅色三回(略)

八日　痰多く血液混ズ　あと二三回出づ、(略)

九日　朝、分量多ケレドモ淡紅色ナリ。(略)

十日　朝分量多ケレドモ極メテ淡シ／(略)

十一日　天気ヨシ、淡紅色ノ部分局限少ナシ（略）
十二日　天気晴朗、朝七時、痰多量ナレドモ黄褐色後黄色（略）
十三日　天気吉ノチクモリ少々雨／午前六時　痰少シ　前日ヨリモ紅ヤ、強キ淡紅色
十四日／細雨終日／分量多シ、黄色或ハ黄褐色
十五日／天気吉／朝二回分量中等、黄色（略）
十六日／天気吉／朝、分量尠、黄色（略）
十七日／曇／朝、痰色ツカズ。（略）正午、痰ヲ無理ニ出シタルニ血點出ヅ、どうも浅い処からだその決心つく。（略）帰室喀出、淡紅色（ツマリ血線ノ集リ）多量、臥床
十八日　ハジメ色ツカズ、二度目、血線ヲ混ジ、三度目血痰（鮮紅色ナリ）／洗面ノ時ニ血點
二三、（略）
十九日／子規忌（略）朝、痰出デズ。故ニ無理ニハ出サズ。（略）
二十日／曇／朝七時二十分ハジメノ痰寒天様、二度目ニ血點二三ヲ混ズ（略）
二十一日／曇／朝七時半、ハジメノ痰寒天様ツヾイテ5厘銭大位ノ血線集合／食後モ痰多シ、色ツカズ。（略）
二十二日／晴、／朝八時、起キテジツトしてゐて、色ツカズ　食後便所ニテ一點出ヅ（略）
二十三日／晴／朝七時、痰分量多ケレドモ色ツカズ　痰ハ主ニ寒天様ナリ、風邪気味依然。（略）

○二十四日／朝後曇／全ク出デズ、痰、寒天様ニ少シク黄色ヲ混ズ、（略）
○二十五日／雨後ハレ／全ク出デズ、痰白ク尠シ、（略）
○二十六日／天晴　日曜　東京子規歌会／全ク出デズ、痰白ク（黒點アリ）尠シ（略）
○二十七日／天気吉（月）／全ク出デズ、痰白、少ツヾ、数回（略）
二十八日　朝入浴、室にカヘリ、無理ニ出シタルニべにがら色少シク色づく（略）痰出シタルニ褐色、大豆大ぐらゐノモノ交れり。（略）
二十九日／秋の雨ふる／全ク出デズ。（略）
○三十日／秋の雨／全ク出デズ、朝浴せず。（略）
十月一日／晴曇常ナシ／朝起時イデズ。（略）帰宅シテ口漱シ體ヲ拭キタル後、痰ヤ、深キ処ヨリ出ヅ、褐色少シ混ズ。思フニ、呼吸道ヲ強く働カセル時ニハ未ダ悪シキモノノ如シ
十月二日／吉／全ク出デズ、（略）
十月三日／清吉／全ク出デズ、（略）[21]

茂吉は、一日も怠りなく執拗なまでに念入りに、朝だけではなく昼夜を問わず、血痰の量や色を観察し分析し、「手帳二」に記録した。痰の量が減少し、痰の色が鮮紅色、淡紅色、黄褐色、黄色へと徐々に変化している。快方へ向かうと思うと逆戻りし悲観し、一喜一憂している茂吉の姿を髣髴させる。黄褐色に変化した時には二重丸の圏点が付いている。さらに、九月二十三日になり「色

ツカズ」とあり、二十四日には「全ク出デズ」とあり、日付の前に丸印を数日付けている。そして、十月四日「不出」、十月五日「不出、痰ヤ、多」、十月六日「不出　痰少シ多」、十月七日「不出　痰ヤ丶多」とあり、十月八日以降は「不出」と十月二十日まで続く。その後は、血痰の量や色に関する記載は無くなる。

このような喀血があり、死も覚悟した茂吉であるが、恢復していくとは奇跡とも言うべきであろう。

四　青山脳病院院長茂吉

歌人として高名な茂吉であるが、本業は精神病医であり青山脳病院院長であった。「手帳」には作歌のためのスケッチ、備忘録、短歌の草稿などがあり、基本的には歌人茂吉の研究に重要な資料となる。一方では、青山脳病院は空襲で焼失し、病院関係の資料は灰燼に帰したので、精神病医茂吉を知るに貴重な記録も残っている。次に、「手帳」から精神病医茂吉に関連する特筆すべき内容を拾ってみることにする。

青山脳病院は松原を「本院」、青山を「分院」と称していた。「手帳十八」[22]には、一九二九（昭和四）年二月二十二日現在の青山脳病院本院の現状が記されている。手帳のメモを整理すると次のようになる。

定員は三六〇名で、現在三五三名である。代用患者は二九二名で、男一七六名、女一一六名である。自費患者は、六二名で、男四四名、女一八名である。看護人は八三名で有資格五名、無資格七八名で、男は五二名、女は三一名である。医師は五名、薬剤師は二名である。[23]

当時は精神科病院のことを脳病院と称していた。代用患者とは、私立脳病院が受け入れた公費の患者のことであり、安定的な収入が得られた。定員充足率は98・05%である。代用患者は82・72%という高い割合である。看護人は患者2・84人に当たり一人である。

なお医師五名とは、院長の茂吉の他に、青木義作(養父紀一の妻ひさの弟のこども、茂吉の妻てる子とはいとこ)、斎藤平義智(へいぎち)(紀一の姉の子)、斎藤為助(紀一の養子、五女の愛子と結婚)、並河五郎である。院長は月水金、斎藤平義智が月金、青木が木土、斎藤為助が日火(夜)、並河が毎日である。薬剤師には守谷誠二郎(茂吉の甥)がいる。斎藤家の一族による病院経営であることが分かる。次のように続く。

(二)訓練スルコト。○鐘ヲナラシテ。/○電燈、提灯。/○小峰。甲ニ出レバ乙ニ避難スル。消火栓、バケツ。砂嚢、/○池袋。マカナヒ。/アワテル。訓練スルコト大切デアル。非常召集。/カウ云フ時ニハドウスルカトキク/○カキヤ。/十七/○笛ヲフク。バケツ、三ツ甲ノ場処ヨリ乙ノ場処。/患者ヲチラシテモカマハヌ
○小峰病院。火鉢、鉄アミ。夜六時。夜十時ニ当直医ガマハル。/加命堂、六時。十時(医局)
○事務五六人宿直、/○各病院ノ看護ハ医局、医局、事務ト共ニカントクヲシテキル

○煙草ノマセヌ（山田病院）／○井之頭（巻草、一定個処。見張看護人ノ処、煙草ヲアヅカル。）ナルベク特定ノ場処／「マッチ」ノ注意／○漏電（会社ニヨリシラベテモラフ。）処ニヨリテハ毎月来ル。／電気協会（会費五円。年二遍）／◎退院患者ガ鍵。ネヂマハシ等ヲ入レル。／退院患者同志ノ面会ハワルイ。

○（七）公安上危険ノ懼アル患者ニタイシテハ看護人ヲ専属セシムル等適当ノ処置ヲトルコト（入院費用ノ関係上、出来ナイ場合モアルベケレドモナルベク注意ヲ払ッテモラヒタイ）（見張ノソバノ部屋）

○（八）非常口ハ常ニ完全ニシ且ツ避難ノ障礙トナルベキ物品ヲオカザルコト且ツ非常口ノ鍵ハ所在ヲ明ニスルコト／コレハ看護人ノ訓練、見張ノ交代。

○（九）医師、看護人ノ数規定数ニ満タザルアリ又医師専属ナラザリヤノ疑アリ。コレハレー行シテイタヾク。／○一人タノンデ旅行シテハイカヌカ（ソレハオモテムキニハ行カヌ）／○院長ナドノ知ラザル者ニ無責任者アリ

○（十）往々、命令患者ニ対スル衣食ノ給与又ハ取扱方ニソノ当ヲ得ズト思フ向アリ。（衣類ハ汚穢、破レテキルトカ。一般社会ガ見テ　食物。／（衛生部長ハ眼鏡ナシ。若イ、面長デ、ヤサシイ人デアル。）／社会的ノ事業トシテ考へて欲しい。代用病院、遺憾ト思フ点ガ多イ。素人ガ見テ。

○（十一）手続ヲ要スル事項ニシテ故ナクコレヲ怠リ或ハ遅延スルコトアリ。充分ニ注意スルコ

ト（医者ノ届出。看護人ノ出入等）
○（十二）病室付炊事場ノ清掃不充分ノモノアリ特ニ便所、汚水処方甚シク不適当ノモノアリ。加命堂ヨシ。土間、ト炊事場トノ境界ヲヨクスル、コレハ面白クナイ
○（十三）濫リニ病室内ニテ作業セシメル向アルヲ以テ必ズ指定ノ場処ニテ作業セシメルコト／病室ニ布団ヲツミアゲルコトハ／（衛生部長ト学務部長ト）
（松澤氏）病院ノ管理人ヲキメヨ。（命令ヲ徹底セシメル要）責任者。／（二）注意簿。（警察ヨリ注意サレタル個所）（永久保存ノ）
○看護人ノ所定資格。看做シテ頂クコトヲ得。（現在勤務、一年以上、身元確実ナルモノ）コレハ警視庁管内。病院内ダケ。所定ノ資格「精神病の看護法」、「衛生法規、消毒法、精神病者監護法。」免状ナシ、たゞ病院内ニテ作レバ警視庁
○火災報知器（患者イタヅラスルベシ(24)）

一部に判読し難い内容もあるが、精神病院を経営する院長茂吉の懊悩を読み取ることができよう。一つは防災対策である。青山脳病院は一九二四（大正十三）年十二月二十九日に餅つきの残火の不始末から失火し、三百余名の入院患者中二十名の犠牲者出る惨事となった。他の病院でも失火があり、近隣住民に不安を与える公安上においても社会的な問題であった。避難経路、防火体制の整備、煙草の件、非常口の注意事項など防災対策が列挙してある。当時の閉鎖病棟では逃げ遅れて死亡した

患者も少なくない。一つは看護人の待遇である。有資格者の数は少なく、殆どが無資格者である。看護人の成り手がいない状況なのである。世間では精神病者だけでなく、精神病院の看護人に対しても否定的な眼差しで見た。また、患者からの暴力も少なからず経験する。さらに一つは衛生問題である。

小峰病院の前身は王子脳病院である。「大正十二年、火災で病棟が半焼するが、十四年には新たに小峯病院(内科・精神科)となり、さらに滝野川病院と改称する[25]」とある。また加命堂とは、城東区亀戸町にあった加命堂脳病院のことである。地域住民に配慮してか「亀戸」をあえて「加命堂」としたのである。

五　永井ふさ子

「手帳」という本人だけの閉じられた空間を、他者が開くことにより魔法が解かれたように、作者の性格などを読解することができる。茂吉の「手帳」に、永井ふさ子との案件が記されているのではという期待感と昂揚感があったが、とくに記すこともなく拍子抜けする。それだけ茂吉は、ふさ子との関係を警戒し注意深く交際を重ねていたのである。後日のふさ子の告白は、茂吉との堅固な約束を反故にするものであった。

註

(1) 斎藤茂太・北杜夫『この父にして―素顔の斎藤茂吉』講談社文庫、一九八〇年、一二九ページ。
(2) 斎藤茂太『茂吉の体臭』岩波書店、二〇〇〇年、「父の性格と体質と人となり」一~三四ページ。
(3) 平福百穂(一八七七~一九三三)本名は貞蔵。日本画家・歌友。『アララギ』発行費や茂吉の留学費援助を行う。洋行後、帝国美術院会員、東京美術学校教授。
(4) 中村憲吉(一八八九~一九三四)歌友。大阪毎日新聞記者を経て、『アララギ』に発表。島木赤彦と『馬鈴薯の花』を出版。
(5) 阿川弘之・北杜夫編『斎藤茂吉随筆集』岩波文庫、一九八六年、二二三ページ。
(6) 同書、二二四ページ。
(7) 同書、二二四ページ。
(8) 同書、二二四ページ。
(9) 同書、二二五ページ。
(10) 同書、二二九~二三一ページ。
(11) 「手帳二十二」縦一六糎、横一〇・一糎、紙製、無罫、裏表紙に『北平二』と墨書。
(12) 同書、三四五ページ。
(13) 「手帳二十三」縦一六・四糎、横一〇・七糎、グラフ用紙の手帳、左表紙に『百穂憲吉ト山陰旅行　益田大社布野』と墨書。
(14) 『斎藤茂吉全集』第二十七巻、岩波書店、一九七四年、四六六ページ。
(15) 同巻、四六六~四六七ページ。
(16) 同巻、四六八ページ。
(17) 同巻、四六九ページ。
(18) 山上次郎『斎藤茂吉の生涯』文藝春秋、一九七四年、四一〇ページ。
(19) 『斎藤茂吉全集』第二十七巻、九六一ページ。
(20) 同書、同巻、五九~六〇ページ。

(21) 同書、同巻、六一～七三ページ。

(22) 「手帳十八」縦一〇・七糎、横五・六糎、紙装、横罫、主として鉛筆(黒・赤)、一部ペン及び毛筆で横書き。期間は昭和四年二月頃から六月頃。

(23) 『斎藤茂吉全集』第二十七巻、三七三ページ。

(24) 同巻、三七三～三七五ページ。

(25) 近藤祐『脳病院をめぐる人びと』彩流社、二〇一三年、七一ページ。

第四章　精神病医茂吉と精神科医北杜夫

一　青山脳病院院長茂吉と宗吉誕生

斎藤茂吉の養父である紀一は、進取の精神に富み、青山脳病院院長だけではなく、郷里の山形で衆議院議員ともなった。しかし、再選とはならず落選した。また、郷里で怪童と呼ばれた佐藤文次郎の噂を聞くと、青山脳病院で面倒を見た。[1]一時期は茂吉とも共に生活をしたのであった。紀一は嫌がる文治郎を角界へ入門させ、後に出羽嶽となり関脇にまで昇進した。茂吉の『山房雑文抄』に「出羽嶽」という随筆がある。

昭和五年一月某日、出羽嶽は突然玄関から這入って来た。するとそれをひと目見たこの男の子は大声に泣叫んで逃げた。畳を一直線に走って次の間の畳を直角に折れて左に曲って、洗面所と便所の隅に身を隠すやうにして泣いてゐる。ある限りの声を張あげるので他人が聞いたならば何事が起ったか知らんとおもふほどである。狭い部屋に出羽嶽は持てあますやうに體を置いて、相撲の話もせず蜜柑などを食ってゐると、からかみが一寸明いて、

「無礼者！」

と叫んで逃げていく音がする。これは童が出羽嶽に対って威嚇を蒙ったその復讐と突撃とに来たのである。突然この行為に皆が驚いて居ると、童が泣きじゃくりながら又やって来た。唐紙障子を一寸またあけて、「無礼者！　無礼者！」といった。(2)

この「無礼者」と泣き叫んだ童とは、茂吉の次男宗吉（北杜夫）のことである。宗吉が三歳ぐらいであり、本人も記憶にはない。慈愛に満ちた、茂吉の息子への眼差しが活写された場面ともいえよう。ここでは、戦前の精神病医であった茂吉と戦後の精神科医であった北杜夫との父子関係について論ずる。

一九二七（昭和二）年五月一日に、茂吉とてる子（輝子）との間に次男宗吉が生まれた。名付け親は、平福百穂画伯である。長男の茂太(3)が生まれたのが一九一六（大正五）年三月二十一日であるので、十一歳も離れていた。長男茂太が出生したときは、茂吉は東京帝国大学医科大学を卒業後、東京府巣鴨病院の医員となり、恩師呉秀三の許で精神病の臨床医として駆け出しの状況であった。次男宗吉が出生した時には、欧州留学で学位論文を完成し、帰国後には青山脳病院院長に就任したばかりであった。茂吉の当日の日記は次のように言う。

今日ハ青木君ガ診察シテクレル。午前ヨリ輝子陣痛ノ気味アリ、直グ自働車ニテ赤十字病院ノ産院ニ行キ、十時頃男児安産ス。

午後ニナリテ看護人志願者十数人来リ、コレヨリ六人バカリ選抜シテ本院ニオクル、(後記。ソノウチニテ居附キタルハ一人ノミナリ。アトハ無断ニテ帰ルノモアリ、コトワリテカヘルノモアリ、)夜ニナリテアララギノ選歌ヲセントシテ果サズ(4)。

看護人とは看護師ではない。精神病者の世話を担当するのが看護人であるが、当時は賤しい仕事とされていた。時には、病者が暴力を振るうこともあり、その対応に苦慮することもあったのである。同年五月六日付、中村憲吉宛の書簡では次のようにいう。

病院の方、患者数名逃走が機となり、警視庁より大御叱りにて、急転直下に小生院長に相成ることになり、寸暇もなく、改良する点も多く、心身疲れ果て、こまり居り候、それに青山の方と両方ゆゑ、どうも都合わるく、毎夜ウエロナールのみて寝る始末に有之、しかしそのうち奮闘の上、改善するつもりに御座候、おやぢゐるゆゑ、万事よい事もあり、悪いこともあり困り居り候、(略)五月一日男児分娩、赤十字の産院に居り候、祝は来年にいたすつもりに候、百穂画伯の御考にて「宗吉」と大体命名いたし候(5)

茂吉は欧州留学を終えた帰途、香港、上海間の船上にて、青山脳病院が全焼したことを無線電報にて受信した。その後は、日記に言うように茂吉は、艱難辛苦の連続であり、精神医学の研究に専念しようという淡い夢は潰えた。ところで、紀一は出羽嶽の属していた出羽海部屋の谷町であった。青山脳病院では年末に、恒例の出羽海部屋の力士による餅つきがあり、病者にとって心和む行事であった。出来立ての餅は病者に振る舞われた。皮肉なことに一九二四(大正十四年)十二月二十九日に起きた失火は、この餅つきの残り火が原因であった。二十名の病者の焼死者を出した。この火事の代償は余りにも大きい。しかも、院長の紀一は失火時に妾宅に居たのであった。火災保険が失効していたため、病院の再建のために茂吉は慣れない金策に奔走した。しかも近隣住民の反対により、都心から郊外へ病院を移転せざるを得なかった。安寧秩序という公安上からも内務省、警視庁は、郊外の移転を要請した。社会の要請に内務省が、いや国家が応えているのである。さて茂吉は、金策に行き詰まり次のようにうたう。

うつそみの吾を救ひてあはれあはれ十万円を貸すひとなきか

(『ともしび』「この夜ごろ眠りがたし」大正十五年)

一九二六(大正十五)年四月七日に青山脳病院は青山から東京府松原(現世田谷区松原町)へ移転した。これ以降、松原を本院とし、青山は診療所として残ることとなり分院となった。茂吉は分院で生活した。一九二七(昭和二)年四月二十七日には、病院事故多発の為、警視庁より院長更迭の示唆を受け、紀一の実子である西洋は若輩であり、茂吉が院長に就任することとなった。病院事故とは、病者が逃走し、放火未遂と器物破損を起こした事案であり、警視庁より「大御叱り」を受けた。本院には三百余名が入院していた。茂吉は火難、病院移転などにより疲労困憊し、睡眠薬に依存していた。しかし病院の改善に尽力するが、「おやぢゐるゆゑ」と言うように、院長とは言え、養父紀一が実権を握っていた。一九二八(昭和三)年十一月十七日に、紀一が死亡した。そして、茂吉は漸く実質的に院長として病院経営を双肩に担うこととなった。さて北杜夫は、自らの最初の記憶を次のように言う。

私の最初の記憶は、丈よりも高く生い茂った雑草のつらなりである。草の先のほうには小さな花がついている。まわりに白い花弁があり、中心は黄色い。その無数の花は、私の額の高さか、あるいは頭の上にある。そういう小花をつけた雑草が見渡す限りつづいている。幼児の目には、それが海のような涯しのない広がりをもって見える。(6)

この雑草はヒメムカシヨモギであり、火難後の青山脳病院跡地に繁茂していたのである。バラックの病院があり、隅に焼け残りの自宅があり、宗吉はここで幼年期を過ごした。脳病院と言われた精神病院で生まれたことに対し、宗吉は「異様な目で見られるし、そこに生まれた子供たちもなにがしかの負目をもつように思われる時代の事である」(7)と言う。まさに、社会の精神病者に対する差別や排除の眼差しが読み取れる。茂吉が精神病医となったのは、絶対的存在者であった養父紀一による宿縁であった。しかも医者のなかでも精神病医となった。茂吉は精神病医を「感謝せられざる医者」と言い、作歌活動を自嘲的に韜晦し「業余のすさび」と言った。精神病医の家族にまで負目があった時代精神を感じなければならないのである。

当時の精神病院は、病者を治療することよりも、むしろ隔離し監禁することを優先した。とくに内務省や警察による衛生行政であり、何よりも病者の逃走を危惧したのであった。精神病院は病者のために存在するのではなく、社会の安寧秩序のために必要な場所であった。茂吉も病者が逃走すれば警察へ出頭しなければならなかった。病院は病者が逃走すると、直ちに所轄の警察へ連絡し、病者の確保に努める義務があった。しかし、病院にとっては、一刻も早く病者を捜し出し、できるだけ警察に関わりたくない。ましてや始末書を書きたくない。病者を殺風景な病室へ閉じ込めるのではなく、作業療法により病気の改善が望まれるが、これは病者の逃走というリスクがともなう両刃の剣なのであった。茂吉は次のようにうたう。

狂人（ものぐるひ）まもる生業（なりはひ）をわれ為（す）れどかりそめごとと人なおもひそ　（『ともしび』「生業」昭和二年）

茂吉は「歌よみ」が主で、精神病医が従であると思われたくなかった。また、そのような批判を耳にしたのであった。これは茂吉の仕事への自覚と覚悟を高らかに宣言した歌ともいえよう。茂吉の職業倫理がうかがわれるのだ。精神病医を生業とし精一杯、誠実に病者と向き合い、あるいは寄り添い、病院経営に邁進したことは、紛れもない茂吉の営為であり、敬意をはらうものである。

二　少年時代、中学時代の宗吉

宗吉は青山脳病院での少年時代を次のように回顧する。消失して「原っぱ」となった場所に青山脳病院分院がようやく一九三五（昭和十）年五月に完成したのであった。茂吉の診察日は、原則として青山分院が火曜日、松原本院が水曜日であった。宗吉にとって「原っぱ」は、少年時代の原風景であった。

正月のこと。父は病院の祝賀式に出ねばならなかったから、一般の家のように家族が揃って新年を祝うということはおよそなかった。（略）そして病院の式にも顔を出し、職員にまじって金一封を貰った。それは初めのうちは十銭、小学校上級の頃は二十銭が入っていたと思う。（略）当時の斎藤家は二つの病院を持ち、中級の上くらいの経済状態にあったが、食物は質素といってよかった。（略）隣の青山脳病科病院分院は、私が小学生下級の頃に新築された。玄関に車廻しの円型の道がついており、左手にクリーム色の鉄筋のガレージがあり、アオキの植込みがあったりして、少なくとも前面は当時の精神病院としてはなかなか瀟洒な建物であった。玄関を入って左手に事務室、その奥に院長室、向いあって薬局があり、右手に控室、向いあって応接室があった。診察室のことは思い出せない。とにかく院長室から更に右手へ辿ると、鍵のかかったドアがあり、その奥が入院病棟になっていた。

日曜日など、私たち子供はよく病院に遊びに行った。守谷誠二郎さんがその頃は薬局長をしていて、私たちに「気つけ薬」を飲ましてくれた。それは赤葡萄酒に透明な甘いシロップを入れ、水で薄めたものであった。それから看護婦さんに頼んで病棟の扉を開けて貰い、看護部屋で遊んだり、その隣の娯楽室で玉突きやピンポンをやった。本来は玉突台が一台だけあるのだが、その上に板をかぶせネットを張るとピンポン台になった。ただその台のうしろの空間が足りぬので、私はショート戦法を覚えた。黒木先生などとやり、いくら打込まれても返せた。そして高校時代私はピンポンの選手となったのである。

患者さんも玉突きやピンポンをやっていた。私は幼少の頃から精神病者と遊び、また本院の運動会にも行ったが、患者さんでこわかった思いはただの一度しかない。従って、世間の人が抱きがちな精神病者に対する偏見がなんとも嘆かわしいのである。(8)

青山脳病院分院は空襲で焼失したので、病院の間取りは貴重な記録である。院長室で執務する茂吉の写真が残っているが、本棚の前に机があり、右手を火鉢に当てて資料を真剣に読んでいる構図である。なお薬局長の守谷誠二郎は、茂吉の甥である。茂吉は三男であり、長男広吉(改メ伝右衛門）の次男が誠二郎である。分院の病棟には娯楽室があり、宗吉が病者と共に遊んだ長閑な光景を髣髴とさせる。純真無垢で、何ら偏見の無い子供たちは、病者と一如となって楽しい思い出となった。宗吉は、世間の人の「偏見がなんとも嘆かわしい」と断じている。このように宗吉が結果的に精神科医になるに当たり、貴重な体験を積み重ねていたのであった。

また、宗吉の少年時代には茂吉とてる子は別居生活をしていた。一九三三（昭和八）年十一月八日に、てる子がダンスホール事件に関与して「青山某病院長医学博士夫人」という見出しで新聞に掲載された。軍靴の跫音が聴こえる世相を反映して、不良ダンス教師が検挙された事件である。この事件で、茂吉は「精神的負傷」を受け、てる子との別居を決意し、院長も抛棄する覚悟であったが、義弟西洋と青木義作により慰留され院長を続けることとなった。てる子は、母の生家である秩父や、山形県上山にある茂吉の実弟の高橋四郎兵衛が経営する山城屋に預けられる事となるが、その後世田谷区松原にある青山脳病院の本院で母や西洋と生活するようになった。よって、少年時代の宗吉は非公式に松原の本院へ母を訪ねたのであった。なお、翌年九月には、向島百花園で開催された正岡子規三十三回忌歌会で、茂吉は永井ふさ子との邂逅があった。

宗吉は青南小学校を卒業し、麻布中学校に進学した。そして四年生で修了し、憧れの旧制松本高校を受験した。

ともあれ私は松本高校に憧れた。中学まで私は記憶力が良かったので、学期末の試験もすべて一夜漬けで済ませ、上級学校の受験もしないできた。それが昭和十九年、四修でぜひとも松高に受かりたいと念じ、その前年の暮から必死で勉強を始めた。ほとんど半徹夜であった。父はそういう息子に、ヒロポンの錠剤をくれた。精神病院であったからそんな薬もあったのだろうが、ヒロポンは戦争末期に特攻隊が使い、戦後は破滅型作家が用いた覚醒剤である。そんなものを息子の勉強のために与えた父茂吉はやはり変った男と言ってよいであろう。[9]

当時の時代状況とは言え、息子へ覚醒剤を投薬するとは驚愕すべき事実である。そして本人の志望、父の期待に反し受験は失敗に終わった。茂吉の一九四四(昭和十九)年の日記には「〇夕方宗吉カヘリ来リテ、試験失敗ナリシコトヲ告グ、ソレカライロイロ話シタ[10]」とある。そこで、宗吉は茂吉に命じられるままに、戦争中に開校した東京帝国大学臨時医学専門学校を受験することとなった。三年間で軍医を速成する医学校であった。そして、かなりの倍率であったが合格したが、結果的には入学後三日間講義を受けて、すぐに退学した。四月十二日の茂吉の日記には「〇守谷ヲ頼ミ医専ニ退学届ヲ出ス。午スギニ守谷カヘリ、願書ヲ書カヘ書留便ヲ以テ提出シタ[11]」とある。また、息子の進路に逡巡した茂吉に次の歌がある。

ひたぶるにこの道往けといひしかど迷ふことあり親といふもの

(『小園』「折りに触れつつ」昭和十九年)

北杜夫の回想では次のような会話があったという。

「宗吉、お前、今幾つだ」「十八です」「それは齢を間違っていた。……それならまだ兵隊にとられることはあるまい。どうだ、もう一度高校をやるか[12]」

その後、宗吉は麻布中学校に復学した。授業はほとんどなく軍需工場への動員生活であったが、翌年には合格し、旧制松本高校へ入学した。

三　旧制松本高校の宗吉

青山脳病院は、青山の分院も世田谷の本院も戦災にて焼失した。一九四六(昭和二十一)年に本院の焼跡に佇み、宗吉は歌集『寂光』で次のようにうたった。

防火壁残りてゐたり狂人の住みし焼跡に日は暮れんとす
ゆふされば狂院の跡に人をりて火をたけるこそあはれなりけり
（『寂光』「世田谷本院の焼跡[13]」昭和二十一年）

茂吉が郷里の金瓶、大石田に疎開していた頃、宗吉は松本高校に在学していた。宗吉は将来に向けて、次のような内容の書簡を茂吉へ送った。

私は小学校以来自分が医者になることを疑っていなかった。しかし、高校へ入ってから、なぜとなく医者という業が自分に似つかわしくないというふうに考えが変っていた。べつに文学者になろうとは思わなかった。昆虫好きますます昂じていたし、すっかり劣等生になっていたから医学部はとても無理だと考えたし、動物学へ進みたかった。それに自分はいくらか詩人の素質もあるようだから将来ファーブルのような道も歩けたらと思った。(14)

茂吉は愕然として、その衝撃は大きかった。一九四七(昭和二十二)年十月四日に、宗吉宛に翻意を促す次のような書簡を送った。茂吉の息子への愛情が胸に迫る。

○宗吉が動物学を好きなことに対して、父は万腔(ママ)の同情を持ちます。父も少年から青年まで動物学が好きだったからです。○ところで、動物学を専攻するとして、大学三年で卒業後、どういふ実生活に入りますか、貧乏しながら大学助手になってしばらく研究するとして、その後は教員生活をしますか、或は何処かの技師にでもなりますか、只今の動物学者といふ人は、どういふ生活をしてゐますか、これが父にとっても一番知りたい事であり、又一番不安な点であります。恐らく安楽な生活が出来ず、特に家庭生活に入るとき、非常に不安な点があるのではないかといふ気がします。○茂太なども、平和なら、研究に従事して学位でもとるやうに方針を立てたのでしたが、敗戦後は全くその方針が破れてしまったのです。目下では神経科は見込がありませんから、宗吉には外科でも専攻させて、茂太と別に独立して生活させようかと、父は夜半の目ざめなどに予想してゐたのでした。これならばどうにか暮して行けさうである。大学の助手をしてでもどうにか暮していけるといふ大体の目算でした。動物学に行くとすると、その目算も違って来ますし、宗吉は難儀な生活をせねばならないやうな気持がしてなりません。（略）○父は無限の愛情を以てこの手紙を宗吉に送る。よくよく調査の上、熟慮の上、至急返事をよこせ。どうも宗吉の手紙は、父の云ってやった手紙事項の返事になって居らぬから、注意してその事項に当嵌るやうに返事をよこしなさい。（略）○父は無理矢理に宗吉の意志否定しようとはおもはぬが、物事は、熟慮に熟慮を重ねばならぬから、兎に角至急返事をよこしなさい。医学でも外科などはもっともPraktische Medizinとしては愉快な学問だとおもふが、大体どうおもふか、動物学から医学に転じたい志望の人は沢山あるが、医学から動物学に転じたい人は尠いぞ（実生活上からだぞ）[15]

茂吉は、青年期は「理想主義」になるが、「平凡且つ幼稚で、青年のセンチメンタリズムにすぎない」とし、宗吉の目下の現実を直視するように諭す。要するに、動物学を断念し、医者となることを督促し、とくに外科医を専攻させようとしたのであった。敗戦時には精神科医は見込みがないと予想している。さらに、同年十月八日付の書簡では次のようにいう。

拝啓　○父も熟慮を重ねひとにも訊ね問ひなどして、この手紙書くのであるが、結論をかけば、やはり宗吉は医学者になって貰ひたい。これ迄のやうに一路真実にこの方嚮に進んでください。これは老父のお前にいふお願だ。親子の関係といふものは純粋無雑で決して子を傍観して、取りそ(原)まして居るやうなことは無いものだ、その愛も純粋無雑だ。この父の忠告は宗吉が医学者になり、齢四十を越すとき、いかにこの父に感謝するかは想像以上に相違ない。これに反して若し動物学者にでもなって、教員生活に甘んじてゐたらどうであろうか。父の心配つまり、子に対する愛の心はその心配となって現在があるのである。(略)○つまり、これまでの医科志望を、高校になってから動揺せしめてぐづぐづして、怠けているやうでは、父の悲歎は大きいのだ。又この九月の試験成績を見て(教授中には宗吉に同情して採点した人もあると思ふから、実際はもっと成績は悪いかも知れないよ)悲しむのだ。明春の入学試験が心配なのだ。それは、動物や植物などならば、低能学生でも無試験で入学出来るだらう。医科(特に東京の医科)はさうは行かないよ。そこで学生等は一心不乱に勉強してゐるのだ。今時分の大切な時に、メスアカムラサキだのファブルなどと言って居られないのだ。宗吉は、松高に入るまでは優秀であった。高校に入ってからはおだてられバカになったのだ。いかに恐ろしいことか。○それから、医学者も従来のやうに安楽には暮らせなくなった。医者でも余程の奮闘を要するやうになった。茂太なども父の予想以上に難儀して居る。このことも考に入れる必要がある。○しかし、医学はおもしろい学問だ。宗吉は未だそれを知らないから動植に興味を持つのであるが、やって見れば実に複雑で深遠である。医学の中で、動物植物を含んで居るのは幾らもある。(略)○激して書いたから、許せよ。(16)

この書簡には、動物学や植物学に対する差別的な発言も見られる。茂吉は自らの意志で医者となったのではない。しかし、長男の茂太が医者となっているのに、次男の宗吉にまで医者となることを執拗に念願する。単なる経済的な理由ではない。藤岡武雄の言うように「教育パパ」だけに収斂されるのだろうか。茂吉は長きにわたり精神病医として臨床にあたり、あるいは脳病院院長として病院を経営し辛酸をなめてきたのであるが、それを超克した医者としての自負であり、愛する息子へこの誇りとする医者を継承させたいのであろうか。

同年十月十六日

愛する宗吉よ　速達貰った　○父を買ひかぶつてはならない。父の歌などはたいしたものではない。父の歌など読むな。それから、父が歌を勉強出来たのは、家が医者だつたからである。そこで宗吉が名著(?)を生涯に出すつもりならばやはり医者になつて、余裕を持ち、準備をととのへて大に術作をやつて下さい。（略）父の宗吉に対する愛は広大無辺だから、父も熟慮するし、お前も篤と考へなさい。杉田玄白でも大槻玄沢でもなぜ彼等はあゝいふ名著を出したか、それは彼等は医学者だったからである。宗吉はまだ医学の美妙深遠なることを知らなかったからである。医学のことはこの冬休によくよく話してあげる。医学者は実に偉いものだ。宗吉は器用だから父は宗吉に外科をさせたいのだが、○只今は、一心にただ勉強して下さい。そしてい、成績をとって下さい。下宿をさがしてください。○父は只今引越仕度で寸暇が無い。あとは東京に帰つてからにする。（略）◎宗吉はやはり外科医（宗吉は器用だから、昆虫の標本を見てもわかる。手術はつまりあれと同じだ。）になることを父はすゝめます[17]

茂吉は宗吉の自らの歌への激賞に対し、あれ程までに戦闘的に論争に挑み、自分の歌に自信をもっていたにもかかわらず、愛する息子へは「父を買ひかぶつてはならない。父の歌などはたいしたものではない」とまで言う。宗吉は後に「そんなのウソぱちなんです。それをいま読むとぼく、ほんとうに涙ぐみますね[18]」という。このように、息子は歌人の茂吉に憧憬するのであるが、父親は文学を認めず期待もしない。この後も、北杜夫の記憶によれば書簡は紛失したが「歌などすぐ止めよ」「今後学費送らぬ」「荷車引きになれ[19]」というような激しい書簡を寄こしたという。宗吉は、茂吉の親の愛を感じたが、憤怒の形相を思い、強靭な神経をもたなかった為に動物学への志望を断念することとなった。そして、東北大学医学部へ入学したのであった。しかし、宗吉は茂吉の文学に距離を置くことにより、茂吉の文学に耽溺するようになり、文学への道を志すのであった。

四　東京帝国大学医科大学と東北大学医学部

東京帝国大学医科大学の茂吉は、教室での座席確保や、試験対策など、事前準備が不十分な要領の悪い学生であった。この不器用で愚直ともいえる融通のなさが、人間茂吉の魅力でもあった。山片弁で押し通し、剽軽でユーモアに富むが、ノートを克明に記す几帳面さがある。通常は穏和であるが、ある一点に関し「感心居士」や「感激居士」となり、激情的になった。この激情的な性格は、歌人として論争のエネルギーとなったのであった。しかし、家人に対しては、よく語り草となっている「雷親爺」であった。茂吉は、四年生となり恩師である呉秀三の精神病学を受講した。巣鴨病院では、臨床講義が行われた。なお、茂吉は卒業試験を前に腸チフスに罹り、卒業試験を受験できず、翌年に卒業が延期されたのであった。

さて、宗吉が東北大学に合格すると、茂吉は上機嫌であった。茂吉は次のように言う。

「大学というところは、学期が始まってもそもそも教授が出てこない。半月、いや一カ月遅れて行っても差支えない」と繰返すばかりであった。幾度「大学というところは、そもそも教授が出てこない」という文句を聞かされたことか[20]。

ところが、一九四八(昭和二十三)年四月末に仙台に着いてみれば、大学では授業が、かなり進行していた。松本高校の友人のノートを見ると、ノートの半分がた文字が埋まっていた。

おまけにノートの表紙には、解剖学とか生理学とか病理学とかいう言葉が、ドイツ語やらラテン語で記してあるわけだが、その意味すらわからない。ページを繰ってみると、講義にはむやみとドイツ語がまじっており、それがしばしば専門用語のため、読んでも半ばチンプンカンプンという始末である。(略)ともあれ、なんだかものものしげな、意味も判然とせざる友人のノートを見て、私はゲッソリし、それを写そうとする気力も失った。それでも、私は、翌日から講義を聞きに出かけて行きはした。[21]

熱心な学生とは言い難い。解剖学の授業について次のようにいう。

解剖学というものは医学の基礎である。まず人体のあらゆる部分の名前を覚えねばならぬ。(略)まず骨から始まって、靭帯があって、筋肉があって、内臓があって、脈管があって、感覚器があって、神経があって、……とこう並べても、読者は決しておどろくまい。(略)ところが、これがやたらとあるのである。(略)坐骨神経という名は誰でも知っている。坐骨神経痛というありふれた病気があるからだが、この神経は人体の中の神経でもっとも太い。ところが、太いこやつが枝を出すのである。分かれてゆくのである。その枝がまた何本もの細枝を出し、そのごっそりふえた細枝がそれぞれ小枝を出し、その小枝めがまた無性の糸枝を出しはじめる。ネズミ算というけれど、これらの太枝やら細枝やら小枝やら糸枝やらの総計がどれほどになるか想像して頂きたい。しかも、そいつらに全部名前がとっついていて、これらはそれを覚えこまなければならない。

さて、夏休みになり宗吉は茂吉と父子二人で、箱根強羅にある山荘で過ごした。宗吉が炊事から洗濯まですべてを担当した。そして、時たま茂吉は宗吉に医学の質問をした。

あるとき父は、(略)手ごわきも手ごわき坐骨神経の枝のことを訊きはじめた。私ははじめのうちはどうやら答えていったが、或る細枝から小枝なる辺りであやしくなり、ついに絶句した。父はすぐさま立腹しはじめた。それから私に教えようとして、自分もその名を忘れてしまっているのに気づき、今度は二倍、怒りだした。

それくらい怒られることは日常茶飯事で慣れていたけれど、父は五分ほど憤怒していた挙句、なんとその名前を憶いだしてしまった。父の才能の秘密はあの憤怒のなかにひそんでいたのではないかとしばしば思う。ともあれ、そのナントカカントカ・プロフンドスなんて名を悪鬼のごとく憶いだしてしまったため、父は十倍の勢いで怒りだした。

「何十年まえのことをおれが覚えているというのに、現役のおまえが知らぬとは何事だ！」(23)

尊敬する歌人ではなく、まさに父親の茂吉と過ごした箱根の体験は、宗吉にとって思い出深いものである。茂吉の憤怒は日常のことであるが、医学者となる宗吉への慈愛が、ここでも如実に横溢している。そして、宗吉への期待が心憎いほど感ぜられる。ただし、茂吉は決して病者に対して憤怒することはなかった。この憤怒は不器用な家族への甘えともいえよう。

解剖学の講義が終わり一年生の初冬になると、解剖実習が始まった。医学生にとって、期待と不安の交錯する劇的な状況である。

私たちの場合は一つの屍体を六人で受け持った。（略）私は一本の腕を受持たいと述べた。そこがもっとも簡単だろうと考えたからだ。仲間の勉強家は胸や腹をやりたがったので、私の志望は嘉納された。まず、そろそろと皮膚をはいでゆく。そこらにもこまかい神経などが走っているから、ごく慎重にはがして、解剖図譜と見比べながら仕事を進めてゆく。皮膚の下には脂肪層がある。普通ならば白いはずだが、フォルマリン漬けのそれは、実になまめかしい真黄の色をしている。（略）少し経って、いろんな名の筋肉が続々とその姿を見せるころになると、私はすでに半分がた飽きてしまい、もう半分が嫌になってしまい、実習をさぼりはじめ、たとえ出ていっても自分の腕をほったらかして、他人のやっているところを覗いたり邪魔したりば

かりしていた。（略）

大体、私のグループの他の者の仕事はどんどん進んでゆき、腹腔も内臓もすっかり取りはらわれてうつろになり、足も形骸もとどめぬばかりになっているのに、私の受持の片腕だけはまだ立派に腕として存在し、実在し、やはり腕のごとく望見されるのであった。（略）あまつさえ、私はその片腕をほっぽっておいて、どうも何日かまたもや松本へ遊びに行ってしまったらしい。（略）私のグループの学生たちが、どうせあいつはやらぬだろうと、親切さと自分らの学問の意欲から、進んで手伝ってチリチリバラバラにしてくれたのだ。かくして、実習が終るにはおよそ二カ月ほどかかるのだが、最後の砦として難攻不落を誇っていた私の片腕も、ついにその姿を地上から消した。しかし、ちょっと真面目になって、今になって思い返してみると、私の身勝手な文学的感興は別として、いやしくも人間の屍体に対してもっと謙虚さと畏怖と礼儀とをもって処するべきであったと、はっきり後悔の念を覚える。(24)

宗吉は、医学部に入学して解剖実習を行うまでは、医者としての自覚が欠如していたと言わざるをえない。文学者の眼で解剖実習に臨んだのである。解剖実習という医学部でのイニシエーションは、宗吉の屍体への眼差しを、文学の眼から医学の眼へと転換させたのである。また、宗吉は一個の人間の尊厳さに対する感覚が希薄であった理由として、「戦争の影響を無視することはできぬように思える。たとえば私の家が焼けた五月二十五日の大空襲の翌日、明治神宮の参道の入り口に、ピラミッド状をなして積みあげられていた焼け焦げた屍体の山、ああいうものの印象がまだ中学生だった私の中に沈みこみ、堆積し、どこかを麻痺させ、自分ではそうと気づかぬうちにも、投げやりな虚無感のごときものを造りだしていたのではあるまいか[25]」と言う。大空襲に時には、母てる子の機転で皆が逃げ惑う明治神宮へ行かずに、青山墓地方向へ避難したことで命拾いをしたのであった。宗吉は、すでに医学部在学中より、茂吉の影響だけではなくトーマス・マンに憧憬し、文学者を志していた。よって、宗吉の医学生としての生活は、怠惰であり、真摯に医学に取り組んでいないようにも推察されるが、断定はできない。学業を放棄することなく、要領よくこなしていたと言えよう。その後インターンが終わりに近づき、医師国家試験を前にした時に、とうに老衰していた茂吉の死の報知を受けた。

東京に電話したとき、すでに父はことされていた。最後まで、私は親不孝者であった。父が死ぬとき、最後の注射の一本は私の手で打とうとひそかに念じてもいたのに。東京へ戻る夜汽車の中で、私は大学にはいってから手にとることのなかった父の処女歌集『赤光』をあてもなく開いて過した。あれこれの懐かしい歌たちが、ふたたび私の胸を痛切に貫いた。こういう歌をつくった茂吉という男は、もうこの世にいないのだな、と幾辺も繰り返し考えた[26]。

宗吉の茂吉への強烈な愛を感ぜざるをえない。また、宗吉のカバンの中には、完成間近の『幽霊』の原稿があった。そして、茂吉が死ぬときになって、自らが拙い草稿をかかえていることを、「一つの凍えた宿命であり循環である」[27]と言った。まさに宗吉は医者であり、文学者になることを「宿命と循環」と決定づけたのであった。

五　東京府巣鴨病院と慶應義塾大学医局

茂吉は、医科大学を卒業後、恩師の呉秀三が院長であった東京府巣鴨病院の医員となり、呉秀三の許で精神病の臨床医として修業に励んだ。呉は病者本位の医療を徹底し、病者の拘束具を取り払った。また、病者に作業療法を試みたことで名を馳せた精神病医であった。茂吉の「呉秀三先生を憶ふ」では、呉の診察を見ると精神病者と同化していたという。そして、茂吉の『赤光』には「狂者」の歌が頻出した。巣鴨病院時代に、茂吉は歌人として世に認められたのであった。

さて、宗吉は一九五二(昭和二十七)年の春に東北大学医学部を卒業し、国家試験にも合格した。そして、慶應病院神経科の医局に入ることとなった。フレッシュマンには、オーベンという上役の指導医がついた。フレッシュマンはネーベンと呼ばれる。宗吉は、当時の精神病者について、次のように言う。

当時分裂病者に特効のあるクロールプロマジンなどの薬はまだ開発されておらず、電気ショックかインシュリン・ショック療法だけであった。インシュリン療法とは患者にインシュリンを注射すると血糖値が下り、昏睡状態に陥る。時間をおいて葡萄糖液を注射すると患者は覚醒し、そのあと食事を食べさせると血糖値も元に戻る。この昏睡が深いほど妄想が良くとれる場合がある。といって、あまり時間を遅らせると遷延ショックといっていくら葡萄糖を射っても覚醒しないことがある。私の受持ちの女性患者がこの遷延ショックを起こしてしまった。入局してさして日が経たぬ頃であったから、さすがに私は狼狽し、オーベンのN先生を呼んでもらった。N先生はすぐに輸血を命じた。幸いにしてその患者は目覚めたが、一時はどうなるかと私は周章したのである[28]。

このよう事例は、茂吉も青山脳病院で体験している。また、受持ちの男性患者の逃走もあった。

病院の外へ逃げたのではなく、屋上に逃げ、あまつさえ煙突に攀じ登ってしまったという。(略)患者は煙突の天辺までにはたどりつけず、さすがに力尽きたのかそのままずるずるとずり落ちてきて、無事に保護されたのであった。その報告を聞いたとき、私は実は気遠くなるほどホッとした。こういう心情もまたフレッシュマンならではのものであったろう。

だが、この患者を保護室もない慶應病院に入院させておくのは困難である。かなり遠方の精神病院に送ることとなった。もちろん言い聞かせても分かる相手ではなかったから、栄養剤と誤魔化して眠剤を静脈注射し、電気ショックをかけ、私と一人の看護婦とが車に同乗して彼を送ることになった。眠剤の静脈注射や電気ショックによる昏睡はふつう三十分位は続く。ところが病院はもっと遠いのである。しかもその患者は大男で、もし目覚めてしまったなら、私と看護婦の二人がかりでも押さえられそうもない。のみならず、十五分も経つと早くも患者に覚醒の徴が見えてきた。(29)

結果的には、慌てて、恐怖心に怯え、眠剤の静脈注射をもう一本打つことになった。これは、フレッシュマンの臨床での戸惑いや苦悩の一場面を活写したものである。とは言え、幼少期から青山脳病院で、精神病者と共に暮らしてきた宗吉にとって、精神病者へのまなざしや関りは、初めて体験するフレッシュマンとは大きな差異があるであろう。

茂吉が精神病医になることは宿命であったが、宗吉が医者になることを望んだが精神科医となったのは、必ずしも茂吉の意向ではない。昆虫採集が好きで、手先の器用な宗吉は外科医に向いていると思ったほどである。宗吉は医者となり、自らの意思で尊敬する父と同じ道を選び、精神科医であり文学者であろうとしたのである。それは、宿命であり、かつ循環でもあった。一九四八（昭和二十三）年五月十八日の日記に、宗吉は「自信。茂吉のザーメンから俺は生れた。脳病院で俺育った。信州の自然の中で俺は目を開いた。これ以上何を望もう(29)」と書いている。この僅かな一文から、宗吉の茂吉への愛と、自らの前途に対する不安が感ぜられる。日記には、殆ど父茂吉のことは書かれていない。その内容は、文学を志す青年の懊悩を書き綴ったものである。

茂吉と宗吉を繋ぐものは、短歌でもなく小説でもない。それは、類い稀なユーモア溢れる随筆である。この二人の随筆は、本業に勝るとも劣らずもので、読者を引き付けている。心温まる人間観察は、精神病医、または精神科医という体験が大きく影響しているのであろう。茂吉も宗吉も精神医学への輝かしい成果はない。しかし、暖かな眼差しで臨床医として活躍したことは確かなことである。また、息子である宗吉が語る茂吉は、茂吉を尊敬する門弟による随想とは違い、茂吉のありのままの人間性を浮き彫りにする。茂吉と宗吉の父子関係は、何とも羨ましいものである。

註

(1) 世間では、佐藤文治郎が紀一の養子となったと思われているが、紀一の親戚に当たる斎藤貞次郎の籍に入った。貞次郎は医者志望で青山脳病院の書生として、何回も国家試験を受験したが不合格であった。

(2) 『斎藤茂吉全集』第六巻、岩波書店、一九七三年、一一四ページ。

(3) 長男の茂太の名前であるが、茂一を考えていたが、東京帝国大学医科大学の恩師呉秀三の長男が茂一であった為に遠慮して茂太とした。呉茂一は、古代ギリシア文学者である。なお、茂太の長男は茂一である。

(4) 『全集』第九巻、三五六ページ。

(5) 同、第三十四巻、一四〜一五ページ。

(6) 北杜夫『どくとるマンボウ追想記』中央公論社、一九七六年、二ページ。

(7) 同書、三ページ。

(8) 北杜夫『茂吉彷徨「たかはら」〜「小園」時代』岩波現代文庫、二〇〇一年、二三二〜二三七ページ。

(9) 同書、二五五ページ。

(10) 『全集』第三十一巻、六一九ページ。

(11) 同巻、六三一ページ。
(12) 北杜夫『茂吉彷徨「たかはら」～「小園」時代』二五八ページ。
(13) 北杜夫『歌集 寂光』中央公論社、一九八一年、九四ページ。『寂光』という題名が、『赤光』を意識していることは言うまでもない。
(14) 北杜夫『茂吉晩年「白き山」「つきかげ」時代』岩波現代文庫、二〇〇一年、一二九ページ。
(15) 『全集』第三十五巻、七三六ページ。
(16) 第三十六巻、八二六～八二八ページ。
(17) 同巻、八二九ページ。
(18) 斎藤茂太・北杜夫『この父にして』毎日新聞社、一九七六年、六二ページ。
(19) 北杜夫『茂吉晩年「白き山」「つきかげ」時代』一三六～一三七ページ。
(20) 同書、一四六ページ。
(21) 北杜夫『どくとるマンボウ青春記』中央公論社、一九六八年、一四七～一四九ページ。
(22) 同書、一四九～一五〇ページ。
(23) 同書、一五一ページ。
(24) 同書、一五三～一五五ページ。
(25) 同書、一五六ページ。
(26) 同書、二五〇ページ。
(27) 同書、二五〇ページ。
(28) 北杜夫『どくとるマンボウ医局記』中央公論社、一九九三年、五一～五二ページ。
(29) 同書、五三～五四ページ。
(30) 北杜夫『或る青春の日記』中央公論社、一九九八年、五一～五二ページ。

第五章　茂吉の戦争詠

一　戦争詠とは

斎藤茂吉の戦争詠は、戦争讃歌の詠草のことであり、歌人茂吉の「負の遺産」として語られ批判され、時には糾弾までされている。近代短歌の重鎮であった茂吉の歌を語るに、戦争詠を語らなければ、腫れものに触らぬが如くに敬遠することとなる。茂吉の門弟にしてみれば、永井ふさ子との恋愛事件、晩年の認知症、そして戦争詠の三つはタブーとまでは言わないが、喉に小骨が刺さったような状態で語りたくないテーマであり、口を閉ざすのであった。しかし、これらを直視しなければ人間茂吉の本質が理解できないのである。茂吉の性格は粘着型であり、理性を統御できずに永井ふさ子に耽溺したかの如くに、脇目も振らずに一途に一事に熱中する傾向にある。国民総力戦が叫ばれ、銃後にあった茂吉であるが、戦争詠に対し熱病に冒されたように、戦時中の情報統制の許で作歌に必要な素材も整わないにもかかわらず、抗うことなく只管その求めに愚直に応じて量産し、国民（臣民）たる義務を遂行したのであった。品田悦一によれば、国威発揚に加担したという広義の戦争詠は「ゆうに千八百首以上、多めに見積もれば二千首以上という勘定となる(1)」という。それが結果的には茂吉だけではないが、銃後において国を憂える極めて標準的な日本人の一人として戦争に協力したのであった。

茂吉の人生を回顧するに、日清戦争から太平洋戦争の敗戦に至るまで、常に茂吉は日本が関わった近代戦争の時代を生きたのであった。しかし、茂吉は銃後にあったがために、戦地に赴き直接に戦闘を体験することはなかった。このことは、茂吉にとって何らかの負い目ともいうべき「精神的負傷」があったとも推察されるのである。

日露戦争時には、長兄の守谷広吉と次兄の守谷富太郎が応召した。『赤光』では兄の従軍を次のように詠んでいる。ここに、茂吉の戦争詠の原点があるといえよう。その頃の茂吉は二十三歳であり、一九〇五（明治三十八）年六月には第一高等学校を卒業し、七月になり斎藤てる子の婿養子として入籍し、九月には東京帝国大学医科大学に入学したのであった。茂吉は郷里の山形県上山尋常小学校を卒業し、東京の養父紀一が経営する浅草病院に寄寓してから、十年近くの歳月を経て、食客ともいうべき茂吉にとって漸く自らの居場所ができたのであった。

書（ふみ）よみて賢くなれと戦場のわが兄は銭を呉れたまひたり
戦場の兄よりとどきし銭もちて泣き居たりけり涙おちつつ

（『赤光』「折に触れ」明治三十八年）

長兄の広吉は、一九〇四（明治三十七）年二月十一日に歩兵少尉として応召した。吉田漱によれば「広吉の秋田第八師団十七連隊は旅順攻略への増援というより、大連上陸後、遼陽へ向い、沙河会戦後、対峙膠着状態になったこの方面の予備軍であった[2]」という。兄が将校なので戦場からの送金が可能であったのであろう。激戦地へ急行する前に、駐屯していた村で、茂吉への手紙と送金を行ったのである。次兄の富太郎は歩兵軍曹として広島三十二連隊に応召した。随筆「日露の役」では「日露戦役のあったときには、僕はもう高等学校の学生になってゐた。日露の役には長兄も次兄も出征した。長兄は秋田の第十七連隊から出征し、黒溝台から奉天の方に転戦してそこで負傷した。その頃は、あの村では誰彼が戦死した。この村では誰彼が負傷したといふ事が毎日のやうにあった[3]」とある。

生きて来し丈夫がおも赤くなり踊るを見れば嬉しく泣かゆ　（凱旋二首）
凱旋り来て今日のうたげに酒をのむ海のますらをに髯あらずけり
（『赤光』「折に触れ」明治三十九年）

この歌の「丈夫」とは鹿児島県出身の開成尋常中学校の同窓生であった市来崎慶一のことである。

海軍少尉となり日露戦争で戦い、凱旋した時の歌である。茂吉の友人には兵役の体験をし、戦場から凱旋する者もあったのである。戦地に赴いた友人や知人に対し、茂吉の胸中はいかばかりであったのであろう。

なお、茂吉が戦時下に詠んだ戦争詠は、新版『斎藤茂吉全集』第四巻「短歌拾遺」に殆ど収録されている。茂吉の戦争詠は、『作歌四十年』には「いきほひ抄」「とどろき抄」「くろがね抄」「昭和十九年抄」としてある。これらは、それぞれ一年間の作歌を編集した未刊の歌集である。さらに、これとは別に自筆原稿が残っている『萬軍』(4)という歌集がある。ここでは、十五年戦争に焦点を当てることとする。

二 太平洋戦争開戦時の茂吉

一九四一(昭和十六)年十二月八日、午前七時になるとラヂオから「臨時ニュースを申し上げます。臨時ニュースを申し上げます。大本営陸海軍部午前六時発表。帝国陸海軍部隊は本八日未明、西太平洋において、アメリカ、イギリス軍と戦闘状態に入れり」と開戦が知らせる。次は、茂吉の十二月八日の日記である。茂吉は、五十九歳であった。

○昨日、日曜ヨリ帝国ハ米英二国ニタイシテ戦闘ヲ開始シタ。老生ノ紅血躍動!(略)○神田一橋図書館、鰻、○午後四時十五分明治神宮参拝ス、東条首相、海軍大臣等ニアフ。○道玄坂

鰻、○皇軍大捷、ハワイ攻撃！　戦ハ日曜ナリ○宣戦大詔渙発[5]

茂吉は、明治神宮へ参拝すると東条英機らに遭遇したのであった。そして、午餐に鰻であったが、晩餐にも渋谷道玄坂の常連である、おそらく「花菱」で好物の鰻を賞味したのであった。「紅血躍動」とは言え、特別な行動をした訳ではない。また、茂吉は『作歌四十年』においては「予感はしていたものの、一億国民はおどり上った。歌人もそれに漏れず歌も武装するに至った[6]」という。まさに大政翼賛会が掲げた「進め一億火の玉だ」になったのである。中学二年生であった北杜夫(茂吉の次男宗吉)は、当日の朝の茂吉の姿を次のように記し、開戦の日の世相にまで言及している。

登校する前に電話室を通りかかると、二階からどかどかと足音を立てて父が降りてきた。昂奮した声でこう言った。
「宗吉、始まったぞ！　アメリカと始まったぞ！」(略)
このようにして茂吉にとってのっぴきならなかった太平洋戦争が始まったのである。
現在では戦争に協力した者は悪とされているが、開戦時中学二年生であった私の体験から言うと、一般民衆は転落に向う祖国の状勢をとても判断できるものではなかった。新聞はＡＢＣＤラインを書きたてていたし、それゆえ開戦の日に一部の人が、「曇天にパッと日が射したよう」と感じたのも無理ではなかった。[7]

なお、北杜夫のこの文に対し、阿川弘之は論評を加え、北が遠慮がちに言っている「曇天にパッと日が射したよう」に感じたのは「一部の人」でないという。ABCDラインとは、言うまでもなく米英中蘭による経済封鎖であり、国民の生活は窮乏し、食料難という塗炭の苦しみを受けていたのであった。

緒戦時、学生も学者も各界一流の芸術家もひっくるめて日本人の大多数が、先進国米英に対する軍の戦果の大きさに感動し、進んで戦争協力の姿勢を見せたのは、ごく自然な成行きであった。茂吉先生はそれの代弁者に近い存在だった。[8]

断片的な、あるいは歪められ統制された情報や知識の中で、人間は理性的に的確に事の本質を分析することは困難である。阿川の言うように閉塞感が漂う状況下で、当日の一般国民の反応を理解するには、時代の精神を読み取ることが肝要なのである。そして、高名な歌人、あるいは医学博士で青山脳病院院長たる茂吉の行動や言動ではなく、一人の凡庸な庶民の感情を茂吉が吐露したものなのである。多くの国民は日米開戦に不安を抱いたが、国民に情報の開示がないだけに、事の重大性に気付く人は少なかった。次が、開戦時の歌であり十一首を詠んだが、その中の五首を挙げる。『作歌四十年』には「とどろき抄」にある。

たたかひは始まりたりといふこゑを聞けばすなはち勝のとどろき
たぎりたる炎をつつみ堪へしのびこらへ忍びしこの国民ぞ
やみがたくたちあがりたる戦を利己妄慢の国国よ見よ
何なれや心おごれる老大の耄碌国を撃ちてやまぬ
戦はたちまちにして乾坤をゆるがすときに勝どきのこゑ　（『短歌拾遺』「開戦」昭和十六年）

三枝昂之は『昭和短歌の精神史』で次のようにいう。

　こうした出口の見えない状態、じりじりとアメリカに追いつめられてゆくその暗雲を一気に払う行為が、日米開戦と真珠湾奇襲攻撃の成功と歌人たちには映ったのである。そうした強い実感が伴わなければ、土岐善麿の「横暴アメリカ老獪イギリスあはれあはれ生恥さらす時は来向ふ」、相馬御風の「あじあの敵人類の敵米英」、半田良平の「堪へたへて今日に及べる日本」に代表される表現は出てこない。つまり足並みを揃えたような憎悪と開放感に彩られた開戦歌は、昭和十六年十二月八日における歌人たちの心底からの正述心緒でもあった。(9)

開戦となり茂吉は、帝国臣民の一人として歌を武装し、歌人として戦争に加担し、その役割を果たしたのであった。『作歌四十年』では、第一首について「いざ開戦だという声を聞くと同時に大勝利勝鬨の轟音だというので、『すなはち』で連続せしめて調を取った」という。第二首は「恰も溶巌炎の如きもの、大爆弾の如きものを内に蔵してじっと堪忍して来た皇国民であるぞ」というように強い調子になっている。第三首は「止むに止まれずして戦を宣したのであるという戦争の目的を天下に明らかにした。（略）『利己妄慢』は作者が考えた」という。第四首は「『老大の耄碌国』も作者がこう続けた。老大には好い意味もあるが、衰残の気分を漂わせた語感である」という。[10] このように、歌をどのように工夫し武装したかを解説している。

また、茂吉は『童馬山房夜話』の「会員諸君に告ぐ」（アララギ昭和十七年一月号）では、次のように開戦について昂奮気味に公に向かってアララギ会員を鼓舞している。加藤淑子は、これは茂吉だけの特別な感情ではなく、茂吉の一連の行動をもってして茂吉が「開戦当日の国民的感情を直叙した[11]」と論じている。

> 実に当然のことであって、天地神明の加護の下になされた行動である。一体、支那から全皇軍を撤退せしめよの、南京の国民政府を認定せぬの、日独伊三国同盟を破棄せよの、さういう失敬無礼生意気千万きはまること、現神天皇の統御したまふ皇国にむかって、乃至皇国の重大使臣にむかってかりそめにも云へたわけ合のものか奈何といふことを、先ずアララギの徒はおもはねばならない。（略）拙者のごとき老生も、満身の紅血、みなぎりたぎり、跳躍鳴動するの

をおぼえたほどであるから、年わかきアララギ諸君のありさまは想像するに難くはない。[12]

茂吉の門弟である佐藤佐太郎には、茂吉の雑談の席上、酒食の間などにおける片言隻語を書き残した記録に『童馬山房随聞』がある。一九二一(昭和十六)年六月二十日に、青山の茂吉邸で、佐藤佐太郎、山口茂吉、柴生田稔らアララギ門下と夕食を共にした時に、酒中の雑談で「どうしても日米開戦になるね。そうしたら諸君も奮発してくれたまへ。僕も従軍する」[13]と突然に語ったとある。「僕も従軍する」とは、齢六十になろうとする茂吉が、兵役を務めるのではなく、歌人として国民の士気を鼓舞する歌をつくり、そういう意味で戦争に「従軍する」という意欲を吐露したものであろう。次に開戦の十二月八日の記載はないが、前日には次のようにある。

(昭和十六年十二月七日)

また「歌を濫作した。一つ二つことわったが、あとはみな作ってしまった。〈婦人公論〉で高村(光太郎)さんがいい詩をつくったから、僕にも歌を出せといって来たが、事変の歌はむずかしいよ。空想歌と同じようなもんだからね。非常に骨がおれて、ろくなものはできない。それにほんとうのことが言えないのもあるしね。それだから戦争が早くすまなくてはだめだね」と言われた。[14]

これを読むと、限定的な期限のなかでの戦争詠の作歌の苦労と、その本質が素直に語られている。「ろくなものはできない」と断言している。この文章は非常に重みがある。茂吉と佐太郎との会話に、茂吉の戦争詠への偽らざる気持ちが表現されているといえよう。要するに、断りきれなかったということである。

(昭和十六年十二月十六日)
私の持参した歌を見られ、「僕も今度は六十首ばかり作った。歌人はこういうときに作らなくては役にたたないからね。ただすぐ種切れになる。君の歌もこんどはひとつ武装してくれたまえ」と言われた。先生はこれから診察で病院の方へ行かれる。(15)

次に、同年十二月十日の日記である。

○午前中、アララギ夜話増補、○午後本院行総廻診、○捷報シキリニ至ル、道玄坂ニテ鰻クヒ居ルトキキングオブウエルス撃沈ノ捷報ヲキク。ソワソワシテ何モセズ、ラヂオノミ聴キ居ル、夜、朝日新聞社ヨリ歌五首ヲ徴求セラル。諾ス。(16)

この日も、茂吉の日常生活に変化はない。午後に松原の青山脳病院本院へ院長として、あるいは臨床医として総回診し精神病医の責務を果たし、またしても道玄坂にて鰻を賞味するが、戦況が気に懸かる。戦艦はキング・オブ・ウエルズではなく、プリンス・オブ・ウエルズである。イギリス艦隊はシンガポール港より、マレー半島東方を北上したが、日本海軍の攻撃によりイギリス戦艦レパルスは轟沈し、プリンス・オブ・ウエルズは大傾斜し遁走するも、爆発を起こし沈没したのであった。

クアンタン沖に神集（かみつど）ふまたたくまわがわが空軍はとどろきわたる
罪ふかくおどおどとして北上せる敵戦闘艦はたちまち空（むな）し
（『短歌拾遺』「轟沈」昭和十六年）

レパルスは瞬目（しゅんもく）のまに沈みゆきプリンスオブウエルズ左傾（さけい）しつつ少し逃ぐ
（『短歌拾遺』「絶待」昭和十六年）

このように急遽「朝日新聞ヨリ歌五首ヲ徴求セラル、諾ス」という風にして、戦争讃歌の歌を量産したが、飾りことばの多い空疎な内容であるだけに、茂吉は後に次のように詠む。

死骸の如き歌累々（るゐ）とよこたはるいたしかたなく作れるものぞ
（『霜』「折に触れ」昭和十七年）

茂吉は「死骸の如き歌」という。言いたいことが言えない、断りたくても断れない茂吉の置かれている立場、状況、事情を賢明なる読者に対して推量し、斟酌くだされよと言わんばかりの内容である。茂吉と佐太郎との会話には、茂吉の戦争詠への偽らざる気持ちが表現されていると言えよう。繰り返すが、どうしても断りきれなかったのである。なお、この歌に通底するような次の歌が浮かんでくる。この歌も、歌人の茂吉ではなく、精神病医で、かつ青山脳病院院長として読者には想像できないような艱難辛苦に耐えている茂吉の実情を知って欲しいという魂の叫びである。

茂吉われ院長となりいそしむを世のもろびとよ知りてくだされよ

（『石泉』「世田谷」昭和七年）

日米開戦後、戦場後方の銃後では、国民は生活必需品をはじめとする物資窮乏とインフレに苦しみながらも、「欲しがりません勝つまでは」という国威発揚を目的とした戦時標語に従順に応えようとしていた。茂吉の経営する青山脳病院においても、食糧不足が深刻であり、精神病者にまでも食糧の配給が十分に行われず、栄養失調により死亡する病者も出るような状況であった。戦時中においては、精神病院や精神病者への配慮は忘れられていたのである。このような懊悩自責の状況下で、茂吉は戦争詠をひたむきに量産していたのであった。その後の茂吉の戦争中の日記を抜粋するが、常に戦争に関する記事を記したものではない。多くはアララギ会のこと、青山脳病院のことなどが記されている。

　昭和十七年二月十五日には「〇午後十時スギノ放送ニュースにて十五日午後五時五十分新嘉坡ノ陥落ヲ報ゼリトゾ予寐テシマツテ聞カズ、予ノ哥ヲモ朗誦セリトゾ(17)」とある。「開戦以来全国民注視の的、シンガポール陥落は徴求がさすがに多く約五十首を数える(18)」という。大本営はシンガポール英軍の無条件降伏を発表し、ラヂオは祝歌「大稜威大きなるかなや眼前にシンガポール落つシンガポール落つ」と放送した。

　同年七月七日には「〇聖戦五周年記念日、〇診療ニ従事。(略)〇入浴、ヘトヘトトナル、山口君、夜、予ノ歌放送(19)」とある。『作歌四十年』では「支那事変以来五周年がめぐり来って、世界の情勢が丸で変った。この耀やかしい大捷を心中にして五周年を迎えたのであるから、一歌人の徒と雖も、黙っていられぬ道理である。『血しほのたぎり吾はおぼゆる』『心ぞ燃ゆる老びと吾は』などという句はこうして出来たのであった(20)」という。

つらぬかむ国つ力をたたへむに血しほのたぎり吾はおぼゆる
皇軍の勝鬨をしも聞くときに心ぞ燃ゆる老びとわれは　（『短歌拾遺』「五周年」昭和十七年）

一九四三(昭和十八)年五月二十一日には「〇家ニカヘレバ朝日新聞ヨリ電話アリ、ツイデ毎日新聞、東京新聞、週間朝日ヨリ電話アリ、山本大将戦死ノ報ナリ、〇驚愕、心キエンバカリニナルヲ辛ウジテ堪へ、三時半マデ歌三首ヲツクル、午睡、○放送局ヨリ電話アリ、山本大将ヲイタム歌二首嘱マル[21]」とある。

山本五十六聯合艦隊司令長官は、士気昂揚のために最前線基地バラレ、ブイン方面を視察したが、米軍に暗号電報が解読され、ブイン上空で山本の搭乗機が爆撃された。茂吉は新聞社や放送局から矢継ぎ早に督促を受けることとなる。戦争詠の作歌に慣れてきたとはいえ、短時間に仕上げなければならない精神的な苦痛がある。茂吉は次の歌を詠んだ。

なげかむに言(こと)も絶えつつ天地(あめつち)も極まらむとぞかなしみわたる

(『短歌拾遺』「あゝ山本元帥」昭和十八年)

なお、同年五月二十六日には「○元帥国葬ノ歌、六ツ辛ウジテマトメタ[22]」とある。

同年五月二十四日には「○七時ニアッツ島方面ノ大戦果(海軍活躍)ノ放送アリ、何トモ彼トモウレシイ。一億奮起、英米等何デモナイ[23]」とある。陸海軍は、米ソを遮断し日本本土爆撃基地の設営を妨げるため、アリューシャン群島のアッシ島に奇襲上陸した。アッシ島の現実も知らず、茂吉は喜んでいたが、極めて厳しい状況にあり、次に記すようにアッシ島では二三五〇名が玉砕した。同年五月三十日には「○入浴中、アッツ島全守備軍ノ激闘、全戦死(部隊長山崎大佐)ヲ報ジタ、百子ガラヂオノソバデ泣イテヰタ、○悲憤感動シテ夜モネムレナカツタ[24]」とある。次の歌を残している。

すくひなき一つの島にたてこもり二千のかばねここにとどめし

（『短歌拾遺』「アッツ島」昭和十八年）

ひとつ島のツンドラのうへにとことはに「軍神部隊」の名をぞとどむる

（『短歌拾遺』「軍神部隊」昭和十八年）

同年九月九日には「○夕刊ニテ伊太利バドリオ政権ガ英米ニ無条件降伏ノ報ニ接シタ。イロイロ憤激シテ寐タ。汗ガシキリニ流レタ、○夜下痢、○午前ニ防空室ノ掃除、虫ガワキ、ノミガ出デタ[25]」とある。

同年十一月二十四日には「○大東亜戦争第二周年ノ作歌（毎日新聞）。○午後本院行、総回診、患者ガ死亡シテヰタ、空室モアツタ[26]」とある。

うつせみの血潮たぎりて二年の大きたたかひ今日こそおもへ

（『短歌拾遺』「大東亜戦争第二周年」昭和十八年）

同年十一月二十九日には「○大戦二周年ト、一億総神拝ノ歌ヲ清書シテ封筒ニ入レタ、○午後明治ジングウニ参拝シヨウトシタトコロニ朝日新聞カラ電話カカリ、ギルバート島第二第三次大戦果ノ歌五首ヲツクル、（一時間半）〇夜ハ何モ出来ナカツタ[27]」とある。

大神（おほかみ）のあま照る山はとほけども心きはまりうなねつきぬく　（『短歌拾遺』「聖駕」昭和十八年）

同年十二月十八日には「〇注文ノ短歌ヲ大イソギデ作リ、朝日ノタメノ文章ヲモ書イタ、（略）七時ノニュース聞カズニシマツタガ、敵ガニューブリテン島ニ上陸シタ。敵！　クタバレ、コレヲ打殺サズバ止マズ。止マズ、止マズ！　生意気ノ敵ヨ、打殺サズバ止マズ[28]」

連合軍はパプアニューギニア東のニューブリテン島の堅陣ラバウルの攻略を開始した。茂吉は、かなり激高し敵を非難した。

おのれあはや敵空母を爆撃せむとする夢をみたり額より汗しとどにて醒む
（『短歌拾遺』「手帳五十三、十二月」昭和十八年）

ラバウルをおもへばつつがありやなしわが病院より看護婦ひとり
（『短歌拾遺』「言盟」昭和十八年）

一九四四（昭和十九）年七月十九日には「〇サイパン島全員戦死ノ報出ヅ（南雲忠一海軍中将、斎藤義次陸軍中将、辻村武久海軍少将)、悲歎限リナク。残念無念[29]」とある。中部太平洋最大の要衝で、難攻不落であったサイパン島が陥落するとは何たることか。茂吉は「竹槍をもて」と叫び、「くやし」と三回繰り返す。

艦砲射撃爆撃戦車砲に竹槍をもてつひにむかひき
(『短歌拾遺』「強羅漫吟」昭和十九年)

サイパンの島をおもひて眠られずわが心くやしくやしくやし
(『短歌拾遺』「アララギ九月号」昭和十九年)

三 戦争詠への批判

板垣家子夫『斎藤茂吉随行記』によれば、一九四六(昭和二十一)年四月三日、山口茂吉が「先生、先生を戦争協力者に挙げているものが居りますが、十分気をつけてください[30]」という。これを聞くと茂吉は勃然と怒り出したという。「そうか、山口、そういうことがあるのか。俺を戦争協力者とは一体どういうことだ。歌人のほとんどが皆そうじゃないか。国が戦争をすれば、誰でも勝たせたいと願うのは当然だ。国民としてそれがどこが悪い。そうだろう、山口[31]」と居直ったわけではなく、素直に憤激しているのである。さらに山口は「敗戦国で占領軍の軍政下におかれ、日本自体でどうにもならぬ時なのです。だから先生、歌を発表するときは、十分に注意して引っかからぬようにして下さい[32]」と言い、茂吉は「うん、そうか。そうする。下手なところで引っかかってもつまらんからな。だが、心外だな。俺を戦争協力者に挙げるなんて、奴らは共産党か時局便乗の奴らにきまっている」[33]と応える。さらに茂吉は腹に据えかねて「そうか。だが短歌なんて、はかない文学まで戦犯に加えるなんて仕方のない奴らだ。戦争を勝たせたいという国民感情から、歌を作ったのがなぜ悪いんだ。戦争中は作りたくなきときでもジャーナリズムや軍が、無理に作れ作れと言い、作らなければ非国民扱いにする。そして今度は戦犯者だ。ひどいときは、夜十一時頃新聞社から電話が来て、十分間で○○が陥落したから祝いの歌をすぐ五首、電話口で作れなんて言ってよこしたりしたもんだ。こんな無理をさせて作らせたくせに、戦争協力者呼ばわりなど片腹痛い。癪に障る奴らだ」[34]という。電話口で即座に作歌したとは驚愕である。このような茂吉の心情であったが、茂吉の戦争詠は戦後になり批判されるようになった。

まず、開戦前夜に書きつがれたものであるが、中野重治は『斎藤茂吉ノート』の「ノート七　戦争吟」で『寒雲』所収の戦争詠を「第一類」と「第二類」に大別した。これらが「第一類」のものである。

大冊河（だいさくが）わたれる兵の頸（くび）までも没（ぼっ）すとききて吾（わ）れ立ちあるく　（昭和十二年「山房小歌」）

土嚢（どのう）かつぐ兵（へい）目のまへに転（ころ）びしときおもほえず吾（われ）の声が出でたり　（同年「街頭小歌」）

弾薬を負ひて走れる老兵がいひがたくきびしき面持（おももち）せるも　（同年「保定陥落直後」）

おびただしき軍馬（ぐんば）上陸のさまを見て私（わたくし）の熱（あつ）き涙せきあへず　（同年「時事歌抄」）

わが家の隣につどひし馬いくつ或日の夜半に皆発ち行けり　（同年「保定陥落直後」）

これらは一九三七（昭和十二年）夏からの「日華事変」の時局に感動した歌である。不拡大を方針とした事変であったが、戦争へと突入していった。第一首の場面は加藤淑子によれば「氷定河を挟んで敵と対峙中であった第一軍の部隊は九月十四日正午より、河床に高梁が繁り濁流渦巻き、対岸の敵堅陣より弾丸飛来する氷定河を渡河、平漢線に沿って南下作戦開始。胸を没する濁水を衝いて敵前渡河する歩兵騎兵部隊、決死の敵前架橋を行う工兵の写真は新聞に掲載されニュース映画となった」とある。第二首の「土嚢かつぐ兵」、第三首の「老兵」に茂吉は戦場に立つが如くに、個に即して感情移入している。第四首は佐藤佐太郎の『茂吉秀歌』に収録されている。茂吉はニュースの映像を見て、映像に呼吸を合わせるように、歌を作ったのである。映像をもとに上海あたりに輸送された軍馬を見て感情移入したものである。茂吉は午年生まれであり、山形県金瓶村の農村に育ち、自らの書斎を「童馬山房」と名付けるほど馬には愛着があった。内地から大陸の戦場へ赴く夥しい数の馬を見て、感涙が滂沱して止まらなかったというのである。馬は戦場へ行く自らの運命を知る由もない。佐太郎は「作者の心熱と力量とがほとばしっている。上句の没細部の表現とあいまって非のうちどころがない作である」[36]と評している。第五首も軍馬として戦場へ赴く馬への愛惜の情である。次に挙げるのが「第二類」である。

よこしまに何ものかある国こぞる一ついきほひのまへに何なる

あからさまに敵と云はめや衰ふる国を救はむ聖き焔ぞ（同年「一国民の歌」）

あたらしきうづの光はこの時し東亜細亜に差しそめむとす（同年「時事歌抄」）

直心こぞれる今かいかづちの炎と燃えて打ちてしやまぬ

天地につらぬき徹り正しかるいきほひのまへに何ぞ触らふ（同年「BK放送の歌」）

中野重治は「第二のものは、茂吉のいわゆる『思想的抒情詩』とはいえぬとしても、しかもやはり鷗外の『感境体』の詩に近いものであろう(37)」と冷淡に取り扱っている。茂吉はこの中で第五首について『作歌四十年』で次のように解説している。

支那事変の始まった頃から自分は改造社の新万葉集のため、その選歌に大に骨折っていたが、その八月すえ大阪のBKから放送用として事変の歌五首を求められた。そうして再三催促まで受けたので、八月廿五日五首を作ってBK迄其を送ったところが、放送が延引して十月九日になった。なぜ自分はこういうことを云うかというに、事変の歌に手慣れぬために、一首つくるのにも甚だ難儀し、第一放送用として一般向の歌を作るにもどういう具合にすべきかという見当が第一につかぬ程であった。そこで聖戦のことを昭明にするため（略）皇国に天地神祇八百万神の現存したまうことを内容として、全力的な声調でそれを統一せしめようとしたのであったが、これがその時のせい一ぱいであった。[38]

このように茂吉の戦争詠が二類に分裂し、全体的に抽象的で不透明であるのは、中野が言うように「事変の近代戦・総力戦としての時間・空間的テンポが茂吉をも追い越した[39]」からである。茂吉が戦争詠を作歌するには、いくつもの制限があった。国威発揚が主たる目的であるが、連戦連勝を報ずる限定的な新聞記事、ラヂオ、映像ニュースなどの間接的な情報により戦況を知り、臨場感をもって国民の共感を得るような、あるいは一致結束するような戦意高揚を醸し出す歌にしなければならなかったのである。戦争が進展するにつれて第一類が激減し、第二類ばかりとなっていったのである。

杉浦明平は唯物史観の立場から「茂吉の近代とその敗北」で、茂吉の非近代性を指摘し痛烈に批判する。茂吉に対し「忽ちにして卑屈な一俗物に転落してゆく経路は、多かれ少なかれわたし自身を含めてこの国の知識人小市民の辿った人間喪失の過程」の典型的なものとしているが、今なお天皇を「神格化してたたえる一人であり、その新年御歌会撰者でもあり、新仮名づかいに対して見当はずれのしかし熱烈な反対者」であるという。そして次のように論断する。

現に目の前にくりひろげられている日本の労働者農民の苦痛と惨状すらをみとめることので

きぬ茂吉の目は、植民地住民のおそるべき苦悩や憤怒に対して全然明めくらだった。そして茂吉の歴史的現実的認識の低さがかれの文学とこのように深く関連して、茂吉の文学をむざんともむざんなものにしてしまった。つまりかれの写生はもはや現象を観通して本質を把握するだけの鋭さを全然失っていたのであった。したがって茂吉の写生＝現実認識は「ひたぶるに猛風如して南下する軍のごとき鉛筆にてしるす」程度の時局追随的なものになりおわった。[40]

なお、現代では差別的な表現もあるがその儘にする。杉浦は、茂吉は東北の農村出身ではあるが、都市インテリゲンチャに転入した者であり、窮乏する農民の生活と繋がらず、茂吉の同情はお国自慢以上には出ないとする。さらには、次のように続く。

文学を愛するもの、とくに文学を創るものはいかなる宣伝のあらしの中にあっても、本当の人間の声を聞きとり、これを何らかの形で自分の作品にとけこませねばならぬ。新聞やラヂオがどのように暴支膺懲をがなりたて、中国人の残虐や不正や卑怯や臆病や弱虫ぶりを説こうとも、そこに幾多の苦しんでいる何千万何億のうめきごえが、亦当然の憤怒の歯ぎしりがどんなにかすかであろうと聞えぬはずがない。その肺腑を抉るぎりぎりの叫びが聞えぬような人間的つんぼが何か文学らしい真似ごとをでも創れるわけがあろうか。歌人の認識および表現は、抒情ということに限界されるにしても、なぜ虐げられ殺されてゆく幾百万幾千万の中国人たちの流した多量の血と涙が理解できなかったのであろうか。権力をおそれはばかるものには写生どころか抒情すらありえないのではなかろうか。いな、そこには愛国心すらあるかどうかうたがわしいのである。[41]

大本営による意図的な情報統制下では、戦況について真実の情報を国民の誰も知らされていない。当時は、気象情報すら統制されていたのである。そのような状況下で、何も知らない茂吉に対して無理難題を突き付けている。杉浦の論評は、文学論として成立するかの問題を内在するが、戦後になって戦争の惨禍の現状を把握した上に立っての唯物史観によるものであり、短歌をはじめとして日本の伝統文化を全否定するような空理空論の類と言わざるをえない。杉浦のような論評が受容されたのも、これまた時代の精神という悲劇でもあり、むしろ喜劇とも言えよう。ましてや杉浦は、精神病医である茂吉が、偏見と差別により人権を否定されていた精神病者に対し、慈愛の精神をもって接した事実については何も知らなかったのか、関心もなかったのである。

また、茂吉が戦後になって批判される理由は、柿本人麿の研究者であり、かつ今でも読み継がれる『万葉秀歌』の作者あるからである。茂吉は一九四〇(昭和十五)年『柿本人麿』の業績で第三十回帝国学士院賞を受賞した。品田が言うように「人麿は万葉随一の歌人である点において、日本人の民族的美質、優秀な文化伝統の表象にほかならなかった。そしてその表象は、国体の精華という観念と分かちがたく癒着していた[42]」という人物である。また人麿は「大君は神にしませば」に代表されるように天皇を神格化し、高らかに讃美した点でも注目される。さらに、『万葉集』は記紀と並ぶ軍国日本の聖典となり、戦時下には国民歌集として『新万葉集』が編集された。『新万葉集』には歌人だけではなく、あらゆる階級、職業の人々だけではなく、従軍した将兵の歌が収録された。戦時下の万葉ブームは、『愛国百人一首』の編纂へ、忠君愛国の「防人歌」ブームへと進展していったのである。茂吉は、いやが上にもこれらの役割を担ったのであった。

四　死骸の如き歌

夥しい茂吉の「聖戦」を礼讃し、国威発揚に邁進してつくった戦争詠を批判することは容易なことである。また、茂吉は本心とは裏腹に「仮面」を付けていたという擁護論も可能なことである。そこに黒白をつけることは茂吉の本質を見逃している。茂吉は戦争詠の制作に対して、微塵たりとも罪悪感を覚えなかったはずである。むしろ国家の難局に対して、歌人として協力できる短歌の「武装化」を図ったのであった。また、茂吉は戦争の時代に生き、戦争を銃後で遠望しながら、時代に流された一国民でもあった。現代の民主主義国家の視点から見れば、茂吉は戦争協力者であった。しかし、戦後的な文脈により茂吉を見るのではなく、戦前の昭和史のなかで茂吉の行動を把握することに努めなければならない。あるいは、当時の国民感情にも思いを馳せて戦争詠を読み取るべきである。歴史をその起きた時代の感覚ではなく、後世の価値観で捉える視点は、歴史の真理から離れる危険性がある。

当局の圧力により量産を余儀なくされたのであるが、茂吉には歌人としての矜持から、ましてや当時の近代短歌の重鎮として、新境地である戦争詠に対して意欲的に取り組む姿勢があったのである。ここで下手な歌をつくれば、これまでの評価は水泡に帰す。これは、歌人だけではなく芸術家としての性(さが)であろう。作歌するかぎりは、最善のものを作歌しようと試みるのである。ましてや茂吉の粘着型の性格からして適当に作歌することなどありうべからざることである。品田悦一は前述した「死骸の如き歌」に対して次のように解釈する。

「死骸の如き歌」とは、人倫にもとる歌ではなく、ひどく出来の悪い歌なのであり、「いたしかたなく」作ったとは、当局の圧力云々ではなく、メディアの注文に時間上・内容上制限があったということなのだ。「何か空しき」の句も、努力が実を結ばなかった空しさと読むべきであろう。裏返せば、出来のよい戦争詠なら「死骸の如き」ではなかったし、制作の疲労にも充実感が伴った、ということになる。[43]

さて、品田の解釈も正鵠を得ている。しかし、これは応需の作ゆえに力を出し切れず、全力で取り組んだが満足な作品が出来なかったということであり、作歌活動に没入している時の茂吉の弁明と捉えることができよう。とくに娯楽映画も無くなり、国民への統制がなお一層厳しく、ましてや戦況に関する情報が乏しい状態になると、戦争詠は新聞、ラヂオ、ニュース映画の映像の極めて委細からの拡大や肥大が行われることとなり、茂吉は精神的に抑圧状態にあったと推察される。茂吉の立場は愛憎併存(アンビバレンス)なであったのである。茂吉は戦争詠には協力するが、世情を鑑み自らの本意ではなく「いたしかたなく」作ったのであるが、作っている時には没我の境地なり、歌人として限定的な中であっても秀作を目指そうとしたのである。しかし、結果的には日本は戦争に敗れ、自らの戦争詠の作品は出来の良し悪しを論ずるまでもなく「死骸の如き歌」を作ったという事実のみが残った。茂吉には、徒労感と敗北感が混濁した複雑なものが胸中にあったのであろう。茂吉の戦争詠を必ずしも評価するものではないが、戦争詠に人間茂吉の体臭が漂い、茂吉にとって不可欠な要素であると言えるであろう。

註

(1) 品田悦一『斎藤茂吉』(ミネルヴァ日本評伝選)ミネルヴァ書房、二〇一〇年、一七六ページ。
(2) 吉田漱『「赤光」全注釈』短歌新聞社、一九九一年、三三二ページ。
(3) 『斎藤茂吉全集』第五巻、岩波書店、一九七四年、二二一〜二二三ページ。
(4) 斎藤茂吉『歌集　萬軍』紅書房、一九八八年、また秋葉四郎編著『茂吉幻の歌集『萬軍』』がある。
(5) 全集、第三十一巻、三七四ページ。
(6) 斎藤茂吉『作歌四十年』筑摩叢書、一九七一年、三三七ページ。
(7) 北杜夫『茂吉彷徨「たかはら」〜「小園」時代』岩波現代文庫、二〇〇一年、二六三〜二六五ページ。
(8) 阿川弘之「日米戦争と茂吉」『文藝春秋』二〇〇九年三月号所収、七八ページ。
(9) 三枝昻之『昭和短歌の精神史』角川文庫、二〇一二年、二〇五ページ。
(10) 斎藤茂吉『作歌四十年』三三九ページ。
(11) 加藤淑子『斎藤茂吉の十五年戦争』みすず書房、一九九〇年、一二四ページ。

(12) 全集、第八巻、七三九~七四〇ページ。
(13) 佐藤佐太郎『童馬山房随問記』岩波書店、一九七六年、一九一ページ。
(14) 同書、二二六ページ。
(15) 同書、二二七ページ。
(16) 全集、第三十一巻、三七五ページ。
(17) 第三十一巻、三九〇ページ。
(18) 加藤淑子、前掲書、一三八ページ。
(19) 第三十一巻、四二八ページ。
(20) 斎藤茂吉『作歌四十年』三五三ページ。
(21) 第三十一巻、五一九ページ。
(22) 同巻、五二一ページ。
(23) 同巻、五二四ページ。
(24) 同巻、五二二ページ。
(25) 同巻、五五七ページ。
(26) 同巻、五八一ページ。
(27) 同巻、五八三ページ。
(28) 同巻、五八九ページ。
(29) 同巻、六六六ページ。
(30) 板垣家子夫『斎藤茂吉随行記』古川書房、一九八三年、二三〇ページ。
(31) 同書、同ページ。
(32) 同書、二三一ページ。
(33) 同書、同ページ。
(34) 同書、同ページ。
(35) 加藤淑子、前掲書、四六ページ。
(36) 佐藤佐太郎『茂吉秀歌』下巻、岩波新書、一九七八年、七三ページ。

(37) 中野重治『斎藤茂吉ノート』筑摩書房、一九六四年、一〇三ページ。
(38) 斎藤茂吉『作歌四十年』二九一ページ。
(39) 中野重治、前掲書、一〇七ページ。
(40) 杉浦明平『斎藤茂吉』要書房、一九五四年、一一六ページ。
(41) 同書、同ページ。
(42) 品田悦一、前掲書、二三一ページ。
(43) 品田悦一、同書、二八二ページ。

第六章　茂吉の晩年　『つきかげ』時代

一　最終歌集『つきかげ』とは

斎藤茂吉の最終歌集は『つきかげ』である。ここには、疎開先の山形県大石田から帰京して、一九四八（昭和二十三）年から一九五二（昭和二十七）までにつくった九七四首（全集で増補して九八二首）が収録されている。茂吉没後の一九五四（昭和二十九）年二月に刊行された。没年である昭和二十八年の作歌が欠落するのは、病身衰弱により作歌活動が停止したためである。茂吉は、大石田では重症の肋膜炎で病臥するが、ようやく癒えて『白き山』を創作し、新境地を開き世評が高かった。そして、帰京後に老齢病後の身で、戦後における窮乏に耐え、苦難の生活を営みつつ、童馬老人たる老境を追尋したのが『つきかげ』であるが世評は低いと言わざるをえない。例えば上田三四二は、この歌集に対して大胆にも次のように批判する。

茂吉の文学を云々するに当って、『つきかげ』は、実にどうでもいい歌集であろう。（略）この一巻が消えたとしても、歌人茂吉の存在の、にわかに片身になるおそれはなさそうである。絶唱『白き山』ののちに、付け足りのような『つきかげ』のつづくことは、読者を戸惑わせる。敢えていえば、興をさます。（略）一大交響曲の最後にあらわれるこの一種異様な声調の印象は、読者を混乱させる。混乱させられて、読者はあるいはこう言うかもしれない。『つきかげ』さえ、なかったならば、と。[1]

読者に代弁させて、『つきかげ』を批判し、さらに次のように言う。

一種逸楽のしらべ、その軽佻への志向、その饒舌への寛大、したがってまた、用語における破調の増大と、漢語・俗語・口語をもって一丸とした軽みの声調は、みな、茂吉のあくことを知らぬ努力の集積として尊い。しかし結果よりみれば、その努力の集積は痛々しく溷濁していて、老いの、すでに発想の新を許さなくなったことの証左でないものはない。[2]

とは言え、上田は最終的には逆説となり「茂吉の老いの妄質とその浄化の過程を示す稀有な一巻として、やはり襟を正して向かわねばならぬ歌集」[3]と結論づけている。ここでは、歌集『つきかげ』の歌論について云々するものではなく、『つきかげ』から、死に近づき殆ど作歌に堪えられないまでに心身衰弱したにも拘らず、茂吉が老境を写生している老いの歌に着目したい。また、老いが浄化された茂吉の絶唱に耳を傾けたいのである。永年の経験を積んだ茂吉の老いの歌には、哀しみだけではなくユーモアを併せ持つ至高の豊饒さがあるのである。

二　帰京後の茂吉

茂吉が、疎開先の山形県大石田から二年半ぶりに東京都世田谷区代田一丁目四〇〇番地の家に帰りついたのは一九四七(昭和二十二)年十一月四日朝のことであった。茂吉は、老化に伴い益々頻尿症となり、左手には「極楽」と名付けた溲瓶がわりのバケツを、右手には蝙蝠傘を杖がわりにし、地下足袋を履き飄々と歩いた。大石田からは弟子の板垣家子夫(かねお)が同道した。茂吉は、既に青山脳病医院院長としての重責からは解放されているためか、帰京後は意外に元気であった。

同年十二月二十四日には、『時事新報』の依頼で木村荘八画伯と共に、東京の各地を精力的に巡った。日記には「銀座十字カラ銀座、京橋、日本橋、馬喰町、小伝馬町、浅草橋、両国、本所緑町、駒形橋〇鳩ノ町、玉の井、〇浅草、観音、〇銀座のメリーゴールドノダンスホール(4)」とある。翌年には『むく鳥印象記』として新聞に掲載された。これは森鷗外の『椋鳥通信』に倣ったものであろう。

三年間、東北の辺土に過ごした自分は、只今リップ・ヴァン・ウィンクルのやうな顔付をして、銀座街十字路のところに立ってゐる。実にあざやかな交通整理に、群衆の次から次へと運ばれるありさまは、田舎もどりのこの老翁にはなんともいへぬ光景であった。そのなかに一メートル半ぐらゐの単身矮軀の女がゐた。おやおやと思ってみると、その靴も靴下も外套もパーマも口唇も、もはや地についた調和である。さうしてたつたつと歩いて行った。ああ復活の第一歩はやはり女性であった。

とし老いしこの翁さへ歩み得る銀座街のひる銀座街のよる(5)

茂吉は、「西洋浦島」のような顔付をして、銀座の十字路に立つと、敗戦後の女性の逞しさを痛感する。すでに、華美な服装を諫める愛国夫人は姿を消している。その後、鳩ノ町(鳩の街)や玉井と言った赤線地帯へも足を向け、「鳩ノ町」の様子を次のように活写している。

娘はにこにこして『うちは二人よ。分散していらしてネ、あがってよ』といった。僕らの同行は、青年と老翁とを交へて四人であったからである。彼女らはブンサンの語を平然として使ふまで進歩してゐた。(6)

山形県大石田に疎開し、『白き山』で詠まれたような最上川を臨み、聴禽書屋にて鄙びた生活をしていた茂吉にとって、帰京してすぐに見た華やかな刺戟に満ちた東京の光景は、枯淡の境地となった茂吉に忘れかけていた心を躍らせ奮いたたせるものであった。老いの嘆きのようでありながら、戦後復興の息吹を、猥雑で活気のある「鳩ノ町、玉の井」の女性に感じたのであった。

続いて茂吉にとって、因縁浅からぬ浅草や観音堂にも出掛けると、小さい観音堂だけで、仁王門も五重塔も焼失し、二基の露仏、鐘楼を前景に対岸の麦酒会社まで一望できるような焼け跡であった。そして「久しぶりで田舎から帰って来た自分は、この浅草に無限の愛惜を感ずる。さういう意味で観音力は滅びないからである」[7]という。茂吉は、上山尋常高等小学校を卒業し、故郷山形県金瓶村から、養父紀一の経営する浅草三筋町にある浅草病院へ寄寓した。茂吉にとって浅草の観音力への信仰は終生変わらぬものであった。老いて浅草観音堂の焼け跡に佇んだ茂吉の感慨は深いものがあったろう。茂吉は、このように東京の各地を精力的に巡検したが、青山へは足を運ばなかった。それは、一九二四(大正十三)年十二月に焼失した青山脳病院の事を想起させ、その後の再建にいたる艱難辛苦を回顧するに、再び戦災で焼失した青山脳病院を見るに忍びなかったのである。茂吉は、帰京後に青山墓地へ青山脳病院院代(事務長)であった板坂亀尾の墓を詣でたことはあるが、近隣の青山脳病院の焼跡まで訪れることはなかった。

三　死への意識

長い疎開生活から帰京し、都会の激しい雑踏に戸惑い、自らの身体と精神を観察した老いの歌が『つきかげ』に多く詠まれる。

この体古くなりしばかりに靴穿(は)きゆけばつまづくものを
残年(ざんねん)はあるか無きかの如くにて二階にのぼり真昼間も寐ぬ

（『つきかげ』「帰京の歌」昭和二十三年）

一つめは、病後の老躯を嘆く歌となっている。「この体古くなりしばかりに」には、単に衰えたというだけではない、訥々とした独特の表現となっている。現実のありのままの写生で、痛いほどに老年の哀しみが伝わってくる。医者としての眼で、唯物的に自らの身体を見つめている歌であるといえよう。二つめは、昼寝の歌であるが、淡々として老境を楽しむといった雰囲気でもない複雑な心境を感ずる。むしろ「真昼間も寐ぬ」状況にある孤独なさびしさが表出している。「手帳六十二」には「二階より降りて行かざる二時間をうつぶしながらねむりたるのみ」[8]とある。

年老いて心たひらかにありなむを能(あた)はぬかなや命いきむため

（『つきかげ』「孫」昭和二十三年）

茂吉は戦前は青山脳病院の精神病医であり、院長として病院経営で苦労の連続であり、相当な体力を消耗し、歩行にも元気がなかった。敗戦後の混乱と、物資不足の中で、平穏な日常生活でありたいと思うのである。とくに「能はぬかなや」に茂吉の溜息が聞こえてくるようである。

老いといふこの現（うつつ）なることわりに朝な夕なは萬事もの憂く

（『つきかげ』「歳晩」昭和二十三年）

老いと言う現実を受容しているが、好奇心も減退し何事に対しても「もの憂く」という。何か理由があるわけではないが、老いると、とくに夕方になりと愁いを訴え、もの哀しくなる。

朝のうち一時間あまりはすがすがしそれより後は否（いな）も応（う）もなし

（『つきかげ』「一月一日」昭和二十四年）

「手帳六十二」には、「朝のうち一時間あまりはすがすがしそれより後はすでに老惚けただ惚くるのみ（ねむく惚くのみ）[9]」とある。その他にも「天候に左右せらるゝ老体とわれみづからおもひ臥所にぞゐる」「午前より眠くなりつゝひに眠るなり机にうつぶし乍ら勿体なしと時におもへど[10]」とある。

朝食後はすがすがしい気分であるが、二階の書斎に居ると睡魔が襲うようである。身体が「否も応もなし」となり、自分ではどうにもできなくなったのである。

さらに、死を意識した歌が登場するようになる。茂吉は欧州留学中に病理組織学的研究を行い、ウィーン大学神経学研究所では、脳の切片を切り取り種々に染色し、顕微鏡下で観察をしていた。その成果が「麻痺性痴呆者の脳図」であり、学位論文となったのである。

次の歌は、茂吉の細胞に対する積年の思いが綴られているのである。

みづからの落度などとはおもふなよわが細胞は刻々死するを

（『つきかげ』「赤き石」昭和二十三年）

加藤淑子は「細胞を形態的、視覚的に意識する気持が終生強かったと思はれる。細胞は生命の単位である。すでに自在境に在ることを思はしめる一首である」[11]という。この歌は医者ならではの着想で、医者として自らの老耄に対し冷徹な眼差しを送ったものである。老境のはかなさを嘆く悲哀が心に沁みる。老若男女を問わず、細胞は古いものが死に、新しいものが生まれ、生命が継続していく。しかしながら、茂吉の細胞は時々刻々と死滅しつつある。人は言うまでもなく「死への存在」なのであるが、自らの落度ではないことを言い聞かせている。そして、二年後には次の歌を詠む。

暁の薄明に死をおもふことあり除外例なき死といへるもの

（『つきかげ』「晩春」昭和二十五年）

この年の十月に左側不全麻痺となるが、その直前の春に作られたものである。茂吉は夜明けに目覚めてみると、死を現実のこととして思うのである。死は誰にとっても逃れることが不可能な「除外例なき」ものである。前作の老境のはかなさを嘆く段階から、死を覚悟する諦念へと一歩進んでいるようだ。「除外例なき死」とは、自らに迫りくる生命の有限性という現実を確認する作業とも言えるのである。茂吉の手紙には「除外例なしといふを驚かず[12]」と記されている。そして「驚かず」ということであり、麻痺が起こる前兆を予感させるような茂吉の覚悟が察せられるのである。続いては時間が前後するが、一九四九（昭和二十四）年の歌である。

一様（いちざま）のごとくにてもあり限りなきヴァリエテの如くにてもあり人の死（し）ゆくは

（『つきかげ』「一月一日」昭和二十四年）

茂吉は、忍び寄る死にどのように対峙したのであろうか。この歌で、死を迎える人は「一様」のようであるが、一方では「ヴァリエテ」（多様）にも感ずるという。手帳には「うつせみの死（しに）のありさまいろいろにして」[13]とある。人は三人称の死であるならば「一様」に感ずるであろうが、二人称の死ともなれば「ヴァリエテ」となるのではないだろうか。精神病医として数多くの病者の臨終の場に立ち会った経験から、遠からず訪れる自らの死を思ったのである。

おのづからのことなりながらこの世にて老いさらぼはむ時ちかづきぬ

（『つきかげ』「幸福」昭和二十四年）

老いの受容は「おのづからのこと」ではあるが、茂吉はその先の死への覚悟や死の受容も念頭に入れたのであろう。そして「老いさらぼはむ時」が間近に迫っていることを思うのである。

同学の杉田直樹の死したるはこの老身いなづまに打たれしごとし

（『つきかげ』「強羅雑歌」昭和二十四年）

杉田の経歴は、岡田靖雄によれば「一八九七年うまれ。一九一二年医科大学卒、翌年精神病学教室にはいり、間もなくドイツに留学したが大戦がはじまって帰国。つづいて一九一五〜一八年と合州国に留学。もどって医学部講師、ついで助教授。呉は自分の後任とのぞんでいたらしいが、三宅が教授にきまって、一九二七年松沢病院副院長。一九三一年名古屋医科大学教授。東京医科大学教授就任がきまって、一九四九年四月に名古屋をさったが正式発令の直前八月二十九日に狭心症のため東京で死亡[14]」とある。杉田は東京帝国大学医科大学の後輩にあたる。茂吉は島木赤彦をはじめ、少なからずアララギ歌人の死に直面した。しかし、精神病医で十一歳も年下で、それほど頻繁に交流があったとは思われない杉田の死に対し、死の覚悟を迫られたのであろうか、茂吉は落雷に打たれた如きの衝撃を受けるのである。

単独に外出すなといふこゑの憂鬱となる夕ぐれ

（『つきかげ』「静心」昭和二十四年）

これは、家族から厳しく単独の外出を制限されるようになり、ことのほか憂鬱な気分に陥ったことを詠んだものである。夕暮れは老人にとって憂鬱になる時間帯でもある。老いは自らが気づかず忍び寄るものであり、むしろ家族などの身近な人に老いを意識させ感じさせるのである。誰もが自らの老いを客観視できない。老身を慮る家族の思いは理解できるが、茂吉にとって気分は優れない。家族に対して、あれほど憤怒の感情を爆発させていた茂吉の体力も気力も喪失しているのである。

朦朧としたる意識を辛うじてたもちながらにわれ暁に臥す

（『つきかげ』「暁」昭和二十五年）

老いると熟睡できなくなる。茂吉も晩年になると、暁の頃になると覚醒し、朦朧とした意識となったのである。その状況に、自らを嘆きつつ仰臥していたのである。茂吉の不眠はかなり深刻であったようである。佐藤佐太郎によると、一九五〇(昭和二十五)年十一月一日に茂吉は「死亡の死だな、死の夢ばかり見るよ。ぼんやりした状態で見ているんだな。そういうときは小便にでも起きてしまえば意識がはっきりするんだが、苦しい状態で夢を見ているからね。佐藤君、人にはいわないでくれたまえ。」「このごろは幽霊のようなものが出てくるよ。いまさらそんなものをみるのは悟りを開いてないようだが、悟りは開いていても現実に苦しいからね。」「僕は歌はこれで終止符をうったつもりで、これからは意味が通ろうが通るまいがかまわない、でたらめな歌を作るよ。これは君だけが承知してくれたまえ[15]」という。老いがかなり進行しているようである。

あはれなるこの茂吉かなや人知れず臥処に居りと沈黙をする

(『つきかげ』「無題」昭和二十五年)

臥処にいて肉体の衰えを哀しむ歌であり、「あはれ」を感ずる。また「居りと沈黙をする」の「と」の使い方が微妙である。あはれな茂吉が人知れず臥処に居るという状況を、自らが客観的に見て沈黙をしているのである。

おぼろなるわれの意識を悲しみぬあかつきがたの地震ふるころ

（『つきかげ』「無題」昭和二十六年）

茂吉は老いて時々であるが、自己の意識が朦朧となった。一九五〇（昭和二十五）年十二月三十日付け、結城草果宛の書簡には「このごろ頭がぼんやりいたしまして（十月ごろからです）実に変です、併し、毎日何とかいたして居ります、お餅は実に結構でございました。頭が変でも歌を考へて居ります、（略）老衰といふことをつくづくと身に染みておもって居ります[16]」とある。明け方の地震のころに、朦朧とした自己の意識を悲しんでいる。しかし、肉体は衰えても、作歌活動を継続しようという意思を言外に感じ取ることができる。

四　茂吉と性

一九四八（昭和二十三）年十一月三十日、茂吉宛に川田順からの遺書が突然に届いた。川田は、茂吉だけではなく、吉井勇、谷崎潤一郎、新村出など友人、知人に遺書を送ったのである。翌日に川田は自殺を図るが未遂に終わる。世間では「老いらくの恋」と称され、醜聞として世間の耳目を集めた。川田は財界（住友本社常務理事）の第一線で奮闘するだけではなく、歌人としても活躍し、宮中「歌会始」の選者で、東宮御作歌指導役でもあった。一九二四（昭和十九）年五月に、元京都大学教授で経済学博士である中川与之助夫人俊子が、川田の弟子になると、川田と俊子は急接近し、後戻りが出来ない関係となっていく。川田が自殺未遂したのは、時に川田六十七歳、俊子三十九歳であった。一九四八年十二月四日に、茂吉（童馬老人）は京都左京区北白川在住の川田順宛に次の書簡を送った。

> 拝啓あ、おどろいた。あ、びっくりした。むねどきどきしたよ。どうしようかとおもったよ。しかし電報拝見安心したが、無理なこととしてはいかんよ。お互いにもうじき六十八歳ではないか。レンアイも切実な問題だがやるならおもひきってやりなさい。
>
> 一体大兄はまだ交合がうまく出来るのか。出来るなら出来なくなるまでやりなさい。とにかく無理なこととしてはいかんぞ。（略）兎に角、たまには上京しろよ。（略）もうこの老山人のおどろくやうなことをしてはいかぬぞよ。[17]

茂吉は青山脳病院院長として在職中、常に精神病者の自殺に悩まされ、ひいては「自殺憎悪症」にまでなった。また、夜間に病者の自殺や自殺未遂があれば、病院から自宅へ電話報告があるが、ついに「電話恐怖症」となった。あるいは親交のあった芥川龍之介の自殺にも遭遇した。このように自殺には過剰に反応する茂吉だけに、川田の自殺未遂は、動悸が激しくなるような驚愕であった。そして、羨望の意を込めてと思われる、茂吉らしい即物的な赤裸々な問いかけまでしている。おそらく茂吉は、すぐに有島武郎の心中事件を思い出したのであろう。また同時にすでに遥かになった愛人永井ふさ子のことを思い描いたのではと考えざるをえない。

わが色欲いまだ微かに残るころ渋谷の駅にさしかかりけり

（『つきかげ』「無題」昭和二十六年）

この歌は茂吉の性を語るに相応しい。ここには、遊里が近くにある浅草ではなく渋谷の駅とある。かつて渋谷駅裏近く香雲荘に、ふさ子が住んでいた。茂吉は、愛に溺れ度々ふさ子宅を訪れ書簡を手交したこともある。その書簡には、声を出すのも恥ずかしい生々しく痴情に溺れる肉声が吐露されている。茂吉の死後ふさ子により、この大切にしていた「秘めごと」が茂吉の意に反して公開された。渋谷駅に近づけば、抑圧し封印していた思い出が浮かび上がってくるのである。この歌の背景には、ふさ子との関係が秘められていると考えるのが妥当であろう。世間に知られていない「秘めごと」を、この歌に隠し絵の如くに表現したとも言えよう。

忠犬の銅像の前に腰かけてみづから命終（みょうじゅう）のことをおもふや

（『つきかげ』「夕映」昭和二十五年）

これは前年の歌である。忠犬ハチ公の銅像の前に坐ったかどうかを不問にしても、なつかしい渋谷駅のことを詠んでいる。渋谷駅を起点として、浅草へもよく出掛けたのである。浅草病院へ寄寓して以来、観音詣をするでだけでなく、むしろ演劇、映画、娯楽の場であった。懐かしい思い出が蘇ってくるが、とうとう自らの「命終」のことを思わざるをえないのである。

こぞの年あたりよりわが性欲は淡くなりつつ無くなるらしも　（『たかはら』「所縁」昭和四年）

これは四十七歳の時に詠んだものであるが、茂吉は性において早老であったように思える。この年の一月十七日、自らが検尿すると蛋白が出たのであった。同月二十一日に、杏雲堂病院の友人である佐々廉平に診察を受けると慢性腎炎であった。茂吉は欧州留学以前から腎臓を病んでいたが、その不安を抱えたまま留学したのであった。結果は、予想通り慢性腎炎であり、食餌療法を始めるが長続きしなかった。しかしその後、妻てる子のダンスホール事件により「精神的負傷」を受けるが、ふさ子との邂逅で、この歌とは異なる大胆な行動を取るのであった。

現在でも老年の色欲を語ることが憚れ、隠蔽される傾向にあるが、老年の色欲が否定され、語ることも慎むべきものという時代にあって、茂吉は色欲を肯定しようとする。世間では「老いらくの恋」と言われ、老年の恋愛、ましてや情事は揶揄され、批判にさらされる場合が多い。表面的には祝福されるが、再婚ともなると批判は厳しい。老年の性の問題は不可避であるが、奥深く迷路である。

さしあたり吾にむかひて伝ふるな性欲に似し情の甘美を

（『つきかげ』「一月一日」昭和二十四年）

老人の性は枯れたものではないことを、特定の誰かに呼びかけているのではなく、自らの感慨として詠んでいるようだ。好意的な態度に対して拒絶し、枯淡の境地に没入したいが、そこへ到達できないもどかしさが感ぜられる。

恋愛はかくのごときか本能もなよなよとして独占を欲る

（『つきかげ』「夕映」昭和二十五年）

この歌の「独占を欲る」にも、ふさ子のことが見え隠れするようだ。まさにストーカー的に、ふさ子に溺れていった茂吉の行動を想起させるのである。

不可思議の面（おも）もちをしてわが孫はわが小便するをつくづくと見る

（『つきかげ』「無題」昭和二十四年）

長男茂太の息子である孫の茂一か章二かは判然としないが、祖父の小用の姿を不思議そうにのぞくのである。萎えて勢いのない自らの小用を、孫の眼差しから客観視したのであろうか。

五　茂吉と食欲

老いるとは、頭髪が白くなり禿げてくる。あるいは歯も無くなり欠けてくる。耳が遠くなり、目がかすみ、足腰も弱くなる。このように身体が不自由になっていく。そして食欲も無くなってくる。それればかりか精神も脆弱となる。

ひと老いて何のいのりぞ鰻すらあぶら濃過(こす)ぐと言はむとぞする

（『つきかげ』「鰻すら」昭和二十三年）

茂吉の鰻好きは異常なほどである。ところが、老年となり大好物の鰻が「あぶら濃すぐ」となるのである。茂吉の鰻をめぐる挿話に枚挙にいとまがない。茂吉には、余人には理解しがたい大好物の鰻を食べることへの執着心とエネルギー、そしてエゴイズムが顕著に表出する。いまではあれ程までに好きな「鰻すら」前ほど美味ではないのである。

茂吉は、戦時中で食糧難となり、鰻屋で好物の鰻を食べることができないと予想されると、鰻の罐詰を大量に購入し、押し入れに大切に備蓄したのであった。茂吉の日記を丹念に読めば、鰻を数多く食べたことが分かるが、一九四三（昭和十八）年と一九四四（昭和十九）年の日記には、戦局が悪化し、本物の鰻を食べることができないので、後生大事にしていた鰻の罐詰を賞味したことが記されている。とくに蒸し暑い夏に、還暦を過ぎた茂吉は、鰻で滋養を摂り、精力をつけ、執筆に励んだのであった。次の歌は、汗だくになって、これほどまでに一心不乱に鰻を食べるのかと感動してしまう。しかも、茂吉よりも、熱心に夢中に食べている人がいたのである。

汗垂れてわれ鰻くふしかすがに吾よりさきに食ふ人あり

（『つきかげ』「わが気息（いぶき）」昭和二十三年）

戦後になって、鰻は庶民にとって高価で贅沢なものであったが、茂吉は残して置いた鰻の罐詰をいとおしく、惜しみながら独り占めして食べた。家族には配分することはなかった。しかし、その罐詰も錆びて食べることができなくなった。ここに、誰もが経験する凡夫たる人間の愚かさが見え、茂吉の人柄そのままである。そういう意味で、次の歌は興味深いものである。

十餘年たちし鰻の罐詰をしみをしみてここに残れる

（『つきかげ』「強羅雑歌」昭和二十四年）

戦中の鰻のかんづめ残れるがさびて居りけり見つつ悲しき

（『つきかげ』「手帳より」昭和二十五年）

さて、鰻だけではなく茂吉の味噌汁に対する執着は止みがたいものがある。次の歌を詠んでいる。

香（こう）の物噛みゐることも煩はしかかる境界（きやうがい）も人あやしむな
味噌汁は尊かりけりうつせみのこの世の限り飲まむとおもへば

（『つきかげ』「歳晩」昭和二十三年）

北杜夫（次男宗吉）の一九四九（昭和二十四）年一月六日の日記によれば、茂吉は味噌汁の具にも悩むのである。

明日のオミオツケは何になさいますか？　と姉上が尋ねる。ワカメだな。カブもありますが……。親父は首をかしげて『ナルホド』と極めてひたむきに熟考する。妻がのちの美智子姉に尋ねたら、ときに十五分間も考えていたそうだ。「あたしだったら、とても十五分も待っていられないわ」と妻は言っていた。(18)

茂吉は味噌汁の具は前夜に決めていた。茂吉にとって味噌汁がいかに「尊かりけり」であるか理解できよう。人間茂吉の面目躍如の光景である。たかが味噌汁の具を決めるのに熟考するのである。美智子(長男茂太の嫁)の回顧談によれば、譬えばしめじと申すと「しめじ、しめじ、しめじ」と言う。何かの都合で婆やに変えられると、立腹して「ダメダ、ダメダ、ダメダ」と必ず三回、もっとひどい激怒の時は六回言ったという。朝は手洗に新聞持参で長い時間入り、朝食は午前八時に茶の間に降りてきて摂った。ご飯と一、二品のおかず、漬物と、味噌汁であった。夜は十時きっかり、硫酸マグネシウムを溶いたコップと水のコップを盆にのせ、二階の書斎に運ぶと、戸口に立ったままそれを一気に飲んだ。この緩下剤は十年一日の如く飲み続けた。また、外出時以外はいつも着物の生活で、ラクダのシャツ上下の上に浴衣、着物と羽織を着て、冬にはさらに毛糸編みの大きな外套のような上着を着込んでいたという。(19)

茂吉の日常生活は、計画通りに進行していればよいが、少しでも逸脱すると激怒するのである。この執着心が茂吉そのものであり、家族が悩まされた茂吉の固陋で癇癪持ちの性格である。そう思えば、「この世の限り」味噌汁を欲するのである。茂吉にとって味噌汁は生命の淵源であり、たかが味噌汁であるが、されど味噌汁なのである。老いれば性欲は淡泊となるが、茂吉の場合には食欲は貪欲となっている。この老年における食べ物への執着心は、異常と見るべきなのだろうか。茂吉は、禅語で任運騰騰(にんぬん)というべき自然にあるがままの境地とは程遠く、これが人間茂吉なのであろう。茂吉は味噌汁に関しては、次の歌も詠んでいる。朝になって味噌汁の具のことで、家族に怒るのも必ずしも老年になってからではないことが分かる。

朝な朝な味噌汁のこと怒るのも遠世(とほよ)ながらの罪のつながり

(『紅曉』「ガード下」昭和十年)

茂吉宅へは、弟子をはじめ多くの人々から到来物が届いた。茂吉は、美味しい食物が届いても決して家族には相伴を許さなかった。その理由は、茂吉宛であるから、家族が食べることは悪いことであり、相手に失礼に当たると考えたからであるという。果たして、この理由だけであろうか。老年になっての食への執着は、茂吉のリビドーであったことには間違いない。

わが生はかくのごとけむおのがため納豆買ひて帰るゆふぐれ

(『つきかげ』「無題」昭和二十四年)

ここでも、自分一人のために自分が食べる納豆を自分で買って帰るというが、何とも言えない老境を感ずる。

われつひに六十九歳の翁にて機嫌よき日は納豆など食む

（『つきかげ』「好青年」昭和二十五年）

この歌は、茂吉もついに六十九歳の老齢まで生きてきたことを寿ぎ、新年を迎えたことを詠んだものである。納豆の歌はいくつかあるが、現実の生活を写し、明るく振る舞っているようだが、この歌にも老境の哀しさが滲み出ている。

六　茂吉の死

どんなに老年の豊かさ、老いの価値が語られたとしても、誰もが老いへの不安、恐懼、その先にある死を意識せざるをえない。よって『つきかげ』には、死を意識した歌や、老境の歌が多くみられた。上田三四二は「いかに戦後東京の現実が刺戟に満ち、茂吉の心と肉体を鞭打とうとも、刺戟はすでに茂吉にとって間接にすぎぬ。眼の人茂吉の眼はかすみ、耳の人茂吉の耳はとおく、人にすぐれ強靭であったその頭脳は、ようやく用を廃せんとするところまで近づいていた。茂吉は、現実という意識野に一点、中心を定めかねる。意識は拡散し、かつ暗い[20]」という。次のように記憶力の低下を詠んだ歌がある。

人に害を及ぼすとにはあらねども手帳の置き場処幾度にても忘る

（『つきかげ』「無題」昭和二十四年）

おのづから日が長くなり度忘れを幾たびもして夕暮れとなる

（『つきかげ』「内鎌」昭和二十五年）

茂吉の記憶の喪失は、弟子たちは隠蔽していたが老人性のものというよりも認知症という病気によるものであった。老いると今まで「できること」が「できなくなったこと」への苛立ち、もどかしさ、焦燥感などが鬱積するが、そこから新たな自分を発見するのが老年である。茂吉も身体が不自由になるだけではなく、意識が朦朧とするようになったが、作歌活動をどうにか継続しようと試みた苦悩が読み取れるのである。しかし、一九五二(昭和二十七)年になると、年間わずか十二首の歌しか残っていない。次がまさに辞世の歌である。

いつしかも日がしづみゆきうつせみのわれもおのづからきはまるらしも

（『つきかげ』「無題」昭和二十七年）

山上次郎は「まさに思議を絶した境地である。歌集『つきかげ』は強靭・博大な曠古の作歌力が、垂死の肉体の中で生の寂寞を歌った人間の遺書ともいうべき歌集[21]」といった。
辞世の歌からは、『あらたま』の「あかあかと一本の道とほりたりたまきはる命なりけり」の歌が浮かぶ。これは、東京府巣鴨病院に勤務していた一九一三(大正二)年秋の日に、茂吉が代々木の原っぱで遠く、遠く「一本の道」を見たという歌である。そして、茂吉はその遠くに見えた「一本の道」の終着点に到達したのであった。

註

(1) 上田三四二『茂吉晩年』彌生書房、一九八八年、七～八ページ。
(2) 前掲書、二六ページ。
(3) 前掲書、二七ページ。
(4) 『斎藤茂吉全集』第三十二巻、岩波書店、一九七三年、三六五ページ。
(5) 第七巻、六三六ページ。
(6) 同巻、六三九ページ。
(7) 同巻、六四二ページ。
(8) 第二十八巻、六五四ページ。
(9) 同巻、六五三ページ。
(10) 同巻、同ページ。
(11) 加藤淑子『斎藤茂吉と医学』みすず書房、一九七八年、二六四ページ。
(12) 第二十八巻、七七八ページ。
(13) 同巻、同ページ。
(14) 岡田靖雄『精神病医斎藤茂吉の生涯』思文閣出版、二〇〇〇年、三二四ページ。

(15) 佐藤佐太郎『斎藤茂吉言行』角川書店、一九七三年、三五五ページ。
(16) 第三十六巻、三二五ページ。
(17) 第三十六巻、八五四ページ。
(18) 北杜夫『茂吉晩年「白き山」「つきかげ」時代』岩波現代文庫、二〇〇一年、一六九ページ。
(19) 『斎藤茂吉と「楡家の人びと」展』世田谷文学館、二〇一二年、一〇二ページ。
(20) 上田三四二、前掲書、一八ページ。
(21) 山上次郎『斎藤茂吉の生涯』文藝春秋、一九七四年、六〇二ページ。

第七章　茂吉の仏教観——『赤光』を事例に

一　茂吉の原風景　隆應の感化

斎藤茂吉の作品における宗教性、とくに仏教との関係について断片的に言及するものは少なくないが、茂吉が仏教文学の系譜のなかに位置付けられているとは言い難い。また、斎藤邦明の『斎藤茂吉と仏教』[1]のように茂吉の仏教観について、本格的に論じているものは数少ない。一方では、茂吉の宗教的なもの、さらに仏教的なものを否定したのが中野重治の『斎藤茂吉ノート』[2]であり、それを発展させたのが上田三四二の『斎藤茂吉』[3]といえよう。果たして、茂吉の宗教観、とくに仏教観とは、いかなるものであるのか、あるいは少なからず否定されるものなのであるのか、茂吉の第一歌集である『赤光』を手がかりに考察する。

茂吉は、一八八二(明治十五)年五月十四日、守谷熊次郎(後に伝右衛門)、母いくの三男として、山形県南村山郡堀田村大字金瓶字北一六二番地で生まれた。茂吉の生家の菩提寺は金峰山宝泉寺であり、その宗旨は時宗一向派である。その後一九四二(昭和十七)年には、浄土宗となった。

茂吉の幼少期において、生家の隣が金瓶尋常小学校であり、その隣にあるのが宝泉寺であった。その住職であった佐原窿應は、茂吉にとって精神的に非常に大きな存在であった。黒江太郎『窿應和尚と茂吉』[4]によるならば、窿應は、茂吉より二十歳年長で、小学校教員の経験を持ち、一八八三(明治十六)年に宝泉寺の第四十世住職に就任した。住職として金瓶村の村民への布教とともに、時宗一向派の独立のために宗門の代表者として奔走するなど、活動的な僧侶であった。茂吉の父である伝右衛門をはじめ守谷家の人々も熱心な檀家として窿應を尊敬し、当然ながら茂吉も無邪気なども心のままに、窿應による感化が大きかったのである。また、伝右衛門は宝泉寺の再建にも尽力した。黒江は「およそ民衆の信仰はすべて素朴であるのが常であり、ことに時宗は六字の称名に一切がつきる宗旨であるから、当時の金瓶の村民の信仰は単純素朴であり、単直仰信の力づよいものであったことは想像される。金瓶村の人たちの心のよりどころは、いふまでもなく宝泉寺であるが、そこには心の深いすぐれた窿應和尚がゐて、和尚に対する帰依が厚く、なにごとによらず和尚は村の中心であった[5]」と言う。

茂吉の随筆『三筋町界隈』に次のようにある。

私が東京に来て、三筋町のほかにはやく覚えたのは本所緑町であった。その四丁目かに黒川重平という質屋があって、其処の二階に私の村の寺の住職佐原窿應和尚が間借をして本山即ち近江馬場(ばんば)の蓮華寺のために奮闘していたものである。私は地図を書いてもらって徒歩で其処に訪ねて行った。二階の六畳一間で其処に中林梧竹翁の額が掛かっていて、そこから富士山が見える。(6)

また、茂吉は幼少期に窿應の許で、漢文や書を学んでいるので、その成果は十分にあり、次のように回想している。

私が開成中学校に入学して、その時の漢文は『日本外史』であったから、当てられると私は苦もなく読んで除(の)ける。『日本外史』などは既に郷里で一とおり読んで来ているから、他の生徒が難渋しているのを見るとむしろおかしいくらいであった。(7)

茂吉は毎日のように、宝泉寺に出入りし多くのことを学び、窿應も茂吉を深く愛し、その才能を見抜き、将来は自らの後継者として養成しようとさえ思ったほどである。茂吉の仏教的な、とくに浄土教の素養はごく自然に醸成されたのであった。茂吉が、後年になるまで、仏教に関心を寄せ、仏教的な感化を受けたことは、窿應によるところが大であり、まさに窿應の薫染によるものである。斎藤邦明は、「茂吉が後年、眼をつむって考えことをする癖も、火鉢の灰に字を書く癖も、頭に濡れ手拭いをのせる癖も、それからハガキや手紙や日記、手帳の区切りに○印をつける癖もみな、窿應の影響、あるいは模倣からきたものと考えられる」という。[8]

また、茂吉が上山尋常高等小学校高等科を卒業後、遠縁にあたる斎藤紀一の養子となり、進学するために、上京への仲立ちの労をとったのが、窿應であった。精神科医である斎藤紀一は、その頃浅草医院を経営していた。一八九六(明治二十九)年三月十三日付の紀一が窿應に宛てた書簡がある。

御書面拝見仕候処先年御依頼の件ニ付ハ毎度乍御苦労なるニ存候扨て仰セノ如ク小生方別段至急を要スル事に無之候間是非小学校卒業后ニテ宜敷候間何卒守谷君ニモ良キ様取計被下度候[9]

かくして茂吉の将来は、紀一の依頼により窿應に託され、決定づけられたのであった。そして、上京までの茂吉を俯瞰するならば、茂吉の仏教観なるものは、窿應の精神的感化により培われたことは否定できないのである。

また、出羽国では、男の子が元服すると、出羽三山と言われる月山、湯殿山、羽黒山に参詣する習わしがある。茂吉は十五歳になった一八九六(明治二十九)年七月に、父伝右衛門と共に、三日間をかけて湯殿山に参詣した。そして、茂吉の長男の茂太が、数え十五歳になった一九三〇(昭和五)年七月になると、父子で三山を参詣した。修験道による山岳信仰も、茂吉にとってごく身近なものであったことも併せて記しておく。熱心な念仏信者である父と、菩提寺の佐原窿應と、そして宗教性をもつ山形県の風土が三位一体となり、醸成され、茂吉の血となり肉となった。このように茂吉に少なからず宗教的なもの、仏教的なものが、体内に脈々と流れているのではないだろうか。

二 『赤光』の生誕 茂吉をめぐる状況

茂吉の第一歌集である『赤光』の初版本には、一九〇五(明治三十八)年から一九一三(大正二)年八月までの短歌八百三十四首が収録され、一九一三(大正二)年十月十五日に東雲堂書店から出版された。その後、一九二一(大正十)年になると同じく東雲堂書店から改選版が出版され、初版本から七十五首を削り、一首を加え、配列なども変更し、七百六十首を収録し、これを決定版とした。この収録時期は、茂吉にとって二十四歳から三十二歳までの疾風怒濤の時代であった。まさしく、高校卒業後、精神医学の医学生から勤務医になった頃である。大学入学の直前に、一九〇五(明治三十八)年七月一日に養父である斎藤紀一の次女てる子(輝子)の婿養子となり、同年九月十一日には東京帝国大学医科大学へ入学した。しかし、一九〇九(明治四十二)年六月三十日に腸チフスを病み、そのために卒業試問を一年延期し、一九一〇(明治四十三)年十二月二十七日に東京帝国大学医科大学を卒業した。その後、一九一一(明治四十四)年二月二日に、東京帝国大学医科大学副手、附属病院(東京府巣鴨病院)に勤務し、研究生となった。一九一二(大正元)年十一月十四日には、漸く助手となった。

歌人としての茂吉は、ごく簡潔に言えば、一九〇六(明治三十九)年二月に「馬酔木」に五首が掲載され、同年三月十八日に伊藤左千夫を訪ね、入門する。その後、本格的に創作活動をはじめるようになる。「馬酔木」が廃刊となると、「アカネ」に短歌を発表する。その後、「阿羅々木」が創刊されると、編集担当の左千夫に従い、移籍する。「阿羅々木」は、「アララギ」として再発足し、茂吉は連作を発表した。一九〇九（明治四十二）年には、森鷗外の観潮楼歌会に参会した。『赤光』が刊行された一九一三（大正二）年は、生母いくの死、伊藤左千夫の急逝など身辺に不幸の続いた年であった。

なお、養父の精神科医である斎藤紀一は、一九〇三（明治三十六）年八月三十日に、赤坂区青山南町五丁目に青山脳病院を創建した。この青山脳病院は、当時の私立病院において広大な敷地面積に偉容な病棟を配するものであり、それは紀一の卓越性と経営手腕によるものであった。紀一は次女てる子を女子学習院に入学させ、将来は茂吉をてる子の伴侶とし、院長の後継者たる者として期待していたのであった。紀一の茂吉への期待は、当然ながら目に見えぬ大きな重圧となり、医学を志すこととは、精神医学を志すということであった。茂吉にとって最早逆らうことのできないものであり、そのように宿命づけられていた。茂吉は、歌人として生きるのではなく、医者として生きる道が優先されていたのであった。しかしながら、この葛藤は、茂吉の人生に常に付きまとうものであった。

また、一九〇五（明治三十八）年から一九一三（大正二）年までの、当時の社会状況をみると、近代日本国家にとって激動の時期であった。一九〇五（明治三十八）年には、日露戦争が終了し、ポーツマス条約が調印されたが、国民は賠償金が支払われぬ鬱憤が爆発し、日比谷の焼き打ち事件が起こった。また、一九一〇(明治四十三)年には大逆事件が起こり、それ以後社会主義者にとっては「冬の時代」となった。日露戦争に勝利し、日本も欧米列強の一員に加わると、国家主義に対する疑義も生じ、人生の意義に煩悶する青年も登場するようになった時期なのである。

三 『赤光』における仏教観と生死観

『赤光』という作品名が、『阿弥陀経』から採ったものであることは、論ずるまでもない。まさに、第一歌集であるこの作品名をして、浄土教的であると言わざるをえない。どのような理由で、「赤色」を採ったのであろうか。茂吉は『赤光』初版本の跋で、次のように言う。

〇本書の「赤光」といふ名は仏説阿弥陀経から採ったのである。彼の経典には「池中蓮華大如車輪青色青光黄色黄光、赤色赤光白色白光微妙香潔(みみょうこうけつ)」といふところがある。予が未だ童子の時分に遊び仲間に雛法師が居て切りに御経を暗誦して居た。「しやくくわう」とは「赤い光」の事であると知つたのは東京に来て、新刻訓點浄土三部妙典といふ赤い表紙の本を買つた時分であつて、あたかも露伴の「日輪すでに赤し」の句を発見して嬉しく思つたころであった。それから操つて見ると明治三十八年は予の廿四歳のときである。(10)

浄土三部経とは、言うまでもなく浄土教の所依の経典であり、仏教諸経典の中でも日本人の心に深く息づいている『無量寿経』『観量寿経』『阿弥陀経』のことである。浄土三部経は、当然ながら浄土への極楽往生を説くものであるが、地獄の詳細については記されていない。とくに茂吉は、幼少の頃より鳩摩羅什の漢訳『阿弥陀経』に慣れ親しみ暗誦できるまで、読んでいたと推察される。ちなみに、『無量寿経』『観無量寿経』の漢字文字数に比較すれば、『阿弥陀経』は少なく約千九百字であり、読誦しやすい。『阿弥陀経』は、極楽浄土の功徳荘厳を説いたものであり、その構成は、「序説」「正説」「結語」であり、「正説」は、「一、極楽の国土と衆生」、「二、念仏による往生」、「三、釈尊と諸仏の証明をあげて信を勧む」、という内容である。茂吉が引用した「赤光」の部分は、「一、極楽の国土と衆生」の中で、極楽国土の様子を示したものであり、書き下すと「池中の蓮華、大いさ車輪のごとし。青色には青光、黄色には黄光、赤色には赤光、白色には白光ありて、微妙・香潔なり。舎利弗よ、極楽国土には、かくのごとき功徳荘厳を成就せり[11]」となる。なお、『無量寿経』巻上の末尾には「衆宝蓮華、周満世界。一一宝華、百千億葉。其華光明、無量種色。青色青光、白色白光、玄黄朱紫、光亦然。」とあるが、「赤色赤光」とはない。書き下しは「衆宝の蓮華、あまねく世界に満つ。一一の宝華、百千億の葉(はなびら)あり。その華の光明、無量種の色あり。青色には青光あり、白色には白光あり、玄(くろ)・黄・朱・紫の光色もまたしかり[12]」である。よって、茂吉にとって、『阿弥陀経』が最も身近にあった経典であったのであろう。

次に、歌集『赤光』なかで、秀歌を選ぶことなく、仏教的なるものとして、まず挙げられるのが、次の一九〇六(明治三十九)年作の「地獄極楽図」の連作十一首である。

浄玻璃にあらはれにけり脇差を指して女をいぢめるところ
飯の中ゆとろとろと上る炎見てほそき炎口のおどろくところ
赤き池にひとりぼつちの真裸のをんな亡者の泣きゐるところ
いろいろの色の鬼ども集まりて蓮の華にゆびさすところ
人の世に嘘をつきけるもろもろの亡者の舌を抜き居るところ
罪計に涙ながしてゐる亡者つみを計れば巌より重き
にんげんは牛馬となり岩負ひて牛頭馬頭どもの追ひ行くところ
をさな児の積みし小石を打くづし紺いろの鬼見てゐるところ
もろもろは裸になれと衣剥ぐひとりの婆の口赤きところ
白き華しろくかがやき赤き華赤き光を放ちゐるところ
ゐるものは皆ありがたき顔をして雲ゆらゆらと下り来るところ(13)

これらの連作の原型は、一九〇五(明治三十八)年五月十日夜に作ったものであることが、茂吉の親友である渡邊幸造宛の書簡にある。幸造とは、開成中学時代からの同級生であり、茂吉に文学的な影響を与え、作歌のてほどきをした人物である。幸造は、開成中学時代から俳句や短歌をつくり、四年に胃腸病のため中退した。『馬酔木』『アララギ』にも歌を発表し、草童と号していた。幸造とは、何度も文通をする仲である。この書簡では、第一高等学校に在校していた茂吉が、幸造へ「地獄極楽の掛図」の連作に対する批評を依頼している。

〔五月十四日　相模国足柄上郡山田村　渡邊幸造様親展　神田自宅より〕

（略）左にお願ひの件々書き記し申候一、兄の御暇のときユツクリとにて宜しく御座候、御仕事の妨害にならぬ限り。二、御批評は半紙に願上候、保存に便なるために候、三、厳しく厳しく願上候、四、地獄極楽の歌は掛図を昔見しを想ひ出して作りたるものに候が絵を見て作るは故先生の……「象蛇どもの泣き居るところ」の如きは古今になき姿にて誠に気に入り恐れいり小生もマネいたしたる次第に候、その他題図などの今までの歌では面白からず、動詞を現在にしてそのハタラキを云ふて見たけれどドーモ変なり矢張りところで切りたるには劣る様におもはれ候、何か別に面白き句法無之ものに候や是御意見を伺上候御叱正は差当りこの地獄極楽のみにてよろしく御座候、……実は東京にきてから十年も経、それ以来寺の掛図も見たことなく忘れがちになりて居るゆゑ時々の思ひ出に作つて置く考フト起り五月十日の夜に作つて見た処に御座候へき。御批評の側に用語などの悪しき処あらば筆を加ひ下され度願上候。あまり遊びて暮したる故に来週より勉強する考に御座候頓首　五月十三日夜茂吉拝　幸造兄

地獄極楽の掛図を昔見たりしを想ひいで、作れる歌（五月十日）

○地獄

くれなゐの炎燃えたつ火車に亡者を載せて白き鬼引く
集ひ来る亡者が衣、剥ぎて笑む脱衣の婆々が口赤きかも
罪計(ハカリ)に涙流してゐる亡者の罪を計れば、いはほより重き
あはれなる亡者対へば浄頗黎の鏡に過去はあらはれにけり
かくよみて見たれどもおもしろからず故に止めて
をさな子が積みし石山打くづし紫鬼の笑ひ居る処
くれなゐの血汐の池に真はだかの女亡者の泣き居る処
人々は馬牛となり岩負ひて牛頭馬頭共が追ひ行く処
人の世に嘘をつきたる、もろもろの亡者の舌を抜き居る処
水ものまず飯も食はずて真裸に痩せて炎口の鳴き居る処
蟻の如、幾百千々の亡者共剣の山を越え行く処
いろいろの色の鬼ども打集ひ蓮眺めてゆびさす処
千よろづの亡者の姿大炎の紅炎の中に消え行く処
等活地獄はムヅカシク衆合地獄はあまり悲惨にて悪感情をおこすにより止めたり。されど悲惨なことを読みてもよきものにや承りたし。死出の山三途川はありふれたれば止めたり。
○極楽
白蓮白くかがやき赤蓮赤き光を放ち居る処

娑婆人も仏となりて、ありがたき極楽国に笛吹く処
数あまた仏集ひて、蓮ふり、紫き雲の下り来る処
阿弥陀経などにいろいろの事有之候へども実際には中々読メ申さず、矢張り掛図の有りのま、をよみ申候。[14]

「地獄極楽図」とは、茂吉の菩提寺である宝泉寺所蔵の十点以上ある掛軸である。[15]「地獄極楽図」は、庶民に開帳し、極楽浄土の荘厳さと、地獄の鮮烈な光景を対称的に描き、西方極楽浄土への来迎を誘うものである。六道とは地獄、餓鬼、畜生、阿修羅、人間、天のことであり、この図柄にある地獄は、八大地獄といい、等活、黒縄、衆合、叫喚、焦熱、大焦熱、無間地獄の八つがある。茂吉は、その中で「等活地獄はムヅカシク、衆合地獄はあまり悲惨にて悪感情をおこすにより止めたり」と言う。熊野比丘尼による『熊野勧心曼荼羅』を髣髴させるものである。この絵図は、幼い茂吉にとって強烈な印象を与え、脳裏に刻まれたのである。そして、その記憶にもとづき、連作をなしたのである。なお、『全集』の茂吉の日記は一九二四(大正十三)年から、手記は一九一九(大正八)年からであり、この間の経緯を知る資料がない。

茂吉は、書簡の中で「小生もマネいたしたる次第に候」と言うが、故先生とは、正岡子規のことである。また、『作歌四十年』「赤光抄」で次のように言う。[16]

竹の里明治三十二年の部に、『絵あまたひろげ見てつくれる』という詞書があつて、『なむあみだ仏つくりがつくりたる仏見あげて驚くところ』、『木のもとに臥せる仏をうちかこみ象蛇どもの泣き居るところ』、『岡の上に黒き人立ち天の川敵の陣屋に傾くところ』などといふのがある。それを模倣して、この「地獄極楽図」といふ歌を作つたのであつた。地獄極楽図は郷里金瓶村宝泉寺で毎年掛ける掛図に拠ったものである。

このように、子規の模倣であることは事実であり、「作家稽古の想ひ出」の中でも茂吉は次のようにいう[17]。

この『模倣』ということは、当時の僕には大切な事だったので、模倣しようと非常に努力して、いろいろの方法を採ったものである。今の少年が僕の歌を楽々と模倣するといふやうな容易な事は僕には出来なかった。

模倣は、茂吉だけのものではなく、どの作家も経験するものであろう。必ずや理想とする作家や作品があるはずである。しかも、楽々と模倣するのではなく、悪戦苦闘しながら、身を削りながら、創作活動を行った姿が浮かび上がってくるようである。

この連作のなかで、注目したい歌がある。

赤き池にひとりぼつちの真裸のをんな亡者の泣きゐるところ

渡邊幸造宛の書簡では、次の歌である。

くれなゐの血汐の池に真はだかの女亡者の泣き居る処

これらの歌に解説を加えるならば、「赤き池」「血汐の池」とは血の池地獄を指すものである。血の池地獄とは、女性だけ墜ちる地獄であり、その救済者として如意輪観音が示され、その救済力となるのが『血盆経』である。出産や月経の出血がケガレとされ、地獄の「血の池」と結びつけ、女性の出血は地獄へ堕ちる前触れとされる。ちなみに、こどもを産まない女性は石女（うまずめ）地獄へ堕ちるという。仏教においては、「女人五障」説があり、女性である限り、どんなに努力しても五つの地位に就くことができないという。これに、女子三従の教えが合わさり、「五障三従」説へと発展していく。『法華経』では「変成男子（へんじょうなんし）」の教えにより救済される。『無量寿経』では四十八願の第十八願で、男女老少のあらゆる衆生が救われると誓っている。しかし、「女人成仏の願」と呼ばれる第三十五願で「たとい、われ仏となるをえんとき、十方の無量・不可思議の諸仏世界、それ女人ありて、わが名字を聞き、歓喜信楽（かんぎしんぎょう）し、菩提心を発（おこ）し、女身を厭悪（えんお）せん。（その人）寿（いのち）終りてのち、また女像とならば、正覚を取らじ。」と誓願する。

宝泉寺の「地獄極楽図」を見ると、血の池地獄の女性は「ひとりぼつち」ではない。しかし、一人の女性亡者が血の池地獄で「泣きゐる」冷徹なる情景は、あはれなるもの哀しさを、より宗教的な戦慄として伝えるのでなかろうか。茂吉は、一九一三（大正二）年の「短歌雑論」の中で、次のようにいう[19]。

女人の身垢穢（くえ）ならば、茂吉の身もとより垢穢なり。女人の身清浄にあらずして法界に入るの期なくんば、茂吉の身ながく三界濁にとどまらんとす。南閻浮提二千五百の河、まがり曲つて直ちに西海に入ることなくとも、あはれあはれいつくしきかな。尊者舎利弗とも遠離し了んぬ。われ憂の女人と離れんとし、悲しめばなり。

「われ憂の女人と離れん」とするものではあるが、茂吉の仏教観を垣間見るものではないだろうか。

さて、『赤光』を見ると、「地獄極楽図」の連作の他にも、茂吉は仏教に関連する、寺院、仏事、仏画、仏像などを素材とした歌を数多くつくっている。単に風物詩を題材にしたものもあるが、これらの歌は仏教への篤信者である人間性が発露したものである。さらに、「現（うつ）し世」「生」「命」などの文字を含む歌も多い。

たまたまに現しき時はわが命生きたかりしかこのうつし世に
現身は悲しけれどもあはれあはれ命いきなむとつひにおもへり
生くるもの我のみならず現し身の死にゆくを聞きつつ飯食しにけり

斎藤邦明は「茂吉の生命観は、自らのものはもちろん、人間一般に広く及ぼし、かつ、虫や草木にまで及んでいる。一首に通ういのち、露骨に宗教用語はもちいていないけれども、その奥に、すでに宗教人茂吉の気高い人間性が溢れ出ていることを知るべきではなかろうか[20]」と言い、茂吉の仏教的な色彩に充ちている人間像を浮き彫りにしている。そして何よりも、『赤光』が一躍有名となった一連の「死にたまふ母」の挽歌は、その根底にある、無常観や生死観を読者は感ずるであろう。茂吉は『作家四十年』の「赤光抄」で、この有名な歌について次のように言う[21]。

のど赤き玄鳥ふたつ屋梁にゐて足乳根の母は死にたまふなり

もう玄鳥が来る春になり、屋梁に巣を構えて雌雄の玄鳥が並んでゐたのをその儘あらはした。下句はこれもありの儘に素直に直線的にあらはした。さてこの一首は、何か宗教的なにおひがして捨てがたいところがある。世尊が涅槃に入る時にも有象がこぞって歎くところがある。私の悲母が現世を去ろうといふ時、のど赤い玄鳥のつがひが来てゐたのも、何となく仏教的に感銘が深かった。

このように、茂吉の歌には、宗教性、とくに仏教との関わりが、あるいは生死観について、茂吉自らが解説をしているように、その作品に色濃く滲み出ているのである。そして、仏教との関わりで言うならば、禅的というよりも、『赤光』の題名に収斂されるように、浄土教的な無常感が漂うのである。

四　『斎藤茂吉ノート』と『斎藤茂吉』中野重治と上田三四二における宗教性の否定

中野重治は、ある作品が宗教的だといわれる場合を大雑把に次のように考えるという。第一は「歌に宗教にかかわる事柄の出てくる場合」である。第二は「宗教信仰の心持ちの歌われている場合である」とし、第三は「比較的厄介なのが、宗教の事柄、宗教信仰の心持ちは歌われていないが、自然・人間に対する根本立場が宗教のそれに内面的に一致している、あるいは後者の上に立っているという場合」であるという。(22)

そして、『赤光』の「地獄極楽図」の次の二首を取り上げる。

浄玻璃にあらはれにけり脇差を指して女をいぢめるところ

罪計（はかり）に涙ながしてゐる亡者つみを計れば巌（いはほ）より重き

これに対し重治は、第一の「宗教的事柄にかかはってゐるけれども歌としては宗教的でない」という。さらに『往生要集』の地獄の描写の方が、「宗教的戦慄にかがやいている」とし、「第一のものに重ねられたものを含めて第二のものを見れば、この種のものが、茂吉の作には絶えて見だされぬことが見だされるのである。茂吉の四つの歌集の歌を三千六百くらいと見て、そのなかに、神心、仏信心をそのものとして歌った歌は皆無または皆無に近いのである」と断じている。(23)

日本天台宗の源信(恵心僧都)が、『往生要集』を著したのは、観想念仏だけではなく、阿弥陀仏の名を称える称名念仏による極楽の往生も説き、後の日本浄土教に多大な影響を与えた。第一章の「厭離穢土」では、凄惨な地獄の様相を説き、第二章の「欣求浄土」では荘厳な極楽と対比しつつ、浄土への憧憬を説くものである。とくに、第一章の「厭離穢土」は、『地獄草紙』や『餓鬼草紙』の手本とされていく。このような平安時代の仏教書なるものと茂吉の近代短歌を並べて、地獄の描写について対比して論ずることが、果たして妥当なものであろうか。茂吉は僧侶でもなく、出家した歌人ではない。まして近代短歌とは、仏教を鼓吹するための「道歌」(あるいは俗にいう御詠歌、巡礼歌)ではない。従って、茂吉の作品は、仏教や心学の精神をよむものではない。その視点からすれば、重治のいう「仏信心をそのものとして歌った歌は皆無または皆無に近いのである」と言えるであろう。

第三については、次のように言う。[24]

茂吉の「宗教的持味」、「宗教的諦念」、「東洋的無常観」などといわれるものが実地にもそれであるかどうかはやはり問題でなければならぬ。多少地口風にいえば、「私の手紙は一切公表されたくない。」「私が死んで遺稿を出すときには、書簡だけは公表せずにもらひたいのである。」などの言葉が、これは冗談ではなく、全く生真面目な懇願としての要求として見るべきものである以上、どういう「宗教的持味」、「宗教的諦念」、「東洋的無常観」があるかが説明されねばならぬということである。粗雑にいえば、大法流転して一切は無常と観じる人間、穢土を厭離して浄土を欣求する人間が、どうして死後も「書簡だけは」発表してもらいたくないと心底懇願することができるのか、どうしてあれほどまでに自身の造語に執着するのか、（略）どうして「乱友」に（略）あれほど「執着」し「未練」を持つのか、（略）こういう茂吉の執着は、彼の宗教的諦念のどういう特殊な現れであるかが説明されねばならぬということである。

さらに続けて、重治はいう。[25]

茂吉に持味があるとしてもそれを「宗教的持味」、諦念があるとしてもそれを「宗教的諦念」と呼ぶことは簡単にはできぬのではなかろうか。茂吉の詩と散文を見渡して、そこにどれだけ濃く宗教的なものが見だされるにせよ、それは、新教の詩人内村鑑三や、浄土門の詩人源信僧都やにたぐえられる種のものでは決してない。茂吉のはもつと人間くさく、もつと濁つたものであり、あの世によりもこの世に牽かれ、またこの世での人間存在を殆どそのままに肯定するものである。（略）

彼に諦念と無常観とはあろう。けれどもそれは、もしこういう言葉が許されるとすれば、宗教的諦念、東洋的無常観というよりも、現世的諦念、日本的無常観と呼ばれるべきものであろう。そこに若干の厭離穢土の気持ちがあるにせよ、彼においてそれは、そのままに欣求浄土につながつていない。

いささか長い引用となったが、このように重治は、茂吉と仏教との関わりついて、かなり否定的である。しかも、茂吉の「執着」と「未練」な諸事について辛辣に批判し、茂吉の「宗教的諦念」に疑義を抱いている。茂吉の性格と体質については、茂吉の長男である茂太が『茂吉の体臭』[26]で、「父の体質は、神経病学的にみて、明らかに自律神経不安定性の特徴を示している。（略）要するに、父の体質は、この系統の神経が過敏で、調子が乱れた状態で、ものに感じ易いという点で特徴づけられると思う」と論じている。また、外面がよく、内弁慶であり、とりわけ家人には、「かみなり」が突然に落ちるのであった。そして、物事に対する徹底癖、執拗性という性格の持ち主である。これは、まさに茂吉の体臭が滲み出ている。

例えば、書簡とはパーソナルなものであり、公表することを前提としていない。公表して欲しくないという心情は、ごく普通のものではないだろうか。人間は、誰であれ「執着」や「未練」という煩悩がある。だからこそ、自己の能力で悟りを開き、修行に励む自力作善の善人でなく、煩悩にとらわれた凡夫である悪人こそ阿弥陀仏が救済するのである。なぜ、茂吉の「執着」や「未練」な諸事の一面をもってして、茂吉には「宗教的諦念」や「東洋的無常観」がなく、「欣求浄土につながつていない」と断ずることができるであろうか。これは、あまりにも人間茂吉に対する否定的な眼差しではなかろうか。重治は、「宗教的諦念、東洋的無常観」に対して、茂吉を「現世的諦念、日本的無常観」であるというが、日本的無常観とは、無常感とも言うべきものであり、日本思想の底流を流れる仏教的な意味合いが色濃くでているものなのではなかろうか。さらに続けるならば、茂吉の自然観について、次のようにいう[27]。

自然観をいうとすれば、一般に詩人がそうであるように、茂吉のそれも汎神論的なものであろう。（略）いかにも日本的な、日本人持ち前のそれであり、草にも木にも、家の棟にも竈にも神を見るという、しかもそこからして、煩瑣な思弁的宗教哲学を決して編纂しなかったところの、いわば古代日本人以来の日本的自然観である。

そして、このようにも言う[28]。

現世的でありながら、同時にいわば肉体的に彼岸の観念を生きている。形は二股である。実地には車裂きである。

茂吉の自然観について、重治は「汎神論的なもの」と言い、「古代日本人以来の日本的自然観」ともいう。これは、まさにアニミズムである。日本では、八百万神ということばが示すように、至る所、さまざまな事物のうちに、神を見出した。草木や鳥獣や人もまた、神を宿すと考えた。ところで、茂吉の自然観を論ずるにあたり、正岡子規について『正岡子規』で、次のように言う。(29)

同じ結核性の病気に罹つてゐても、綱島梁川が仏を見たり、高山樗牛がニイチエから、日蓮に帰依して感激に満ちた超世間的の文章を発表してゐたのに対して、いかに子規の病牀生活が非宗教的で、平凡で、現実的、娑婆的、此岸的であるかを見よ。(略)

旅に病んで夢は枯野をかけめぐる
糸瓜咲いて痰のつまりし仏かな

割合に意識の濁らなかった芭蕉が、一句をつくれば、夢をいひ、枯野をいふ。麻痺剤のためにうとうとし勝ちな子規が辞世の句をつくれば、仏と咏じて居りながら、『痰のつまりし』といふ。この娑婆的なところが、子規文学の特色でもあり、写生の妙諦でもある。そして、この娑婆的、現実的現象の追尋がおのづからにして永遠に通じ、彼岸界にもつながるので、子規が残した傑作の幾つかは即ちそれなのである。

茂吉は、芭蕉と子規の辞世の句を並べて論じている。子規は結核から脊椎カリエスを併発し、寝たきりの生活を余儀なくされたが、創作の意欲も衰えることなく、病床随筆を残した。死の約一年前に当たる、一九〇一（明治三十四）年九月二十一日に、『仰臥漫録』で、いつも看護と介護をしてくれる妹の律への感謝と同時に、次の句をつくった。[30]

秋の蠅蠅たたき皆破れたり
病室や窓あたたかに秋の蠅
　草木国土悉皆成仏
糸瓜さへ仏になるぞ後るるな

ここで、着目すべきは「草木国土悉皆成仏」である。これは、大乗仏教の「一切衆生悉有仏性」という、すべての生きとし生けるものが仏になる可能性があるという考えを発展させたものであり、動物だけではなく植物も、さらには石や土にまでも仏になる可能性があるという天台宗の本覚思想が底流にある。こう見ると、茂吉の自然観は、必ずしも「古代日本人以来の日本的自然観」と断定できないのではないかと思う。また、茂吉は子規のことを「娑婆的、現実的現象の追尋がおのづからにして永遠に通じ、彼岸界にもつながる」と言うが、同様なことが茂吉にも該当するのではないだろうか。

中野重治『茂吉ノート』の「宗教的ということ」を踏まえ論じたのが、医者でもある上田三四二『斎藤茂吉』の「深処の生」である。重治の「現世的でありながら、同時にいわば肉体的に彼岸の観念を生きている。形は二股である。実地には車裂きである」を挙げ、上田は次のように、畳み掛けて言う[31]。

茂吉に備わっていた彼岸の夢を、人格としての茂吉は実現しなかつた。その宗教的立場は、茂吉にあつては宗教以前の、気質そのものの問題だつたのである。

絶対者と相対者、永遠的存在と時間的存在、仏と凡夫の対立は、茂吉のなかで絶望を呼ぶほどの対立として捉えられたことがない。相対者、有限者、凡夫たるの自覚は動いている。動いていればこそ、いちはやく彼に「うつし身」の嘆きが歌いあげられたのであるが、このいのち短きものの自覚は、対極に救済原理たる絶対者を据えることがなかつた。据えられたのは、唯一神としての「神」ではなく、ただ有情化された自然にすぎなかった。（略）

茂吉のこの汎神論的自然観は、うちに強烈な自我の自覚をそなえながら、それ自身一個の宗教以前の宗教的感情――原始宗教となる。そうしてこの立場にたつかぎり、茂吉の近代人は結局近代人以上に原始人であるほかはなかった。

そして、最後に次のように結んでいる。[32]

こんな祈りの声を上げる茂吉の実人生は、迷信にかかわる、暗い、不合理な、第三者の眼には滑稽とも愚かともみえる実人生だつた。この不合理の代償として、しかし彼の詩は聳立し、深いいのちの響きをなす。日常にあつて愚かな茂吉の、詩にあつてはほとんど崇高なこと、そこに彼の「深処の生」の秘密は口を開けていた。

このように上田も、茂吉の宗教性を否定している。上田は、茂吉が「観世音の守護を肌身離さず持ち[33]」吉凶を占い、現世利益を求める姿を「迷信にかかわる、暗い、不合理な実人生」と規定し、茂吉の気質として、宗教性の否定へと繋いだ。日本人の宗教観を考えるに、「煩瑣な思弁的宗教哲学を決して編纂しなかった」という茂吉の姿をして、宗教性を否定できるであろうか。日本では、絶対的な神を据えるのではなく、神仏習合や、汎神論的な自然観が特色といえる。確かに茂吉は、その批判が茂吉だけに該当するものではないが、欧米で言うところの絶対者を据えていない。しかし、茂吉の作品を通して、日本人は、日本的な自然観だけではなく、無常という仏教的なものを感得したのである。そして、茂吉自らが意識しなくとも、宗教的なもの、仏教的なものが無ければ、その作品は国民の圧倒的な支持を得ることがなかったともいえよう。

茂吉の宗教観や仏教観なるものを考察するに、当然ながら茂吉の生涯、そして茂吉の全作品を通して、論じなければならない。そういう点で、本論は断片的なものである。片桐顕智は、『赤光』の特質の一つに、「宗教性があるとか、仏教的要素があるとか、無常感がこもっているとか、東洋的諦念があるとか、いろいろいわれてきた。これらは、敬仰した露伴文学の宇宙観、万有観、文学観に相通ずる感がある」[34]と言う。今後の課題として三つ挙げるならば、第一は、露伴文学の影響についての考察である。また、茂吉は森鷗外の観潮楼歌会に参会したが、鷗外は、自我と社会の矛盾を統一するする道として、俗世間に安んじつつ、しかもそこに埋没しない諦念（レジグナチオン）の境地を見出した。第二は、この点について、茂吉へ影響があったかどうか検討することである。第三には、精神科医である茂吉への視点についての考察を忘れてはならないことである。『赤光』の刊行時には、茂吉は巣鴨病院の医員であった。次のような連作(大正元年九月作)がある。[35]

うけもちの狂人も幾たりか死にゆきて折（おり）をりあはれを感ずるかな
くれなゐの百日紅（ひゃくじつこう）は咲きぬれど此（この）きやうじんはもの云はずけり
としわかき狂人守りのかなしみは通草（あけび）の花の散らふかなしみ

気のふれし支那のをみなに寄り添ひて花は紅しと云ひにけるかな

このゆふべ脳病院の二階より墓地見れば花も見えにけるかな

「狂人」「狂人守」などの用語は、現代からすれば差別的な言葉である。茂吉が、このような用語を使用したことに対する批判があるが、それは当時の「精神病者監護法」の下での社会状況を直視することのない、皮相的な見方と言わざるをえない。茂吉の精神病者への眼差しは、傍観者の眼差しではなく、あくまでも病者に寄り添ったものであった。また、医者として患者の死に慟哭し、医学と文学と宗教が混然となった人間茂吉の人間性が、作品として、読者に感動と共感をもたらしたのであった。

註

（1）斎藤邦明『斎藤茂吉と仏教』朝日新聞出版サービス、一九九六年。
（2）中野重治『斎藤茂吉ノート』筑摩叢書、筑摩書房、一九六四年。なお、戦前一九四三年の初版では『斎藤茂吉ノオト』である。
（3）上田三四二『斎藤茂吉』筑摩叢書、筑摩書房、一九六四年。
（4）黒江太郎『窿應和尚と茂吉』郁文堂書店、一九六六年。
（5）前掲書、二五ページ。
（6）『斎藤茂吉全集』第六巻、岩波書店、一九七三年、四三八ページ。
（7）同巻、四四一ページ。
（8）斎藤邦明、前掲書、二九ページ。

(9) 前掲書、二五ページ。
(10) 第一巻、七〇八〜七〇九ページ。
(11) 『浄土三部経』(下)「阿弥陀経」岩波文庫、一九六四年、一三七ページ。
(12) 前掲書(上)「無量寿経」一八五ページ。
(13) 第一巻、五〜六ページ。
(14) 第三十三巻、五七〜五九ページ。
(15) 『新潮日本文学アルバム14 斎藤茂吉』新潮社、一九八五年、五〇ページに二点の「地獄極楽図」が掲載されている。「赤き池にひとりぼつちの真裸のをんな亡者の泣きゐるところ」「にんげんは牛馬(うしうま)となり岩負ひて牛頭馬頭(ごずめづ)どもの追ひ行くところ」の二首に該当する絵図である。
(16) 第十巻、三八二ページ。
(17) 第十一巻、六七九ページ。
(18) 前掲書、「無量寿経」一六一ページ。
(19) 第十一巻、二九〇ページ。
(20) 斎藤邦明、前掲書、一一二〜一一三ページ。
(21) 第十巻、四〇三〜四〇四ページ。
(22) 中野重治、前掲書、一六五〜一六六ページ。
(23) 前掲書、一六七ページ。
(24) 前掲書、一六八ページ。
(25) 前掲書、一六九〜一七〇ページ。
(26) 斎藤茂太『茂吉の体臭』岩波現代文庫、二〇〇〇年、二五ページ。
(27) 中野重治、前掲書、一七一ページ。
(28) 前掲書、一七七ページ。
(29) 第二十巻、四六六ページ。
(30) 正岡子規『仰臥漫録』岩波文庫、一九八三年、六三ページ。
(31) 上田三四二、前掲書、一六八〜一六九ページ。

(32) 前掲書、一八二ページ。

(33) 前掲書、一七六ページ。「そのころ私は観世音の守護を肌身離さず持つてゐた」と茂吉は「癡人の随筆」に書いている。その「守護」が大正十三年ミュンヘンにあって、「東京の妻のおくりし御守護をおしいただきてカバンにしまふ」(『遍歴』)と歌つたのと同じものかどうか明らかでない。

(34) 片桐顕智『人と作品　斎藤茂吉』清水書院、一九六七年、四六ページ。

(35) 第一巻、六四～六五ページ。

第八章　茂吉と浅草寺

一　茂吉と出羽三山

斎藤茂吉の作品における宗教性、とくに仏教との関係について断片的に論じたものは少なくないが、仏教文学の系譜に位置付けられるものではない。本論では、茂吉の金龍山浅草寺への信仰心を手掛かりにして、茂吉の仏教観を論ずるものである。

茂吉の故郷は山形県上山（かみのやま）金瓶村である。真東には蔵王山が聳え、茂吉は朝夕に蔵王権現の名を冠する霊山を仰ぎ育ったのである。

陸奥（みちのく）をふたわけざまに聳（そび）えたまふ蔵王（ざわう）の山の雲の中に立つ

（『白桃』「蔵王山上歌碑」昭和九年）

詞書きには「六月四日、舎弟高橋四郎兵衛が企てのままに蔵王山上歌碑の一首を作りて送る」とあり、蔵王山熊野岳山頂に建つこの歌碑は、茂吉が生存中に建立を許した唯一の歌碑である。

出羽国では男子が元服すると、出羽三山と呼ばれる月山、湯殿山、羽黒山へ参詣する風習がある。出羽三山は、古くから修験道の霊山で信仰の山であり、修験者が山岳練行の修行の場とした。茂吉の生家でも代々伝承され、茂吉は一八九六(明治二十九)年三月に上山尋常高等小学校を卒業し、同年七月十四歳の時に、初めて父守谷熊次郎(後に伝右衛門)に連れられて月山を越えて湯殿山に参詣した。『念珠集』の「初詣」[1]に仔細が語られている。そして、夙慧であった茂吉は同年八月二十五日に、故郷を離れ父に連れられて浅草区東三筋町五十四番地で養父紀一が開業していた浅草医院へ寄寓することとなった。上京前に出羽三山へ行き、出羽国へ別れを告げたのであろう。なお茂吉は、一九三〇(昭和五)年七月になると数え年十五歳となった長男の茂太を連れて、三山に参詣している。次は、一九二八(昭和三)年に湯殿山へ参拝したときの歌である。

谷ぞこに涌きいづる湯に神いまし吾の一世(ひとよ)も神のまにまに

(『ともしび』「三山参拝の歌」昭和三年)

茂吉は、湯殿山の谷底から湧出する湯のなかに神がいる。湯そのものが神であり、湯殿山がすべて神なのであるという。そこには茂吉の無常感を媒介とした、汎神論的な世界観が展開されているのである。次は長男茂太と参拝したときの歌である。

うつせみは浄くなりつつ神にまもられてこの谿くだるいにしへも今も
ちはやぶる神ゐたまひてみ湯の涌く湯殿の山を語ることなし

（『たかはら』「湯殿山」昭和五年）

茂吉は湯殿山参拝歌について「この敬虔な心は、出羽の国に育ったもののおのずから持つ心であったから、わが子にもそれを持たせたいのであった。六根清浄、御山繁盛と唱へるとき『うつせみは浄くなりつつ』であった。（略）み湯の涌く湯殿の神のことは妄りに語らぬ習慣になっている。私も少年のころ、参拝了えて帰った人からもくわしい様子を聞いたことがなかった。神の湯は、梵字川となってとどろき流れるのであった[2]」という。茂吉は茂太と高橋四郎兵衛（茂吉の弟）が同道し、月山から、鉄の鎖にすがって谿（御月光）をくだり、無言で湯殿山に参詣し、羽黒山まで足をのばしたのであった。

蔵王の麓で幼少年期を過ごした茂吉の宗教的な原風景を考察するに、一つには実父の信仰心である。「三山や蔵王あたりを信心して一生四足を食わずにしまった[3]」という。一つには山岳信仰による神仏習合的な色彩が強いということである。一つには、金瓶村宝泉寺の佐原窿應和尚の薫染による浄土教的なものを併せ持っていることである。茂吉は、生家の近隣にあった宝泉寺に毎日のように出入りし、学問的なことだけではなく窿應の人柄にも触れた。窿應も茂吉を深く愛し、その才能を見抜き、将来は自らの後継者と考えたほどであった。茂吉の仏教的な、とくに浄土教の要素はごく自然に醸成されたのであった。このように、熱心な念仏信者である父と、菩提寺の佐原窿應と、山岳信仰の宗教性をもつ山形県の風土が三位一体となり、茂吉の血となり肉となり、形成されたのである。このように、茂吉には仏教的なものが、体内に血脈相承したと言えるのではないだろうか。

二　青年茂吉と浅草寺

上京した翌月の一八九六(明治十九)年九月から、茂吉は東京府開成尋常中学校に編入学した。当時、同校は神田淡路町のニコライ堂下にあった。茂吉は、医者となるべき途が決められていたのである。また、茂吉は養父紀一の浅草病院へ寄寓したのであるが、すぐに正式の養子となったわけではない。茂吉がはじめて浅草寺[4]へ詣でた月日は判明しない。しかし、おそらく上京後すぐに、徒歩圏内にある浅草寺へ詣でたと考えるのが自然ではないだろうか。というよりも、金瓶村から上京した茂吉にとって浅草は、どんなに刺戟的で魅力的な街であったのであろうか。

鳥だにも新たに年をとりぬらん凌雲閣にとんび鳴くなり

(『短歌拾遺』「金龍山に詣でて」明治三十二年)

これは、開成中学校三年生(十七歳)であった茂吉が、一八九九(明治三十二)年一月七日に金龍山浅草寺に詣でた時の歌であり、次兄守谷富太郎宛書簡に六首を記したうちの一つである。凌雲閣は一八九〇(明治二十三)年に建てられ、通称浅草十二階と呼ばれた。五十二メートルの高さを誇る赤煉瓦づくりの八角形の塔で、浅草のランドマークであった。富太郎は、出征中であり、台湾宜蘭守備隊歩兵第八大隊第四中隊に所属していた。書簡には次のようにいう。

> 観音様へと指(ママ)づれは老若男女相交へ恰も蜘蛛の子を散らすが如し(略)愚弟も金龍山に指(ママ)で、一年の安寧幸福幸運を祈り合セテ兄上様の御無事を願ひ[5]

茂吉は、浅草医院から徒歩で金龍山浅草寺へ初詣に行ったのであろう。新堀通りを東本願寺に向けて北上し、浅草通りを右折すればよい。素直に新年を言祝いだ歌で、とくに秀歌でもない。隅田川があり、当時は田圃も残っていて、とんび(とび)が生息して、凌雲閣の上空をとんびが舞っていたという情景だ。昔も今も浅草寺は初詣で賑わい、茂吉を含め人々が観世音菩薩へ現世利益を願う姿は同じようだ。浅草という磁場に老若男女が引き寄せられるのは、金龍山浅草寺という観音霊場という信仰の場、六区を中心に劇場や後には映画館が建ち並ぶ歓楽街、さらには裏には玉の井、吉原という遊里(悪所)をひかえた場であったからである。同年五月になると、茂吉は浅草区三筋町から神田区和泉町一番地の東都病院で起居することとなった。東都病院とは、養父紀一により浅草医院が手狭になったので開いた病院である。茂吉には『三筋町界隈』という随筆があり、浅草についても語られている。

その頃の浅草観音境内には、日清役平壌戦のパノラマがあって、これは実にいいものであった。（略）十銭の入場料といえばそのころ惜しいとおもわなければならぬが、パノラマ場内では望遠鏡などを貸してそれで見せたのだから如何にも念入であった。師団司令部の将校等の立っている向うの方に、火災の煙が上って天を焦がすところで、その煙がむくむく動くように見えていたものである。（略）そのころ仲見世に勧工場があって、ナポレオン一世、ビスマルク、ワシントン、モルトケ、ナポレオン三世というような写真を売っていた。（略）そういう英雄豪傑の写真に交って、ぽん太の写真が三、四種類あり、洗い髪で指を頬のところに当てたものもあれば、桃割に結ったのもあり、口紅の濃く影(うつ)っているものもあった。私は世には実に美しい女もいればいるものだと思い、それが折にふれて意識のうえに浮きあがって来るのであった。[6]

茂吉が浅草三筋町に居住していた頃は、「春機発動期」であり、「今どきの少年の心理などよりはまだまだ刺戟も少く万事が単純素朴」で「それでも目ざめかかったリビドウのゆらぎ[7]」という。思春期の茂吉にとって浅草は、艶冶なぽん太の姿に動悸するような刺戟的な場所であったことが想像される。随筆の内容は、浅草寺界隈の風物詩であり、浅草寺への信仰心を吐露したものではない。

茂吉は開成中学校から第一高等学校へ進学し、在学中の一九〇三（明治三十六）年八月三十日には、紀一は赤坂区青山南町五丁目に偉容を誇る青山脳病院を創設した。そして、茂吉は一九〇五（明治三十八）年六月に卒業し、同年七月には、漸く長女てる子の婿養子として入籍した。そして同年九月には東京帝国大学医科大学へ入学した。金瓶村から上京して以来食客と呼ばれるような立場であった茂吉は、精神病医である養父紀一の期待に応え、晴れて自らの居場所を確保したのであった。その間の茂吉の境涯を慮るに粒粒辛苦の日々を積み重ねたのであった。そして、医科大学へ進学後は精神病医となることが宿縁であった。

浅草の佛つくりの前来れば少女（をとめ）まぼしく落日（いりひ）を見るも　（『赤光』「折に触れ」明治三十八年）

この歌の頃は、茂吉はすでに青山脳病院に起居し、医科大学へ通学していた。「佛つくり」とは、仏像だけではなく、仏壇、仏具等を商う店舗であろう。田原町近辺では、現在でも仏具屋が軒を並べている。店番が男子ではなく少女である。賑やかな仲見世とは違い、客も少なく、店番ものんびりとした情景である。おそらく浅草の少女を思い、故郷の少女の面影を偲んだのであろう。青年期の茂吉は、信仰心をもって浅草の観音霊場に参拝もしたが、浅草の醸し出す江戸情緒の残り香と大人の世界を垣間見たことは、忘れがたいものであろう。

三　壮年茂吉と浅草寺

茂吉は、東京大学医科大学を卒業すると、一九一一(明治四十四)年七月に東京府巣鴨病院医員となることを命ぜられた。巣鴨病院時代である一九一三(大正二)年十月に、東雲堂より第一歌集『赤光』を刊行した。「おくに」「おひろ」「死にたまふ母」「悲報来」の連作は、当時の歌壇に新風をもたらした。

かなしみてたどきも知らず浅草の丹塗(にぬり)の堂にわれは来にけり
あな悲し観音堂に癩者ゐてただひたすらに銭欲(ほ)りにけり
浅草に来てうで卵買ひにけりひたさびしくてわが帰るなる

(『赤光』「おひろ　其の二」大正二年)

本論では、「しらたまの憂いのをみな」である「おひろ」が誰であるかを探索しない。茂吉は「おひろ」との離別で、悲しみで途方に暮れ、いつのまにか浅草の丹塗の堂、浅草寺本堂へ足を運んでしまったという。本堂は関東大震災と戦災と二度の災難にあい、現在ではコンクリート造となっているが、当時は江戸時代以来の丹塗りの木造の本堂であった。茂吉の場合には「朱、赤系統の色は常に激しく揺れ、高まる情念の象徴」(8)であったのであろう。

また、浅草寺本堂である観音堂には、ハンセン病者が物乞いをしていた。浅草に限らず、寺社の参道や駅頭にはハンセン病者等による物乞いが行われていた。悲しみを抱き、慰めを求めて観音詣に来たのに、ただひたすらに頭を下げ、金銭の施しを願う病者の姿に、なお一層心が痛むのであった。その後、ぶらりと浅草寺に来てお参りをしたものの、この先に出掛ける当てもない。卵売りの露天商に立ち寄り、ゆで卵を購入したのである。そして、帰宅するのであった。「おひろ」との別離にうらぶれた茂吉にとって、浅草は特別な地であり、悲しみを包み心を癒す場であったのであろう。

茂吉は、一九一七(大正六)年十二月に、長崎医学専門学校教授として長崎へ赴任した。一九二〇(大正九)年一月六日にインフルエンザ(スペイン風邪)に罹患し、肺炎を併発し二月二十四日まで療養した。しかし、その後喀血を見て、長期療養生活を余儀なくされた。十一月二日になり漸く病が癒えて、職場へと復帰した。そして、十一月十一日頃には、長崎医学専門学校教授を致仕し、欧州留学を決意したのであった。次は、その頃に詠まれた歌である。

浅草の三筋町(みすぢまち)なるおもひでもうたかたの如(ごと)や過ぎゆく光(かげ)の如や

(『つゆじも』「長崎」大正九年)

「十一月五日。長尾寛済十月八日東京にて没す行年四十。東京巣鴨真性寺に葬る。寛済は予より長ずること一歳なりき」という詞書がある。インフルエンザに罹患し生死を彷徨した茂吉には、一歳年長の長尾寛済の死が、かつて青年期を過ごした浅草三筋町の思い出を回想させるのであった。そして、一九二一(大正十)年三月に欧州留学の準備のために長崎から帰京した時に、次の歌を詠んだ。十月には、欧州留学に向け出発した。

浅草の八木節さへや悲しくて都に百日(ももか)あけくれにけり
(『つゆじも』「帰京」大正十年)

浅草の劇場では八木節も結構盛んなようであった。八木節は、日光例幣使街道にあたる旧八木宿での盆踊りと言われる。木馬館で安来節が上演されていたような雰囲気であろうか。

浅草に行きつつゐたる心地にてこの俗謡を一夜たのしむ
(『遍歴』「十二月九日(日曜)、Pterhof」大正十二年)

東京の妻のおくりし御守護(みまもり)をおしいただきてカバンにしまふ
(『遍歴』「四月十四日(月曜)アララギ三号来」大正十三年)

茂吉は一九二三(大正十二)年七月十九日、オーストリアのウィーンを去り、同日ドイツのミュンヘンに転学する。博士論文も完成したので、一九二四(大正十三)年四月には、ドナウ川の源流をたずねて旅立った。「四月十四日(月曜)、アララギ三月号来」と詞書にある。これは浅草寺の御守護ではないかと思われる。茂吉は、ありがたく恭しく顔の上にささげ、カバンにしまったのである。茂吉は随筆の『癡人の随筆』で「そのころ私は観世音の守護を肌身離さず持ってゐたが、若し宗教家にそのことを話すなら、それは観音力のためだと云ったかも知れない[9]」というが、同じものかどうか不明である。

一九二四(大正十三)年十二月二十九日、青山脳病院は午前零時二十五分餅つきの残火から発火し、三時二十五分に漸く鎮火したが全焼した。三百余名の入院患者中二十名が焼死するという惨事であった。時価百六十万円の損害と言われ、火災保険は十一月十五日付で失効していた。茂吉は、欧州留学帰国の途次であり、香港から上海間の船上にて、この惨状を知った。同年十二月三十日付『日本帰航記』には、次のように記す。

夜半ニ目ガサメテヤハリ夢デハナイカト思フコトガアツタ。コレヲ神明ノ思召ダトスルト、今後ドーシタラバヨイカ(略)言なくひれふす。言たえにけり天つ日のまへに。神々よ言なくをろがむ[10]。

さらに、一九二五(大正十四)年一月一日付『日本帰航記』には、次のように記す。

わたつみの神、陸の神よ、はやいたしかたなし。われにしづかなる力を養はしめたまへ。心の

張りを得しめたまへ。金をあたへたまへ。(11)

また、同年十二月三十一日、日記には「カクシテ凡テノ苦艱ガ兎ニ角切リ抜ケラレタ。コレハ神明ノ後加護デナクテ何デアルカ。天地天明ニ感謝シ奉ル(12)」という。同年三月八日付、朝鮮釜山順治病院長森路寛宛の書簡でも「どうも僕は只今苦しい生活をしてゐる。けれども神明は僕を捨てない事を信じてゐる(13)」いう。

茂吉は神ではなく、神々と言う。天地神明、わたつみの神、陸の神と言う。上田三四二は次のように言う。

> 茂吉は繰り返し神明の加護を口にする。神や仏が信仰として念持されているわけではない。凡夫が凡夫たるあわれを、おなじくあわれの色に染った自然に向って訴えている趣きである。対立者としての、また救済者としての神を、次元を超絶した向う岸に見てそれに呼びかけているのではない。祈る形はおなじでも、彼の呼ぶものは有限者みずからと同じ次元、同じ延長線上にあるところの他者、すなわち有情化された自然をいくらも出ていなかった。そうしてこれが、彼の諦念が現世における諦念であり、彼の彼岸が、うつし身のなかの彼岸にとどまっていることの意味である。(14)

茂吉は、このように神々だけを崇拝するのではなく、観音力にも崇拝し自らの護持を願う、汎神論的な世界観であると言えよう。茂吉には宿命に忍従しようとする不安ながらも逞しい勇気と、救済を信ずる寂しく敬虔な気持とが交錯しているのである。

次の連作には「八月三十日浅草観世音詣」と詞書がある。日記には「患者三人バカリ。夜浅草ニ行ク。大地震三周年となりしゆゑ、夜にいりて浅草観音にもうづ[15]」とある。ここでも、観世音菩薩に、目を閉じて「まもらせたまへ」と乞い祈る姿がある。また、四年前に聞いた八木節の思い出を語る。

みちのべの白きひかりの燈（ともしび）に草かげらふは一つ来て居り
浅草の日のくれづれの燈に青き蟲こそ飛びすがりけれ
電燈のひかりにむるる細（こま）か蟲は隅田川より飛び来つるなり
電燈の光まばゆき玻璃戸には蚊に似たる蟲むれて死につつ
四年（よとせ）まへわれも聞きつつかなしみし八木節音頭すたれ居りたり
眼（まなこ）とぢて吾は乞ひ祈（の）むありのままにこの生（いき）の身をまもらせたまへ
月赤くかたむくを見し夜ふけて蟲が音（ね）しげき道を来しかば
蟲が音（ね）はしきりに悲し月よみの光あかあかと傾きゆきて　（『ともしび』「草蜉蝣」大正十四年）

一九二六（大正十五）年一月一日の日記には「天地神明ヲ拝シ、昨年ノ御加護ヲ感謝シ奉リ、開運、御加護ヲイノリ奉ル」[16]。さらに同年一月三日には「今日ハ診察シナクトモヨイカラ茂太、輝子ヲツレテ浅草観世音ニ参詣ニ行ク。感謝シ祈願ス」[17]という。参詣後は活動写真を鑑賞し、牛肉を食し、日本の活動写真を鑑賞する。さらには、安来節を見ている。一九二七（昭和二）年一月一日の日記には、「浅草観音菩薩デハ御クヂハ凶、末吉ナリ」[18]とある。同年の十二月三十日には、上野と浅草間にて地下鉄が開業し、運賃が十銭であった。

一九二八（昭和三）年一月一日の日記には、次のようにある。浅草寺を参拝すると、昨年の初詣に続き、お神籤を引いている。

省線電線（ママ）ニテ上野ニ来リ、圓太郎ニテ浅草ニ来タノハ二時頃デアル、ソレヨリうなぎヲ食シタノハ三時頃デアル。ソレヨリ観世音菩薩ヲ参拝シ幸運ヲ祈願シ奉ル。御みくじ、九十一吉[19]

茂吉と浅草寺の因縁浅からぬ関係を期待するならば、ごく一般的な浅草詣とも言えよう。そして、同年二月に浅草寺に詣で、浅草を題材にに連作をつくった。

観音の高きいらかの北がはは雪ははつかに消え残りけり
人だかりのなかにまじはりうつせみの命のゆゑの説法を聴く

浅草のきさらぎ寒きゆふまぐれ石燈籠にねむる鶏(とり)あり
川蒸気久しぶりなるおもひにてあぶらの浮ける水を見て居り
みちのくより稀々に来るわが友と観音堂に雨やどりせり

（『ともしび』「浅草をりをり」昭和三年）

上田三四二は「彼の血は観音力を信じたが、彼の頭は、その現世利益をどこまで本気にしたか、疑わしい。彼の本能は、艱難にあって神明の加護を求めたが、神々の前にひれ伏したとき、彼は神に声があるとまでは思っていなかっただろう。『神々よ、ぼくをまもりたまへ』——こんな言葉は、形はまるで前のめりの他力本願ながら、内には、そう言うことによって自ら耐え、転機に際して勇気のはずみを見つけようとする自己防衛の心があった[20]」という。

観世音の守護により「ぼくをまもりたまへ」と呟く茂吉の仏教観は、どのようなものであろうか。観音力にすがる茂吉が存在することは間違いない。

浅草の五重の塔を一月の休みのゆゑにけふ見つるかも

（『拾遺』「手記雑一、十一月三日」昭和六年）

浅草の五重の塔をそばに来てわれの見たるは幾とせぶりか

（『石泉』「新春小歌」昭和七年）

一九三二(昭和七)年一月一日の日記には「輝子、山口君、千代、豊ト五人ニテ浅草観音ニ詣ヅ。活動写真ヲ見、魚料理あんこう鍋ヲ食ス」[21]とある。茂吉の初詣は必ずしも浅草寺とは限らない。青山脳病院から近い大正九年創建の明治神宮への初詣もある。前年の一九三一(昭和六)年十二月三十一日の日記には「今年ハ家内一同無事デ母上モ丈夫、西洋ガ卒業シ、米国モ一寸病ンダガ無事手術ヲシタ。輝子子供等モ丈夫デ何ヨリ忝イ。(略)世間ハ僕ヲニクミ目ノ上ノ敵トシタガ、力量ニ於テ僕ヲ征服ガ出来ズニシマツタ。病院長トシテモ、アレハ歌ヨミデ医者デハナイナド卜云フガコレモ力量ニ於テ実際ノ成績ヲアゲルノダカラ信用ガアルノデアル。スベテ神明ニ感謝シ心シヅカニ今年ヲ終り。新年ヲ迎ヘヨウ」とある。

茂吉は精神病医としての矜持を持つが故に、医者としての責務を果たさぬ「歌よみ」等という蔑視には耐えられない。茂吉は精神病医として病者に寄り添い、病院長として病院経営の重責を果たし経営の安定化を図ったのである。そして、「スベテ神明ニ感謝シ」と日記を結ぶ。

浅草や吉原かけて寒靄(かんもや)のたなびくころを人むらがりぬ　(『石泉』「寒霧」昭和七年)

この歌には「十二月の言葉(雑誌日の出のため)」と詞書きがある。次に一九三七(昭和十二)年になると、時局がら、出征する兵士の無事を祈願する家族への歌がある。

浅草のみ寺に詣で戦（いくさ）にゆきし兵の家族と行きずりに談（かた）る
（『寒雲』「街頭小歌」昭和十二年）
浅草の五重塔のまぢかくに皆あはれなる命うらなふ
（『寒雲』「随縁雑歌」昭和十二年）
浅草のみ寺にちかくわが歩む守るがごとく月の冴ゆるに
（『拾遺』「二月十八日永井ふさ子氏宛絵ハガキ」昭和十二年）

さて、アララギ会員で子規の遠縁にあたる永井ふさ子とは、一九三四（昭和九）年九月十六日、向島百花園で開催された正岡子規三十三回忌歌会で相知り、急速に親密となった。茂吉は、前年に妻てる子が銀座の「ダンスホール事件」に関わり、その醜聞が新聞で報道されるに及び、「精神的負傷」を受けたとし、妻てる子に別居を命じたのであった。一九三六（昭和十一）年一月十八日には、茂吉はふさ子と共に浅草へ詣でた。ふさ子は次のように記している。

正月十八日の浅草寺は参詣人でにぎわっていた。仲見世の雑踏の中を、そこここをのぞきなどしながら本堂の前まで来た。そこで先生は掌に十銭玉を一つ渡し、自身も賽銭箱へ投入れて合掌された。段をのぼり堂の右手の所で観音経を一部買って下さった。[23]

参詣後、映画館へ行き、好物の鰻を食べた。

さきほどの観音経をひらき、普門品第二十五の中の『設欲求女便生端正有相之女』を指して『これだ』と言って読んできかされた。外に出た時にはすっかり夜になっていた。公園には人気もすでになく瓢箪池の噴水が凍っていた。この池のほとりの藤棚の下ではじめての接吻を受けた。(24)

観音経にある「設欲求女便生端正有相之女」とは、『法華経』の「観世音菩薩普門品第二十五」にある「若し女人ありて、設し男子(おのこ)を求めんと欲して、観世音菩薩を礼拝し供養せば、便ちし福徳・智慧の男子を生まん。設し女子(めのこ)を求めんと欲せば、便ち端正有相(ととのえるすがた)の女の、宿(むかし)、徳本を植えしをもて衆人に愛敬(あいぎょう)せらるるを生まん」(25)の一文である。茂吉がふさ子にこの一文を読んで聴かせた意図は、はかり難いが、観音経を篤信する茂吉が、ふさ子を観音菩薩の化身として愛すると譬えたのであろうか。この接吻の場面を切り取り、山上次郎は「恐らくは、茂吉の観音様の御許しによって自分に与えられた化身の乙女として抱いたであろうし、ふさ子もまだ自ら崇拝してやまない師のくちづけ、身をふるわせつつも快く、しかも無限の感動のうちに受けたにちがいない」(26)という。あまりにも尊敬する茂吉を情熱的に描写し、美化していると言わざるをえない。翌月には二・二六事件が起きた軍靴の跫音が響く世相を勘案するに、茂吉がこのような大胆な行動をとったという情景は考えにくい。むしろ、茂吉の日頃の言動や行動からすれば噴飯ものの情景である。しかし、いずれにせよ茂吉は逢瀬を重ねる場として、観音霊場たる浅草寺を選択したのであった。藤岡武雄に年譜によれば、同年九月二十四日にも「永井ふさ子を案内して亀戸普門院の伊藤左千夫の墓に詣でる。その後浅草にゆき映画をみる」(27)とある。

茂吉は三筋町時代から慣れ親しんでいる浅草寺へ、ふさ子を帯同し何を祈願したのであろうか。ただ単に歓楽地の浅草へ行っただけだろうか。茂吉にとって、浅草は常に安らぎ、憩い、心を癒す聖域であり、この場にふさ子と時間を共有することは、茂吉のふさ子への愛惜が深いということであろう。茂吉はふさ子と邂逅し、溺愛するが、やがて世間体を気に掛ける優柔不断な茂吉の態度は徐々に離別へと向かった。

次は、一九三九(昭和十四)年に浅草寺を題材とした歌である。古泉千樫と共に左千夫との浅草の思い出を歌に詠む。

浅草のみ寺にちかく餅くひし君と千樫とわれとおもほゆ　(『寒雲』「左千夫忌」昭和十四年)

この歌には「七月二日於発行所」と詞書きがある。

浅草のみ寺をこめて一目なる平らなる市街かなと見おろす　(『寒雲』「小吟」昭和十四年)

四　晩年茂吉と浅草寺

茂吉は、敗戦後も大石田に疎開を続けていた。大石田では肋膜炎に罹り体力も衰えた。漸く一九四七（昭和二十三）年十一月四日に帰京の途に着き、世田谷区代田一丁目に落ち着いた。歌集『つきかげ』は茂吉最後の歌集である。同年十二月二十四日には、『時事新報』の依頼で木村荘八画伯と共に、東京の各地を精力的に巡った。その記事は『むく鳥印象記』として、翌年に新聞に連載された。その時に浅草と観音堂にも行っている。その見聞を次のように記している。

壮大な浅草寺も仁王門も無くなって、小さい観音堂が建ってゐた。『十萬来人皆対面』といふ聯は、ただ菩薩のすがたを彷彿せしめるに過ぎなかった。五重塔も無くなり、二基の露仏、鐘楼を前景にして、対岸の麦酒会社まで一目で見えるまでになってゐた。（略）三月九日の空襲の時には、自分は未だ青山にゐて、ここら下町一円が紫立って焼けるのを遠望したのであった。（略）東京都民はかの観音堂の大伽藍をも焼いてしまった。（略）

関東大震災の時には、仲見世まで焼けたに拘らず、仁王楼門も本堂も焼けなかった。そこで観音力は火中にあっても焼亡せず、海中にあっても溺没しないといふ経文そのままだと思ってゐたが、焼ける物は焼けるといふことになってしまった。欧羅巴のいづれの大都市にも、殆ど必ずこの浅草的ローカルがある。久しぶりで田舎から帰って来た自分は、この浅草に無限の愛惜を感ずる。さういふ意味で観音力は滅びないからである。(28)

次の歌は、茂吉の浅草への愛惜と観音力への信仰を踏まえて詠むと理解できよう。

浅草の観音力もほろびぬと西方の人はおもひたるべし

（『つきかげ』「帰京の歌」昭和二十三年）

浅草の晩春となり人力車ひとつ北方へむかひて走る

（『つきかげ』「猫柳の花」昭和二十三年）

茂吉は、一九五〇（昭和二十五）年十月十九日に軽い脳溢血を起こし、左半身に麻痺がおそった。完全麻痺ではなく次第に恢復したが、その後は左脚を軽く引きずって歩くようになった。同年十月二十二日に、新宿区大京町に転居した。ここが終の棲家となった。

浅草の観音堂にたどり来てをがむことありわれ自身のため
この現世（げんぜ）清くしなれとをろがむにあらざりけりあ、菩薩よ

（『つきかげ』「ひもじ」昭和二十五年）

前述した『赤光』「おひろ」の歌に対応するように、浅草寺観音堂へ「たどり来て」、自分自身の

ために、自らの安穏を願い観世音菩薩へ拝むのだという。続いて、「この現世清くしなれ」と拝むのだという。

ここに、一九五二(昭和二十七)年三月二十日に、茂吉が浅草寺に参詣した時の写真がある。妻てる子、長男の茂太、次男の宗吉(北杜夫)が同行した。茂吉は善男善女の雑踏の中で、観音堂に向かい、おみくじ処の前で茂太に後ろを抱きかかえられている。必死に手袋(軍手)をはめた左手をのばしているが、身体が麻痺しているため、隻手で合掌している姿が痛々しい。口を幾らか開け、眼は正面よりやや高めで、まさに拝もうとする祈りの刹那である。隻手の音声が聴こえたであろう。茂吉にとって、最後の浅草詣でとなった。故郷金瓶村から上京して以来、艱難辛苦に出会い、その度毎に観世音菩薩のご加護を願い、ご慈悲を受けた茂吉にとって、万感胸にこみ上げるものがあったであろう。もはや地位も名誉も何も欲しない、生かされてきた自分への感謝の気持ちだけが表出している、まさに純粋に信仰の人の姿である。ましてや、門弟は語らず隠蔽していたが、茂吉は認知症となり、身体の自由もままならなかったのである。これは、何も言わなくとも茂吉と浅草寺の関係のすべてを語る写真である。そして、これから一年も経過することなく茂吉は翌一九五三(昭和二十八)年二月二十五日に亡くなった。

五　茂吉の信仰心

うつしみの狂へるひとの哀しさをかへりみもせぬ世の人醒(さ)めよもろびと覚(さ)めよ
（『ともしび』「賀歌」大正十年）

この歌は、恩師呉秀三の東京帝国大学医科大学在職二十五年を祝い、仏足石歌二十五首をつくった中のものである。ここには、病者本位の治療を目指した呉秀三の精神を引き継いだ精神病医茂吉が、差別され排除された精神病者の苦しみと哀しみを世の人(世間)に、知らしめようとする魂の叫びが滲み出ている。精神病医となり、この理不尽な苦しみと哀しさは、絶えず茂吉の体内に憤りとして沈潜していたのである。

このことを前提として茂吉の人生を回顧するに、茂吉にとって浅草寺とはどのような存在であったのであろう。茂吉は「観音力」に帰依し、御守護も肌身離さなかったが、神々にも帰依した。よって、観世音菩薩にだけ、ひたすら帰依したのではない。よって、浅草寺や観世音菩薩への篤信者とは言い難い。しかし、茂吉は故郷金瓶村から上京し、浅草三筋町で起居した機縁で、折りに触れて浅草寺に参拝した。参拝後は、劇場や映画館にも足を運び、好物の鰻も食べた。永井ふさ子とは、逢瀬の場として出掛けた。それは、言うまでもなく浅草が第二の故郷であり、心癒される場であったからであろう。とくに、欧州留学後の茂吉は、筆舌に尽くしがたい艱難辛苦を超剋するに、神々の加護を祈った。また、観世音菩薩に額づき加護を祈ったのである。精神病医として、さらに青山脳病院院長として、精神病者の逃走、自殺、暴力に悩まされ、その重責が茂吉の双肩にかかった。茂吉は精神病者に左頬を打たれても、医者の職業倫理に従い、中庸を保ち憤怒の情を沈黙により制したのである。このような状況下で、自らが「観音力」に帰依することにより、自らを鼓舞し、勇気づけられ、人生の苦難に耐えることができたのであった。このような祈りの声を発する茂吉の姿は、他者の眼から見れば滑稽であり、場合によっては愚直にさえ映ったであろう。

茂吉のおみくじを引き、吉凶を占い、御守護をおしいだき、神明に祈願する等の行為は、茂吉の土俗的な信仰で、金瓶村の村童のうちに涵養されたものであり、終世にわたり茂吉の信仰心として脈々と流れるものであった。従って、浅草寺の観音力を信じた茂吉であるが、あくまでも現世利益的であり、彼岸をどこまで意識したのであろうか。上田は「それは生を超絶した彼岸的彼岸ではなく、生ある限り、生のなかでのみ夢みられた此岸的彼岸にすぎなかった」と断じている。また、中野重治は茂吉の自然観を「いかにも日本的な、日本人持ち前のそれであり、草にも木にも、家の棟にも竈にも神を見るという、しかもそこからして、煩瑣な思弁的宗教哲学を決して編纂しなかったところの、いわば古代日本人以来の日本的自然観である」という。茂吉の信仰は一神教ではない。絶対他力ではない。汎神論的な世界のなかで、茂吉は生活し、ひたすら祈るのであった。

註

(1)『斎藤茂吉全集』第五巻、岩波書店、一九七四年、二二〇ページ。『念珠集』所収。
(2)斎藤茂吉『作歌四十年』筑摩叢書、筑摩書房、一九七一年、一五八ページ。
(3)第五巻、二〇五ページ。『念珠集』所収。
(4)浅草寺縁起によれば、六二八年に檜前浜成、竹成兄弟が、江戸浦に漁撈中、一体の観音像を感得し、その後出家し、自宅を寺とし礼拝したという。六四五年には、勝海上人がこの地に来て、観音堂を建立し、夢告により本尊を秘仏としている。平安初期には円仁(慈覚大師)が来山し、お前立ての本尊を彫刻したという。江戸時代になると、徳川家祈願所となり、堂塔が整備され、江戸文化の中心として繁栄した。
(5)第三十九巻、八ページ。
(6)第六巻、四四六〜四四七ページ。
(7)同巻、四四五ページ。
(8)吉田漱『「赤光」全注釈』短歌新聞社、一九九一年、八五ページ。
(9)第六巻、四七六ページ。
(10)第二十九巻、六八ページ。
(11)同巻、七〇ページ。
(12)同巻、一四九ページ。
(13)第三十三巻、六三四ページ。
(14)上田三四二『斎藤茂吉』筑摩叢書、筑摩書房、一九六四年、一七〇ページ。
(15)同巻、一二〇ページ。
(16)第二十九巻、一五〇ページ。
(17)同巻、同ページ。
(18)同巻、三一七ページ。
(19)同巻、四五七ページ。
(20)上田三四二、前掲書、一七六ページ。
(21)第三十巻、一一三ページ。

(22) 同巻、一一一～一一二ページ。
(23) 永井ふさ子『斎藤茂吉　愛の手紙によせて』求龍堂、一九八一年、一四ページ。
(24) 前掲書、一五ページ。
(25) 『法華経』下巻、岩波文庫、一九七六年、二四八ページ。
(26) 山上次郎『斎藤茂吉の恋と歌』新紀元社、一九六五年、三一五ページ。
(27) 藤岡武雄『新訂版・年譜　斎藤茂吉伝』沖積舎、一九八七年、二六一ページ。
(28) 第七巻、六四二ページ。
(29) 上田三四二、前掲書、一八二ページ。
(30) 中野重治『斎藤茂吉ノート』筑摩書房、一九六四年、一七〇ページ。

初出一覧

序　章　書き下ろし
第一章　斎藤茂吉の性の諸相　（西田哲学研究会編『場所』第十四号、二〇一五年四月）
第二章　斎藤茂吉のユーモア　（西田哲学研究会編『場所』第十五号、二〇一六年四月）
第三章　斎藤茂吉と手帳　（『文京学院大学外国語学部紀要』第十九号、二〇一九年二月）
第四章　精神病医斎藤茂吉と精神科医北杜夫　（西田哲学研究会編『場所』第十号、二〇一一年四月）
第五章　斎藤茂吉の戦争詠　（西田哲学研究会編『場所』第十三号、二〇一四年四月）
第六章　斎藤茂吉の晩年――『つきかげ』時代　（西田哲学研究会編『場所』第十二号、二〇一三年四月）
第七章　斎藤茂吉の仏教観――『赤光』を事例に　（西田哲学研究会編『場所』第七号、二〇一二年四月）
第八章　斎藤茂吉と浅草寺　（『文京学院大学外国語学部紀要』第十二号、二〇一二年二月）

あとがき

山形駅から、奥羽本線南へ二つ目に茂吉記念館前駅がある。周辺は洋梨畑が広がり人家もほとんど見当たらない。降車して踏切を渡り木洩れ日の中、坂道を上がると、記念館前に茂吉の胸像がある。頭を垂れて近づき、賓頭盧尊者のように茂吉の頭を撫でる。初夏に訪れると颯爽とした風が吹き渡り気持ちが良い。何回訪れただろうか。しかし、厳冬の景色を知らない。また、茂吉も眺めた蔵王の山並を遠くに臨むことができる。見落としてならないのは記念館の左手に、鉄骨の建物内に移築された箱根強羅の別荘宅がある。戦後一時期に、茂吉と次男宗吉(北杜夫)が二人で暮らしていたのである。

茂吉が生誕した五月十四日近くの日曜日に、毎年の事であるが斎藤茂吉記念全国大会が茂吉の故郷上山市で開催される。その時に、斎藤茂吉短歌文学賞贈呈式があり、茂吉ふるさと巡り、墓参も行われる。上山市金瓶村の茂吉の生家や宝泉寺などは、茂吉の性格を解明するに重要な原風景である。また、精神病医茂吉の原風景である浅草三筋町、東京府立巣鴨病院跡、青山脳病院(本院・分院)跡に、改めて立ち寄ってみた。都立高校と某紳士服店駐車場の境界に、蔦がからまる巣鴨病院煉瓦塀の一部が残っている。そこに佇むと、精神病者一人ひとりの呻吟と痛哭が聞こえてくるようである。

博士論文を基にして『齋藤茂吉　悩める精神病医の眼差し』(ミネルヴァ書房、二〇一六年)を刊行し、そのご縁で「やまがた特命観光・つや姫大使」に県知事より委嘱された。斎藤由香(茂吉の孫、北杜夫の長女)とも親しく歓談する機会に恵まれた。なお、本書は茂吉に関連する論考をまとめたものであり、首尾一貫したテーマではないが、茂吉の体臭が感ぜられる人間誌とした。

さて、西田幾多郎は「或教授の退職の辞」で「回顧すれば私の生涯はきわめて簡単なものであった。その前半は黒板を前にして坐した、その後半は黒板を後ろにして立った。黒板に向かって一回転をなしたといえば、それで私の伝記は尽きるのである。」(『続思索と体験』)という。著者もその境地に近づきつつある。また西田は『善の研究』で「一生懸命に断崖を攀ずる場合」や「音楽家が熟練した曲を奏する時」が「純粋経験」の事例というが、これからは雑事を離れ、研究活動に没頭し、まさにその「道を楽しむ」という道楽者になれればと思う次第である。

最後になるが、常に精神的に支えてくれた妻の敦子に感謝し、出版状況の厳しい中で刊行にあたり、ご尽力をいただいた彩流社社長河野和憲氏に深甚なる謝意を表する。

二〇二二年十月十九日　池袋、梟の鳴く知恵の森にて

著者識

【著者】

小泉博明

…こいずみ・ひろあき…

1954年東京都生まれ。1977年早稲田大学第一文学部東洋哲学科卒業。2012年日本大学大学院総合社会情報研究科博士課程修了。博士（総合社会文化）。早稲田大学教育学部非常勤講師、東京大学教養学部非常勤講師などを経て、現在、文京学院大学外国語学部教授。著書に『斎藤茂吉　悩める精神病医の眼差し』（単著、ミネルヴァ書房、2016年）『テーマで読み解く　生命倫理』（共編著、教育出版、2016年）『日本の思想家　珠玉の言葉百選』（共編著、日本教育新聞社、2014年）『人間共生学への招待』（共編著、ミネルヴァ書房、2012年）『共生と社会参加の教育』（共編著、清水書院、2001年）等がある。

斎藤茂吉の人間誌

二〇二二年十二月十日　初版第一刷

著者——小泉博明

発行者——河野和憲

発行所——株式会社 彩流社

〒101-0051

東京都千代田区神田神保町3-10大行ビル6階

電話：03-3234-5931

ファックス：03-3234-5932

E-mail：sairyusha@sairyusha.co.jp

印刷——明和印刷（株）

製本——（株）村上製本所

装丁——中山銀士＋金子暁仁

ISBN978-4-7791-2864-6 C0095

http://www.sairyusha.co.jp

【彩流社の海外文学】

鼻持ちならぬバシントン

サキ 著
花輪涼子 訳

サキによる長篇小説！　シニカルでブラックユーモアに溢れた世界観が特徴の短篇作品の巧手サキ。二十世紀初頭のロンドン、豪奢な社交界を舞台に、独特の筆致で描き出される親子の不器用な愛と絆。

（四六判上製・税込二四二〇円）

不安の書【増補版】

フェルナンド・ペソア 著
高橋都彦 訳

ポルトガルの詩人、ペソア最大の傑作『不安の書』の完訳。長年にわたり構想を練り、書きためた多くの断章的なテクストからなる魂の書。旧版の新思索社版より断章六篇、巻末に「断章集」を増補し、装いも新たに、待望の復刊！

（四六判上製・税込五七二〇円）

【彩流社の海外文学】

魔宴

モーリス・サックス 著
大野露井 訳

瀟洒と放蕩の間隙に産み落とされた、ある作家の自省的伝記小説、本邦初訳！　ジャン・コクトー、アンドレ・ジッドを始め、数多の著名人と深い関係を持ったサックス。二十世紀初頭のフランスの芸術家達が生き生きと描かれる。

（四六判上製・税込三九六〇円）

蛇座

ジャン・ジオノ 著
山本省 訳

ジオノ最大の関心事であった、羊と羊飼いを扱う『蛇座 Le serpent d'étoiles』、そして彼が生まれ育った町について愛着をこめて書いた『高原の町マノスク Manosque-des-Plateaux』を収める。

（四六判並製・税込三三〇〇円）

JN103413

Baptiste Morizot

SUR LA PISTE ANIMALE

動物の足跡を追って

バティスト・モリゾ

丸山亮 訳

新評論

動物の足跡を追って　目次

動物の足跡を追って

凡例

本文中の強調点は著者のもの、〔　〕は訳者のもの。
行間番号は原注を示し、巻末に収録した。

Baptiste MORIZOT

SUR LA PISTE ANIMALE

序文

ヴァンシアンヌ・デプレ

「明日はどこに行こうか？」

明日か、明後日か、それとも来週か……この本の最後のページを読み終えたら、どこへ行きますか？　ひょっとすると、あなたは「この本に生命を吹き込んでいる何か」に触発され、感化され、侵食されるという、驚きに満ちた体験をする人の一人かもしれません。「この本に生命を吹き込んでいる冒険」と書くこともできたでしょうが、そうしなかったのは、冒険という言葉につきまとうきらびやかな異国情緒や、ありきたりのストーリーといった印象を嫌ってのことです。それよりも、入門儀礼（イニシアシオン）というかしこまった言葉を使ったほうが、バティスト・モリゾが提示するものをよく表せるように思います。というのも、入門するという表現は何かを詳しく知ること、厳密にはその知識の習得を可能にする技術を学ぶことと結びついているからです。さらにはそのような考え自体が、古代の多神教で行われていたような〝神秘〟に参加する体験を、時を超えて、現代によみがえらせてくれるからです。

そういうわけで、この本は読者に、ある特異な技術を手ほどきしてくれます。その技術とは、一言でいえば、見えないものを追跡することで地政学を実践する技術です。このように書くと、身構えてしまう方もいるかもしれません――それどころか、〝冒険〟という単語は避けるくせに、〝地政学〟や〝見えないもの〟といった単語を用いるのには躊躇しない、そんな人に果たして大切な序文を任せてもよかったのだろうか、と思う人さえいるかもしれません。

見えないものの存在――「何者も痕跡を残さずに存在することはできない」

ところが実際には、バティスト・モリゾの試みは他の何にもまして具体的で、土と生命に寄り添ったものです。モリゾの提案は想像しうる限り最も地に足のついたものであり、文字通り、足にぴったり合った靴を履き、歩くよう促してきます。それだけでなく、地面を注意深く観察し、大地を眺め、藪（やぶ）を、薄暗い茂みを、踏みしだかれた草を読み解くよう誘いかけてきます。痕跡や足跡を記録する泥と、痕跡をはねつける岩を入念に調査し、毛が絡みついた木の幹に目を凝らし、糞（ふん）が大量に落ちている道を隈なく捜索するよう――他のどこかではなく、まさにその場所に注意を向けるよう――すすめてきます。なぜなら、私たちが動物と呼んでいる普段滅多に姿を現さない生き物は、そのようにして存在をあらわにするからです。ときにはわざと、ときには意図せずに。追跡とはつまり、目に見えないものが残した目に見える痕跡を見つける技術、あるいは、目に見えないものを現前する存在へと変化させる技術といえるのです。

　フランスの作家ジャン＝クリストフ・バイイ〔一九四九－〕は、視線を逃れることこそが、多くの動物にとっての棲み家の築き方、〝わが家〟の造り方であると述べています——「動物にとって生きることは、身を隠しながら見えるものの中を横切ることだ」[1]。このことは多くの人が身をもって知っていることでしょう。森の中を何時間歩き回っても、動物の影はおろか、気配さえとらえられない。世界には自分たちの他に誰も棲(す)んでいないと、つい想像してしまう。なるほど、存在のしるしに注意を払わなければ、たしかにその通りかもしれません。けれど歩き方を見直し、周囲の空間にそれなりの注意を払い、痕跡の法則を学びさえすれば、たったそれだけで見えないものの足跡は浮かび上がってきます。たったそれだけで、私たちは記号の解読者になれるのです。一つひとつの痕跡は、ある存在の記録、「誰かがここにいた」証拠です。さあ、今度はその誰かのことを知る段です。ところで、そのために必ずしも出会いが必要であるとは限りません。

地政学――「追跡とは、他の生物が棲み家を形成する術について調査する技術である」

出会いが生じないというわけではありません。ただ「出会う」という言葉に込められた意味が、私たちの頭にぱっと思い浮かぶような意味とは異なっているのです。この言葉には、動作の始まりを表す起動動詞〔「〜し始める」や「暗くなる」のように動作や状態変化の始まりを示す動詞の言語学的区分〕に見られるような、起点としての意味[2]が込められています。文法学者によれば、起動動詞は無から有への移行を表しています。バティスト・モリゾが描く出会いは、まさにこの起点の範疇で格変化していきます。第一に、追跡において問題となるのは常に出会いの前の時間であるからです。この時間は原則として、際限なく繰り返されます（というのも、出会いの前の時間とは、出会いの時間そのものであるからです）。第二に、追跡の対象となるのが常に姿を見せない相手であるからです（文法学者のいう有は、いつでも無に戻りえます）。

追跡の実践は、相手を追うことが、相手と共に歩くことであると教えてくれます。この点において、歩くことはある種の媒介行為となります。並んで歩くのでも同時に歩くのでもなく、思うままに歩く相手の足跡に沿って歩くのです。足跡には相手の欲望がこと細かに記録されています。もし相手がこちらの存在に気づいているのなら、追手を撒きたいという欲望までもが足跡には表れます。その意味で、同時性も相互性もない〝共に歩く〟行為は、他の存在に教えを乞う体験といえるのです。相手につき従い、相手と同じように考え、相手と同じように感じる術を身につけ（第一章に登場する追手の気配を察知した狼のように、相手もまた自分をつけてくる人間と同じように考えようと苦心している最中かもしれません）、相手の論理を学ぶために自分の論理を捨て、人間のそれとは異なる欲望を自身の内に受け入れる。そして何より、相手を見失わないために、動物の意図や習慣が刻まれた痕跡を前に、想像力と思考を働かせる。尻尾をつかんで離さないこと。そう、追跡の教訓の一つは、自分の所有物ではないものを手放さないことなのです。

知り始めるという意味で、このように同じ時間、同じ場所に相手がいなくとも、「出会う」ことができます。相手のことを知るのです。離れた場所で、あとから「共に歩く」ことによって、より深く相手について知ることができます。心もとない現実の足跡を見失わないためには、想像力を総動員する必要があります。アメリカの哲学者ダナ・ハラウェイ〔一九四四-〕は、このことを「近さなき近しさ」[3]という見事な表現によって定義しています。

しるしを介して動物と出会うことは、その動物の習慣を隅々まで知ることに他なりません。動物の習慣の目録が出来上がるにつれ、その動物の生き方や存在のしかた、考え方、欲し方、感じ方が、徐々に浮かび上がってきます。

バティスト・モリゾの提示する探求は、第一に、人間とそれ以外の生物の関係を根本的に見直すよう訴えます。現在とは違ったかたちでの動物との共存を願う人々、かつての関係を取り戻し、動物との対話を再開することを夢見る人々は、日に日に増えてきています。では、どうやって？　何をすべきなのでしょう？　何を学ばなければならないのでしょう？　ほとんどの人にとってまったく見知らぬ存在である他の生物と、どのように暮らしていけばよいのでしょう？　バティスト・モリゾはこの点について、ユーモアを交えながら次のように語っています。一九六〇年代以降、「人間は知的生命体の存在を追って、宇宙に目を向けてきた。ところが実際には、それらの生命体は驚くほど多様なかたちで地球上に存在している。人間に交じって、私たちの足元で、ただし目立たないように息を潜めながら、ひっそりと暮らしているのだ」[4]。宇宙に向けて探査機やメッセージを送ったり、酔っぱらったヒヒの集団よろしく、がやがやと騒ぎ立てながら森を散歩したりする人間の行動には、世界には人間しか存在しないという奇妙な思い込みが露見しています。今こそ再び「地球に降り立つ」ときなのです[5]。

バティスト・モリゾの探求の対象は、まさにこの点にあります。モリゾの地政学的探求は、他の生物と共存していくにはどうすればよいか、という問いに答える方法を模索します。それも、自然への回帰といった漠然とした幻想ではなく、具体的で実践的な方法をです。もちろん、モリゾは追跡が最古の狩りの手法であったことを忘れてはいないし、彼の探求と共通の根を持ち、今や彼の試みに欠かせない動物行動学をないがしろにもしていません。両者はともに注意の技術なのです。しかしモリゾの探求の目的は、前者のように獲物を仕留めるために知ることでも、後者のようにただ知るために知ることでもありません。「共有の棲み家の中で、共存していくために知る」のです。追跡が切り開くのは、人間以外の生物と社会的な関係を構築する可能性なのです。

「行動を変えることによってしか、観念を変えることはできない」

つまり追跡とは、真正な地政学に取り組むための、見えないものを見る技術であるといえます。すでに触れたように、たとえ一つひとつの発見がある種の魔術――「しるしを浮かび上がらせる」追跡の魔術――の成果であるにしても、ここでいう見えないものは、超自然的な現象とは何の関連もありません。それどころか、自然とも一切関係ないのです。それはひとえに、真正な地政学が〝自然〟に言及することはないからです。〝自然〟という言葉は、たとえ「自然の中で散歩しよう」といったありきたりな言い回しに使われる場合でさえ、決して無垢ではありません。バティスト・モリゾは、フィリップ・デスコラ〔一九四九－、フランスの人類学者〕について言及した箇所で、次のように述べています。自然という言葉は「生物の世界を無機物として大規模に開発する〝文明〟（モリゾに言わせればまったく好ましくない文明）に対置される言葉だ」。仮に、この負の遺産を捨てる決意を固め、自然保護の意志を声高に表明したとしても、この言葉が暗に意味するところのものからは逃れられないでしょう。この例でいえば、私たちの眼前あるいは周囲に残るのは、結局のところ行為の対象でしかない、受動的な自然なのです。ともすれば、単なる気晴らしや気分転換のための場所でしかないかもしれません。

モリゾの試みは、数知れぬ破壊を生んできた、善良な意志とは決して相容れない形而上学と決別するよう私たちに訴えかけます。真っ先に見直さなければならないのは、私たち人間が唯一の政治的動物であるという古くからの考えなのです（さらに注意しなければならないのは、人間が人間を動物と呼ぶとき、往々にしてそこには人間を特別な存在たらしめている能力を鼻にかける態度が見え隠れしていることです）。しかしながら、規律や縄張りの意識を持ち、狩りの際には連携を取り、行動規範や序列に従って暮らす狼も、人間と同じく政治的動物です。狼に限らず、多くの社会的動物がそうなのです。その解釈をさらに他の生物──たとえば堆肥作り容器（コンポスト）の中に棲み、人間と習慣を交えながら暮らすミミズ──にまで広げるためにモリゾが提示するのは、他の生物と真に社会的な関係を築く術を学び直さなければならないという考えです。地政学的な取り組みとしての追跡は、つまり、日々の暮らしの中で次のような疑問を投げかける技術であるといえるのです。その疑問に対する答えは、互いの習慣を結びつけ、同盟関係を築くための礎（いしずえ）となるでしょう。あるいは、争いを未然に防ぐとともに、文明的かつ外交的な解決策を見出す糸口となるはずです。「ここには誰が棲んでいるのだろう？どのように暮らしているのだろう？　どのように縄張りを築くのだろう？　この生物の行動は、私の生活にどう関係してくるだろう？　反対に、私の行動はこの生物にどう影響するだろう？　どこで摩擦が生じ、何について同盟が結べるだろう？　争わずに共存していくためには、どのような規則を作る必要があるだろう？」

「わが家に帰るための回り道の一つ」

私はたった今、バティスト・モリゾに倣(なら)い、ミミズの棲む堆肥作り容器(コンポスト)を社会的な交流の場として取り上げました。交流の場ではそれ以外にも、習慣や、注意や、同盟や、妥協に関する細やかな知識が要求されます。この例が重要なのは、〝追跡者〟になること、すなわち人間と動物の関係を取り持つ〝外交官〟になることが、思考のあり方を変え、しるしを読み取り、いくつもの習慣や志向性を承認(アコルデ)＝調和させることに他ならないと教えてくれるからです。森や遠方に出向かなくとも、追跡は実践できるのです。

なぜなら、バティスト・モリゾの言葉を借りれば、追跡とは何よりもまず「わが家へと帰るための技術」だからです。あるいは、わが家を再び見出す技術とも言い換えられるでしょう。とはいえ、わが家を見出す〝私自身〟が別の存在に変化しているように、ここでいうわが家も、もはやそれまでのわが家ではありません。

追跡とは、今よりも温かみのある、棲みうる世界を見出す技術です。そこでは、私たちはけちで嫉妬深い地主（人間が自然を支配し所有することを自明のことと考える地主）としてではなく、他の生物と共に暮らす生活の豊かさに驚嘆する一住民として、〝わが家〟にいることを実感できます。

追跡とは、習慣を豊かにすることです。追跡において問題となるのは、自己の変化、あるいは変身なのです。「自身の内に別の体が持つ力を呼び起こすこと」と、ブラジルの人類学者エドゥアルド・ヴィヴェイロス・デ・カストロ〔一九五一-〕は書いています。自分自身の内に、カラスの移り気な好奇心を、ミミズの存在様式を——ともすればその皮膚呼吸の感覚まで——、欲望をはらんだ熊の忍耐を、満腹のユキヒョウの忍耐を、はたまたまったく毛色の異なる、遊び盛りの子どもを持つ親狼の忍耐を見出す。バティスト・モリゾが言うように、「他の体が反応する誘因」を知覚するのです。

ただ、「これらのことを言葉で表すのは難しいため、様々な角度から表現を試みる必要がある」とモリゾはつけ加えています。

日本人作家の水林章氏〔一九五一-〕は、愛犬メロディとの長きにわたる友情を描いた美しい作品の中で、自身と愛犬との関係を描くにあたり氏が直面した、氏の第二言語であるフランス語がはらむ問題に言及しています。氏はこう綴っています。「私が長い年月をかけて習得し、自分の言葉にしてきたフランス語という言語は、デカルト〔一五九六-一六五〇、フランスの哲学者〕の時代に作られた言語だ。ある意味でこの言語には、人間が他の生物を使役可能な機械に区分する契機となった、決定的な断絶の跡が刻み込まれている。モンテーニュ〔一五三三-九二、フランスの思想家〕が描いた豊かで、寛大で、思いやりに満ちた動物の世界を眺める折、デカルト以後のフランス語がそこに影を落としていることに気がつくと、私は物悲しい気持ちになる[6]」。

私たちはある意味で、周囲の世界から生気を奪う特徴を持った言語を継承しているのです。フランス語の文法には受動態と能動態の二種類しかないという、ブルーノ・ラトゥール〔一九四七-、フランスの哲学者、人類学者、社会学者〕が引き合いに出した単純な事実を顧みるだけでも、そのことは明らかです。

本書のような語り口で、追跡と〝わが家に帰ること〟の帰結を語る――そのためにモリゾは、いくつかの言葉を捨て、構文を巧みに組み換える必要がありました。生物の存在、より正確には生物の存在がもたらす作用を解き明かすために、あるいは、喜び、望み、驚き、迷い、忍耐、ときには恐怖といった体を震わせる情動を喚起するために、そして、探求の言語を用いながらその言語からこぼれるものを掬うために――ちょうどモリゾ自身が、執筆を通してあふれ出たものに触発されたように。また、哲学の言語を捻じ曲げ、距離を置き、文法を詩的に変形させ、新たな言葉を作り出す、あるいは既存の言葉の意味をずらす（別の本でモリゾはこれを「意味の野生化[7]」と呼んでいます）必要もありました。私たちに残されたどの言葉も、出会いや、出会いを待つことの恩恵を描くには足りないからです。言い換えれば、棲むことを表現する詩法、実験的な、野外の、重層的な身体を表現する詩法を生み出したのです。

この本は私たちに、動物と、動物に出会おうとする人間とにできることは何かを教えてくれます。またこの地球で、今とは異なるかたちで他の生物と共存するための方法を模索した、具体的で革新的な外交政策を示してくれます。それだけではありません。モリゾは、私たちのすぐそばにある人間の世界の境界、そして私たちの言語の限界を探求するよう誘いかけてくれるのです。人生の一大事を言葉にするために。

明日はどこに行きますか？　このページをめくった瞬間から、もう旅は始まっています。

序章
入森する

「明日はどこに行こうか」
「自然の中に出かけよう」

私と友人たちの間では、長い間このようなやり取りがなされていた。答えは決まりきったもので、取り立てて疑問に思うこともなかった。そんなある日、人類学者フィリップ・デスコラの著書『自然と文化を越えて』[1]が出版された。デスコラは著書の中で、自然という概念が西欧文明の生み出した物神（フェティッシュ）であり、西欧人特有の奇妙な信仰によって成立していること、そしてその文明が、西欧人が〝自然〟と呼ぶ生物の世界と対立し、諍（いさか）いを起こし、破壊を招く性質のものであることを指摘した。

そういうわけで、計画を立てる際にいつも口にしていた「明日は自然の中に出かけよう」という文句が使えなくなってしまった。言葉を奪われた私たちは、こんな単純なことも言い表せずに、ただ黙り込むしかなかった。「明日はどこに行こうか」という何の変哲もない文句が、哲学的な吃音（きつおん）へと変わった。外に出かけることを表現する別の言い回しはあるだろうか？　友人や家族と連れ立って、あるいは一人で「自然の中」に出かけるとき、その目的地を何と呼べばよいだろうか？

〝自然〟という言葉は無垢（むく）ではない。この言葉は、生物の世界を無機物として大規模に開発する、あるいは娯楽や運動や気分転換のための空間として切り分ける〝文明〟に対置される言葉だ。生物の世界に対するこのような態度は、私たちの理想とするものとはかけ離れた貧しい態度である。デスコラによれば、自然主義(ナチュラリズム)は西欧人の世界観を表している。西欧の世界観では、一方に人間の暮らす閉ざされた社会が存在し、他方に人間が思い通りに手を加えることのできる客体としての自然が存在する。この世界観は、自然が〝存在する〟ことを前提としている。自然とは、人間が開発したり、山歩きを楽しんだりする〝外側〟の場所でこそあれ、人間が住む場所ではない。というのも、人間が暮らす内側の世界があるからこそ、自然は〝外側〟の世界とみなされるからだ。

デスコラの登場によって、〝自然〟という言葉を用いて語り、信仰を顕在化することそれ自体が、人間の生存を支える生物の世界、また同じ地球に暮らす数多くの生命に対するある種の暴力であることが明らかとなった。資源、害、無関係なもの、あるいは双眼鏡を通して観賞するきれいな生物見本といった、生物の世界に与えられた意味を変えることはできないだろうか？　デスコラが自然主義(ナチュラリズム)を「最も好ましくない世界観[2]」と評したのも頷ける。結局のところ、最も好ましくない世界観を抱えて生きることは、個人にとっても文明にとっても、気が滅入ることに違いないからだ。

フランスの歴史学者ジル・アヴァール〔一九六七－〕は、著書『森を駆ける者—フランス系カナダ人の歴史』〔「森を駆ける者」とは、一七世紀から一八世紀にかけて北米フランス領で毛皮の交易を行っていたフランス系カナダ人の通称〕の中で、アメリカ先住民のアルゴンキン人が「森との社会的な関係[3]」を積極的に築いていたと語っている。突飛に聞こえるかもしれないが、この考えはまさに本書が辿るべき道筋を示している。本書では、いくつかの哲学的な追跡の物語を通して人間と生物の世界の関係を見直すことで、この考えを追っていくつもりだ。実践に基づいて、行動と感性と思想を紡ぎ合わせていくことで、今よりも好ましい世界観を組み上げてみようと思う（というのも、思想だけではなかなか人生を変えることはできないからだ）。

だがそこへ向かう前に、まずは都市の外に出かけたいすべての人々のために、「明日どこへ行くか」、また「明日どこに暮らすか」を言い表す言葉を見つけなければならない。

〝自然〟の中に赴いて活動する私と友人たちの間では、「自然の中に出かける」という文句が使えないことが、数年来大きな問題となっていた。これまでの習慣と決別し、私たちの世界観を内側から覆すことのできる言葉を、是が非でも見つける必要があった。恵みにあふれた環境を単なる資源の宝庫、あるいは気分転換のための場所とみなし、私たちの足元にある、人間の存在を支えている生物の世界を外側へと押しやってきたこの世界観を、何とかして手放す必要があった。

「明日どこへ行くか」を言い換えるために見つけた最初の言葉は「外」だった。明日は外へ出かけよう。ウォルト・ホイットマン〔一八一九－九二、アメリカの詩人〕の詩にあるように、「大地と寝食を共にする」のだ。[4] 一時しのぎの解決策ではあったが、ともあれ、かつての習慣からは脱することができた。と同時に、この新たな言い回しに対する不満が、さらなる別の表現を探すための原動力ともなった。

続いて私たちが使い始めた言い回しは、「奥地に行く」だった（この表現は私たちの活動の奇妙さをよく表している）。明日は奥地に行こう。私たちが歩く道に標識などない。あったとしても、追跡のための道しるべにはなりえない（私たちは休日を利用して追跡にいそしんでいる）。私たちは下生(したば)えを踏みしめながら、猪やノロジカの通った後を進んでいく。人間の道に興味はない。もちろん、肉食動物（狐、狼、オオヤマネコ、テンなど）が縄張りのしるしを残す場所として、人間が整備した道に地政学的な興味を持つ場合は別である。実際のところ、人間が整備した道は多くの動物が通るため、縄張りのしるしを残しやすく、肉食動物に好まれている。

　ここでいう追跡とは、動物の足跡や痕跡を読み取ることで、その視点を再構築する行為を指している。動物の習慣や、動物が人間を含む他の生物とどのように共存しているかを知る手掛かりとなる、痕跡の世界を調査するのである。遮るもののない開けた視界に慣れた人の目は、初めのうちはなかなか景色の変化に馴染めない。舞台は目の前にではなく、足下に広がっているのだ。地面は数多くのしるしが散りばめられた絶景へと様相を変え、私たちの興味を引きつける。この新たな意味での追跡には、他の生物が棲み家(すみか)を形成する技術、植物の社会、地面に暮らす多種多様な微生物の世界、それら生物同士の関係、そして、人間が利用する土地と生物たちとの対立関係や同盟関係の調査も含まれる。存在ではなく、関係性に注意を向けるのである。

　奥地に行くのと自然の中に出かけるのとでは、意味合いがまったく異なる。登山をしたり、絶景を見たりすることが目的ではない。狼の通り道となりそうな山稜、鹿の痕跡が見つかりそうな川、オオヤマネコの爪痕が刻まれたモミ林、熊と出会えそうなブルーベリーの野原、ワシの巣の存在を物語る白い糞が残された、岩だらけの険しい崖を目指すのである。

出発の前には、地図やインターネットで山中の経路に当たりをつけておく。オオヤマネコの好む二つの山塊へと続く道、ハヤブサの巣の存在が疑われる断崖、人間と狼が昼夜別の時間帯に利用する山道……。

目的は山歩きではない。たまたま登山道にぶつかるようなことがあると、いつもその存在に驚いてしまう。唐突に現れた案内標識の意味を理解しようと、ついまじまじと眺めてしまう。歩みは遅く、キロメートル単位で進むことなどまずない。痕跡を見つけるために、同じ場所をぐるぐると回るため、ときには二〇〇メートル進むのに一時間かかったりもする。カナダ中東部のオンタリオ州でヘラジカを追跡したときには、川床に残された足跡を起点に追跡を始めた。足跡を見つけては見失いを繰り返し、痕跡が見つかりそうな地点を推測して歩き回っているうちに、一時間後、元の地点に戻ってきてしまった。モミ林のわきに残された真新しい糞から察するに、夜行性動物のヘラジカは、この場所で昼寝をしていたのであろう。「奥地に行く」とは、一つの新しい実践のかたちを表した言い回しなのである。

もちろん〝自然〟という単語を別の言葉に置き換えることが問題なのではない。日々の暮らしの中で私たちが他の生物と築く関係を、別のかたちで表現し実践することのできる、複数の相互補完的な手段を組み上げることが問題なのである。

「自然の中に出かけよう」に代わる三つ目の言い回しは、ある朝、詩を読んでいるときに見つかった。あまり使われないものの、魅力的な響きを秘めた言い回しである。それは「野外の空気（オ・グラン・テール）」だ。明日は野外の空気に触れに行こう。この表現の魅力は、声に出して発音したときに、フランス語の規則によって、文中にはないまったく別の詩的な響きが混ざることにある。不思議なことに、空気とは正反対のものであり、なおかつ空気と対をなす〝大地（テール）〟という単語が聞き取れるのだ〔フランス語の発音規則の一つリエゾンにより、grand（グラン）の語末の子音とair（エール）の語頭の母音が同時に発音されることで、大地を意味するterre（テール）という単語と同じ音が発生する〕。「陸地（テール）だ！　陸地（テール）が見えたぞ！」と叫ぶマストに登った見張りのように、大地の出現を告げる頭文字の〝t〟など、どこにも見当たらないというのに。

「野外の空気に触れる（オ・グラン・テール）」ことは、「地上に立つ」ことでもある。地球人に戻ること、あるいはブルーノ・ラトゥールの言葉を借りれば、「地球に降り立つ」ことである。私たちが吸っている地上の空気は、光合成という太古の奇跡により作り出されている。空気は私たちが足を踏み入れる森や草原の呼吸によって生み出され、その森や草原は、私たちの足下にある生きた土の恵みにより育まれる。野外の空気とは、大地の生命活動そのものなのだ。生命の活動によって形成される大気は、人間を含む生物が暮らしていくために生物が整える環境であり、文字通り生きている。

野外の空気に触れる（オ・グラン・テール）――大地（テール）という単語は、目には見えなくとも耳には聞こえる。そしてひとたび耳に入れば、もう無視することはできない。この魔法のような表現は、天上と地上の境のない別の世界を想起させる。野外の空気は緑の大地が吐き出したものだからだ。物質と精霊の区別も、目指すべき天上の世界もない。私たちはすでに、生きた大地そのものである空の中にいる。生物の代謝によって形成される大地は、人間が生存するための環境を整えてくれる。また、外の空気の中で生きるために、文明から離れた自然を探し求める必要はない。ショッピングセンターのような場所を除けば、至るところで野外の空気に触れることができるからだ。さらには、外側にいるわけでもない。人間の存在を支える生物の世界の中では、あらゆる場所がわが家へと変わるからだ。そこではすべての生物が、他の生物と寄り添って暮らしている。

そうはいっても、「野外の空気に触れる」ことが簡単なわけではない。生態系の循環から切り離され、自然現象や他の生命から隔絶された都市生活の中では、野外の空気に触れる機会はやはり少ない。都市の中心では、渡り鳥を追跡したり、ベランダで持続型農法（パーマカルチャー）による野菜栽培を始め、植物の地政学を学んだりすることで、野外の空気に触れることができる。たとえば、菜園に実ったトマトがどこから来たのかを想像してみる。そうすることで、その実を育てた太陽と土（自分の目で見て選んだ土）の存在を感じることができる。生ごみや髪の毛を、生気のないごみ箱に閉じ込めてしまうのではなく、堆肥作り容器（コンポスト）に暮らすミミズに与えてみる。そうすることで、ミミズとの同盟関係を築くことができる。さらには生態系に太陽のエネルギーが循環していくのを手助けするとともに、その循環を実感することができる。確かに簡単ではないが、たとえ都市に暮らしていたとしても、野外の空気に触れることはできるのだ。周囲の生態系にほんの少し注意を向けるだけで、生物の世界は私たちを迎え入れてくれる。無数の小さな生命の痕跡は、都市の中心にいる人たちのもとにさえ、春を運んできてくれる。

「野外の空気に触れる」ことは、私たちの外側と内側を満たす生きた空間に育まれることであると同時に、生命の兆しに満ち、生物同士の細やかな関係性が築かれた大地に、足を踏みしめることでもある。息を吹き返した大地は、さながら空想上の巨大な動物のように、私たちを背に乗せて運んでいく。大地は惜しげもなくその恵みを与えてくれる。日々の糧を得るために、大地を屈服させなければならないなどという思い込みは、人間が作り出した神話にすぎない。

「野外の空気に触れる」ことは、植物の呼吸により生み出される、生きた大気の中に身を置くことである。植物が吐き出す酸素が、人間を生かしている。さらには、空気と大地が一つのものであると認識することである。一つに混ざり合った空気と大地は生きており、生物によって支えられている。人間もその一員であり、他の生物と同じく脆い存在である。だからこそ、他の生物と共存するための外交関係が必要なのではないだろうか。

「野外の空気に触れる」ことは、生物の世界に扉を開くことであると同時に、地上に帰ることでもある。

　これらすべてを包括する最後の言い回しは偶然見つかった。ケベックの〝森を駆ける者〟たちが使っていた、古いフランス語の表現だ。毛皮を売りに街に戻った後、再び野外に旅立つ際に、彼らはこう口にしていた。

「明日また出発するよ。入森（サンフォレステ）してくる」

「入森(サンフォレステ)する」という代名動詞には、二つの意味が含まれている。一つは自分が森に入るという意味で、もう一つは森が自分の中に入ってくるという意味だ。それが必ずしも〝森〟である必要はない。重要なのは、生物の世界と新たな関係を築くことである。これまでとは違った興味を持ちながら、別のやり方で、生物の世界を歩く。と同時に、生物の世界が侵食してくるのに身を任せ、自身の内部にその世界を受け入れる。ちょうどセヴェンヌ山脈〔フランス南部〕の松が、手入れをする人間のいなくなったかつての牧草地を覆いつくし、村に迫ってくるように。

私たちを〝入森〟へと導き、私たちの視点と生活を一変させたのは、哲学的な思索に富んだ追跡である。野草採集のような活動と結びついた追跡では、人間と生物の世界をつなぐ生態系内での関係に対し、ことさら敏感になることが求められる。〝生態系に敏感な〟追跡を実践することで、より親密で波乱に富んだ関係を生物の世界と築くことができる。なぜ波乱に富んだ関係かというと、そこでは様々なことが起こりうるからだ。あらゆる生物が活動しており、不可思議な現象も頻発する。自宅の庭先で生じる生物との関係ですら、十分探求に値する。なぜ親密な関係かといえば、そこに広がっているのは、不条理な法の支配する静かで無機質な自然などではなく、人間と同じ生物の世界だからだ。生物たちは、生存のための論理に導かれて行動している。その論理は、認識こそできるものの依然謎めいており、またその謎の一部は、いくら探求しても決して解き明かすことができないように思われる。

次の禅の挿話には、私たちが辿っている〝入森〟への道に通じるものがある。

「激しい雨が降りしきる中、ある僧侶が寺の門前で山の端を見つめていた。僧衣を身にまとった若い坊主が門から顔を出し、僧侶に声をかけた。『中にお入りください。死んでしまいますよ』。少し間をおいて、僧侶はこう答えた。『中？ そうか、私は今外にいたのか』」。

これまでの〝外〟は、運動や景色を楽しむだけの、生気のない退屈な場所であった。しかし入森することで、外は様々な生物たちが棲む、興味の尽きない場所へと変貌する。生物と共存するためには、生物が共有する広大な地政学を学ばなければならない。追跡の愛好家として、人間に交じって暮らしながらもそれぞれが独立して生きる多種多様な生物との関係を取り持つ外交官を志す必要がある。すべての生物との仲を取り持つ〝通詞〟となることが目標だ。〝通詞〟とは古いフランス語の単語で、〝森を駆ける者〟たちの中でもある特定の役割を担った若者を指して使われた。後のカナダとなるアルゴンキン人の居住地付近に居を構えたフランスの探検家サミュエル・ド・シャンプラン〔一五六七？－一六三五、フランスの探検家。一六〇八年、ケベックを創建〕は、通詞の若者たちをアメリカ先住民の集落の中で越冬させた。野蛮人と呼ばれていた人々の言語と風習を学んだ通詞の若者たちは、長く伸びた髪に羽飾りをつけ、フロックコートを着こなした外交官となり、国家間の交渉役を担った。

〝森を駆ける者〟のようになることが目標だが、関係を築くべき相手は〝野蛮人〟ではない。〝入森〟とは、野生の動物、互いに交流する木々、無数の微生物が耕す土、持続型農法で育てた菜園の植物と同じ観点に立ち、共に越冬する試みであるといえる。生物の目で物事を見て、その慣例と風習、そして何ものにも還元しえないその世界観を鋭敏に感じ取ることで、生物とよりよい関係を築き上げようとする試みである。風習も言語もよくわからず、また必ずしも友好的とはいえない雑多な民族との対話である以上、この交流は紛れもなく外交である。だが同じ祖先を持つもの同士であるからには（私たちは共通の祖先から派生している）、交流は可能なのだ。〝入森〟には知性と想像力の飛躍が不可欠である。また同時に、相手が何をしているか、どのような情報を交換しているか、どのように生きているかを正確に翻訳するための、長く繊細な滞留期間が必要となる。

　フランスの人類学者クロード・レヴィ＝ストロース〔一九〇八―二〇〇九〕はその有名な著書の中で、同じ地球上に暮らす他の種との交流が不可能である状況は悲劇的であり、人間の不幸な宿命であると書いている。神話とは何かという質問に対して、レヴィ＝ストロースは次のように答えている。「アメリカ先住民に同じことを尋ねたら、おそらくこう答えるでしょう。人間と動物が分かれる前の時代の物語だ、と。この定義は非常に意味深いものに思われます。というのも、同じ地球上に暮らし、喜びを分かち合う他の種との交流が不可能であるという人類の状況は、いくらユダヤ＝キリスト教の伝統が言葉巧みにごまかそうとしたところで、何にもまして悲劇的で、心と精神を害する状況であるように思われるからです。ですが、神話はこの創造の重大な欠陥を原初のものとはとらえていません。神話はこれを欠陥とみなすのではなく、人間の存在の始まりを告げる契機とみなしています[6]」。

　だがこの「創造の重大な欠陥」という解釈も、一つの物の見方であるといえる。たとえ誤解だらけで謎の多い困難なものであったとしても、交流は可能なのだ。それを阻んできたのは、他の生物を機械とみなすことで、本能に支配された物質、あるいは物理法則に支配された異質な存在へと貶（おとし）めてきた文明なのである。

とはいえ、もしレヴィ＝ストロースによる神話の定義が正しいとすれば、追跡は神話の時代に足を踏み入れ体感するための、謎めいた方法の一つであるとも考えることができる。

事実、人間と動物の境がない状態や、自身が動物に変身するような感覚は、追跡にはつきものである。動物の辿った道を突き止めるには、動物の身になり、動物の目を通して世界を見る必要がある。動物の痕跡を追いながら、その動物にとって重要な場所、自分とその動物の存在のしかたが重なる点を探し出す。生存にかかわる問題点を、別のかたちで自分自身の内に見つけ出す。狼を見つけるには、狼と自分に共通の問題点を模索する。狼との一致点を探るため、人間の身体の常識から離れてみる。

たとえば、獣道を歩くのもその方法の一つだ。ある種の獣道では、人間と動物の境が曖昧になる。一体誰が作った道なのか、一目では判別がつかないからだ。獣道は、人間を含む様々な動物が無作為に共有し、道筋をつけ、踏み固めることで作られていく。動物はみな同じ開拓者の目をもって、同じような理由から、その道を選んでいる。鹿の道は開けている。猪の道は低い位置にあり、灌木が茂る場所では通りづらい。シャモア〔山岳地帯に棲むヤギに似たウシ科の動物〕の道は直角に切り立っている。水平にも垂直にも自在に移動できるシャモアは、鳥と同じ三次元の世界に棲んでいる。狼の道は歩くのに最適だ。

大型動物には共通した移動の動機があり、移動のしかたも似通っている。通りやすい道、移動に最適な道、冷たい水を浴び、喉の渇きを癒すことのできる小川、凍える谷で冷えた体を温めてくれる太陽、進路を把握するとともに、敵の接近を知ることのできる見晴らしのよい場所、正午の太陽から身を隠すための日陰、険しい尖峰を避けるための迂回路――大型動物はみな同じものを目指している。狼はいつも、最も抵抗の少ない道を選んで歩いている。そのような理由から、人間はおのずと（似たような体格の）動物の通り道を辿ることになる。そして、この獣道を歩くという生存にかかわる実体験によって、人間と動物の類似性が明らかとなり、一時的に人間と動物の境目が消失する。人間と動物は同じ目で道を見ている。両者は同じ理由、同じ考え方、同じ意志をもって道を切り開く哺乳類である。たとえ人間と動物の間に、相違点や理解の及ばない生命の不思議があったとしても、いくつかの点において両者は生存上の問題を共有している。入森を伴う追跡では、そのことが顕著に感じられる。それはたとえば、一度は足跡を見失った追跡対象の動物が暑い時間帯になれば小川に向かうだろうと予測して、実際にその予測地点で足跡を発見したときだ。あるいは、周囲の生物に対して縄張りを誇示するという気高い欲求に駆られた狼が縄張りのしるしを残すだろうと予想した峠にて、実際にそのしるしを発見したときだ。望むと望まざるとにかかわらず、動物と同じ道を通ることで、私たちは、人間と人間以外の動物がまだはっきりと分かれていなかった神話の時代を体験しているのである。

他の生物のもとに入森しに旅立った外交官は、優れた通詞（トルッシュマン）と同じように、それがたとえ一日や二日の滞在であったとしても、野生の空気に触れ、変身して帰ってくることが望ましい。部外者を野蛮人と決めつける妄想とは正反対の試みだ。他の生物が自分のもとに入森してくるのを受け入れた外交官は、二つの世界を股にかけ、まるで狼男のように、人間と動物の混ざり合った姿になって戻ってくる。野卑になるわけでも、清純になるわけでもない。ただ単に、共通の世界を作り出すために、二つの世界を行き来し、交流させることができる能力を身につけた、別の存在となって戻ってくるのだ。

大地、それだけで十分だ
星座が近くに来ればとも願わない
星座は今ある場所にあればいい
星座の住民にとってはそれで十分なのだから[7]

第一章
狼のしるし

それはある一夜の出来事だったと思う。私たち二人は羊の群れと共に一夜を過ごした。狼を羊の群れから遠ざけるため、そして狼と人間社会の衝突という、深夜に起こる重大な事件——野生動物による家畜の襲撃という事件——を理解するため、私たちはこの地にやってきた。羊の群れと共に幾晩かを過ごすというアイデアは、羊飼いと話している最中に生まれた。見張りに立つことで何かの役に立つとともに、昨今社会を騒然とさせている、再来した狼と人間との対立の現場で何が起きているのかをこの目で確かめることが目的である。私たちが見張るのは、カンジュエルス〔フランス南東部〕の高原で飼育されている羊の群れだ。この高原には一つないし複数の狼の群れが棲んでおり、羊たちは命の危険に晒されている。環境的要因と歴史的要因に放牧という条件が重なって、被害を深刻化させている。

カンジュエルスは戦車が往来し砲弾が飛び交う軍事演習地だ。民間人の立ち入りは禁止されている。私たちは砲撃の音を聞きながら、人気のない自然の中を歩いていく。遠くには廃村の影が見える。動物たちはこの寂寞（せきばく）とした地に、あふれんばかりの生命力を宿してよみがえった。

私たちはミエロール山の頂を見下ろす尾根で足を止めた。時刻は二二時。音を一切立てずにテントを張る。会話には徹底してアメリカ先住民の手話を用いる。口元は微笑み合うだけだ。赤い月が出る中、私は一時まで外に残り、厳しい気候条件に順応したおよそ一二〇〇頭の屈強な羊の群れを見張る。土地がやせており、また日中は暑さが厳しいことから、羊は夜通し草を食む。ムクドリの大群のように動き回る羊の群れは、捕食者にとって格好の餌食となる。七頭いる牧羊犬――ピレネー犬とアナトリアンシェパードの雑種――の吠え声がときおり響き渡る以外、辺りは静寂に包まれている。私は寝袋にもぐり込んだ。

三時半に、私はテントから這い出した。牧羊犬がしきりに吠え声を上げ、守りを固めている。狼の存在を感知したらしく、羊の群れの周囲で警戒を強めている。私は腰にライトを差し、群れの方角に向かって静かに斜面を下る。群れの風下になるよう注意しながら進んでいく。辺りにはラベンダーの香りが強く立ち込め、背後からは美しい月の光が降り注いでいる。響き渡る犬の吠え声がある種の不安を掻き立て、アドレナリンが分泌されるのを感じる。私は羊の群れから数百メートルの位置で立ち止まった。周囲の音がよく聞こえるよう口を開き、暗闇の中で息をひそめる。そうして数分が経過した。

そのとき、何かが近づいてくる音が聞こえた。砂利の上を斜めに駆けるその足音は、私の数十歩先にまで迫っていた。争いで気が立った牧羊犬の姿を思い浮かべ、思わず身震いする。気の優しい獣医の腕を引きちぎった牧羊犬の話を聞いたことがあるからだ。

最初に目にしたのは、六〇歩ほど先を斜めに走る狼の姿だ。月明かりに浮かび上がった毛並みはチヤコールグレー一色で、前脚は犬とは比べものにならないほどたくましい。体長は非常に大きく、尾は低くまっすぐに垂れ下がっている。猛獣特有の力強さを全身から放っている。私から四〇歩ほど離れたところで、狼は突然足を止めた。

私の存在を感じ取ったのだ。狼はゆっくりと顔をこちらに向けた。

狼はじっと私を見つめた。二秒という長い時間が過ぎる。私はようやく腰に差していたライトを引き抜き、狼の顔めがけて光を放った。だが光が到達する前に狼は身を翻し、木立ちの中に逃げ込んでしまった。私は後を追い、狼の進路を塞ぐようにして行く手に回り込んだ。狼を怖がらせ、追い払うことで、羊の群れから遠ざけたかったのだと思う。衝動的な行動だったため、その真意はわからない。もしかしたら、恐怖心を払拭するために追いかけたのかもしれない。

狼は私のにおいを感じ取ったのだろうか。私は狼の風下にいたが、風は弱く、風向きも変わりつつあった。狼は視界の隅に映った私の影に驚いたのではないかと思う。狼は私を対等な生き物として観察した。顔と顔を向き合わせて。

狼はグルドンの森のはずれにある木立の中に姿を消した。私も後を追って木立に足を踏み入れる。木立の中は枝葉が茂っており、私は辺りを覆うヨーロッパクロマツの枝を避けながら、数分にわたり捜索を続けた。だが狼の姿はない。

五感も理性も、狼はここにいるはずだと告げている。しかし狼の姿はどこにも見当たらない。

そのときふと、この行動が余計な危険を招く不用意なものであることに気づいた。もし狼がこの木立の中に潜んでいるのだとしたら、追い詰める理由はどこにもない。

私は引き返し、羊の群れと森の間に陣取った。羊飼いのフィリップは、狼が仕留めた獲物を回収しに（狼は羊の群れと番犬が死骸から離れる隙を窺っている）、あるいは再び羊を襲撃しに戻ってくることがよくあると言っていた。だが狼は戻ってこなかった。地面は砂利に覆われているため、狼が近づいてきたら足音が聞こえるはずだ。今回の襲撃で最も意外だったのは、狼の足音の大きさだ。狼は猛獣でこそあれ、ネコ科の動物ではないのだ。

私はラベンダーの野に腰を下ろし、煙草を巻いた。来るのが遅すぎたかもしれない。狼は羊の群れの方角からやってきたように見えた。被害を確認するには夜明けを待たなければならない。もっと早く来るべきだった。被害の規模を思えば取るに足らないことかもしれないが、私がいたことでせめて一晩でも羊たちが平和な夜を過ごせたのなら、私にはそれだけで十分なのである。

犬はようやく落ち着きを取り戻し、群れの四隅へと散らばっていった。それからも五分置きに、方々から吠え声が上がった。牧羊犬は吠えることで互いの位置を知らせ合い、眠気を覚まし、闘志を高めている。牧羊犬たちは見事な働きをした。暗闇の中で、私は牧羊犬たちの理屈に合わない忠実さに感心していた。今夜牧羊犬たちは、自分を育てた人間のために、かつての獲物であった羊たちを、自分たちの祖先である狼から守った。その褒美として、新たに守る対象となった羊の肉を得る（羊飼いは死んだ獣の肉を牧羊犬に与える）。この逆転を見ていると、頭がくらくらしてくる。

アメリカ先住民の手話で狼を表すには、右手の中指と人差し指でVサインを作り、肩から斜め上方に動かす。「犬」を表す手話は同じVサインだが、指は下に向け、反対方向、つまり斜め後方に動かす。


狼との出会いを思い返してみる。

朝の四時、四〇歩先にいる狼との、男同士の対峙。

ばかげた話に聞こえるかもしれないが、狼との出会いを明確に言い表すのに真っ先に頭に浮かんだ表現がこれだ。なぜこのような印象を受けたのか、その謎をぜひとも解き明かさなければならない。狼との出会いは、この使い古された表現が思い起させるような、男性同士の粗野な対立とはまるで違っていた。そのことがなおさら、なぜこの表現がこんなにもはっきりと頭に浮かんだのかという謎を深めている。この表現が意図しているのはまったく別のことだ。だがそれは一体何なのだろうか。

ライトを取り出すのが遅かったため、狼の顔は見えなかった（教訓その一：ライトを素早く取り出す訓練をすること。教訓その二：狼の不意を突くためには、この上ない正確さ、修練、狼の裏をかく動作、静けさ、そして隠密性が必要である）。狼の口の周りを覆う白い毛並みは判別できなかった。かすかにとらえた気がした尖った耳も、厳密には見ていない。

だが狼は私を見た。いや、私の顔を見た。いやそれも違う、狼は私の目を見た。「君は突然、君に顔があることを思い出した」。狼と出会ったという確かな感覚は、この記憶と密接に関係している。

狼と目が合う——哲学的な謎である。なぜある種の動物は、人間の目を覗き込んでくるのだろう。もし動物が人間を、落下する石や木と同じ、物理法則に従って動く物体とみなしていたとしたら、あるいは何も考えていなかったとしたら、その視線は人間の視線とぶつかることなく、体全体に等しく注がれるはずだ。動物が人間の目を覗き込んでくるという事実は、動物が何かを知っているということを示している。私たちの目の裏側には隠された意図が存在するのか。読み取るべき何かがそこにはあるのか。人間には本当に魂があり、それが意図せず目に映り込んでいるのか……私にはわからない。動物と目が合うという事実は、動物が人間をどのようなものとして理解しているかを物語っている。動物は人間に内面性を認めている。その点人間は、動物の動作が物語る事実をなかなか受け入れることができず、その結果、動物に対して非礼を働いている。岩や森や雲などと区別して相手に内面性を認めることができるのは、自身も内面性を有する生物だけなのである。

　形態学を専門とするスイスの生物学者アドルフ・ポルトマン〔一八九七－一九八二〕は、動物と人間の出会いにおける頭部の優位性に言及している。ポルトマンは、脳の複雑化の度合いと外観の鮮明さとの間に、相関関係を見出している。ある動物の脳が発達していればしているほど、外観にもそれが現れるというのだ。ある種の動物における頭部の出現がその一例だ。毛並み、コントラスト、均整といったあらゆる外観的要素が、頭部という目に見える器官が司令塔であることを示唆している。ポルトマンはこう続けている。「個体としての最も高次な器官、動物の内面の状態を表すことのできる器官は、出会いのために用いられる[2]」。

催眠にかかったような出会いでもあった。夜という人間の活動に適さない環境下では、暗闇に溶けゆく像が対象の視認を妨げるとともに、空間の把握を困難にする。印象が支配する夜の世界では、聴覚と嗅覚という古(いにしえ)の感覚だけが頼りとなる。夜の闇の中では、生物学の知見も役には立たない。形態の分析は十分な光の下でこそ可能になる。おそらくは別の言語が必要なのだ。私が見たのは時空間が複雑に織りなす〝狼の印象〟である。視覚がとらえた不完全な輪郭は、想像力によって補われる。狼男のような怪物を見たとしても何ら不思議はない。

厳密にいえば、私はハイイロオオカミにではなく〝狼のような動物〟に出会ったのである。

けれども、私には狼を見たという確信があった。

なぜそれが狼であったと断言できるのだろう。私の目の裏側、慌ただしく働く頭の中で、どのような推論が組み立てられていったのだろう。私自身、あまりに気が高ぶっていたため、その推論の正体を把握してはいない。一瞬のうちに出来上がった推論を再構築するには、時間をかけて、前提条件を一つひとつ紐解いていく必要がある。テントを離れてからは、羊の群れの周囲で吠える興奮した犬の鳴き声が常に聞こえていた。すべての犬が互いに位置を知らせ合い、闘志を高め、侵略者を退けるために、唸り声や吠え声を上げていた。だが石ころだらけの道を私に向かって駆けてきた動物は、一切声を上げなかった。ならず者の立ち振舞いだ。私の耳には包囲された者の声が届いていた。一方で私の目がとらえたのは、群れの周囲を無言で歩き回る、包囲する者の姿だった。

私がとっさに、かつ無意識のうちに、その動物が犬ではないことを悟ったのはそのためである。毛並みの色も違っていた。フィリップの犬はみな白っぽい毛並みをしている。走っている最中の斜めに垂れ下がったまっすぐな尾も、犬のものとは異なっていた。たとえ狼に近い犬種であっても、犬の尾は曲がっている。さらには、獲物を探す狩人特有の慎重な態度。そして極めつけは、標的を吟味する際の静けさだ。犬の祖先は吠えない。

アメリカ先住民の手話で狼を表すには、中指と人差し指でVサインを作り、上方に動かす。同じVサインを目の高さに移動し、中指と人差し指を地面に向けると、「追跡」「狩り」を表す手話になる。

なぜ〝男同士の対峙〟という印象を受けたのだろう。雄同士のばかげた対立を思ったわけではない。そうではなく、人間同士の対峙という不思議な印象を受けたことから、この表現が頭に浮かんだのだと思う。

なぜある種の動物は、他の動物よりも人間と交わる点が多いのだろうか。

人間も狼も、〝生物共同体〟の中で第二次消費者〔生産者（緑色植物）を直接食べる第一次消費者（草食動物）を捕食する動物〕の位置を占める、最上位の捕食者だからだろうか。それとも、両者がともに階級社会に生きる哺乳類だからだろうか。ゴラン高原〔シリア南部の高地〕や北極圏など、ありとあらゆる環境に適応することのできる飽くなき探検家だからだろうか。はたまた、新しい狩りや漁の方法を追求し続ける熱心な研究家だからだろうか。答えはわからない。

ステップの羊飼いは、集団で狩りを行う狼に戦略的知性の存在を認め、その狩りの方法を、自分たちがアイベックス〔高山地帯の岩場に棲む野生のヤギの総称〕やムフロン〔野生の羊〕を狩る際の方法と比較している。それ以外にも、家族での生活形態、集団での子育て、狩猟技術の教育、近親交配を防ぐための分散化など、人間と狼という社会生活を営む二大捕食者の生活様式の一致を、キルギス人は特別な目で見ている。ある遊牧民の羊飼いは、フランスの民族生態学者ニコラ・レスキュルー〔一九七八－〕の取材にこう答えている。「子どもたちには狼の話をして聞かせる。(…)狼に気をつけるよう教えるためでもあるし、人間と狼を比べるためでもある。たとえば、人間の親は持っているものすべてを子どもに与えるでしょう。子どものためにはあらゆるものを用意してやる。狼も同じだ。外で獲物を食べても消化はせず、巣穴に戻って吐き戻してやる。そう、狼はよく気が回る動物で、同時に捕食者でもある。人間と似ているんだ」[3]。

私は羊の群れと一夜を過ごした経験をもとに、また別の仮説を立ててみる。というのも、牧羊犬を欺いて羊を群れから孤立させようとする狼の略奪行為に、強い意志の力を認めたからだ。狼は知性、戦略性、判別力と、目的を達成するための手段を兼ね備えており、その意志は執拗で固い。

狼の攻めには策略が張り巡らされている。牧羊犬が羊の群れから離れられないことを、狼は理解しているようだ。離れればそこが突破口になってしまう。狼は平野に住む先住民のように、ゲリラ戦術を駆使する。最も守備の弱い箇所を探しながら、犬が来ればすぐに撤退できるよう〝砦を囲うように攻める〟のだ。これは遊牧民の弓騎兵隊や、アッティラ王率いるフン族〔中央アジアの遊牧騎馬民族。五世紀中頃、アッティラ王の時代に東西ローマ帝

〔国領土に侵攻し、一大帝国を築いた〕や、チンギス・ハン〔一一六七－一二二七、モンゴル帝国の始祖〕の軍隊が用いた典型的な軍事戦略だ。モンゴルの伝承では、モンゴル人は狼から軍事戦略を学んだと伝えられている。機動力を活かして敵に襲い掛かり、守りを固める相手が強いと判断すれば、すぐに後退して別の場所を襲撃する。狼はひとたび包囲網を敷くと、理解は及ばないもののはっきりそれとわかる意志と知性をもって、実戦で学んだであろう戦術を繰り広げる。

赤外線カメラには、羊の群れから牧羊犬を遠ざける斥候役の狼の姿が映っていた。駆け出した牧羊犬をさらに別の斥候が引きつけている間に、残りの狼たちが羊の群れを取り囲む。軍隊で士官候補生が学ぶ陽動作戦そのものである。

〝男同士の対峙〟という印象は、この対立が人間同士の戦いを思わせることに由来しているのかもしれない。狼という相手は、人間と同じく戦意を持ち、戦略を用い、奇襲を仕掛けてくるからだ。

つまりここでは、狼を主体とみなすことができる。西欧の自然主義（ナチュラリズム）的存在論において、従来動物は、人間という観測する主体のために存在する、受動的な客体とみなされてきた。その理由はおそらく、人間が動物を食料あるいは道具として扱ってきたからだろう。しかし動物が人間の裏をかく想定外の行動に出た場合、また人間が動物の進路に立ち入った場合、主体となるのは動物であり、その場にいる私は動物の客体と化す。局所的に、観念上の主客の逆転が生じるのである。

アメリカ先住民の手話で狼を表すには、Ｖサインを作り上方に動かす。先住民族の一つ、ポーニー人を表す動作は、これとまったく同じである。

狼を目にする機会は滅多にない。狼と出会い、それも追い返すとは、統計的にも非常に貴重な経験である。だが狼にしたところで、人里離れた場所に暮らす羊の群れのそばで、朝の四時の暗闇の中、鼠径部（そけい）とわきの下にラベンダーの花をこすりつけて体臭を消し、風下に潜んだ人間に出くわすなどとは思ってもみなかっただろう。明日の夜は正面の山腹に見える灌木林に陣取って、狼の意表をついてやるつもりだ。身動き一つせず、今度はライトをすぐに抜けるよう身構えて（翌日の記録にはこう書いてある。「何も見えず、何も聞こえず」）。

私は、狼が消えた木立ちと羊の群れの間にある岩場の窪みに腰を落ちつけた。開けた灌木林の中に位置するこの場所は、外からもよく見える。私がここにいるのを見れば、狼は仕留めた獲物を回収しに戻るのを思いとどまるだろう。再び羊を襲撃しようという気も起こさないはずだ。私は夜明けまでこの場所に留まることに決めた。

こんなにも夜を近くに感じたことはこれまでなかった。私はラベンダーの野に寝そべり、羊の群れを見張りながら、煙草に火を点ける。半分閉じかかった目の上に帽子を乗せ、赤く輝く満月の下でうごめく羊の鳴き声に耳を傾ける。牧羊犬の声が響き渡る。羊の群れという動く砦の門を守る番犬。魚の大群のように自在に形を変えるその砦は、守備の隙を窺う狼に狙われている。私はアメリカ先住民アサバスカ人の名高い首長になぞらえ、その狼を〝砦を囲む者（トゥルヌ・オトゥール・デ・フォール）〟と名づける。

月明かりの下、地図を広げる。カンジュエルスの周辺には、狼にちなんだ地名が並んでいる。狼峠、聖狼、狼ヶ窪、狼平野、狼林（南仏プロヴァンス地方の方言でコナラの林を意味するエウヴェという語に由来すると思われる）。

　これらの地名は、かつてこの地に狼が生息していたことを物語っている。狼は今、その名を冠する地に戻ってきた。自分の〝棲み家〟に帰ってきたとも言えるだろう。二〇一二年の一月、雪に覆われたトレコルパス湖の周辺で初めて私たちが追跡した狼は、巨大な雄の最上位個体だった。地面には趾行動物〔かかとを浮かせ、指の部分だけを地面につけて歩行する動物〕の恐ろしい足跡が残されていた。足跡の上に屈み込み、ふと下生えの方に顔を向けたとき、私たちは誰かの棲み家にいることをはっきりと実感した。狼が森に帰ってきたという事実が、その森が人間の領地であるという、それまで疑問にすら思わなかった確証を揺るがせた。

　夜が明ける前、私は月明かりを頼りに次のような走り書きを手帳に残した。

　狼とのもう一つの出会いの記憶がよみがえる。夕暮れ時、ちょうど敵味方の区別がつかなくなる暗さの中、音を立てたり振動を起こしたりしないよう気をつけながら、私たちは苔の上を爪先立ちで歩いていた。ボレオンの森は空を舞う。夕闇の柔らかい灰色が辺りを包み込むや否や、岩はシジュウカラ〔スズメ目シジュウカラ科の鳥〕に姿を変え飛び立っていく。切り株は、樹皮からアトリ〔スズメ目アトリ科の鳥〕の翼を生やし、らせん模様を描きながら空に舞い上がっていく。木々の枝葉は、いつの間にかキクイタダキ〔スズメ目キクイタダキ科の鳥〕と化し、空に羽ばたいている。森は、無数のかけらになって空に散らばったかと思うと、再び地上に舞い降りてくる。霧雨は犬がスズメを狩り出すように、森のにおいを呼び覚ます。雨に湿った腐植土のにおいが辺りに立ち込める。大地と、水と、空気とが出会う。

私たちは急流に足を浸し、狼の棲み家へと近づいていく。素足には細かな霜の破片が突き刺さる。と突然、急流が立てる轟音（ごうおん）の合間を縫って、岩に砕ける水の音とは別の唸りが響き渡る。私はもっと音をよく聞こうと、口を開けて耳を澄ませた。すると再び、急流が立てる音の迷宮をかいくぐって、複数の声からなるその音が私の耳に届いた。それが周囲の激流が立てる水の音ではないことを、私の身体の奥底に眠る何かが告げている——狼の群れが奏でる遠吠えだ。

太古の昔に刻まれ、今も私の身体のどこかに残っている獲物としての感覚が反応する。嗅脳（きゅうのう）付近に眠る、追われる獣の記憶だ。狼の遠吠えを耳にした瞬間、この獣は突如目を覚まし、体を硬直させた。四万年の時を超えて、シダが茂る更新世〔地質時代の区分の一つ。およそ二五八万年前から一万一七〇〇年前までの期間を指す〕の森の奥深く、木々の間で立ち止まり、鼻を上に向けて。チョウゲンボウ〔ハヤブサ目ハヤブサ科の鳥〕の鋭い影が頭上を通過する瞬間の、石の上の野ネズミのように。急流の中で辛抱強く待つ熊の前足に掻き出され、澄んだ空気の中を舞うマスのように。

瞳孔は収縮し、背筋に悪寒が走る。これが何なのかを正確に表す言葉を探していると、私の心はある言葉に辿りつき、連呼した。戦慄、これは戦慄だ。この人を見よ、新たな獲物だ……〔「この人を見よ〔Ecce Homo〕」は、ピラトゥス（一世紀のローマの政治家）が茨の冠を被ったイエス・キリストを指して言った言葉〕。

私はもう一度耳をそば立てる——もう遠吠えは聞こえない。狼の声は急流が奏でる音に紛れてしまった。争いの意図のない、人間の耳にはどこか哀愁を感じさせる、純粋に音楽的な叫びだった。私は本当にその声を聞いたのか疑わしくなり、私のすぐ後ろを裸足でついてきている連れの方を振り返った。弓のように身体をこわばらせ、身じろぎせず、彼女もまた一心に、同じ方角を見つめていた。

アメリカ先住民の手話では、右手の手のひらを上に向け、指をぴんと伸ばして胸を叩く動作が、複数の不思議な意味を表している。無理やり私たちの言葉に置き換えるならば、「自ら」「おのずと」という意味になる。これを「贈与」を表す手話と組み合わせると、見返りを求めない無償の贈与という意味になる。

狼はどのようにしてこの地で生きているのだろうか。子どもの頃、私は日曜の散歩によくこの地を訪れていた。当時、この場所は多くの登山客が訪れる観光地だった。険しい山道の回廊を抜けると、絵画のように壮大な景色が広がっており、青空の下の農場では動物がのどかに暮らしていた。狼がこの地から姿を消して半世紀が経過していた。狼は、栄光の三〇年世代〔戦後の高度経済成長期に生まれた世代〕の手によって観光向けに整備された、都心に近いこの自然のテーマパークから追い出されてしまっていた。しかしながら、アルド・レオポルド〔一八八七－一九四八、アメリカの作家、森林保護官、生態学者〕が言うように「目に見えないものの存在を疑ってはならない」[4]。

たとえ狼が生態系から姿を消してしまったとしても、まるで遠い過去からの残響のように、ノロジカの天恵の中にその存在を感じ取ることができる。ノロジカの天恵は狼からの贈り物だ。ノロジカの天敵である狼は、ノロジカを追い詰めることで自然淘汰を引き起こし、より活発で敏捷性に富み、機敏で悪知恵の働く、力強いノロジカの個体を生み出した。森のはずれで草を食(は)んでいるノロジカに偶然出会ったとき、その伸び伸びとした動作のうちに感じ取れるもの――極限まで高められた生命力、何の手本もなしに、自身の生存環境によって磨き上げられてきた、ほとんど完璧ともいえる姿――、それこそがノロジカの天恵なのである。

　この天恵は動物との出会いがもたらす不変のものなのだろう。たとえば、森の中で偶然出会った野生の牡鹿がこちらを見たとき、私たちは何か特別な贈り物を受け取ったかのような印象を受ける。意図して贈られたわけではなく、また決して所有することのできない贈り物だ。現象学ではこれを純粋な贈与と呼んでいる。誰が与えようとしたわけでもなく、また与えたところで、誰も何も失いはしない贈り物。誰のものでもないその贈り物は、別の誰かへと受け渡されていく。それを受け取った折には、ただただ感謝の気持ちが沸き起こってくる。その瞬間確かに目の当たりにした思いがけぬ天恵のお返しをしたい、という思いだけが後に残る。急流に足首まで浸かりながら狼の歌を聞いたとき、これと同じ、言葉には表しがたい無償の贈り物を受け取ったと感じた。題名も作者の名前も思い出せないある詩の一節が、ふと頭に浮かぶ。「青い空と緑の大地の間では、すべてのものは与えられ、誰のものにもなりはしない」。

犬の激しい吠え声が聞こえ、私は手帳から顔を上げた。何かを察知したに違いない。私と牧羊犬たちは、あたかも一頭の巨大な獣のように、一体となって気を研ぎ澄ませる。一分とも一時間とも知れない長い時間が過ぎる。ここには退屈は存在しない。溶け出した自我は、感知できるものすべてをとらえるべく、同心円状にゆっくりと広がっていく。羊の群れ、森の境界、尾根全体、そして空までもが、その円の内側に取り込まれていく。私と牧羊犬たちは、生命の鼓動に波打つ大きな一枚の蜘蛛の巣、広がったまなざしそのものになり果てる（人間の内には空を舞うことのできる何かが確かに存在している）。

犬の声は静まり、羊の群れと尾根を覆っていた緊張も解けた。私は再び、狼との出会いに思いを馳せる。私はこれまでも幾度か狼を観察してきた。いずれも安全な車中からの追跡だった。今夜この危険な地で、それも暗闇の中、丸腰の状態で経験した狼との出会いは、男同士の対峙、対等な者同士の対峙を思わせるものだった。他のどの動物との出会いからも、このような印象は受けたことがない。なぜ、まるで鏡を見ているかのような印象を受けたのだろうか？　私の心は幾度となくこの謎に立ち返っていく。

動物行動学の創始者コンラート・ローレンツ〔一九〇三－八九、オーストリアの動物行動学者。動物行動学の基礎を確立〕は、移動するという動物の特性と知性の誕生との関連性について指摘している。移動するからこそ、どこに、どのように、なぜ行くのかを考える知能が発達する。目的と手段という考え方、および目的を達成するための経路の考察は、思考を要するあらゆる行動になくてはならないものである。さて、狼は行動特性の一つとして高い機動力を備えた、常に移動し続ける動物である。狼は一日に三〇キロ以上も移動する。好奇心旺盛な狼は、獲物を探して縄張りを歩き回り、共生生物や対抗する群れの狼に対しては、自分の存在を誇示する。キルギスには、狼の暮らしと行動を現地人の目で描いた次のような民謡が伝わっている。

今日はどこまで行こうかと
狼は日々考える
そうして宿を決めたなら
毎度のようにお祭り騒ぎ（…）
一度も休まず駆け続け
いくつもの野と山越えて
いざ風が吹き始めると
においをまとって逃げていく

人間には知りえないところの、しかし確かに存在する基準に従って今にもどこかに旅立っていきそうなその様子が、狼に特別な知性のオーラを付与している。
アメリカ先住民の手話で「自ら」「おのずと」という意味を表す動作は、同時に「自由」や「孤高」

という意味も表している。

ノロジカや雄鹿は、辺りに生えている草の中から好きなものを選び、首を下ろすだけで食事にありつける。これに対して狼は、長い距離を移動し、様々な方法で獲物を捕らえなければならない（運に左右される略奪、嗅覚と聴覚を駆使した捜索、忍び足での獲物への接近、襲撃と退却）。草食動物と同量の食物を得るために、狼は様々な智略を駆使する必要がある。さて、難題を解決するための知性の発達と移動能力との関連性を説いた、いささか根拠に欠ける仮説が正しいと仮定してみよう。狼は、量的にも質的にも非常によく移動する動物である。ここまで来れば、その帰結は言わずもがなだろう。

動物の世界では、生存の基調となる感覚は大きく二つに分かれている。一方の極には恐怖が、もう一方の極には空腹があり、動物はどちらかの感覚と共に生きていかなければならない。恐怖と空腹は、動物の生存様式を二分する分水嶺である。おそらくその生存様式は、動物が食物連鎖内に占める位置に対応している。リンデマンの法則〔アメリカの生態学者レイモンド・リンデマン（一九一五－四二）が発見した、生態ピラミッド内でのエネルギー移動量を表す法則〕に従えば、生態ピラミッドの一つ上の階層に食物として取り込まれるのは、ある階層に属する生物全体のわずか一〇%にすぎない。つまり、植物の一〇分の一が草食動物に摂食されることで上の階層へと移動し、さらに草食動物の一〇分の一が肉食動物に捕食されることで、生態系の循環を形づくっている。このことからまず、生態系のバランスが見えてくる。独立栄養生物である植物の数は草食動物の数よりもはるかに多く、草食動物の数は肉食動物の数よりもはるかに多い。草食動物とは違い、肉食動物は生きるために逃げまどう獲物を捕らえなければならない。ところが、この狩りの成功率は決して高くない（たとえば狼の狩りが成功する割合は、およそ一〇回に一回と言われている）。つまり、成年に達すると同時に生態系の頂点に君臨し、誰の標的になることもない捕食者は、空腹とともに生きる宿命にあるということだ。

その反対に、獲物となる動物（ここでは有蹄類を指す）は恐怖とともに生きる宿命にある。満腹と常につきまとう恐怖とが共存する生存様式は、辺りに生えている草をゆっくりと食むノロジカの様子――その非常によく動く耳、鋭敏な運動神経と反射神経、生涯解かれることのない警戒態勢の中に見て取ることができる。

空腹と王者の平穏とが共存した生存様式は、饗宴と飢餓を繰り返す狼やワシの暮らしに見て取ることができる。空腹に苦しみこそすれ、敵に脅かされる心配はない。王者ならではのぶしつけな振舞いは、捕食者特有の身のこなしという天恵をなしている。進化の歴史によって緻密に彩られた生命の姿がそこにはある。

改めて、なぜ〝男同士の対峙〟という印象を受けたのかを考えてみる。

狼がまるで煙のように姿を消してしまう現象について、考える必要があるように思われる。

私が出会った狼は木立の中に姿を消した。この明白な事実から論理的に結論を引き出せば、狼は木立の中にいるはずである。だが狼はそこにいなかった。羊飼いのフィリップは、ベル＝オム峠で狼と遭遇した猟師の話を聞かせてくれた。平原を走っていた狼は、一本だけ生えていた細いセイヨウネズの木の後ろに姿を消した。猟師は携帯電話を取り出すため、一瞬だけ目を下に向けた。そして忍び足で木に近づくと、そこに隠れているはずの狼を驚かせようと、勢いよく裏側に回った。だがそこに狼の姿はなかった。イエローストーン国立公園〔アメリカ西部、ロッキー山脈中の同国最古の国立公園〕に勤める狼の専門家ダグラス・スミスは、ヘリコプターから狼を追跡した際の出来事を自伝に書いている。まずありえないことではあるが、パイロットに目配せをした一瞬の隙に、追跡していた狼は消えてしまったという。狼の消失について語ったこの手の逸話は後を絶たない。

　私の追っていた狼は、夜の木立に紛れて消えてしまった。狼は、人間の脳が描く予測を裏切って姿を消すことができる。狼の生態と行動とが織りなす、優美で不可解な謎だ。狼はどのようにして姿を消しているのだろう？　そのような芸当のできる動物は滅多にいない。狼は手品師さながら、人間の注意を逸らす術を身につけている。その秘密をぜひとも解き明かさなければならない。手品師は、実際には右手で物を動かしているのに、観客には左手を見せることでその注意を逸らす。認識作用と連動した私たちの眼は、ある物体の軌道、速度、質量から、おのずとその物体の位置を予測している。手品師が球を右手から左手に移動したならば、球は左手にあるはずだと推測する。推測は一瞬のうちに、かつ自動的に行われるため、私たちはそれが現実そのもの、ありのままの明白な事実であると思い込んでしまう。ところが実際に私たちが見ているのは、脳が情報を処理し作り上げた像にすぎない。観客自身すらも気づかない推測によって、実際には起きていない出来事を現実だと誤認させる――これが手品の種である。観客自身が構築した情報を、実際に見たものと錯覚させるのだ。そうして認識の盲点を突くことで、自動的に構築される推論を誤った方向へと導く。観客は、球が左手に移動するのを見たわけではなく、球が移動したと無意識のうちに推測しただけなのだ。にもかかわらず、眼は確かにそれを見たと思い込んでしまう。

　この例を踏まえた上で、狼がどのようにして消え去ったのかを考えてみたい。狼は人間の眼と脳のいかなる盲点を突いて、自動的に構築される推論と結合した人間の知覚を欺いたのだろうか？　どのような目の錯覚と認識作用とを組み合わせて利用したのだろうか？　そして狼はどの程度の意志と、他者の心理を理解する力を持ち合わせているのか？　私には見当もつかない。狼の能力に幻想を抱いたり、その知性を過大評価したりしてはならないだろう。しかしそれが問題なのではない。平原にて、狼が実際に私の目の前から忽然と姿を消した瞬間――最も感情の動揺が激しかったその瞬間に起きたことこそが、解き明かすべき謎なのだ。

　ある夜、私は狼巡回（ウルフ・パトロール）をしに、カンジュエルスの平原に出ていた（狼巡回（ウルフ・パトロール）とは、私たち二人が考案した名称だ。私たちはよく、以前の追跡の際に痕跡を発見したことのある狼の通り道を、夜間に車で巡回していた。私たちが狼道（ウルフ・ハイウェイ）と名づけた峠や道路や森などは、狼がその世界を歩き回るのによく利用する通り道だ）。その晩は軍事演習が盛んに行われており、砲声と戦車の行き交う音が鳴り響いていた。諦めかけていたそのとき、ブロヴェスの村の跡地を通り過ぎた辺りで、一〇メートルほど前方に大きなイヌ科の動物の姿を認めた。その動物は、道路沿いに広がるコナラの木が一本だけ立った平原の端で、鼻先を地面に突っ込み、野ネズミの巣を捜索していた。私は急ブレーキをかけた。するとその動物は顔を上げ、興味なさそうにこちらを一瞥すると、特に慌てた様子もなく、小走りに去っていった。狼だ。しかし確信の持てなかった私は、ぜひそれを確かめずにはいられなくなった。羊の群れと共に過ごしたあの夜と同じ説明のつかない衝動に駆られ、私は狼を追って走り出した。狼は一〇メートル先にいた。平原の先にはポプラの木が三、四本生えた木立が一つあるきりだった。木立の中で狼が動く音が聞こえた。私も数秒遅れて木立に入り、ライトで中を捜索した。誰もいない。私は狼の進行方向に広がる草もまばらな平原を、半円状に、半径五〇メートルにわたって捜索した。が、やはり誰もいない。どう考えてもありえない。私は呆気に取られ、数分の間、辺りをうろうろしていた。

この事象を間近で経験した者から見た魔術の結果は、次のとおりである。同じような日々が機械的に過ぎていく物悲しい現実の中に、突如として裂け目が生じ、狼を飲み込んでしまった。狼は精霊の世界へと消えてしまった。

おのずと作り上げられる認識が導き出す結論は、次のとおりである。自然の法を意に介さないこの生き物は、自然を超越した存在であるに違いない。世界の裏側には隠された次元が存在し、そこに抜けるための見えない通路がどこかにあるはずだ。奇しくも現代に魔術がよみがえった……。

人間の認識を欺く狼の魔術は、キリスト教では悪魔に、アニミズムでは精霊に結びつけて考えられている。姿を紛らわせる狼の能力、および身を隠し消え去るその技術は、狩りの成功率を高めると同時に、人間の追撃からうまく逃れるために獲得された、複雑な適応の歴史の産物なのだろう。

私にはようやく、その夜の出来事の謎が解けた気がする。木立の周辺で狼を見失った後、私は車へと引き返した。車に戻った私は、狐につままれたような顔で、今起きた出来事を連れに話した。彼女もまた、狼特有の口周りの白い毛並みを見たと言っていた。私は車を発進させた。一キロほど走ったところで、唐突に、何が起きたのかを理解した。委細はこうである。私の前を小走りに駆けていた狼は、木立に入り音を立てた。だがその後、狼は目の前に広がる平原には進まずに、後戻りしたのだ。狼は木立を回り込むと、明白な事実と思われるものに基づいて私が推測し思い描いたように、目の前の平原に駆け抜けはせず、来た道を引き返して私の背後に回った。そしておそらく、それまで辿ってきた道からそう遠くない草むらに身を潜めた。前方を探していた私のすぐ後ろに狼はいたのだ。草地の中を追っていたときには聞こえていた足音が聞こえなくなったのはそのためだ。人間の論理に従えば木立の先に広がる平原に見えるはずの、逃げる狼の姿が見当たらなかったのはそのためだ。車に戻るとき、私は狼とすれ違っていたはずである。狼と私が通った道のかたわら、出発点となった野ネズミの巣がある平原の木のすぐそばで、狼は草地に身を伏せていたに違いない。とにもかくにも、これが唯一納得のいく説明である。私の世界観とは縁のない悪魔の力でも借りない限り、他に説明のしようがない。狼は私を木立まで引き付けた後、迂回して引き返し、私が絶対に探すはずのない草むらに隠れていたのだ。

もちろん、狼が実際に何を考え、予想し、望んでいたかなど知る由（よし）もない。狼の手品は〝超自然的な〟魔術などではなく、見る者に最も単純な意味での〝超越〟――手に負えない――を実感させる魔術である。人間をこうも見事に手玉に取るには、認識の魔術が必要だ。つまりこれは、策略と機知による超越である。というのも、ほとんどの魔術の正体は何らかの技術にすぎないからだ。ただし、その種は隠されている。

このように、知性という点でも狼は人間と交わっている。知性は人間に固有のものとみなされている。もし仮に、人間の特性がその知性にあるならば、私の知性を欺くことのできる生き物は――突飛な三段論法に従えば――私よりも人間らしいということになる。

だから〝男同士の対峙〟なのだ。

夜が白み始める。私は、もうじき羊の群れのもとに戻ってくる昼間の主に考えを巡らせる。人間の所有物と野蛮な侵略者との戦いという構図を、どのように理解したらよいだろうか。羊の群れを襲う狼を見たとき、私は「狼による羊の略奪」という構図が、「合法的に手に入れた物のみを所有物と認める」という、ローマ法が定める権利の下においてしか成立しないと直観した。羊飼いの言語では、狼は羊飼いから羊を盗んでいく。想像の世界でも、狼はしばしば人目を忍ぶ犯罪者、狡猾（こうかつ）な盗人、札付きのならず者として描かれている。ローマ法の所有権に照らせば、確かに狼は泥棒だろう。だがそこには異なる文化間の誤解がある。

狼の世界の風習を理解するには、文字通り人間と狼の橋渡し役となる半人半獣の外交官が必要となる。というのも、まるで自分の棲み家にいるかのように、十全に力を発揮して守備の穴を突き、自身の行動規範に従って堂々と狩りをするその姿を見ると、狼が自身の権利を逸脱した不正行為をしているとは、到底思えないからである。

狼の道理は、ローマ法とは別の所有と獲得に関する規範に類似している。キリスト教の修道士は、バイキング船に乗ってやってきたスカンジナビア人〔八-一一世紀、船に乗ってヨーロッパ各国を侵略しに来た、バイキングの異称を持つノルマン人〕を、キリスト教の法に従って略奪者と呼んだ。ところがバイキングの権利についての記述がある『王の鏡』〔一二五〇年頃に書かれた中世ノルウェーの道徳書〕を開いてみると、そこには海に出る商人に適用される実践上の規則のようなものが載っている。それによれば、バイキングの商人には、キリスト教徒とは異なる以下のような規律・規範が適用される。「守ることのできる物のみを所有物と認める」。守ることのできないすべての物は、それを奪う力と策略とを備えた者に帰属する。つまりバイキングの法に則れば、狼には守られていない物を奪う権利があるのである。守ることのできない物は、所有することもできない。

そのような理由から、略奪は権利を侵害する犯罪ではなく、単なる権利の表明とみなされる。認めるべきでも、また無視すべきでもない、狼の奇妙な権利である。自身の力が及ぶ範囲においてのみ権利があるとするスピノザ〔一七世紀オランダの哲学者。主著『エチカ』〕の自然権——私には自分にできることをする権利がある——と同じものだ。この法は群れの部外者に対して適用される。なぜなら群れの内部では、禁止や象徴的な階級制度により、集団による狩りで得た食物を口にする順序が規定されているからである。

アメリカ先住民の手話では、手のひらを上に向けて胸を叩く動作は「自ら」「おのずと」という意味を表している。これとまったく同じ動作は、同時に「野生」のような意味も表している。

夜が明けた。カラスが羊の死骸に群がっている様子はない。羊たちは一頭も傷を負ってはいなかった。

第二章

一頭の仁王立ちになった熊

アメリカ西部、イエローストーン国立公園の北西にグリズリー湖という湖がある。一帯は一九八八年の大火で大きな被害を受けた。ノリスとマンモス・ホット・スプリングスを結ぶ道路からグリズリー湖にかけては、焼け焦げたコントルタ松が立ち並ぶ荒涼とした風景が広がっている。

この高原を歩いていると、動物との出会いの期待に胸が膨らんでくる。私はアメリカ大陸に生息する見慣れない動物の足型に当惑いながらも、丹念に足跡を調べていく。森の切れ間に差しかかったとき、道の真ん中にある薄暗く澱んだ水たまりが目に留まった。私は水の底にうっすらと熊の足跡が見えるのに気づいた。爪の跡がはっきりと確認できる。水の表面に吹きつける突風が、足跡にどこか現実離れした様相を与えている。水気を含んだ土の上に刻まれていたのは、これまでに見たことのない動物の巨大な足跡だった。私たちの一団は、皆その足跡に釘づけになった。しばらくの間、私たちは輪になって、その足跡の上に屈み込んでいた。傍(はた)から見れば、奇怪な瞑想の儀式でもしているように映ったことだろう。足跡は、私たちの目的地である湖の方角を向いていた。私たちは高原の頂上を目指して斜面を登り始めた。何時間か歩いて、川を三本越えると、鬱蒼(うっそう)とした針葉樹の森に辿りついた。斜面の至るところに生えたベイマツが、うねりくねった黒い腐植土の道に影を落としている。春も終わりだというのに、数メートル先の地面は溶け残った雪に覆われている。まだ何も見えはしないものの、そこに何かの予兆らしき不思議なきらめきを感じ取った私たちは、にわかに注意を張り詰めると、周囲に全神経を集中させた。このような姿勢は、長らく忘れられていたのではないか――「今はなき森の中で、人間はなおもはつらつと活動し続ける」[1]。

そのとき、雪の上に数十メートルにわたって残された動物の足跡が私たちの目に飛び込んできた。熊の足跡である。この蹠行動物(しょこう)〔足の裏全体を地面につけて歩く動物〕の前足は、他の動物とは比較にならないほど大きい。散歩でもしていたのだろうか。人間とは異なる、少しばかり無骨な哺乳類の、どこかアニミズムの神を思わせる堂々たる風格が、足跡からは感じ取れる。足跡から正確に熊の種類を判別するのは難しい。だが小枝を使った昔ながらの方法で、グリズリー〔灰色熊〕の足跡とアメリカグマの足跡を見分けることはできる。親指の下から掌球(しょうきゅう)の上辺を通るようにして、一本のまっすぐな横線を引く。小指が線の上に来ればグリズリーの足跡、下に来ればアメリカグマの足跡だ。さらにこの足跡をよく見てみると、前足の先に非常に長く伸びた爪の跡がついている。おとなのグリズリーだ。私たちはグリズリーの通った道を辿っている。

西部開拓時代の面影が残るバーに立ち寄った際、熊を見分けるもう一つの方法を聞いた。木の上に逃げた人間を追って、アメリカグマは木に登る。グリズリーは、木を引っこ抜いて人間を食べる。

グリズリーの追跡

後ろ足の跡が前足の跡と重なっていることから、このグリズリーがゆっくりと歩いていたことがわかる。加速すればするほど、後ろ足は前足の前に出るからだ。歩幅からは、このグリズリーがとりわけ大型の個体であることが窺える。単独で行動しているところを見ると、おそらく雄の個体だろう。この時期、雌は子連れで行動することが多い。

とはいえ、他に道はない。熊の辿ったこの道を進むしかない。私たちは一列になり、熊の後を追って、湖を見下ろす山頂を目指し登り始めた。足跡がいつつけられたものなのかを特定することはできなかった。グリズリーが人間を襲う一番の理由は、捕食のためではなく、人間が熊を驚かせたためである。さて、ここから先は、鬱蒼とした森が曲がりくねった道を覆っている。私たちの姿は深い茂みに紛れ、向こう側からはまったく見えない。おまけに向かい風ときている。角を曲がるたびに、熊と鉢合わせる危険がある。よって、大声で話しながら歩かなければならない。イエローストーン国立公園の店では、登山客に熊よけの鈴を販売している。追跡に没頭し、静けさを体得しようと励む人たちにとってみれば、矛盾した話である。私は音を立てないよう、無意識のうちにアメリカ先住民の狐歩き(フォックスウォーク)で歩を運びつつ、そのくせ大声で歌いながら、山道を進んでいく。

私たちは数百メートルにわたり、ゆっくりとした熊の歩みを辿っていった。Ｃの形をした特徴的な足跡を追って、熊が立ち止まった場所や、熊が跨いだであろう倒木を眺め、熊が嗅いだであろう草木のにおいを嗅ぐ。いつしか熊は、私たちの足を導く案内役となっていた。私たちは今や熊の立場から、熊に倣い、熊の目と感覚を通して世界を見ている。このような体験をするのはこれが初めてのことではない。長時間同じ動物の痕跡を追っていると、追跡者の視点は徐々に追跡対象である動物の視点と重なっていく。この繊細な共感能力は、おそらくはるか昔から連綿と続く進化の歴史――およそ二〇〇万年前よりホモ・エルガステル〔およそ一四〇－一九〇万年前にアフリカに生息していたヒト属の一種〕、そしてホモ・サピエンス〔およそ二〇－三〇万年前に登場した現世人類の学名〕が営んできた狩猟・採集生活――の中で獲得され、磨かれてきた追跡の資質に由来しているのだろう。

湖に向かって進むにつれ、雲行きが怪しくなってきた。ところどころにグリズリーの足跡が残されている。足跡は段々と見分けづらくなり、地面の解読はますます困難になっていく。雷鳴が轟き、私たちは歩を速めた。その分警戒も疎かになる。二〇世紀初頭に活躍したグリズリーの専門家ジョン・ホルズワースは、グリズリーが自分の足跡を意識していると書いている。ホルズワースは、来た道を引き返したり、足跡を迂回したりして、自分の足跡のそばで獲物を待ち伏せするグリズリーの例を挙げている。フィールドワークを中心に活動した博物学者のクレイグヘッド兄弟が伝えるところによれば、イエローストーン国立公園のグリズリーは、冬眠用の巣穴に入る前に、鼻を空に向け、大雪の気配を何日も待ち続ける。巣穴に入った後、天がその足跡を消してくれるからだ。

森を抜けると、エメラルドグリーンのベイマツに囲われた草地が現れた。草地の向こうには、水面に厚い雲を浮かべた湖が広がっている。嵐の前の神秘的な静けさが辺りを包み込んでいる。その中に鶴の厳かな鳴き声が響き渡る。私たちは草地に足を踏み出した。湖の反対側に見える森の入り口に、真っ白なコヨーテの姿があった。切り株の上に座ったコヨーテは、私を見つめると、まるでこの地の守り神のように、不可思議な恩寵を後に残して姿を消してしまった。雨粒がぽつりぽつりと、帽子のつばと水面に跳ね返る。私はコヨーテが消えた正面の森の周囲を双眼鏡で捜索した後、ぐるりと弧を描いて、もと来た道を戻ろうとした。

振り返ると、ちょうど私たちが湖に抜けるために通ってきた道のあたりに、グリズリーの姿があった。体は赤毛に近い茶色の毛で覆われている。前方にせり出した特徴的な鼻と肩回りの隆起した筋肉が、その正体を如実に物語っている。私は「グリズリーだ」と囁いた。全員がぴたりと足を止めた。グリズリーは私たちの存在を気にも留めていないようだ。もしかすると、まだ私たちに気づいていないのかもしれない。すると突然、グリズリーが動き出した。グリズリーは二本の太い腕で巨大な切り株を抱えると、おもむろに揺さぶり始めた。体毛の上からでも、盛り上がった筋肉が見て取れる。そしてあっという間に、切り株を引き裂いてしまった。私たちはうずくまって息を潜めていた。熊との距離は一〇〇メートルもない。退路は完全に塞がれている。雷雨の中、グリズリーは天から授かった力を悠々と振るい、人間ほどの大きさもある木の塊を細切れにしていく。ついにグリズリーがこちらを振り返った。じっと私たちのことを見つめている。低く、落ち着いた声で、私たちはグリズリーに話しかけた。優れた聴力を持つグリズリーは、この距離からでも人間の声を聴き分けられる上、声に表れた感情まで読み取ることができる。よって、獲物とみなされやすい若い哺乳類と間違われないよう、低い声で話しかけなければならない。それも敵と間違われないよう、柔らかい口調を意識する必要がある。

人間はときに、切り株よりもつまらない存在となる。

グリズリーは再び、楽しそうな様子で木を裂き始めた。私たちの声に反応してわずかにこちらに傾く耳だけが、熊が私たちの存在を認知していることを物語っている。私たちはできる限り熊と距離を置きながら、そっともと来た道を引き返した。山の斜面を下っている最中、後方で激しい雷鳴が轟いた。体の中では奇妙な化学反応が起きていた。生き生きとして、陽気で、それでいて陰鬱な――ちょうど、純粋な恐怖に鞭打たれたような感覚だった。

恐怖に意味を与える

熊（特にグリズリー）は、飾り気のない深い恐怖を人に抱かせるという点で、大型の哺乳類の中でも特異な存在だ。その恐怖にはきちんとした裏づけがある。グリズリーは、驚いたときや腹が減っているとき、あるいは子どもを守ろうとするときに、人間を襲うことがあるのだ。春になると、子連れの雌のグリズリーは凶暴さを増す。秋になると、冬眠のための食料を掻き集める過食期に入るため、グリズリーは非常に凶暴になる。飲まず食わずで冬を越すためには、夏から秋にかけて十分な食料を腹に蓄えておかなければならない。冬眠に欠かせないのは脂肪だ。冬が迫る中、十分な脂肪を蓄えられていないグリズリーの食欲は留まるところを知らず、ときには日に二〇時間も見境なしに食べ続ける。動物の行動の意味や周期を注意深く観察すれば、凶暴さにさえ理由と規則性があることがわかってくる。

イエローストーン国立公園を発って数週間後のこと、私が一人で歩いたことのある道で、公園に勤める熟練の救急医が年老いた雄熊に殺され、食べられるという事件が起きた。西部開拓時代のアメリカの探検家ジェデダイア・スミス〔一七九九－一八三一〕やヒュー・グラス〔一七八三頃－一八三三〕の探検記にも、凶暴な熊と遭遇し、命からがら生還した逸話が数多く伝えられている。

恐怖とは、世界に意味を与えるために精神が消化する必要のある生（なま）の感情である。いくつかの文化圏では、熊と人間の力の差を象徴的に解釈することで、熊との出会いを男性的な度胸試しの題材としている。西欧文化圏で頻繁に見られるこのような主題（トポス）は、熊との出会いがもたらす動物的な感情を書き換え、儀式の一部に組み込んでしまう。たとえばスカンジナビアには、革の鎧（よろい）を身に着けて熊と一対一で闘う儀式が存在する。決闘者はまず熊を挑発して立ち上がらせる。そして熊の胸元に飛び込むと、牙（きば）と爪による攻撃を掻い潜りながら、立ち上がったことであらわになった心臓に短剣を突き立てる。ときには奇妙な道具も用いられた。決闘に臨む人間は胴に板をくくりつけ、その板に垂直に短剣を固定する。短剣がまっすぐ前に突き出しているため、組み合いになった際、熊は自らの力で心臓に刃を食い込ませることになる。決闘者と熊が谷底まで転がり落ち、川のほとりで横並びになって傷を手当てしたという言い伝えも残っている。

おそらく無意識のうちに、度胸試しという空想的で浅はかな出会いのイメージに導かれていたのだろう。初めて熊と出会った日の翌週、私は知らず知らずのうちに、たった一人で、熊が目撃された区域に足を踏み入れていた。目立たぬように音を殺して、古（いにしえ）の試練に臨む者の面持ちで。

胸にくくりつけた短剣

明け方近く、私はロスト・レイクを見下ろす高原へと続く道を歩いていた。すると、一頭の熊が木々の合間を縫って山道を登っていくのが目に入った。私は熊の速度と進路を計算し、できるだけ熊と距離を取るようにして進んでいった。不意に熊が姿を現したとき、熊は私が思っていたよりも近くにいた。こちらにはまだ気づいていない。私は両腕を広げ、低い声で『スモーキー・ベアの経典』[2]を唱えながら熊に近づいていった。木の幹で背中を掻いていた熊が、私の存在に気づいた。熊との距離は、三〇メートルと離れていなかったように思う。熊はすっくと二本足で立ち上がると、私を観察し始めた。私たちは、鏡でも見るかのように、正面から向き合っていた。そうして、長い数秒が過ぎた。

若い雄の熊、おそらく四、五歳だろう。私はこのときすでに自分の愚かさを痛感していた——度胸試しという発想が、熊との出会いを解釈する上でいかに現実とかけ離れた、的外れなものであることか。熊は足早に立ち去っていった。

正面から向き合いながらも衝突に至らなかったのは、外見にも表れた熊のおとなしい性格と、若さゆえの好奇心が手伝ってのことだろう。対立とは異なるもう一つの熊のイメージが頭をよぎる。子ども向けの物語に登場する、のろまで気の優しい、人懐っこい熊のイメージだ。重量のある大きな体は、恐怖の対象ではなく、笑いを誘う不器用さの象徴となる。だが友好的な熊のイメージは、敵としての熊のイメージの裏返しでもある。ある幻想が別の幻想に取って代わり、動物の本当の姿を覆い隠してしまっている。では、幻想を取り払うにはどうすればよいのだろうか?

太陽が地平線の上に顔を出した。私はロスト・レイクの片側を覆う森に足を踏み入れた。茂みが深く、道を見失いそうになる。鬱蒼と茂る下生え（したば）の中は見通しが非常に悪く、いつ、どんな動物に出くわさないとも限らない。またそうなったところで、選択肢は限られている。湖へと続く細い道の先にようやく森の出口が見えてきたそのとき、遠くにいる大きなおとなのアメリカグマの姿が視界に飛び込んできた。熊は、私にとっての唯一の出口であるこの道を辿ってこちらに近づいてくる。私は道の真ん中に進み出ると、途方に暮れた霊長類に可能な限りの威厳を保ちながら、熊に向かって歩き出した。互いに仁王立ちになった私と熊との間で、複雑な外交の儀式が始まった。実をいえば、私はその儀式についてほとんど何も理解していない。にもかかわらず、まるで私の人生がその交渉の結果に懸かっているかのように、儀式は執り行われた。交渉の結果、両者の間には不戦協定が結ばれた。熊はぶるぶるとうなりながら方向転換し、道を空けてくれた。私はやっと湖の前の草地に抜け出すことができた。

熊との出会いには、度胸試しとは似ても似つかない別の何かがあった。だがそれは一体何だったのだろうか？

熊との出会いを紐解く上で西欧文化が用意した二つの解釈（獣との対立あるいは友だちとの友情）は、それぞれが人間と動物との関係を歪める観念に裏打ちされている。一つは、文明をもたらすためには自然を屈服させなければならないとする、独裁的な神話である。もう一つは、敵意のない自然を夢見る牧歌的な自然観である。しかし野生の動物は、ペットを動物の代表のように考える現代的な幻想が謳（うた）うような友だちでもなければ、文明化の使命を果たすために打ち倒すべき獣でもない。互いを異なる存在とみなした上で、人間と動物の関係を考え直すための、新たな方法を探さなければならない。

ロスト・レイクから車を止めてあるペトリファイド・ツリーまでは、谷間の細い道が続いている。時刻は朝の八時。このときは知る由（よし）もなかったが、私はこれからさらに三頭の熊と遭遇することになる。最初に巨大なグリズリーと遭遇し、続いて二頭のアメリカグマと出会った。かといって他の道を辿れば、前に出会った二頭の熊と鉢合わせる危険がある。ロスト・レイクの谷を抜けるには、文字通り熊を押しのけながら進まなければならない。赤毛のグリズリーと話し合い、目を合わせることなくその注意を引きつけ、交渉する。登山用のステッキをナイフの刃で打ち鳴らし、優雅な素振りで道を譲ってくれた寡黙な雌の大熊に感謝し、道のはずれでのんびりとくつろいでいた雌の小熊をほんの少しだけ怖がらせる。やっとの思いで金属製のフォードの安全な車内に辿りついたときには、緊張で頭は真っ白になり、全身からは汗がしたたり落ちていた。

熊との出会いを度胸試しの機会に変えてしまうのは、雄特有の短絡的思考である。男性的なものの見方は、動物からその実体を奪い去り、動物を自身の男らしさを測るための鏡へと貶めてしまう。私が出会った熊たちは、自分の力を測るための勇ましい敵でも、可愛らしいぬいぐるみでもなかった。他のすべての生き物と同じように、ただ良い一日を過ごしたいだけの、力持ちの散歩者たちだった。

胴に短剣をくくりつけて度胸試しの決闘に臨むというスカンジナビアの寓話は、何と奇妙なかたちで動物との出会いを思い描いていることだろう。周囲に注意を払いながら、痕跡を追い、道に迷い、けれども刃はしっかりと前に向けて歩く。これから出会うことになるすべての動物に、短剣の切っ先を向けて。

勇気を示す方法は他にもあるはずだ。たとえば、恐れを抱かずに他の生物と向き合うことで、恐怖の裏返しでしかない暴力性は消失し、外交関係を構築するための知性を働かせる余地が生まれる。

それは見知らぬ相手に対し、十分に警戒しながらも武器は抜かず、手のひらを見せて近づいていく探検家が持つ外交的な勇気だ。通常、人は恐怖に取りつかれると自分のことで精一杯になり、自分の視点でしか物事を考えられなくなってしまう。これに対し、相手を受け入れる無私の姿勢は、衝突の危機を未然に防ぐことができる。我を捨てることで、他の生物の生きる世界を感じる余地が生まれる。繊細な知性の働きによって、衝突に発展しかねない対立を平和裡に収めることができるのだ。

古くから存在するこの姿勢こそが、実は生物と接する新たな方法なのかもしれない。

ある種の部族が、その美しさ、不可思議さ、多様さを尊重した上で、日々接する野生の動物たちと取り持っている関係の中に、そのヒントは隠されている。[3] アニミズムやシャーマニズムの世界に属する人々は、同じ地球に棲む動物たちに対し、独特なかたちで敬意を表している。動物は敵でも、友だちでもない。交流に馴れ馴れしいところは一切なく、ある種の慎み深さと暗黙のしきたりが求められる——ちょうど、同じ世界に暮らす気高い未知の民族と接する際のように。謎めいた両者の類似性は、私たち自身の存在に対する理解を深める手掛かりともなる。

野生の礼儀

グリズリーに対して外交的な勇気を示すための第一歩は、野生の礼儀を身につけることだ。野生の礼儀は、馴染みのない動物の風習に対する理解、動物の世界でのマナー、外交作法から成り立っている（釣りや山歩きや乗馬をする際に取るべき行動、キャンプをする際の食事の始末、熊および子熊と出会ったときの対応、動物の死骸を見つけたときの対処法、熊の生息地でのごみの処理方法など）。これらの礼儀を熟知した上で、善良な外交官として、熊と出会った状況に応じた適切な行動を選ばなければならない。

熊と遭遇した際には、敵とも獲物とも思われないような振舞いをすること――微妙なバランスである――がしきたりとなっている。その一例として、熊と直接目を合わせないよう横目で熊を見ること、絶対に走らないことが推奨されている。熊には走って逃げる獲物を追う習性があるからだ。専門家の警告の中には、滑稽に聞こえるものまである。「熊が全力で襲い掛かってきても逃げないようにしてください。攻撃ははったりの可能性があります」。なるほど、外交的な勇気が必要なのも頷ける。迫りくる牙を前に微動だにしないことが、最も適切な対処法かもしれないのだ。

ペッパースプレーも、外交のための非常に有効な道具だ。すぐに取り出せるよう腰に携帯するこのスプレーは、二五〇キロの巨体を持つ獰猛な熊に作用する虫よけスプレーのようなもので、熊に対して最大限に効果を発揮するよう工夫を凝らしてある。熊の体重は人間の五倍程度だが、その嗅覚は人間の一〇〇〇倍も鋭い。つまり、感受性もそれだけ強いということだ。唐辛子や胡椒（こしょう）から抽出されるカプサイシンは、感受性の強さに比例して粘膜を刺激する。通常はスプレーを一吹きするだけで、突進してくる熊の動きを止めることができる。

外交の目的は、衝突を避け、他の生物と共存するための条件を整えることである。だがすべての交渉が失敗に終わった暁（あかつき）には、危害を加えることのできるあらゆる道具と、公園の警告文にあるように〝必要なあらゆる手段を用いて〟、物理的に身を守るしかない（この警告がアメリカ海軍の標語にもなっていることは、決して偶然ではないだろう）[4]。

ここでもまた、相手の状況を読み取る知性が身を守る最良の手段となる。熊に押し倒された際の対応として、ある専門家は死んだ振りをするようすすめ、別の専門家は全力で抗うようすすめる。なぜこのような矛盾が起きるのだろうか？　正反対に見えるこの二つの対応には、それぞれに意味がある。ただしそれらを正しく用いるためには、熊の状態からその行動の意味を読み解かなければならない。グリズリーが優位性を示すため、あるいは縄張りを守るために攻撃してくる場合、身動きせずに降伏の意志を示すことで助かる可能性は大いにある。しかし、冬眠前の過食期にあるグリズリーが捕食を目的に攻撃してくる場合、死んだ振りをした獲物は格好の餌食となる。大切なのは、違いを敏感に読み取る共感性を常に働かせておくことだ。だがそれができる外交官は滅多にいない。

ある熊の専門家は、出会いが衝突に発展するのを避けるために、丁寧な口調で熊に話しかけるようすすめている。ちょうど間違えて他人の部屋に迷い込んでしまった人が、その部屋の主に闖入（ちんにゅう）の理由を説明するときのように。一九七六年、グレイシャー国立公園〔アメリカとカナダとの西部国境を跨いで両国それぞれに指定された国立公園〕をパトロールしていた自然保護官のクライド・フォーリーは、二頭の子熊を連れた雌のグリズリーと五〇メートルの距離で遭遇した。三頭の熊はフォーリー目がけて突進し、一〇メートルのところまで迫ると、耳をぴんと張り、唇を震わせ、唸り声を上げながら、後ろ足で立ち上がった。一〇歩ほど先には大きな木があったが、フォーリーは逃げるのを思いとどまった。その代わりに、低く落ち着いた声で熊に話しかけた。「大丈夫、怖がらなくていい、何も心配はいらない。公園の人間は君たちの味方だ」。そして、パトロール小屋に向かって少しずつ後ずさりしながら、公園が定めた熊の管理規則を一つひとつ暗唱していった。フォーリーは事件の報告書に次のように書いている。「私が熊と会話している様子は、傍から見ればおかしかったかもしれない。しかしながら、あの会話が私の命を救ったのだと思う」。フォーリーは、人間の勝利で幕切れとなる好戦的な対立ではなく、恐怖を押し殺して動物との交渉に臨むことを選んだのだ。

好戦的な姿勢は恐怖から生まれる。これは人間という動物を支配する法則の一つである。状況に飲まれ、恐怖に打ち負けたときにだけ、人間は好戦的な姿勢を見せる。フォーリーの見せた自制心ある勇気は、恐怖を否定するのではなく（恐怖自体をなくすことはできない）、恐怖が行動に影響を及ぼさないよう抑制する働きをしている。恐怖の叫びを腹の内に留め、決して表に出さない勇気だ。恐怖が見せる光景を真実とは思い込まず、相手に向けた微笑みを崩さずに、周囲の状況を注視する無我の知性を働かせることで、対立を回避するための平和的な解決方法を見つけることができる。無傷で生還できる可能性が一番高いのは、実はこの方法なのだ。またこの方法は、相手が誰であれ、他の生物と共存するための最も望ましい方法でもある。異なる存在を前にしたとき、たとえそれが危険な相手であろうとも敵とは決めつけずに相対する、不思議な勇気である。相手の視点、その場にいるすべての生物の視点、さらには関係性そのものの観点から物事を見る、共感に基づいた勇気のあり方なのだ。無論、男らしさとは無関係である。このような勇気は性別を問わない（後にその模範を示したエコフェミニズムの女性哲学者を紹介する）。相手を蔑（さげす）むことなく対峙するには、視点を変える勇気が必要なのだ。

恐怖から学ぶこと

外交を実践しようと心掛けたとしても、恐怖が消えるわけではない。恐怖の奥底には、学ぶべき何かが隠されているはずだ。出会いが喚起する強烈な感情は、消化されることで世界に新たな意味を与える。熊を度胸試しのための姿見や、地球を文明化するために倒すべき獣としてではなく、同じ地球上に暮らし、礼儀と外交を重んじる生物共同体の一員として考えたとき、人間は恐怖から何を学び取ることができるだろうか？

教訓は、熊が人を食べる動物であるという点に隠されているように思う。雄同士の対決という固定観念を取り去ってみれば、この特徴はまったく別の意味に解釈することができる。恐怖が伝えるメッセージは「勇気を示せ」ではなく、おそらく次のようなものだろう。「人間もまた獲物であることを忘れるな」。つまり、人間は否応なしに食物連鎖を構成する一員であり、その存在を支え、生かしめている生態系の循環から逃れられないということだ。

〝人を食べる動物〟――この表現には、はるかなる時を超えて心を打つ何かがある。アメリカの作家デビッド・クアメン〔一九四八－〕は、人を食べる動物に対して人間が抱く憧憬と嫌悪の念を、それらの動物が人間の宿命を思い出させてくれることに起因するものと考えている。忘れられた、というよりは捕食者を制御することで蓋をしてきた人間の生の一面、すなわち人間もまた肉であるという宿命である（それは理性を持った動物である人間の動物的な側面だ）[6]。

人間の脆さを思い起こすことが、一体何を意味するのだろうか？　またその脆さがもたらす結果を、どのように理解すればよいのだろうか？　人間が肉であるという問題について、一九八五年に起きたあるワニによる登山客襲撃事件が、哲学的な光を投げかけてくれる。オーストラリアのカカドゥ国立公園を流れる川でそのワニが標的に選んだのは、他ならぬ同国の哲学者ヴァル・プラムウッド〔一九三九－二〇〇八、エコフェミニスト〕だった。人気のない公園の奥地にて、プラムウッドは一人カヌーに乗って川を下っていた。するとー匹のワニが、彼女の舟にしつこく体当たりしてきた。プラムウッドは、川岸に張り出した木の枝に飛び移って逃れようと試みた。その瞬間、巨大なトカゲは川から飛び出し、空中でプラムウッドを捕まえると、股を咥えたまま水中に引きずり込み、振り回した。このように水中に引き込まれた獲物は、窒息と衝撃とでふらふらになり、逃げる気力と体力を奪われてしまう。プラムウッドは、振り回されながらも何とか平静を保った。そして、恐ろしい巨大な口が開いた隙に再び木の枝にしがみつくと、よじ登り始めた。身体が水から抜け出したそのとき、再度ワニの口が彼女を捕らえた。三度

にわたる振り回しを耐え抜いたプラムウッドは、動物の頭脳を持つ外交官の直感により、戦略を変える必要があることを悟った。上に向かって逃げるという動作がワニを刺激し、攻撃を誘発していることに気づいたのだ。恐怖は彼女の知性を鈍らせはしなかった。恐怖や苦しみを感じると、人はえてして自分のことしか考えられなくなるものだが、プラムウッドは他の生物に共感する勇気を発揮して自我を捨て、混乱の中、考え続けた。そして、抵抗を止め流れに身を任せるという、途方もない精神力を要する決断を下した。果たしてこの策略は功を奏した。プラムウッドは泥だらけの川岸に何とか辿りつくと、やっとのことで陸地へと這い上がった。重傷を負ったプラムウッドは、森の知識とサバイバル術を駆使して何時間かさまよった末に、公園の自然保護官に救助された。

この悲劇的な事件は、人間が他の生物にとっての食料であるという事実を身をもって巨大な捕食者から学んだ哲学者という貴重な証人を残した。プラムウッドは不確実性の扱いに長け、観点を自在に変えることのできる本物の哲学者である。個人の観点から抜け出し、自身の肉体の喪失という形而上学的な問いに立ち向かうイカロスの目〔イカロスは人工の翼で空を飛んだギリシャ神話の登場人物。上空からすべてを見通す目の意〕を持っている。彼女は早々と自我を捨てることで、闇雲に攻撃しようとする恐怖を内に押しとどめた。ヴァル・プラムウッドは外交的な勇気を体現した人物だ。襲撃から数時間後、ダーウィンの街の病院に運び込まれた重症のプラムウッドの耳に、ワニを殺しに行こうと計画する自然保護官たちの会話が聞こえてきた。どのワニでも構わない、一匹殺せば復讐は果たせる。ヴァル・プラムウッドは次のように書いている。「私はその計画に断固として反対しました。ワニの棲み家に侵入したのは私の方です。ましてや無差別な復讐など、何の解決にもなりません。あの場所にはワニがごまんと棲んでいるのですから」。[7]

プラムウッドは、自然保護官たちが危険な動物を無害化するために（それ自体は正当かつ必要な行為である）ではなく、恐怖の命ずるままに、禁忌（タブー）の侵犯に対する報復を遂げ、世界の秩序を取り戻すために行動しようとしていることを見抜いた。この事件を特等席で観測したプラムウッドが目の当たりにしたのは、西欧的な自然観の根幹をなすある禁忌（タブー）の正体だった。

「西欧文化に特有の人間至上主義の特徴は、人間もまた食物連鎖に組み込まれた動物の一員であるという事実を否定しようとする、並々ならぬ努力のうちに表れているように思われます。人間が他の生物の食料であるという事実を否定する態度は、死者の埋葬の慣行に見て取ることができます。慣行に従って、土壌生物の活動の及ばない地中深くに埋められる頑丈な棺（ひつぎ）と、墓が掘り起こされないよう地表に据えられる墓石は、西欧人の肉体が他の生物の食料となることを防いでいます」。[8]

プラムウッドにとってこの決定的な事件は、自然との関係を考える上で西欧に根づいたある神話的な人間像を揺るがすものとなった。すなわち、自らを生物共同体から離脱した存在と定義し、その結果〝外部〟としての自然を発明するに至った人間像である。

もちろん、現実には生態系から離脱することなど不可能である。人間は食物連鎖を構成する生物の一員であり、他の生物と同じく太陽の光を摂取しなければ生きていけない。[9] 食物連鎖から離脱などすれば、たちまち餓死してしまうだろう。太陽のエネルギーを直接摂取することのできない人間は、日々の生活に必要なエネルギーを得るために、太陽光を浴びて成長した植物や、その植物を摂取した草食動物を食べる必要がある。

神話の構築

では、一体なぜそのような空想に基づいた神話が信じられるようになったのだろうか？　実際には食物連鎖の一部をなしているにもかかわらず、なぜ人間は自然から離脱し、自由になったと思い込むことができたのだろうか？　現実には不可能な食物連鎖からの離脱を実現可能な神話へと仕立てるために、西欧人は歴史の中である禁忌（タブー）と世界観を作り上げたと考えられる。人間と食物連鎖の関係をダイオードに見立てたその禁忌（タブー）と世界観は、次のようなものだ。「人間には他の生物が取り込んだ太陽のエネルギーを摂取する権利があるが、他の生物には人間が取り込んだ太陽のエネルギーを摂取する権利がない」。ダイオードとは、ここではエネルギーの循環（代謝や生態系の活動を通して、人間もその一環をなしている）を一方通行に変える装置を指している。エネルギーは生物の世界から人間へと流れはするが、逆流することはない。

禁忌（タブー）は、人間が他の生物の食料となりうるあらゆる危険を遠ざけ、排除することを目的としている。西欧文化圏には、強大な捕食者を排除しなければならないとする衝動が存在してきた。その衝動は、家畜の保護や、捕食者を悪魔と同一視するユダヤ＝キリスト教の伝統を口実に正当化されてきた。だが強大な捕食者の排除は、禁忌（タブー）を維持するための手段であったとも考えることができる。生きた人間の肉体や人間の死骸が食べられることなど、あってはならない。食物連鎖からの離脱という神話に信憑性を持たせるためには、現実と虚構（フィクション）を一致させる禁忌（タブー）の存在が不可欠である。禁忌（タブー）は、現実を虚構（フィクション）に従わせることで、嘘を真に変える。人間が単なる肉へと〝貶められる〟事態は、最大の禁忌（タブー）の侵犯を意味する。ひとたび禁忌（タブー）が侵されれば、世界の秩序を取り戻すべく、すぐさま修繕が行われる。

一方で、動物に食べられることに対し、西欧のような拒否反応を示さない文化圏も存在する。フランスの人類学者ロベルト・アマイヨン〔一九三九－〕によれば、シベリアのシャーマニズム文化では、世界の秩序は肉の循環として表現されている。シベリアでは、死期を悟った老人は一人森に入り、死の訪れを待つ。やがて死が訪れると、死体は肉食動物の食料となる。こうして人間の肉体は、肉の循環の原理に従って、それまで幾多の獲物を食物として与えてくれた森に還っていく。動物に食べられることが禁忌（タブー）の侵犯ではなく、秩序の一環とみなされるのである。このような文化は他にも存在する。たとえばチベットには、死体を野生のハゲワシやイヌに食べさせる鳥葬の慣習がある。死者は、自分を生んでくれた大地に肉体を差し出す。このことから、食べられることに対する恐怖は普遍的なものではなく、西欧の根源的な神話と結びついた禁忌（タブー）に由来していることがわかる。

これらの文化圏とは対照的に、西欧ではダイオードを介したエネルギーの循環が想像された。生物の世界を循環する肉と太陽のエネルギーを一方向にしか流さない唯一の種として、人間を規定したのである。

ヴァル・プラムウッドはこれについて次のように書いている。「このように自身を規定することによって、人間は食物連鎖の外、つまり頂点に立ちました。そして、食料を分かち合う饗宴の同席者としてではなく、外部から食物連鎖を操作する支配者として、ある規律を定めました。その規律とは、『人間は動物を食べてもよいが、動物は人間を食べてはならない』というものです」。

食べることはあっても食べられることはない、捕食されない捕食者……。生態ピラミッドがあのような形になったのは、決して偶然ではない。もともとはリンデマンの法則を表すために、三角形が用いられた。下の階層から上の階層に移動する生物の量が、下の階層全体の一〇分の一であることから、上の階層に属する生物の数は下の階層に比べてはるかに少なくなる。ピラミッド型の図形はこのことを表している。ところが西欧の神話は、生態ピラミッドを超越性の象徴として解釈した。この図形は、人間が他の生物と一義的な関係を築くための方法を実によく表している。生態ピラミッドの各階層は、下の階層の生物を食べ、上の階層の生物に食べられるという、同一の規則に支配されている。ただし、頂点を除いて。頂点には、下の階層との一方的な関係しか存在しない。ピラミッドの頂点に君臨することで、上の階層を持たない超越者としての特権を享受することができる。頂点を独占することが、実際には人間もその一員である生物共同体から離脱したと信じ込むための、唯一の方法なのである。

人間は、頂点に君臨し続けるための環境を周到に整えてきた。強大な捕食者の排除、人間の肉体が生態系に流出するのを防ぐ数々の方策（地中深くへの遺体の埋葬、墓石、腐敗しない棺）、食べられることに対する言い知れぬ恐怖を植えつける童話などがその一例である。こうして人間は自らが食肉になる可能性を排除し、観念的に生物共同体から離脱することに成功した。

人間の居場所

ヴァル・プラムウッドは自身の悲劇的な経験から、原初の神話の正体を暴き出した。この発見こそが、恐怖の教訓となる。熊や狼といった大型の肉食獣と共存する術（すべ）を学ぶことは、これまでとはまったく別の意味合いを帯びてくる。「大型の捕食者は、人間が生態系内での自身の立ち位置を受け入れる器量を試しています。人間の拘束を離れ、自由に生きることを許された大型の捕食者は、人間が地球上の他の生物と共存する資質、そして生態系内で他の生物と相互的な関係を築きながら生物共同体の一員として生きる資質を測る目印となります（…）」[11]。

共存のための資質とは、叶わぬ願いでも、自然の摂理に身を任せることでもない（身を守らずに黙って食べられることを受け入れるわけではない）。知恵を絞って他の生物と共有できる棲み家を形成し、人間が生存する上での危険を最小限に抑えるための外交的な振舞いを身につけること――地上に平和をもたらすという名目で他の生物を排斥したりせずに――それこそが、共存のための資質である。大型の捕食者の大半は縄張りの中で生きている。縄張りとは、人間の法律や慣習よりもはるか以前から存在する、進化の歴史が紡いだ和平のための手立てである。手のつけられない凶暴な動物のイメージは、現代の人間が作り出した神話にすぎない。凶暴さもまた、対立や争いを減らすための手段なのである。人間が外交官としての知性をもって、動物との共存が可能な環境を整え、動物の居場所を作ることで、争いはさらに減らすことができるはずだ。

イエローストーン国立公園の森は、これまでとはまったく違った姿を見せる。出発の日の朝、私は熊の目を借りて、長々と、グリズリー湖に棲む熊を追跡した。直接姿を見る必要はない。目には見えない一頭の熊が、山々の様相を一変させる。一帯は新たなきらめきに包まれる。茂みの一つひとつが、裏に何かを秘めた生き生きとしたものに映る。動物の棲み家という一面を取り戻した藪（やぶ）には、新たな奥行きが生まれる。熊のおかげで、「自然」は単なる自撮り（セルフィー）の背景ではなくなった。熊は世界に新たな基準点をもたらした。人間はもはや唯一の主体でも、世界を形成する唯一の視点でもない。たとえ危険がわずかであったとしても、一片の恐怖が、この世には人間を客体化することのできる他の主体が存在することを思い出させてくれる。人間の意に反して力を行使し、人間を物として扱うことのできる主体が存在するという事実を知らしめてくれる。熊は人間を、他の生物と同じ地平に暮らす生物として、生物共同体が構成する太陽のエネルギーの循環の中に連れ戻してくれる。また人間の存在を支えている、他の生物に対する外交上の義務を思い出させてくれる。自然は再び、複数の視点から織りなされる総体としての姿を取り戻す。それは、あらゆる捕食者を根絶した人間が、世界に君臨する唯一の視点として支配し、魂のない物質として造り変え、便利な資源として開発し、自我を映す鏡に変質させる以前の姿である。

一頭の仁王立ちになった熊が、生命すべての存在を人間の目に見せてくれる。

第三章

ユキヒョウの忍耐

一日目

その日の朝、私たちは馬に乗ってステップを駆けていた。ここ、キルギス共和国の中心に位置するソンクル湖自然保護区に、私たちは動植物の調査をしにやってきた。全速力で駆け回る喜びを馬と分かち合いながら、次の峰を目指す。尾根の向こうからは、空の真ん中にぽっかりと浮かんだ世界が姿を現す。場所は違えど、どこまでも同じ景色が広がっている。ふと、世代が代わるごとに遠くへと移住し、分散していく動物（狼やカラスや人間のように、様々な環境に順応できる動物）の古くからの習慣を思い出す。常に新しい土地を求めて移動し、決して一箇所に留まろうとしない習慣——それは旅だ。旅という行動もご多分に漏れず人間特有のものであると思われがちだが、この向こう側を見に行くという行動は、太古の昔から存在する生物の行動と合致している。視界の果てに何があるのかを確かめに行く。視線を移すたびに境界の変わる、終わりのない探索である。

種の歴史に照らし合わせてみれば、人間が狼やカラスと同じように、砂漠や北極圏を含む地球全体を占領するに至ったのは、人間が狼やカラスと同じ分散する動物だからであることがわかる。未知の場所や絶対に対する人間特有の探求心から、漠然とした発見への渇望に導かれた好奇心旺盛な探検家が生まれたわけではない。旅への関心および未知の場所に対する抑えがたい渇望は、分散する動物という、動物としての人間の性質に由来している。

地平線まで見渡せる草原を一日中馬で駆けていると、いつしか視線は鳥と化し、空へと羽ばたいていく。一日が終わり、四方を囲まれた円形の天幕〔中央アジア、シベリアに住む遊牧民のフェルト製テント〕に戻ると、ようやく視線を休めることができる。それまで張り詰めていた注意は、巣に戻った猛禽類のように弛緩する。ソンクル湖の自然保護官で、今晩の主人でもあるオスモン・バイケの天幕は、さながらキルギスの鷹匠がワシの頭に被せる革製の目隠しのようだ。この目隠しは、優れた視力を持つワシが保ち続ける張り詰めた注意を鎮めてくれる。

激しく降りしきる雪が、私たちの頭上を覆うフェルト製の天幕を叩く。このフェルトは、すぐ外で鳴いている羊の毛を梳いて作られた生地だ。ステップには木が生えない。人間の生活に欠かせない火を起こすための唯一の燃料は、固めて乾燥させ、レンガ状に切り出した羊の糞だ。羊毛でできた天幕に暮らし、羊の糞で起こした火で暖を取り、羊の肉を食べて英気を養い、穏やかで力強い馬の背に乗って草原を駆ける――キルギスでは、私たちが見たことのない人と動物の関係が築かれている。

二日目

翌日、私たちはキルギス共和国南部にあるナリン自然保護区にやってきた。入り口で、調査を共にする馬に荷鞍（にくら）を装着していく。これより一一日間にわたり、人の手がまったく加えられていない自然保護区の中で過ごすことになる。保護区内にある尾根や高原やトウヒ〔マツ科の針葉樹〕の森では、野生の生き物たちが伸び伸びと暮らしている。自然保護官と科学者だけが足を踏み入れることのできる聖域だ。

向こう側に何があるのかを確かめに行こう。安穏とした経験からは得られない何かがそこにはあるはずだ。この調査は、保護区内に生息するいまだ不明点の多い野生動物の追跡を目的としている。エコボランティア〔有志の参加者を募って、生態系の保護や調査を目的とした活動を実施する方法〕の形式を取った、市民参加型の研究である。調査には、ＧＰＳ〔全地球測位システム〕の座標を基準に定められた経路を正確に辿るトランセクト法〔調査地に線を引き、その範囲内に生息する生物相を調査する生態学の手法〕が採用されており、観察、痕跡の採集、個体数の計測といった調査方法も、生態学の手法に基づいている。年に複数回、同じ経路を辿って調査することで、生態系の変化を観測する。調査対象の中でも特に重要視されているのが、大型の捕食者や猛禽類だ。イヌワシが巣作りをする場所の特定、ヒマラヤハゲワシの個体数の計測、熊の追跡、狼の調査、そして何より、この遠征を主宰する非営利組織ＯＳＩパンテーラ（「ヒョウの国際科学研究」の意）の名前の由来でもあり、〝山間の亡霊〟の

異名を持つ、ユキヒョウの調査が目的となる。氷食谷の底や雪を頂いた峰を巡り、とらえどころのないユキヒョウの痕跡を探し出す。調査には七人の生物愛好家と四人の自然保護官が参加する。道らしい道もない荒涼とした保護区内には、未知の生物も生息している（調査に同行した二人の鳥類学者は、それまで存在が確認されていなかった三種の鳥を発見した）。

調査隊はナリン川の上流を目指して進んでいく。西方に位置する天山山脈から流れ出るこの川は、私たちのはるか後方でシルダリア川に合流している。テュルク諸語では、天山山脈は「天の山（テンリ・タグ）」と呼ばれている。

調査隊はナリン川沿いに、人の手が一切加えられていない獣道を登っていく。トウヒの森にはヒマラヤグマやアカシカが棲んでいる。そのさらに上、標高四〇〇〇メートルの雪に覆われた高原と峰は、アイベックス〔高山地帯の岩場に棲む野生のヤギの総称〕とユキヒョウの棲み家だ。狼はといえば、山中の至るところに棲んでいる。

その晩は原生林に入る手前の羊飼いの家で、羊肉とコメの煮込み料理と熱いチャイを御馳走になった。調査を取り仕切る自然保護官たちと、拙いながらもコミュニケーションを試みる。自然保護官たちはキルギス語とロシア語しか話さない。ガイドを務めるフランス人のバスティアンは素晴らしい通訳者だが、訳しようのない表現にぶつかると、口ごもったり、話がつかえたりしてしまう。そうして会話が途切れるたびに、ミリタリーパーカに身を包んだ自然保護官たちから温かい笑いが起こる。彼らはどんな出来事も笑いに変えてしまう――人生は鍋を囲んで笑い合うにはちょうどいい機会だ、とでも言わんばかりに。

保護区の副代表を務めるジョルドシュ・バイケ（親しみを込めてジョキと呼ばれている）は熊の専門家であり、今回の調査の責任者でもある。日が暮れて軍用テントに入った私たちは、キルギスの酔いどれ話とフランスの笑い話でひとしきり盛り上がった。ジョキは不意に間を置くと、〝哲学者〟（著者のバティスト・モリゾのこと）に聞きたいことがあると言ってガイドに通訳を頼んだ。「一体、自然は人間のために作られたものなのか、それとも人間は自然の……（適当なキルギス語の単語が見つからなかったジョキは、ここでロシア語に切り換える）パートナーなのか？」ジョキは紅茶をかき混ぜながらこう続ける。「私はパートナーだと思っている。けれども人間は、アリ塚でも潰すように、自然を踏みにじっている」。

三日目

朝になると、私たちは保護区に足を踏み入れるべく、馬に荷物を積み込んだ。多量の雨が降ったおかげで辺り一面には青々とした草が茂り、そこかしこに咲いた花はミツバチを呼び寄せている。

私たちの一隊は、青空の下でねずみ色に輝く急流沿いに進んでいく。すると、馬の行く手に不思議なものが落ちているのを発見した。巨大な黒い塊……最初の謎である。その正体を突き止めるのに数十秒かかった。熊の糞だ。しかしただの糞ではない。ところどころにトウヒの葉が混じっている。迷彩服を優雅に着こなし、笑うと金歯が顔をのぞかせる、子どもの頃は猛獣使いに憧れ、後に熊の生物学の学位を取得したジョルドシュが言うには、ヒマラヤグマは夏にトウヒの葉を食べない。

さらに近くに寄って糞を観察すると、新たな謎が浮かび上がってきた。昆虫の甲皮を形成する物質であるキチンが糞に入り混じっているのだ。雑食動物の熊は、人間やアカギツネやカケス〔スズメ目カラス科の鳥〕と同じく、何でも口に入れて味見する動物である。さて、この熊は一体何を口にしたのだろうか？

この謎を解き明かすべく、馬上からの長い追跡劇が幕を開けた。熊はこの道が気に入っているらしく、数百メートル置きに糞が残されている。そしてそのすべてにトウヒの葉が混じっている。知りたいという欲求が高まるにつれ、視線は鋭さを増し、あらゆる痕跡を探し求める。「世界は緻密かつ微細なしるしで満ちあふれている。秘密を解き明かすための痕跡はいつもそこにある。後はただ、それを読み取る技術を身につけるだけでいい」。馬の首に上体をもたせ掛け、手綱を引き絞りながら、痕跡を追っていく。動物に乗った動物による動物の追跡だ。馬のジョルゴ〔キルギス語で「側対歩」で歩く馬を指す。後出〕は、私が出す矛盾した指示に戸惑っている。痕跡を探すために身を乗り出して体重を前にかける動作は「加速」を意味し、手綱を引き絞る動作は「減速」を意味するからだ。ジョルゴの真っ黒な瞳の隅に、首から身を乗り出して蹄（ひづめ）の先の地面に目を凝らしている私の顔が映る。私が何かを探していることを察したのだろう、好奇心を刺激されたジョルゴは、辺りに注意を払いながら私と一緒に捜索し始める。耳を前方に向け、鼻孔を膨らませ、当惑した様子で、「一体何を探しているんだろう」と自問しているようにも見える。

　今や鳥と化した目で馬上から痕跡を追っていると、熊の通った道が地面に浮かび上がってくる。一つひとつの手掛かりが、草の上に広げた地図に書き込まれた記号のように、熊の辿った道筋を示してくれる。

　そのとき、数歩離れたところにある砂地に残された不思議な痕跡が私の注意を引いた。黒っぽい、形の整った痕跡……熊の足跡だ。前足の肉球の跡だけが地面に刻まれている。小さなヒマラヤグマ（ジョキの推定では三、四歳の個体）のものだ。熊は私たちと同じ方向に進んでおり、私たちはその後を追っている。すると唐突に、それまで景色の一部にすぎなかったあるものが意味を持ち始めた。私たちがこれまで通ってきた道には、数キロにわたってアリ塚が立ち並んでいた。そのうちの一つが、てっぺんを崩されたピラミッドのような奇妙な形をしていたのだ。熊の足取りを説明する、ある仮説が浮かび上がる——熊はアリ塚を巡っていたのではないか？　熊は小さな膜翅目（まくしもく）〔ハチとアリを含む昆虫のグループの一つ〕を腹一杯食べるためにアリ塚を崩して回り、その過程で、アリが巣作りにふんだんに用いるトウヒの葉を口にした。アカアリはアリ塚へと続く道をはっきりと地面に残していることが多い。アリを追跡する熊にとっては渡りに船である。

「熊にとっても人間にとっても、追跡とは動物の論理を辿ることだ」と私は手帳に書き記した。そのためにはまず、相手のことを知らなければならない。たとえば、春先に熊の痕跡を探して傾斜の急な谷に下りていくことがある。それは、冬の間に雪崩に巻き込まれて凍りついたアイベックスが太陽の熱で溶け始める時期を見計らって、熊が舌なめずりをしながら雪崩の跡を掘り起こしにいくことを知っているからだ。

熊が背中をこすりつけた木は見分けがつきやすい。目につきやすく、往々にして注意を引く目立つ場所にあり、何よりたくさんの毛がこびりついている。鹿の樹皮剝ぎは縦に歯形が残るのに対し、熊の樹皮剝ぎは横に歯形が残る。

アリ塚の仮説が出来上がった途端、景色は一変した。一五個以上の破壊されたアリ塚が新たに見つかったのだ。ここは熊がよく通る道なのだろう。糞もまだ新しい。乾いた砂の上には、雨にも川の水流にも浸食されていない真新しい足跡が残っている。熊はすぐ近くにいる。幸いにも、風は私たちのにおいを馬の後方へと吹き流してくれる。出会いの期待が膨らむにつれ、喜びと不安の入り混じった緊張感が漂い始める。音を殺し、警戒する馬の背中で神経を研ぎ澄ませていく。私たちはもはや、谷や斜面を一つひとつ探索する鳥と化した視線以外の何ものでもない。峰から峰へと移動するたびに、出会いの期待は高まっていく。痕跡は次から次へと見つかる。小さな高原に差しかかったとき、初めて風向きが変わった。風は木が生い茂った頭上の斜面へと私たちのにおいを運んでいく。気づかれたか——突然これだけ複雑なにおいを嗅ぎつければ、熊は飛び出してくるに違いない。私は目を凝らした。「熊だ！（アユー）」と自然保護官の一人が丘の上を指して叫んだ。指の先に目をやると、森の中から黄金色に輝く毛の塊が飛び出してきた。夕日に照らし出された熊は、青く茂る草の上を飛ぶように駆けていった。そしてにおいの元から離れようと、子ヤギのように勢いよく跳ねながら、遠くへと消えていった。若い熊だった。おそらく三、四歳だろう。その場にいた全員が、黙ってその光景を目に焼きつけていた。私たちは興奮冷めやらぬまま、笑い合い、鼻歌を歌いながら道を続けた――何と不思議な魅力を備えた動物だろう。

ナリンもその道程の一部をなしていたシルクロードの西方で、ペルシアの詩人オマル・ハイヤーム〔一〇四八－一一三一〕が詠んだ四行詩の一節が脳裏によみがえる。「あわれ、人の世の旅隊(キャラヴァン)は過ぎて行くよ。この一瞬(ひととき)をわがものとしてたのしもうよ[2]」。

四日目

翌朝目が覚めると、テントには霜が降りていた。頭上には真っ青な空が広がっている。時刻は朝の六時。魔法瓶にミルクティーを詰め、早速出発する。これから探すのは猛禽類の巣のあり処だ。ワシは夜明けには食事を始める。しかし上昇気流が発生する一〇時以前には上空へと舞い上がることはしない。つまり今の時間帯、ワシは巣のすぐ近くを低空で飛んでいる。チョウゲンボウ〔ハヤブサ目ハヤブサ科の鳥〕は巣の近くで特徴的な鳴き声を上げる。興奮により発せられるその鳴き声が、チョウゲンボウの隠れ家の場所を教えてくれる。

昼になると、ジョキと私の二人は馬を速歩で走らせ、ジョキが去年仕掛けた自動撮影カメラの確認に向かった。カメラのそばには、熊を捕獲し調査用のＧＰＳつき首輪をはめるための罠が仕掛けてある。金属でできた筒状の罠の中には、熊をおびき寄せる餌の肉が置かれている。捕獲用の罠はまだ作動していない。熊が警戒せずに肉を食べに来るよう習慣づけるため、調査の何ヶ月も前から筒を設置し、食欲をそそる芳香を放つ肉を入れておくのだ。

持参したカメラに自動撮影カメラのメモリーカードを差し込むと、何十枚もの画像が映し出された。画像を確認するジョキの口から、ときおり歓声が上がる。カメラには大きな雄熊と雌熊が一頭ずつ、ムナジロテンが一匹、それともう一匹、イタチ科の動物が映っていた。雌熊の写真は複数枚あった。一連の写真からその行動の意図が浮かび上がってくる。雌熊は罠の周囲をうろうろと歩き回った後、後ろに回り、首をかしげながらその構造を確認している。何か仕掛けがないか探しているようだ。

私とジョキは調査隊に合流するため、ナリン川を見下ろす切り立った崖すれすれの道を馬で駆け抜ける。曲がりくねった道を抜けると、開けた草原に辿りついた。草原は人の背丈よりも高く伸びたセリ科の植物に覆われ、騎手の腰の高さあたりまで白い花のじゅうたんが広がっている。花びらと匂いを後方にまき散らしながら白い花の湖を疾駆すると、馬の頭以外は植物に埋もれてしまう。

私とジョキは歩調を緩めた。辺り一面、見渡す限りの山景色――目は熊を、狼を、巨大な角を持ったアカシカを探し回る。そうして、今度は帽子が正面を向くほど前屈みになりながら、次なる謎の手掛かりを求めて、わずかな痕跡や足跡を探し回る。

調査隊に追いついた途端、雲行きが怪しくなってきた。嵐だ。激しい雹（ひょう）が降りつける中、私たちの一隊は森に足を踏み入れた。白い氷の粒に覆われた腐植土の地面の上に、馬の黒い蹄が際立って見える。私は湿った手帳を取り出し、書きつける。「騎手のポンチョは馬を鼻先からしっぽまで包んで守り、馬の体温はポンチョの下の騎手の体を温めてくれる。親切の応酬だ」。隊の足が止まる。川の増水によって、造りかけの道が塞がってしまったようだ。私たちは馬を降り、土木工事に取りかかった。スコップとつるはしを振るい、のこぎりで木を伐り、斧で障害物を叩き割っていく。執拗に道を閉ざそうとする森に対抗して、道を切り開いていく。とめどない世界の浸食作用に抗って、道を造成していく。

五日目

日々はあっという間に過ぎていく。私たちはウムットの山小屋に到着した。この草葺き屋根の丸太小屋が、これから始まる過酷な調査のベースキャンプとなる。目指すは標高三九〇〇メートルにあるウムットの尾根だ。そこから尾根伝いに、数キロにわたってトランセクト法による調査を行い、可能な限り痕跡を採取していく。なかでもお目当てとなるのは、かの地に棲むと言われているユキヒョウの痕跡だ。

尾根での野営に備え、私たちは馬にテントを積み込んだ。天空にそびえ立つ切れ間のない岩壁は、否が応でも想像力を掻き立てる。いよいよ登山が始まった。高低差が一〇〇〇メートル以上ある山道を、ミリカリア〔ギョリュウ科の植物〕の茂みを抜け、石だらけの道を越えて進んでいく。一行は頻繁に立ち止まり、斜面を観察する。双眼鏡でもほとんど見分けのつかないアイベックスの姿を、キルギスの自然保護官たちは裸眼でいとも容易く見つけ出す。

キルギスの自然保護官たちは明敏な観察者である。そのため、ある種の動物を呼ぶ際には総称を用いない。たとえば、繁殖期を除いて群れの中で暮らす雌のアイベックスと、雌よりも巨大で湾曲した角を持つ雄のアイベックスには、それぞれ別の名詞があてがわれている。キルギスに生息するアイベックス（シベリアアイベックス）の雌は「エチュキー」、雄は「テケイ」と呼ばれている。総称は「エチュキーテケイ」だが、この言葉が使われることはほとんどない。このように言語に表れる緻密な識別の知恵は、かつてフランス語にも存在したが、とうの昔に忘れられてしまった。フランス語の「ブクタン」〔アイベックスを指す〕という単語は、もとはといえば雄ヤギを意味する「ブク」と雌ヤギを意味する「エターニュ」の縮約形なのだ。記憶は言語の中に眠っている。問題はその記憶を身体と視線のうちに呼び覚ませるかどうかだ。

日が暮れ始め、空には雲が立ち込めてきた。今晩の野営地である肉厚の草が生い茂る高原は、もう目と鼻の先だ。

私の馬は側対歩（そくたいほ）〔同じ側の前肢と後肢を同時に出す歩き方〕で歩く（側対歩で歩く馬はキルギス語でジョルゴと呼ばれている）。

生まれたときから、この優雅で乗り心地のよい歩き方を身につけていたらしい。私はこの小柄な黒毛の馬を、キルギスの神話に登場する馬にちなんで〝黒い側対歩の馬(カラ・ジョルゴ)〟と名づけた。西欧でいうところのブケパロス〔アレクサンダー大王の馬〕だ。尻がやせこけ腰のくびれた私の馬は、風采こそ立派ではないものの、神話の馬に匹敵する勇気を持っている。キルギス人の間では、側対歩の馬は扱いが難しいと言われている。側対歩の馬は往々にして歩き回るのが好きで、周囲を探索したり、冒険に出向いたりと、いつもどこかをほっつき歩いている。夕方野営地に到着したら、他のおとなしい馬たちを周遊に連れ出さないよう、真っ先に側対歩の馬たちに足かせをはめなければならない。その上、それまで穏やかだった馬たちも、体内に山の息吹が膨らんでくるのを感じるのか、山の頑強な生命力に刺激され、活気づき始める。自然保護官のタクによれば、高所では紫外線が強いため太い草が育つ。確かにここ数日で馬たちは肉づきがよくなり、活動的になってきた。草原が見えると、以前にもまして自由に走りたがるようになった。朝、出発前に捕まえるのも大分苦労するようになった。太陽は高地の草原に降り注ぎ、馬の振舞いを変える。緻密な生態系の循環を形づくる相互作用の輪が、ここにも見て取れる。

キルギスでは、馬は単なる移動手段以上の存在だ。友だちともまた違う。昨日私は、増水で流された道の一部を修復すべくひと足先に出発した自然保護官たちと合流しようとした。ところが彼らは、私の馬を連れ出してしまっていた。そのため、その前日にはジョルゴの背に揺られ特に意識することなく渡れたはずの二本の川に行く手を阻まれ、私は身動きが取れなくなってしまった。馬はその確かな足取りで、動く玉座を、知性を備えた特等のバルコニー席を乗り手に提供してくれる。ジョルゴなくして川を渡ることはできない。無力感が次第に感謝の気持ちへと変わってくる。馬は、平らで安定した地面に適応した二足歩行の霊長類である人間の身体の限界を取り払ってくれる。馬のおかげで、人間は複数の資質を備えた別の動物へと生まれ変わり、風のように自由に跳ね回ることができる。馬は、岩場を自在に駆けるアイベックスの足、狼の呼吸、ユキヒョウの寒さへの耐性、熊のずる賢さを兼ね備えており、人間にその力を貸してくれる。

山が作り出す厳しい環境の下で育てられたキルギスの馬は、家畜であるにもかかわらず頑強で、強い生命力を誇る。キルギスでは、家畜の馬の死亡率と野生の馬の死亡率はほとんど変わらないと言われている。それはつまりキルギスの馬たちが、〝冬・狼・放牧〟という、繊細で容赦のない自然淘汰の筆によって形づくられた動物であることを意味している。

真っ黒な空の下、私たちはウムットの峰を目指して登っていく。あまりに急な斜面にジョルゴは疲弊し、息を切らしている。やせ細りながらも勇ましい、まるでガンディー〔一八六九－一九四八、インドの政治家、思想家。非暴力・不服従主義によりインド民族運動に従事〕のような馬だ。

「科学に奉仕するキルギスの馬たち」と私は手帳に書きつける。ちょうどそのとき、猛烈な雨が降り始めた。ジョルゴは今度こそ完全に足を止めてしまった。私がポンチョを着ている間に、隊は山の上へと消えた。私は豪雨に押しつぶされそうになりながら馬を降りると、気まぐれな神様にお祈りするような気持ちで馬の機嫌を取り、手綱を引いて登り始めた。高原に辿りつくまで、ほとんど馬を引きずるようにして登っていかなければならなかった。高原に到着すると、身も凍るような雨が降りしきる中、すでに野営地の設営が始まっていた。私たちはこれまでにない手際のよさでテントを組み立てた。しばらくして嵐が止み、雲が晴れると、私たちの周囲には思わず息を呑むほどに美しい空が広がっていた。まるで世界の中心に立っているかのような心境に酔いしれると同時に、心の内側にも不思議な空が広がっていくのを感じる。これが魂というものだろうか。

キルギスで過ごす一日一日は、吹きすさぶ風が木々を揺らすように、私たちの感覚を刺激し、研磨していく。凍りつくような突風が全身を吹き抜ける。まるで実体のない幽霊か、風の仲間にでもなったような心持ちである。それでも私たちは凍えながら前に進み、幽霊になれたことに歓喜する。馬の背で激しい雹（ひょう）に打たれながらも、前進する喜びは変わらない。それまで避けるように教わってきた悪天候に恐怖を覚えるのも束の間、逃げる場所も隠れる場所もない私たちは、思い切ってその中を潜り抜ける。そうして叩きのめされ、くたくたになり、耐え忍び、ずぶ濡れになって、ようやく何も怖がることはないと悟る。

悪天候が過ぎ去った後には、焼けつくような日差しが濡れた体を乾かしてくれる。視界に収まりきらない壮大な景色が目から体内に侵入し、心を果てしない広がりで満たしてくれる。そして再び凍るような雨に晒されながら、亀裂の入った不安定な地面を跨ぎ、荒地を抜け、眩暈（めまい）のするような崖沿いの道を側対歩のリズムで越える。石だらけの地帯を、急流を、藪（やぶ）を横断する。人間の身体が秘める知性に驚かされながら、幾多の地面に足を適応させていく。

肉体的にも過酷な道程だ。道なき道を越え、人間が通れそうもない場所を横断し、岩場では膝が笑う。体を洗う水は冷たく、セイヨウネズに打たれた肌は赤く腫れ上がる。それでも、自分の限界を超えるのは楽しいものだ。毎日少しずつ、雹や岩場や高所に対する根拠のない恐怖を捨てていくことで、次第に何ものにも動じなくなっていく。

ひとたび洗礼を受ければ、感覚は研ぎ澄まされ、心の内側は風を受けた帆のように膨らむ。さながらキルギスの天空に掛かる巨大な帆のように。

翌朝、私たちはついに最初のユキヒョウの足跡を発見した。粘土質の地面にくっきりと残されたその足跡は、私たちが嵐と太陽に晒されながら進んできた稜線上に見つかった。調査を終えた私たちは馬を降り、この寂寞(せきばく)とした、風だけが吹き抜ける峰を後にした。人を寄せつけないこの王国を訪れることは、もう二度とないだろう。

（ウムットの峰には、ただ風と思い出だけが残っている）

七日目

翌日、私たちは二つのグループに分かれた。昨日の過酷な調査を切り抜けてまだ体力が残っている者は、ジョキを含む二人の自然保護官と一緒に、次の探索に出発するようすすめられた。目的地は、熊が棲むという言い伝えのあるはるか山の上の洞窟だ。私と私の双子の姉が参加を志願した。私はジョルゴを川沿いに広がる草原に休ませておき、別の馬に荷物をくくりつける。上品で愛らしい青鹿毛（あおかげ）の馬だ。

まさに典型的なキルギスの自然保護官の一日が始まろうとしていた。日の出とともに起床して馬の支度をすると、ナリン川を見下ろす垂直に切り立った薄暗い谷沿いの道を延々と登り始める。花が咲き乱れる草原を山の支脈の方に抜けると、澄んだ空気の向こうに、山々が織りなす圏谷（けんこく）と、件（くだん）の洞窟が姿を現す。私たちは馬の背に揺られて何時間も斜面を登っていく。途中、川を下っていった熊の痕跡を発見したジョキは、糞を採取し、痕跡が見つかった地点のＧＰＳ座標を事細かに記録する。それが終わると、旅する科学者の一行は再び山頂を目指して出発する。馬は目も眩むような高さの岩場を登っていく。徐々に薄暗い洞窟の入り口が見えてきた。馬が足を滑らせて後退し、前足で地面を掻く。何もない岩場の真ん中で、到底登れそうにない斜面を前に、ジョキはこちらを振り返り微笑んだ。

「食事にしよう」

時刻は一五時。私たちはその場で馬を降りた。急斜面で身動きが取れない馬たちは、陽だまりの中でまどろみ始める。私たちは岩場に背をもたせ掛け、パンと、チーズと、ソーセージと、チョコレートを取り出す。私たちの周りでは、街よりもなお大きい山々が、空想上の生き物のように、空に抱かれて食事を取っている。

私たちはここでも望遠鏡を覗き込み、目を凝らして、尾根沿いにアイベックスやユキヒョウの影を探す。

風が出始めた。ここから先は馬で進めないため、徒歩で洞窟を目指す。洞窟に近づけるような道がないのはもちろんのこと、これまでに人が通った形跡すらも見当たらない。岩壁をよじ登るしかない。少し前までとっつきやすそうだった岩壁も、冷たい風が吹き始めた途端、無愛想になる。私たちはお互いを引っ張り上げながら、何とか薄暗い洞窟の入り口に辿りついた。洞窟は浅く、ひんやりしていて、生命の気配はほとんど感じられない。しばらくして暗がりに目が慣れてくると、痕跡の世界が浮かび上がってきた。地面にはアイベックスの糞が転がっている。壁には何かをこすったような跡がある。その痕跡は、目にはほとんど見えないが、触るとはっきりとわかる。ユキヒョウが頬とわき腹をこすりつけた跡だろうか？　仲間やここを通る動物に宛てられた、人間には読み取ることのできないメッセージだろうか？　ジョキは壁に近寄ると、両手をぴったりと壁に貼りつけ、長々とにおいを嗅いだ。そしてこちらを振り返り、顔をしかめた。

ちょうどそのとき、私たちの目に大型の肉食獣の糞が飛び込んできた。私たちはまるで奇妙な儀式でも行うかのように、糞を囲んで屈み込んだ。別世界と言っても過言ではないほど、あらゆるものから隔絶された洞窟の片隅で、一心に糞を検証する。ついにジョキが口を開いた。

「ユキヒョウ（イルビルス）だ」

私たちは洞窟の奥の、空にぽっかりとあいた入り口まで見通せる位置に、自動撮影カメラを仕掛けた。糞の採取とＧＰＳ座標の記録を終えて洞窟を後にした私たちは、再び広漠とした山の斜面を踏みしめる。

時刻は一六時。馬たちは元気を取り戻したようだ。人間の足には険しすぎる岩場を越えて、馬は私たちをチョングタルデとキチタルデの間にある峠まで運んでいく。目につくものといえば石と雪しかない。峠は非常に狭く、馬は体を斜めにして進んでいく。私たちは澄んだ風の吹きつける尾根を探索しながら、天が自ら研いだナイフの刃の上を渡っていく。

周囲の尾根を双眼鏡で観察していると、視界を何かが横切った。突如として血が沸き立ち、注意力が極限まで高まっていくのを感じる。その何かの振舞いが、ユキヒョウに特有の振舞いとそっくりだったのだ。その何かは岩陰に姿を消した。謎だけが後に残った。一体何だったのだろう。ユキヒョウを見たいと思うあまり、幻影を見たのだろうか？

人間からすれば、ここは何もない場所だ。岩と雪以外に何もない、ただの寂寞とした峰である。けれどもいくつかの目を引くしるしと、それを見るための技術とが揃えば、人間にとってはただの荒地でしかない場所も、他の多くの生物にとっては棲み家であることがわかってくる。視線が研ぎ澄まされていくにつれ、崇高かつ整然とした棲み家の全貌が浮かび上がってくる。目にはほとんど見えないが、この尾根にもユキヒョウが通った跡が確認できる。道が交差する地点の岩陰に残された体毛。縄張りのしるしだ。獲物を待ち伏せするユキヒョウは、巨大なアイベックスの頭上を音もなく移動する。次に見えてくるのは、尾根の数十メートル下にあるアイベックスの通り道だ。こちらも非常に見えづらいが、岩場の間に糞が転がっている。私たちは峠の両側の谷にいるアイベックスの数を数えた。手前側、つまり私たちが登ってきた側の谷に棲むアイベックスは、散らばって暮らしていた（四頭、二頭、二頭、一頭、一頭）。反対側の谷を望遠鏡で覗いてみると、こちらのアイベックスはどうやら集団で暮らしているらしい（四七頭、二七頭、三二頭）。つまり、狼は手前側の谷に棲んでいる。狼を警戒するアイベックスは、危険を最小限に抑えるために散らばって暮らしているのだ。滅多に姿を現さない捕食者の存在は、目に見える獲物の行動の中に見て取ることができる。目に見えない世界は確かに広大だ。けれども人間には見えないものに対する他の生物の反応を見ることで、他の生物に見えているものや、その行動の動機を窺い知ることができる。

　峠の下方に目を凝らせば、縄張りの証である狼の糞を今やはっきりと見て取ることができる。アイベックスは、ユキヒョウが棲む山頂部の下、他の動物が立ち入ることのできない岩だらけの崖に棲んでいる。アイベックスにとってはそこが最も安全な場所なのだ。それより下、岩場から草原地帯に至るまでは狼の棲み家となっており、縄張りを示す糞がそこかしこに散らばっている。アイベックスは、尾根のユキヒョウと谷の狼に挟まれながらも、両者との間に共存協定（モデュス・ヴィヴェンディ）を結んで上手く暮らしている。アイベックスは垂直移動の名手であり、岩壁と一体化することで身を守っている。このように、ある一つの景色は様々な要素から精巧に組み立てられており、至るところにそのしるしを見つけることができる。互いに折り重なった棲み家の中には、幾多の生命が息づいている。何もない場所など存在しない。あらゆる場所が、共用の棲み家なのである。ただそれがあまりに目立たないため、いつしか人間はその存在を忘れてしまった。

道路や家を建設する人間とは異なり、動物が習慣によって劇的に景色を変化させることはほとんどない。動物が残すのは必要最小限の痕跡と、わずかな手掛かりだけである。人間の生活空間は他の生物の棲み家でもある、という事実を私たちが見失いがちなのは、人間の棲み家が物質を加工して造られる建造物であることに起因している。鳥もイルカも、空を工事したり、海に道路を敷いたりなどしない――このことから、人間はその空間に生物がほとんど棲んでいないと推測する。ところが、これは技術を持った霊長類ならではの考え方だ。他の生物はより目立たないかたちでその空間に暮らしている。その暮らしぶりは追跡によって知ることができる。水場、産卵や子育てのための巣、寝床、見張り台、遊びや求愛の場など、生活に不可欠な場所を巧妙に結んだ通り道が、追跡によって浮かび上がってくる。習慣とは、動物がある空間に暮らし、親しみ、その空間を把握し、棲み家へと変える方法なのである（これは人間という動物にとっても馴染みのある方法だ）。つまり習慣は、動物なりの土地開発技術なのだ。習慣の集まりが、人間以外の動物が形成する目には見えない棲み家を構成し、景観を造り変えることなく土地を整備する手段となっている。目に見える道はその痕跡でしかない。動物の習慣を知るための訓練を重ねれば、その動物が生きていく上で欠かせない場所を推測することができるようになる――自動撮影カメラを仕掛けるのはそのような場所だ。

そういうわけで、私たちは姿の見えない群衆の通り道に二台の自動撮影カメラを仕掛けた。自然保護官の中で一番若手のアルダックが、両手両足を駆使し、ユキヒョウのような身のこなしで、かすかに見えるユキヒョウの通り道を登っていく。芸術作品を撮影しようと待ち構えるカメラのレンズに、この猛獣の通り道が収まっているかを確認するためだ。私たちがいない間に自動で撮影される写真……それはどこか美術史に登場する「アケイロポイエートス」――人の手で造られたものではないもの――を思わせる（通常この言葉は、イタリア・トリノの聖骸布〔キリストの身体を包んだといわれる屍衣。サン・ジョバンニ大聖堂に保存されている〕のように、神の奇跡によって造られた作品を指して用いられる）。

自動撮影カメラを仕掛けるコツは、たとえそれが天空にそびえ立つ峰の上であれ、動物が最も使い慣れた道を見つけ、その途上の目立たない場所を設置場所に選ぶことだ。設置場所が申し分なければ、荒地に棲む動物の姿を確実にとらえることができる。ちょうど郵便受けと玄関の間に隠しカメラを仕掛けるようなイメージである。

海抜四〇〇〇メートルの峠では、あらゆる感覚がはっとするほどに純粋で、眩暈（めまい）を覚えるほどに軽い。私たちは一列になって、綱渡りの綱のように細いユキヒョウの通り道の上を進んでいく。ナイフの刃のように鋭い尾根は、猛獣にとって憩いの棲み家であり、獲物を見下ろす皇帝だけに許された絶景であり、世界そのものである――そのとき、私の足元で錆（さ）びた金属片が光った。密猟者が撃った銃弾の薬莢（やっきょう）だ。

高山ならではの陶酔感は、独特な精神作用をもたらす。時間が凝縮し、感覚が加速していくのを感じる。増加する赤血球、希薄な酸素、白熱した五感、目が眩むような高さ、待ち受ける試練――それらすべてが存在から余計なものを取り払い、生のままの存在に頑強さを与えてくれる。しつこく頭にまとわりついていた思考は風に四散し、不思議と純粋な感覚が呼び覚まされる。

そろそろ下り始める頃合いだ。

手綱を握り、次の谷を目指して、峠の反対側を下り始める。馬の手綱を引いて歩きながら石だらけの地面を跳ね回り、恐怖に思わず笑い声を上げる。しまいには馬もこの遊びに加わり、私の後ろでステップを踏み始める。首筋に興奮した馬の鼻息がかかる。

気がつくと視線はいつも上空にそびえ立つ峰の方を向いている。この磁力をどう説明すればよいだろう？　目は、まるで自分の意志を持っているかのように、いつの間にかユキヒョウを、ヒマラヤハゲワシを、狼を、アイベックスを探している。岩々が織りなす壮麗で近寄りがたい、生きた神々の領地に棲む動物たちの姿をどうしても見たいらしい。

岩場を抜けると、万年雪が道を塞いでいた。巨大な氷の板が川に覆い被さっている。ジョキの目尻がかすかに引きつる。様子を見るため、まずはアルダックが川を渡る。スローモーションの映像を思わせるほどゆっくりと馬を操りながら、不安定な雪の上に縫い目のような足跡を残していく。すると突然、馬の身体が胸のあたりまで雪に沈んだ。雪の真下からは急流の流れる音が聞こえる。五〇メートル先に待ち受けるのは巨大な滝だ。私は無意識のうちに姉の方を振り返っていた。日に焼けた二人の顔に、こらえようのない微笑みが浮かぶ。理解不能な高揚感と、危険を前にしたときの不安混じりの喜びに、私たちは胸を躍らせていた。これから馬が沈む万年雪の上を渡らなければならない。実は昨日も、三度目の雹（ひょう）の嵐を告げる雷鳴を聞いて大笑いしたり、嵐の中、岩陰に身を潜めながら陽気に冗談を言い合ったりしていた。はるか山の上、びしょ濡れの岩壁の上に取り残され、触（さわ）れそうなほど近くに雷が走るのを目の当たりにしながら、である（その日の夕方、私は手帳に次のように書き残した。「危険や困難を前にした際には、笑って口笛を吹く。スパルタ〔古代ギリシャの都市国家〕とラコタ人〔アメリカ先住民スー人を構成する部族の一つ〕に伝わる秘密の教えだ」）。

危険の少ない箇所を見つけ、私たちは何とか川を渡ることができた。馬はぶるぶると鼻息を荒げながら、岩の窪みにたまった雪解け水を飲んでいる。時刻は一七時。ジョキは鞍（くら）の後ろに積んだ荷物をまさぐると、細工の施された金属製の白いコップを取り出した。私たちは馬の横腹を滑り降り、万年雪の下から湧き出す水を囲んでひざまずいた。天から降り注いだばかりの冷たい水がコップを満たした。順番にコップを回していく。水を口にした者たちは、黙って顔を見合わせると、輝く目を細め、そっと頷き合った。

（ダーウィン〔一八〇九－一八八二、イギリスの博物学者。進化論を首唱〕が手帳Ｍに記した一文が頭をよぎる。「（…）冷たい水は、純粋に精神的とも呼べる感覚に類似した精神状態を、瞬時に頭にもたらす」[3]）。

私たちは再び斜面を下り始めた。私は馬の背に揺られながら、手帳にペンを走らせる。「一八時。

夕暮れの中、エメラルド色の谷を下る純粋な喜び。沈みかけた太陽は山の端（は）を照らし、花々の影を描き出す。吹きすさぶ風はあらゆる思考を運び去る。加速する馬の喜びが、馬の背に乗る私の骨盤を伝わり、魂にまで登ってくる」。疲労が馬と騎手の二つの体と視点を融合させる。意志とは無関係に、というよりも半ば強引に〝人馬一体〟が実現する。誰の言葉かは忘れてしまったが、ケンタウロス〔ギリシャ神話。上半身が人間、下半身が馬の怪物〕に喩えられることもあるこの一体化が、乗馬の神話的起源なのかもしれない。

小屋の手前の峠まで辿りついた。時刻は一九時三四分。私たちは暗がりに身を伏せる。この時間帯には巨大なアカシカが私たちのいる峠に登ってくるからだ。ジョキはその習性を熟知している。私たちはアカシカが通り過ぎるのを見るため、身を潜めた。峠にはヒースの花が咲き乱れている。喜びと疲労に尾を震わせる馬の背に、太陽が沈んでいく。

ここでは誰も、自分のリズムに合わせて行動しようとはしない。雨が降っても引き返さず、何事もなかったかのように追跡を続ける。食事は調査の合間に取る。一日の流れは、他の生物のリズムに合わせて決まっていく。

そのとき、一頭のアカシカが姿を現した。まるで森のように複雑に枝分かれした角を持つ、大きな雄のアカシカだ。ところが、私たちの気配を敏感に察知したのか、アカシカはすぐに逃げ出してしまった。総員騎馬！　私たちは全速力で谷を駆け降りる。人間の興奮を感じ取った馬は、全身に力を漲（みなぎ）らせ、生き生きとヒースの野を跳ね回る。私たちは目を皿のようにして鹿の足跡を追っていった。だがアカシカは姿を消してしまった。まだ走り足りない馬は鼻息を荒げながら、もどかしそうに前足で地面を掻いている。

人間を含む天敵から身を守るため、野生の馬は進化の過程で逃走技術を身につけた。逃走とは、馬が生き残るための唯一の戦術である。必要性から身についた逃走技術は次第に洗練され、力強さの源となり、そこから走る喜びが生まれたとも言われている。乗馬の達人たちはこの観点から、騎手から逃げるのではなく騎手を乗せて逃げる方法を馬に教えることこそが乗馬の真髄だと言っている。願わくば、逃げる方向を指示した上で。そんなわけで、私たちは馬の針路をナリン川とベースキャンプの方角に向けた。

時刻は二〇時七分。疲労が極限に達する。谷底に小屋が見えてきた。馬は急斜面をおぼつかない足取りで、よたよたと下っていく。「ロデオマシンにくくりつけられた肉塊さながら」と手帳に書きつける。

夜になると、私たちは雹（ひょう）の嵐の爪痕が残る草の上にふかふかの馬具を丸く並べ、胡坐（あぐら）をかいて座った。ジョキとメランベック〔自然保護官の一人〕は、金属製の優美なティーポットに熱々の紅茶を作り、貴婦人のように礼儀正しく一同に振舞った。真っ暗な空の下、深い藪の中で振舞われる甘い紅茶は、外の只中を居心地のよい家庭へと変える。

こうして、ナリンの自然保護官にとってみれば典型的な一日が過ぎていった。キルギスにはこんなことわざがある。「生きる以上はコクザル（最も勇敢な狼の長）のようであれ」。

わかった。続きはまた明日。

交錯した日々

ナリン川に沿って調査をする日々が続く。調査隊は、短い草の生えた高原をナリン川の支流の一つであるジュングルム（「轟（とどろき）」の意）に沿って登り、これまでに何度もユキヒョウが目撃されている岩壁を目指す。標高二五〇〇メートルから四〇〇〇メートルの間に位置する、人の手が加えられていない自然保護区に足を踏み入れてから、すでに一〇〇日が経過していた。その間、人の姿もスクリーンも目にしていない。あるのは馬と、においと、曲がりくねった道と、丘と、嵐と、焼けつくような暑さだけだ。空では時間が早回しで過ぎていく。私は手帳を取り出し、書きつける。「身体が居たいと思う場所に常にいること。ときに茂みに身を預け、ときに草の上に寝そべる。あらゆる場所がわが家であり、他の生物たちの棲み家でもある。誰にも所有することのできない、互いに入り組んだ共用の家。地面や、森や、草原と同じくらいに汚れること。すなわち同じくらいに徹底してきれいであること」。

今朝、私たちは非常に興味をそそる場所を探索した。もとは緩やかな傾斜のついたただの草原なのだが、そこに崩れ落ちた岩が重なり合うことで、無数の地下道や洞窟が形成されていた。そこで採取された糞からは、驚くべき事実が浮かび上がってきた。七種類以上の動物が、この場所を共同で利用しているのだ。雨風をしのぐ場所、出会いの場、食物の貯蔵庫、避難所、はたまた不戦地帯だろうか？不思議なのは、捕食者の痕跡と獲物の痕跡とが同じ洞窟内に残されていることだ。ユキヒョウ、熊、狼、キツネ、マーモット、テン、ナキウサギ、アイベックス、マヌルネコ……（種の判別が間違っている可能性もある。痕跡の読み違えは珍しいことではない。それもまた追跡の魅力の一つである）。

私たちはこの場所を〝野生の広場（アゴラ）〟と名づけた。そしてもちろん、あらゆる出来事を記録する機械の眼、魂を持たない完全無欠な記録装置である自動撮影カメラを仕掛けておく。この場所に潜む謎を解き明かす価値は大いにある。

私たちは川沿いにキャンプを設営した。頭上の断崖には、岩場を自在に移動するおとなしいアイベックスの群れが棲んでいる。料理班が脂の乗った羊と野菜とコメの煮込み料理、パローを作っている間、それ以外の面々は、望遠鏡で代わる代わるアイベックスを観察した。

手帳を開く。「今日初めて、ユキヒョウが地面を引っ掻いた跡と、消え入りそうなユキヒョウの体毛を発見した。岩壁にわずかばかり残されたその体毛は非常に軽く、見分けるのも困難だった」。別の生物の観点から世界を見る努力をほんの少しするだけで、岩だらけの荒地の中から、一片の消え入りそうな体毛を見つけることができる。ユキヒョウの目と体を惹きつける通り道を見出すことができる。ユキヒョウ特有の行動を思い起こすことで、縄張りのしるしを残すのに最適な岩場を見つけることができる。ユキヒョウは岩に体をこすりつけるか、あるいは岩に尿を吹きつけて、様々な意味を含んだしるしを残す。ユキヒョウの望みは、自身の存在を物語ると同時に縄張りの境界を示すそのしるしが、悪天候の多い環境下でできるだけ長く残ることである。そのためユキヒョウは傾斜のついた岩を好んで選ぶ。岩の張り出した部分が傘となって、縄張りのしるしを雨風から守ってくれるからだ。ユキヒョウの観点を取り入れることで、慣れてくれば遠くからでも、縄張りを誇示したいユキヒョウの地政学的な欲望をくすぐるのはどの岩かがわかるようになってくる。ついには他の動物の目には見えない暮らしぶりが見えるようになり、その幻影から、動物の過去へと遡ることもできるようになる。

私の追っているユキヒョウは、ここの地面を大きな前足で引っ掻いてしるしを残した。ここから、このユキヒョウの足跡を遡ってみよう。ほんの少し上を見ると、体毛に覆われた目に見えない前足が斜面を下る際に踏みつぶした草が目に留まる。ユキヒョウは崖の上で優雅に体を反転し、この道を下りてきた。ということは、次の足跡はこの辺りに見つかるはずだ。そのさらに上方にある岩だらけの荒地に登り、ユキヒョウが通ったと思われる曲がりくねった道を辿っていくと、地面を引っ掻いた跡が新たに見つかった。ユキヒョウはここを下っていったらしい。というのも、残された足跡をよく見てみると、大きな前足の方に体重がかかっているからだ。わずかばかりの痕跡が散りばめられた記憶の川を遡るようにして、私たちはユキヒョウを追い、その過去を明らかにしていく。ユキヒョウの姿を見ることなしに、私たちはいっときの間、ユキヒョウを取り巻く世界に没入した。直接出会うよりもなお深く、その世界を体感したと言えるかもしれない。

追跡には派手なところがまるでない。それが追跡の難しさであり、また魅力でもある。猛獣の追跡といっても、その実態は氷食谷でのユキヒョウの体毛の捜索だ。追跡とは、見えないものを見る行為である。実際には孤独など存在した試しのない豊かな世界に隠された、実体のない棲み家を浮き彫りにすることである。

追跡とは、目に見える生命の世界を構成する目には見えない生物同士の相互作用に注意を払い、調査によってその関係性を浮かび上がらせる行為である。出会った生き物の名前を集めて目録を作ることが目的ではない。

狼も、熊も、ユキヒョウも、いまだその姿を見せない――そんなことはお構いなしに、私たちは尾根での追跡を続ける。この目で動物を見ようとするのではなく、動物の目で世界を見ようとすることで、人間に備わった、相手と一体化する資質の許す限り、動物が生きている世界に立ち入ることができる。私たちが歩いているこの世界は、様々な棲み家が入り組んだ、誰のものでもない共用の王国なのだ。

追跡をすることで、人間は様々な動物の感覚を自身の内に取り入れることになる。ドブネズミの目線で草むらを捜索したかと思えば、次の瞬間にはワシの目線で果てしなく続く稜線を見渡す。糞に混じったマーモット〔リス科の齧歯（げっし）類動物〕の毛とアイベックスの毛を識別した直後に、青空に点々と浮かぶヒマラヤハゲワシの影を数える。草の根をかき分け、天空に目を凝らし、あらゆる尺度に身を置いて感覚を働かせる。そうして、一日が過ぎていく――まさに眼球と頭の体操だ。

ナリン自然保護区では、私たちは日々、自分が動物であることを自覚した別の動物へと変容していく。テクノロジーの繭（まゆ）に包まれて暮らす動物から、五感を最大限に行使し、身体感覚と精神が密接に結びついた動物へと生まれ変わる。生きていることに対する、世界への感謝の気持ちが湧いてくる。毎朝太陽と挨拶を交わし、冷たい湧き水で心を洗い流す。感謝の念は、観念上の創造主にではなく、口に入れる栄養豊富な肉そのものに向かう。その感覚はまた、この肉を商品と認識し、それを口にできることを当然の権利とみなす、現代人にありがちな感謝の念の欠如とも程遠い。なぜなら私たちはこの仔羊を生んだ雌羊を、そしてこの仔羊を育んだ太陽と草を、この目で見ているからだ。ついでに、普段よりも忘れっぽくなる。

手帳にはこう書き残してある。「馬を連れてくるついでに摘んだ行者ニンニクの刺激的な香りが口いっぱいに広がる。馬に乗ったまま摘み取った酸味のあるルバーブ〔タデ科の多年草〕が、のどの渇きをいやしてくれる。馬は横腹に花粉をつけて、遠くへと運んでいく。太陽と肉の大きな循環が人間の生活を支えている。返すことの大切さを知る」。

大まかにいえば、追跡とはありとあらゆるしるしを読み取ることである（わざわざ運命や未来のしるしを探さなくとも、この世界には十分な数の生命のしるしが存在している）。

あらゆるものを探し、欲し、感じ、見て、理解しようとする――そのような姿勢が、各々を自己の殻から追い出し、より大きな自己へと導いていく。自分自身に関するこまごまとした問題を放棄することで、他の生物を受け入れる余地が生まれる。自己の大掃除を行うことで、それまで外にあった生命の世界が内側へとなだれ込み、他の生物との結びつきや関係性を形づくる心の生態系の空隙を満たしてくれる。このようにして、他の生命は自己の内部に息づいていく（押し合わなくても大丈夫、場所は十分にある）。

自然保護官たちやガイドのバスティアンと長いこと過ごしているうちに気づいたことだが、そのような自然との関係性は、非常に特殊なかたちでの自己放棄から生まれてくる。まるで押し込み強盗に遭って自己の外に放り出されるかのように、双眼鏡というジャンプ台を利用して、自分自身や同類から遠く離れた彼方へと飛び立っていくのだ。双眼鏡は精神を鍛錬する格好の道具だ。ハヤブサと化した視線を限界まで研ぎ澄まし、頭を空にして、他の生物にあらん限りの注意を向ければ、いつの間にか自我は消失している（双眼鏡を覗きながら自分のことを考えられる人がいれば、会ってみたいものだ）。

双眼鏡は「自分自身の消失を訓練する」道具の一つである。といっても、自我に囚われている自分自身を恥じる思いから、自我を犠牲に差し出すわけではない。他のことに気を取られるあまり、ちょうど傘でも忘れるように、自分のことを忘れてしまうのだ。自分自身のことよりも、世界と自分以外の存在の方が面白いと感じれば、人は傘立てに自我を置いてきてしまう。

自然保護官たちがおのずと実践する哲学的な追跡とは、目の前の生物に対して私利私欲とは無関係の、燃え上がるような興味を抱いた生物としての人間の姿勢を指している。生物の、一員として、他の生物に魅せられた生物――人間である以前に生物であることを自覚した人間だけが取ることのできる姿勢だ。言い換えれば、違いの中から共通点を、あるいは人間特有の動物性を構成する他の生物との共通の部分を、探し出そうとする姿勢である。それはつまり、人間という生物のあり方を追求することに他ならない。

他の生物の探求とそれに伴う自己の忘却は、自我の放棄と自己の拡張とを実現する精神的な実践として見たとき、一見矛盾した結果をもたらす。他の生物に関心を寄せることで、人間関係が改善するのである。なぜ人間から離れることで、より人間味が増すのだろうか？　謎である。しかしジョキたち自然保護官も、そして素晴らしいガイドであり、一流の自然愛好家(ナチュラリスト)であるバスティアンも、人間以外の生物を愛しながら、同時に誰よりも人間らしいという矛盾を体現している。他者への気配り、無私の姿勢、自分のリズムや要求にこだわらない情の厚さが、山中での私たちの関係に不思議な温かみを与えている。自然愛好家(ナチュラリスト)の集団は、不思議なことに人道主義者(ヒューマニスト)の集まりでもある。それには、おそらくカナダの〝森を駆ける者〟たちとも共通する、「すべてを決めるのは自然」であることを受け入れる心安らかな態度も関係しているだろう。生物と関係を築く中で、自分が所有して然るべきものなど何もないと考えるその態度が、知らないうちに人間同士の関係を変化させているのかもしれない。

夕方、私は手帳にペンを走らせる。「寒さに震え、温かい食事を取る。あらゆる生物と等しい存在であることの快さを覚える。踏みしめる道は心地よい。玉座のような地面の隆起に、噴水のように湧き出す小川。雲を逃れた太陽と風が肌を撫(な)でる。寒ければ寒いで申し分ない。目の前の薄黄土色の崖のように唇がひび割れたとしても、それはそれで申し分ない。太陽と風に晒されながら手綱を握る手の甲は、日に焼けてごつごつしている。だが手のひらは、アーモンドのように白く柔らかい。まるで私たちのように」。

日が暮れる。馬に向かって歩きながら、景気づけにキルギスのバラードを歌うマクー〔同行者の一人〕の声が聞こえる。人間という動物は、退屈しのぎからか、歩くリズムや石器を打ち出す規則正しい音に合わせて歌を発明した。歌は人の心を膨らませ、風を受けた帆船のように遠くへと運んでいく。

忍耐の効用

ナリン川沿いに広がる自然保護区での滞在も、残すところ一日となった。

その朝もやはり私たちは峰に視線を巡らせ、ユキヒョウの痕跡と、空の只中に今にも浮かび上がってきそうなユキヒョウの姿を追っていた。双眼鏡はいつでも取り出せるよう、胸元に下げてある。いざとなれば、胸元から顔へと弧を描く動作で、ちょうど仮面でも被るように、双眼鏡を構えることができる。

双眼鏡は、猛禽類の卓越した眼を授けてくれるとともに、見ず知らずの鳥類との間に超自然的な親密さをもたらしてくれるハヤブサの仮面だ。アニミズム文化における変身の意味を定義した、ブラジルの人類学者エドゥアルド・ヴィヴェイロス・デ・カストロの言葉が思い浮かぶ。彼によれば、変身とは人間という本質に動物の外観を着せることではなく、「自身の内に別の体が持つ力を呼び起こすこと」である〔本章原注8を参照〕。たとえば、一キロ先を飛ぶ鳥の絹のような羽毛を細部まで見分けることのできる、進化によって獲得された視力がそれだ。アニミズムにおける変身とは、別の体が周囲の世界を認識する観点を借りることである。その意味で、双眼鏡は人間を別の動物へと変身させる仮面と言えるかもしれない。身に着けている間は距離という制約を意にも介さない、人間を内側から〝ハヤブサ男〟へと変身させるホルス神〔古代エジプトの天空神。ハヤブサの頭をした男性の姿で表される〕の仮面だ。

はるか遠く、双眼鏡のレンズの中を点のようにうごめく一頭の動物を視認する。無秩序に積み重なった岩に紛れてかすかに見える程度だが、確かに動いている。正体を突き止める間もなく、動物は姿を消してしまった。

私は手帳に書きつける。「たとえ姿が見えなくとも、ひたすら見ようとし続ける。探すことの喜び。見つからなくとも探し続けるうちに、探すこと自体が喜びに変わる。今か、今かとその時を待つ、燃えるような忍耐。一向に姿を見せないユキヒョウのまだら模様をただひたすら探し続けることは、人間の内面を豊かにしてくれる」。

ユキヒョウの姿をとらえようと、双眼鏡を構えたまま、何時間も食い入るように峰と岩壁を見つめ続ける。乾いた目から流れる涙がレンズからあふれ、長々と頬を伝う。まばたきすらも忘れていた。欲も持たず、ただユキヒョウを一目見るために、あり余る熱意を傾ける。それも凪に翼を重ねるように、痕跡すら残さず、ただ視線をユキヒョウの姿に重ねるために——一体何が、ユキヒョウを見たい

という、忍耐強く尽きることのない欲望を持続させているのだろうか？

私たちは無言のまま、再び草の上に腹ばいになった。こうして姿勢を安定させることで、双眼鏡での観察精度は上がる。再び捜索が始まった。高まった注意力は、今や手で触れられんばかりに凝縮している。もはや視線そのものと化した私たちの頭上を、天がのんきに流れていく。

そのとき唐突に、私が今まさにユキヒョウの忍耐をもってユキヒョウを追跡しているということが、はっきりと理解できた。

異論は承知の上で、次のような仮説を立ててみる。探求に際して発揮される愛情にも似た燃えるような忍耐、見事なまでの注意力の制御は、祖先から受け継がれた動物的な資質なのではないか？　その資質はおよそ二〇〇万年前、私たちの祖先にあたる霊長類が、採集生活を送る果実食性の動物から、追跡によって部分的に肉食を取り入れた動物へと変化した時期に獲得された。私たちは、ユキヒョウの忍耐をもってユキヒョウを追跡する。比喩ではなく、人間とユキヒョウが動物としての共通の資質を有しているという意味である。この考えは、生物学の収斂（しゅうれん）進化に似ている。収斂進化とは、ある時期に同じような進化を遂げた複数の種が、共通の特性を獲得する現象である。進化論の理論の一つである収斂進化は、二種の異なる生物の間に、両者の共通の祖先には見られない非常に似通った特徴が発現する現象を説明している。たとえば、長い進化の過程で同じような淘汰圧〔自然淘汰を引き起こす要因となる自然環境の力〕を受けてきたイルカ（哺乳類）とサメ（軟骨魚類）のひれは非常に似通った形状をしている。最近では、この理論が体の器官だけでなく行動にも当てはまることを実証しようとする研究が進められている。

この考えに基づいて、「人間が動物から受け継いだ資質」という概念を組み立ててみよう。人間の奥底に太古の昔より堆積してきた資質を探ることは、私たち自身が何者であるのかを知る手掛かりにもなるだろう。[4] ユキヒョウの忍耐という行動上の特性も、長い進化の歴史において、人間と同じような環境下で生存してきた生物たちと人間とが共有する感情あるいは認識の母型の一つをなしている。生きるために獲物を見つけて捕獲しなければならないすべての生物は、みな同じ燃えるような忍耐をもって、獲物を探し求めてきた。待ち伏せし、獲物ににじり寄るハンターたちである。似通った生存環境、似通った淘汰圧があったからこそ、似通った行動上の解決策が生まれた。強い欲望を持ちながらもそれを制御し、集中して辛抱強く獲物を観察することに利点があるのなら、そのような行動上の資質は自然淘汰の結果として、生命の系譜に記録されることとなる。このような理由から、忍耐は生物としての進化の賜物であると考えることができる。

この非常に特徴的な忍耐を、ユキヒョウと人間は同じように受け継いだ。無論、ユキヒョウは人間の祖先ではないので、人間が直接ユキヒョウから忍耐を受け継いだわけではない。収斂進化の結果として、同一の資質を受け継いだのである。敢えてユキヒョウを引き合いに出す理由は、ユキヒョウという生きた媒体を通して可視化されることで、このような忍耐がよりはっきりと知覚可能になるからである。もつれ合い、複雑に絡み合った人間の行動の母型を通して見ただけでは、これほど純粋なかたちで忍耐を認識することはできないだろう。生態系の進化がもたらす偶然なのだろうか、ユキヒョウは、人間とユキヒョウが共有してきた、普段は不明瞭な特定の資質をはっきりと見せてくれる。

忍耐は人間に特有の資質と言われている。忍耐の起源について考察していた聖アウグスティヌス〔三五四－四三〇、キリスト教の神学者、教父〕は、初めは思い上がりからそれを「人間の意志が自由の奥底から汲み上げてくる力」と信じ、後に神の恩寵がもたらす力であると考えを改めた。「忍耐という美徳は、寛大なる神が人間に授けた大いなる恩寵である」。聖アウグスティヌスは、忍耐とは何かを定義した次のような文言を残している。「まだ見ぬものを希求するとき、私たちは忍耐をもってそれを待つ」。この文言は捕食者の性質にぴたりと当てはまるではないか。

忍耐の起源を数千年単位の文明の歴史にではなく、数百万年単位の進化の歴史に求めたとしたら、また忍耐の起源について、地質学的な時間区分に基づいたニーチェ〔一八四四－一九〇〇、ドイツの哲学者〕流の系譜学〔ニーチェはその著作『道徳の系譜学』の中で、キリスト教的な道徳の起源について論じた〕を打ち立てたとしたら、これまでとは違った像が見えてくるはずだ。実のところ忍耐は、人間がユキヒョウであった時代——すなわち今からおよそ二四〇万年前に、果実を常食とする生活を続けてきた親類と袂を分かち、狩りを学ぶ必要に迫られた、私たちの祖先にあたる霊長類によって獲得された資質なのかもしれない。よくよく観察してみれば、果実を常食とする親世代の霊長類たちが、長時間、強い興味をもって、執拗に他の種の生物を観察することなど、起こりえないことがわかるはずだ。親世代の関心は、一族の果てしない物語を継続していくことにしかない——獲物を待ち伏せ、狩りをする動物に特有の資質を形成するような、強い淘汰圧など受けていないのである。

よって、人間がユキヒョウの忍耐という非常に特殊な資質を獲得したのは、追跡や待ち伏せ・接近による狩りが発展した時期であると考えられる。二〇〇万年以上も続いた生活様式は、生物としての人間のあり方に何らかの痕跡を残したに違いない。今、私たちはユキヒョウの忍耐をもってユキヒョウを追っている。この忍耐は獲物を仕留めることとはもはや無関係である。他の生物の姿に魅了された人々は、忍耐を狩りという当初の目的からいとも簡単に解放し、私利私欲を離れた純粋な興味へと転用した。自然愛好家（ナチュラリスト）はもちろんのこと、家に帰る途中、ヘッドライトに照らし出された警戒するノロジカの美しさに心奪われた経験のある誰もが、この忍耐の転用を心得ている。

私たちが何者であるかを説く古い神話と決別するためには、正確を期さなければならない。それには比較が有効である。

ユキヒョウの燃えるような忍耐は、屍肉にありつける時を冷静に待つハゲワシの忍耐とは異なる（ただしハゲワシの忍耐の一部は、人間の中にも息づいていると考えられる。数十万年にわたる屍肉食習慣もまた、人間の行動に何らかの特徴を刻んだに違いないからだ）。私たちが長いこと観察してきたムフロン〔野生の羊の一種〕も、ユキヒョウが見せるような他の種に対する確固たる興味は持ち合わせていなかった。捕食者を探すアイベックスの忍耐も、基調となる感覚や構造がユキヒョウのそれとは異なる。アイベックスの忍耐は起こりうる危険に対する警戒であって、欲望に根差したものではない。

私の頭に浮かぶのは、アメリカ西部のモンタナ州で見かけた、アメリカアカシカの群れを観察する狼の集団だ。狼たちは満腹であるにもかかわらず、非常な興味をもってアメリカアカシカの群れを見つめていた。狼たちは、人間と同じように熱中して、食欲とは無関係の純粋な喜びに目を輝かせていた。進化によって生物は、自分にとって有益なものに対し、喜びを伴う並外れた興味を抱くようになった。アメリカのアラスカ州にあるカトマイ国立公園には、インターネットに接続されたカメラが何台も仕掛けてある。[6]公園を流れる川に張り出した岸辺で、身じろぎもせず、神経を集中させ、五感を張り詰めて辛抱強く待つ巨大で繊細な雌熊を見ていると、この欲望をはらんだ忍耐が動物に備わった資質であることがよくわかる。人間はこの資質を受け継ぐと、席に座って先生の言うことをおとなしく聞く、といったいとも不思議な行動にこれを転用した。じっと話を聞く子どもたちは、子熊の忍耐力を発揮しているのである。

人間が動物から受け継いだ資質

厳密にいえば、私たちは満腹のユキヒョウの忍耐をもってユキヒョウを追跡している。生存環境の変化により、もはやこの忍耐は獲物を捕獲し食べるという欲求とは無関係になった。環境の変化は、受け継がれたある同一の資質が別のかたちで発現するためには不可欠な条件である。これにより、忍耐は別の資質と結びつくことができるようになる。
〝獲物のいない世界〟に生きる追跡者となった人間だが、そのおかげで祖先が遺した認識と感情の母型を再活用し、無数の突飛な用途に再利用することが可能になった。事実、動物たちから受け継がれた資質は、まったく異なる用途に転じられることとなる。燃えるような忍耐は、自然愛好家（ナチュラリスト）や動物写真家に力を与えるだけでなく、調査員や研究者、骨董（こっとう）品収集家、街の探検家、本の収集家、それにウェブサイトを検索して回るすべての人にも同様に作用しているのである。人間はこの燃えるような忍耐を、狩猟以外の欲望の対象へと外適応〔本章原注7を参照〕、すなわち転用した。狩猟・採集生活から生まれ、二〇〇万年近い進化の歴史によって形成された忍耐は、こうして幾多の新しい用途に活用されることになった。内に眠る忍耐が動物を追跡することで目覚めるのは、はるか昔、私たちの祖先が動物を追跡していたからこそなのである。

もちろん、人間には別の種類の忍耐も備わっている。他の種に関心を持ち始める以前、人間は長いこと採集生活を送る果実食性の動物だった。私たちの内には、長い年月をかけて堆積していった幾多の動物としての資質がざわめいている。しかしそれらの資質すべてが同じ状況下で発揮されるわけではない。ユキヒョウの忍耐はあくまで人間に備わった忍耐の一種にすぎない。たとえば、苛（いら）つかせる相手を前にして冷静さを保つ忍耐はヒヒの忍耐である。アメリカの霊長類学者シャーリー・ストラム〔一九四七－〕は、観察中の若いヒヒが遊びを通して自制心を身につけていることを発見した。駄々をこねる子どもを相手に平静を保つ親の忍耐も、ユキヒョウの忍耐とは異なる。それはおとなが集団で子どもの教育に携わる、社会性を備えた動物の忍耐だ。狼がその良い例である。

果実の収穫や採集に基づいた生活様式も、人間の内に別の動物としての資質を堆積してきたはずである。人間の内に残された行動の母型は、他の生物を観察することでより鮮明に浮かび上がってくるだろう。なかには、追跡によって獲得された資質よりも色濃く伝わっているものがあるかもしれない。というのも、葉食性・果実食性の動物として採集生活を送っていた期間の方が、後に追跡や狩猟や屍肉探しを取り入れて暮らしていた期間よりも長いからだ。

さて、ここでもまた人間という動物、つまり私たち自身を実験台にして検証を行うのが妥当と思われる。野山に赴き、じっくりと時間をかけて、野草や果実や木の実を採集してみよう。人間特有の一風変わった何かではなく、他の採集を行う動物と共通した行動の母型が自身の内に浮かび上がってくるのを感じられるはずだ（そして野草採集家の中でもフランソワ・クプラン〔一九五〇－、民族植物学者。野草の効能に関する研究で知られる〕のような達人だけが、ヘンリー・ジェイムズ〔一八四三－一九一六、アメリカ生まれのイギリスの小説家。内的心理リアリズムを確立〕の筆致をもって、この母型の繊細な構造を正確に表現することができる）。

酸味のあるスイバ〔酸葉（すいば）。タデ科の多年草〕やシロザ〔白藜（しろざ）。アカザ科の一年草〕が自生する草原の特徴を見極めようとするとき、あるいは枯れたピレネー松の幹と、その周囲に生い茂るエゾヘビイチゴの関係性を推測するとき、はたまたブルーベリーが繁殖する高度と日当たりの関係性に気づいたとき、私たちの注意はぴんと張り詰める。私たちの内に目覚める注意力、および野草を探し、識別し、分類し、頭の中で秩序づける喜びの一部は、かつての人間のように採集生活を営む動物から受け継がれた行動の母型から生じているのかもしれない。

狩猟生活よりも長く続いた採集生活は、別の種類の忍耐を私たちの内に残した。根気よく歩き回り、用途に合わせて様々な種類の植物を選り分けて採集する動物の持つ忍耐である。春になると好みの草を選んで食（は）み、腹痛に効果のある特殊な樹皮を見分けることもできる、ノロジカの気ままな忍耐だ。

この忍耐は、注文の多い草食動物が私たちの内に残していった資質である。かつての博物学者（ナチュラリスト）たちは、知的かつ抽象的で公平無私なその精神の働きを、人間に特有のものであると考えた。動物から資質と注意力を受け継いでおきながら、何とも恩知らずな相続人である。博物学者（ナチュラリスト）たちは、動物から受け継いだ資質と注意力を外適応（つまりもとの用途から転用）し、植物学の分類に役立てた。けれどもそれが可能となり、またその行為に熱中できたのは、他ならぬ祖先のおかげである。なぜなら祖先から受け継がれた行動の母型は、能力と欲望とを合わせて人間の内に植えつけていったからだ。

人類誕生以前の私たちの祖先が執り行う、不思議で、新しく、必要不可欠な祭式に従って、一分間の黙禱（もくとう）をここに捧げたい。

対象をしつこく追い回すことのできる忍耐、待つことを可能にし、またそれによって欲望が鎮まるどころかより一層燃え上がるような忍耐、対象をじっと見据える執拗で張り詰めた忍耐、そのようなすべての忍耐を、ユキヒョウの忍耐と同じものだと仮定しよう。進化の歴史の中で、行動形成にかかわる同じような収斂進化を遂げてきた動物だけが、この忍耐を身につけている（たとえば猫は獲物に跳びかかる前に、跳ぶという欲望を抑え、全身の筋肉を震わせながら待つ。跳躍の成功はこの自制心に懸（か）かっている）。

人間以外の生物の行動が進化の影響を受けているのであれば、人間の中にも――肉体のみならず精神にまで――過去の痕跡が残っているはずだ。多岐にわたるその痕跡は、互いに組み合わさることで、人間に様々な可能性をもたらしてくれる。人間の欲望の強さと多様性、鮮明な情動、目的を達するために発揮される創造性は、それら過去の痕跡から生じている。人間を画布（キャンバス）に喩えるなら、過去の痕跡はさながらパレットのようなものだ。

人間は〝本能〟を持たないから自由なのではなく、本能が過剰であるからこそ自由なのだ。あり余る本能は私たちの内でざわめき、絶えずかたちを変えている。動物から受け継がれた資質は、新たな情動や欲望や気質を生み出す可能性を秘めている。なぜならそれらの資質は、古いものから新しいものに至るまで、私たちの生の表層において同時に活用可能であり、つまりは新たに組み合わせることが可能であるからだ。人間の内には幾多の動物性が眠っている。それ自体は他の動物と変わりないが、人間の文化と技術は、それらの資質を組み合わせてその多様さを発見するとともに、絶えず新たなかたちで発現させることを可能にした。社会体制、慣習、技術の発達度合いに応じて、それらの資質の比重は変化していく。人間の文化および文化により形成される技術が、動物から受け継がれた資質を様々なかたちで発現させるのである。

遊び回るアイベックス、雌の気を引くために贈り物をするワシ、欲望の対象を食い入るように見つめるユキヒョウ、好奇心旺盛に歩き回り、まだ見ぬ土地を探索しながら分散していく狼、そして休むことなくあらゆるものを味見する熊の中に、自身の行動の根源的な指針を見出す——このようにして見ると、人間が動物から受け継いだ資質とは、どこかアニミズム文化における守護精霊に類似している。それらの資質は、科学的な研究に裏づけられた精霊たちなのだ。

ユキヒョウの忍耐を用いることは、自身も動物であることを自覚しながら動物を観察するという、新たな自然愛好家（ナチュラリスト）のあり方を示している。それは動物を観察する能力自体が、自身の内に眠る自分以外の動物の力を呼び起こすことで生み出された能力だと自覚することに他ならない。ユキヒョウの忍耐、およびその忍耐がもたらす喜び、活力、対象を自在に変えて人生に刺激をもたらしてくれる探索への熱意は、生態系の進化の賜物なのである。動物であることが、「不幸な宿命」から「感謝すべきこと」へと変わる。何とも不思議な逆転である。進化が刻んだ力強い生の指針は、人間の生を充実させるだけでなく、いとも簡単に別の目的へと転じることができる（ユキヒョウの底知れぬ忍耐をもって人間が取り組むべき研究、作品、企てはいまだ出揃っていない）。動物としての資質を無数の目的に転じられるのも、進化がすべての生物に与えた柔軟性があってのことである。この柔軟性により、祖先より受け継がれた生物学的な形質の機能や用途を、当初の目的とはまったく関係のない別の目的へと転じる外適応が可能となったからだ。[7]

動物の生きる技術

ユキヒョウの忍耐は、私たちの意識の底に潜むと考えられている原初の獣を屈服させるための道徳上の美徳でも、理性が獣のような情念にはめる口輪でもない。ユキヒョウの忍耐を用いることは、人類学者のエドゥアルド・ヴィヴェイロス・デ・カストロによる変身の定義を借りれば、「自身の内に別の体が持つ力を呼び起こすこと」に他ならない。[8] ここでいう変身はアニミズムにおける変身を指しているが、生態系の進化がもたらした、人間が自身の内に秘める動物の力という概念もそこに加えることができる。

衝動や思考の連鎖を制御する力としての忍耐は、禅やストア哲学〔古代ギリシャ哲学の一つ〕を含むあらゆる哲学において、探求する知の素地とみなされてきた。ところでこの忍耐は、ある意味では人間よりも、待ち伏せするオオヤマネコや、魚を狙う熊や、獲物ににじり寄るユキヒョウの内に、よりはっきりと見出すことができるように思われる。なぜならそれらの動物たちは、大半の人間にとって悩みの種である雑念に囚われない自由を、おのずと身につけているからである（それは同時に動物たちの弱さでもある）。人間に必要なのはまさにこの自由だ。人間は、今という瞬間に十全に意識を傾けていなければならないときであっても、とめどない思考に邪魔をされ、それができずにいる。人の関心を引きつけようとする仕掛けにあふれた現代の生活環境では、今という瞬間や持続的な欲望に心を集中させたり、周囲のもののリズムに合わせて生活したりすることはことさら困難である。

不可解なことに西欧の哲学者だけが、内なる動物を屈服させ、その残骸の上に立つことを知とみなしてきた。これに対して禅の賢人は、飼い猫に歩み寄り、その知を学ぼうとする姿勢を備えているように思われる(朝、テラスに設置された巣箱の中で、もうすでに明日や来年のことを考えている私のことを笑って歌うアトリ〔スズメ目アトリ科の鳥〕の姿が目に浮かぶ)。

ひょっとすると、動物の知について研究する動物行動学が必要なのかもしれない。たとえば、ユキヒョウの知はその燃えるような忍耐に留まらない。孤高なネコ科動物が備える静かな至高性、邪魔な思考の連鎖を断ち切る力、周囲の世界のどんな些細な出来事にも喜びを見出す力——これらの力によって、ネコ科動物は人間の知の鑑(かがみ)となり、ときには賢人すらも飼い猫に倣(なら)った。社交性を備えた霊長類であり、権力と支配のゲームに没頭する人間が自分では決して編み出すことのできない生き方を、ネコ科動物は体現している。孤高なネコ科動物が進化の過程で編み出した動物としての生き方、それは民を持たない王という生き方だ。誰も支配しない王——一見矛盾しているが、誰も所有しないということは、誰からも所有されないということである。尾根に棲むユキヒョウ、あるいは部屋の中にいる猫が悠々と歩く様を見れば、ネコ科動物が地上を支配する王には滅多に見られない威厳を備えていることがわかる。ネコ科動物の独立性は、国なき王の特権である。失うものがないために王位を剝奪することもできず、従える者がいないために従わせることもできない。孤高なネコ科動物は、自分以外に従える相手を持たない王である。生きていくために必要なものはすべて自分で調達する。そのため、無気力とは無縁だ。また同じ理由から、ネコ科動物が見せる愛着は依存のしるしではなく、純粋な贈与ととらえることができる。ニーチェが政治の理想について書いた、謎めいた一節がある。「支配は支配者同士の間にしか存在しない」。ネコ科動物と暮らしてみれば、その意味はおのずとわかってくる。

これ以外にも無数の生命が不思議な知を宿している。意識して身につけたものではなく、言葉で表されることもないこれらの知から人間が学ぶことは大いにある。

ところが連綿と続く私たちの文化の中心には、自己の内外において動物を超越することを知とみなす思想が根づいている。そのためには、現実の動物の姿を歪め、人間の悪徳を映し出した引き立て役へと動物を貶める必要があった（こうして動物は、獰猛で獣じみた、性や暴力の衝動を抑えられない無思慮な生き物とみなされるようになった）。

だが、なかにはより聡明な思想も存在した。古代の賢人たち（犬儒派や懐疑派〔いずれも古代ギリシャの哲学の学派〕の哲学者たち）は、言語以前の動物的な静謐（せいひつ）さを追求した（このように考えると「犬儒派」という名前にも納得がいく）。アメリカ先住民のシャーマンであるダビ・コペナワ〔一九五六頃―、ブラジルの先住民族ヤノマミ人のシャーマン〕も、この不思議な知を備えた者の一人だ。彼は、動物の雄弁術を授けてくれるというコンゴウインコの羽を身に着けて、森林破壊を進めるスリーピースのスーツを着た白人の代表との話し合いに臨んだ。[9]

孤高なネコ科動物の民なき王権、カラスの不思議な分散のしかた、疲れ知らずの狐の食欲、雑念に囚われない熊の集中力……これらのものから人間が学び取れるのは、動物の生きる技術である。動物の生きる技術は常に人間を内側から支えてきた。その中のあるものは転用され、またあるものは、使われることなく忘れ去られてしまった。

そこにあるのは、優劣とは無関係の差異の論理である。生物同士の間には、性質の違いも度合いの違いも存在しない。あるのは直面する問題の違いと、進化の歴史の違いだけである。それはまた、同一の資質を分かち合う縁故の論理でもある。外に見える生、内に宿る生、そのどちらも面白い。確かに、人間以外の動物に微分方程式は解けない。だが果たしてそれが本当に大切なことだろうか?

一二日目

出発の日がやってきた。尾根に棲むユキヒョウをこの目で見ることはついに叶わなかった。しかし、今や私たちの内にはユキヒョウが息づいており、私たちはその力強さ、生命力、知を借りることができる。ユキヒョウをユキヒョウの世界の内側から、ユキヒョウの観点に立って探し続けたことで、私たちはこの動物のことを深く知ることができたのである。もちろん、ガイドと自然保護官たちの細やかな知識に助けられてのことだ。ユキヒョウの通り道と思われる場所に仕掛けた自動撮影カメラは、機械の途切れることのない忍耐をもって、じっとユキヒョウを待ち受けている。私たちがいなくなった後も、ユキヒョウを見て理解したいという私たちの願いを継いで、静かで孤独な氷食谷に置かれたカメラはユキヒョウを待ち続ける。

帰国して数ヶ月が経ったある日、自然保護官たちから一通のメールが届いた。夏の終わり頃、自動撮影カメラを確認しに、再びユキヒョウの棲む尾根を訪れたようだ。メールにはカメラが写した画像が添付されていた。そこにははっきりとユキヒョウの姿が映っていた。

OSI-PANTHERA NARYN RESERVE
Bushnell
46F8C
07-04-2016 18:41:58

第四章

慎ましき追跡の技術

ある八月のこと、私は数人の友人と連れ立って、狼の調査をしにフランス南部、オ＝ヴァールにある辺鄙（へんぴ）な谷を訪れた。

国立狩猟・野生動物事務局が発行する貴重な報告書やインターネットの掲示板、それに村の酒場を当たって集めた情報からは、この場所に何かが潜んでいることが窺われた。しかしこのときはまだ、この先何を発見することになるのか知る由（よし）もなかった。数多くの手掛かり、解き明かすべき謎、そしてお互いによるお互いの追跡――このような場所には、その後お目にかかったことがない。

奥まった峡谷の上流、二本の登山道が交差する地点で、強烈なにおいが鼻を衝いた。羊の死骸が地面に横たわっている。辺りには骨が散らばっている。私たちは峡谷を西回りに迂回することにした。西側の斜面は急で、深い森に覆われている。動物の目で森を見ながら、猪とノロジカの通った獣道を交互に進んでいくと、不思議な雰囲気の漂う谷に辿りついた。

松やダウニーオーク〔ブナ科の木〕が生い茂る西側の斜面には、猪が掘った穴（猪は塊根を探して鼻で地面を掘り起こす）が点在している。ここは猪の棲み家のようだ。一見して人の気配は感じられないが、よく見ると地面の下、木の根の合間から、猪の土木工事によってあらわになった石垣がところどころ顔を覗かせている。過去に人間が暮らしていた痕跡だ。川の向こうにある東側の斜面には、ぽつりぽつりと牧草地が広がっており、家畜が草を食(は)んでいる。曲がりくねった粘土質の川は青緑色に輝き、浅い部分は乳白色に濁っている。

辺りに注意を凝らしながら進んでいると、乾いた粘土の上に最初の手掛かりとなるイヌ科の動物の足跡を発見した。私たちは専門家ではなく、知識のある愛好家にすぎない。そんな私たちにも、段々と狼の足跡を見分けるコツがつかめてきた。足跡は巨大で、全長は一一センチにも及ぶ。菱形で、輪郭がはっきりしており、指先には強力な爪が、掌球(しょうきゅう)と指球の間には大きな隙間がある――狼の足跡の特徴と合致する。だがたった一つの足跡を基に断定はできない。注意力をさらに張り詰める。太古の時代の厳粛で静かな興奮が私たちを包み、熱を帯びた喜びが視線を研ぎ澄ませる。すると、遠くの地面に残された、長々と続く一連の足跡が見えた。ベルトを二本つなぎ合わせ、見つかった足跡に沿って伸ばしてみる。足跡は寸分のずれもなく、一直線に続いていた。足跡が狼のものであることを示す大きな手掛かりだ。狼の子孫であり、従順で人懐っこい性格から生存競争に勝ち残ってきた犬は、さながら生涯を子どものままで過ごす狼のようである。犬の歩みは雑然としており、その足跡は二本の平行線を描く。さまよい続けるために不要な動きをなくした狼の完璧な歩行技術を、犬は失ってしまったらしい。

新たな痕跡は次から次へと見つかる。この場所では、巨大な前足の跡の中に、後ろ足の跡がすっぽりと収まっている。これもまた狼と犬を見分ける手掛かりの一つだ。冬を狩りに費やす狼は、雪の上をこのように走ることで、体力の消耗を最小限に抑える。犬が失ってしまった古くからの適応技術なのだろう。私たちが追っている動物は、ここで足を速めたらしい。後ろ足が前足よりもわずかに前に出ているからだ。私たちは足跡の主を追っていく。

川に辿りついた。すると、川と道が交差してできた開けた空間に、驚くべき光景が広がっていた。粘土質の地面の上に、数十個もの足跡が残されていたのだ。周囲の地面にも道の上にも、人間の足跡は残されていない。すべてハイイロオオカミの足跡である。それも、様々な大きさの足跡が入り混じっている。大型の雄のものと思われる巨大な足跡が一種類、中くらいの大きさの足跡が二種類（雌と若い狼のものだろうか？）、そして小さな足跡が一種類――今年生まれた子狼のものだ。

この谷でひと夏を過ごしているらしい狼たちとばったり出くわさないかと期待しながら、静かに川の上流へと進んでいく。日照りで水量が減った川の両側には、一、二メートルほどの幅の粘土の帯ができている。数百メートルにわたって続くこの二枚の真っ白なページには、過去に起きたすべての出来事が記録されている。ある家族の日々の習慣が描かれた、謎めいた一編の小説である。

追跡とは、夕方家に帰り、部屋に残された同居人の痕跡を追うのに似ている。空が天井代わりのとても大きな家だ。こまごまとした日常生活の痕跡が、私が居ない間の同居人の振舞いを如実に物語っている。シリアルの破片がついた、台所のテーブルに置きっ放しのお椀、風呂場の前に脱ぎ散らかされたスリッパ……あらゆる細かな痕跡が、大切な人の行動や関心事、さらには精神状態を知るための手掛かりとなる。動物の棲む技術、そしてこの共用の世界で人間と交じって暮らす動物の共存技術が、追跡によって明らかになるのである。

粘土の上には数百個の足跡が入り乱れている。狼たちはここで暮らしているのだ。私たちは少し離れた場所に小さなキャンプを設営した。ここで、一つの謎が浮かび上がってくる。なぜ川沿いに、数十メートルにもわたって足跡が残されているのだろうか？　今はちょうど子狼が巣穴から出てくる時期だ。広大な縄張りの中から選ばれた場所に、群れ全体が活動の中心を置く。出産を含むこの時期にだけ、狼の群れは一箇所に定住する。定住地には、森の奥にある開けた場所が好まれる。狼学者はこの場所を〝集合場所〟と呼んでいる。集合場所に留まる子狼には通常、年長の家族（兄、叔母、父あるいは母）が付き添い、それ以外の狼は狩りに出る。狩りを終えた狼は、腹一杯に獲物を蓄えて戻ってくると、肉を吐き戻して、腹を空かせた子狼に食べさせてやる。その量は日に七キロにも及ぶ。通常集合場所は、子狼と群れの狼たちがいつでも水を飲みに行けるよう、沢や川から数百メートルの場所に設けられる。一年のうちこの時期に狼の群れを見つける方法の一つは、川を遡りながら、川と直角に交わる足跡を探すことだ。もし足跡が密集していれば、そこが川から集合場所へと続く道の始まりだと推測できる。ところが私たちが追っている狼の家族は、絶好の立地を選んでおきながら、川から直角に曲がる気配を一向に見せない。この家族は川沿いを長時間かけて入念に歩いている。だが粘土質の地面は滑りやすく石だらけで、決して歩きやすくはないはずだ。なぜこの場所に留まるのだろうか？　なぜ躍起になって長時間粘土の上を歩くのだろうか？　さらに不可解なのは、川沿いに残された足跡がところどころ川に向かって直角に曲がり、そこから水中に一、二メートルほど進んだところで途切れていることだ。足跡を見る限り、狼はそこから再び川岸に引き返している。

考える技術

ここに一組の足跡がある。川沿いの粘土質の地面に残された足跡だ。目に見えるものそれ自体は大したものではない。泥の上に残された、ただのハイイロオオカミの足跡である。だが見方を変えることで、足跡から狼が通ってきた道筋を再構築し、さらにはその地での狼の暮らしぶりを示す通り道や、歩き方や、種々の意図を推察することができるようになる。狼の目を通して見ることで、狼の心の動きを知ることができる。狼の足取りを辿るためには、狼の頭の中に入り込んでその意図を理解し、狼の足で歩くことでその歩みを知る必要がある。たとえばこの地点では、狼の両前足が揃って泥の中に埋もれている。ちょうどこの位置で狼は足を止め、景色を眺めながら下方で草を食んでいる羊のにおいを嗅いだのだ。あそこには、狼が自分の王国の視察を行った跡がある。狼はそこの地面を引っ掻き、争いなしには越えられない縄張りの境界線を他の群れに示したのだ。このような哲学的追跡は、百科全書派のディドロ〔一七一三‐八四、啓蒙時代のフランスの思想家、作家。ダランベールとともに百科全書を編纂〕やダランベール〔一七一七‐八三、フランスの数学者、物理学者、哲学者〕と親交のあった王室狩猟管理官ジョルジュ・ル・ロワ〔一七二三‐八九〕によって見事に描かれている。ル・ロワの『動物についての書簡集』には、次のように書かれている。「動物の足跡を追う狩人は、巣へと続く道を発見することしか頭にありません。しかし哲学者は、足跡から動物の思考の変遷を読み取ります。動物の不安や、恐怖や、期待を読み解くのです。哲学者は動物がなぜ警戒したのか、なぜ足を止めたのか、なぜ足を速めたのか、その動機を解明します。そして動機が明らかでない場合には、以前にも書いた通り、原因なしに結果を推測するのです」。

南アフリカ共和国の人類学者ルイ・リーベンバーグ〔一九六〇 - 〕は、アフリカのカラハリ砂漠にて狩猟・採集生活を営むブッシュマン〔サン人。コイサン語族〕の追跡手法を調査する中で、追跡が人間の論理的思考能力の誕生に果たした役割に関するある仮説を打ち立てた（この考えについては本書の第六章で詳しく取り上げる）。

リーベンバーグの仮説によれば、人間は今からおよそ三〇〇万年前、食料の発見に調査を要する生態的地位〔食物や生息場所といった、ある生物の種が生態系内に占める位置のこと〕に移行したことで、解読し、解釈し、推測するという知的な能力を身につけた。捕食者として生まれた動物は、多くの場合、優れた嗅覚を備えている。しかし人間はもともと果実食生活を送っていた霊長類であり、視覚は優れているものの嗅覚は発達していない。後天的に狩りや追跡を行う動物に転じた人間は、よって知覚できないものを見つける必要があった。

鼻が利かない人間は、見えないものを見るために心の目を開く必要があった。追跡という行為の中には、生物に知的な資質が備わるきっかけになった決定的な要因が潜んでいるのかもしれない。それは動物の行き先や過去の行動といった、目には見えないものを見る能力の発達と関係している。追跡とは、人間という生き物の形成にも関与したと考えられる知的な問題なのである。シャーロック・ホームズ〔イギリスの近代小説家コナン・ドイルによる一連の探偵小説の主人公〕でさえ、私たちの祖先にあたる追跡を始めた霊長類の究極形の一つにすぎない。「芸術は見えないものを見えるようにする」というパウル・クレー〔一八七九－一九四〇、スイス出身のドイツ人画家〕の言葉も、分析とは別の意味で、しるしの世界に対する強い感受性を表している。

私たちのいる谷では、謎はますます深まっていく。足跡の中でも特に目を引くのが、繁殖を行う狼（科学者が以前「アルファ」と呼んでいた個体）のものと思われる大型の狼の足跡と、その後ろをついて歩く一頭の子狼の足跡だ。大型の雄の足跡は川の中へと続いているが、子狼の足跡は川辺で止まっている。

さらに不思議なのは、日中、そこからすぐ上の峡谷に、沢下りの愛好家たちが押し寄せていることだ。この奇妙な二足歩行の動物たちは、風変わりなつなぎと蛍光色のヘルメットを身に着け、歓声を上げながら水に飛び込んでいる。それに比べ、増水により登山道が塞がれた谷の下部は森閑としている。しかし狼の足跡はまさにここ、沢下りに熱中する人間たちのすぐそばに集中している。なぜこの狼の群れは、静かな場所に移動しないのだろうか？　謎は依然謎のままだ。

夕方、私たちは足跡からそう遠くないところで水浴びをした後、目立たないように湿った粘土で囲いを作って火を起こし、夕飯の支度をした。

翌日、それまで気にも留めていなかったあるものが、不思議と私たちの目を引いた。沢の下流のあちらこちらで見かける、浅瀬を泳ぐザリガニの姿だ。考えを巡らせる間もなく、人間の脳はひとりにある仮説を立て始める。狼はザリガニを捕っていたのではないか？　理性は最初、〝強大な捕食者〟である狼の行動に似つかわしくないと、この仮説に異議を唱える。だがそのときふと、カナダの北部に棲む鮭とザリガニを捕る狼について書かれた記事を読んだ記憶がよみがえってきた。この仮説に基づいて考えれば、狼の足取りにも説明がつく。狼の足跡が川に向かっていたのは、漁をするためだったのだ。川沿いを長時間かけて入念に歩き回っていたのは、獲物を探すためだったのだ。目はおのずと、私たちが思い描いた奇妙な仮説が正しければ見つかるはずのものを探し始める。過去は目に見えないけれども、何者も痕跡を残さずに存在することはできない。追跡の本質はそこにある。目に見えない仮説から目に見える結果を推測し、実際にそれを探し出すのだ。現在も残る過去の痕跡を辿るのである。そのようにして痕跡を探していると、川岸のところどころに落ちているピンク色の細かな破片が目に留まった。ザリガニの死骸だ。殻を不器用に剝かれ、というよりは引きちぎられ、食べられた後の残骸である。仮説は現実味を帯び、検討に値するものになりつつあるが、まだ確証が得られたわけではない。さらに捜索を続ける必要がある。追跡は精密科学ではない。ある仮説が目と足を別の場所へと導き、結論を出したいという欲望よりも捜索を続けたいという欲望を掻き立てる、行動科学なのだ。

もしこの仮説が正しければ、私たちは新たな教訓を得ることになる。これまで私たちは、狼が峡谷で活動する人間を避けて暮らしていると考えてきた。人間は自惚れが強い。その一員である私たちも、人間の存在が狼の行動を左右する主要な要因であると思い込んできた。だがこの仮説が立証されれば、物事の見え方は一変する。狼は実のところ、人間の存在を気にも留めていなかった。狼の目的はザリガニを捕ることであり、たまたまその場所が峡谷の下流であっただけなのだ。人間には見えないものを見る狼の視点——この視点に立つならば、狼の暮らし方には筋が通り、矛盾は解消する。原生地域（ウィルダネス）に閉じこもって暮らしている動物などそうはいない。ほとんどの野生動物は、人間社会との隙間に、人間に交じって暮らしている。ただし動物が人間に交じって暮らすのは、動物自身の論理、暮らし方、縄張りの築き方に従ってのことである。

こうしてみると、大型の雄狼と子狼の足跡からは別の情景が浮かび上がってくる。親狼は子狼に何かを教えていたのではないか？　絡み合った二つの足跡から、目には見えない過去の出来事を辿り、この狼たち特有の習慣を明らかにしてみよう。子狼の足跡は川岸で止まっている。子狼は、小さな足を川岸の粘土の上に置いたまま、じっと川の方を見ている。ここまで来れば謎は解けたも同然だ。子狼は、見て、覚えているのだ。その視線の先には、川に入りザリガニの捕り方を教えようとしている父親の姿がある。目を凝らせば、水中に降りた後、再び岸に戻ってきた父親の大きな足跡が判別できる。

記憶の川を遡るようにして狼の過去を辿ることで見えてきたのは、教育の一場面だった。非常に高い社会性を備えた狼という動物は、狩りの技術を次世代へと伝えていくことが知られている。

この話にはまだ続きがある。私はその年の冬、再びこの地を訪れた。だが狼の痕跡は発見できなかった。さらに翌年の夏、私は一人川のそばに陣取ると、迷彩服と迷彩柄の布で姿を隠し、寝袋にくるまって、夜通し狼を待ち伏せた。だが狼の姿はおろか、痕跡すら見つからなかった。そのまた翌年の夏もやはり何も見つからなかった。諦めの悪い私はさらにまた次の年も、再び友人たちと連れ立ってこの峡谷に戻ってきた。今度も川沿いでは何も発見できなかった。しかもこのときは、ここに来る以前、この地方で狼狩りが行われたという話も耳にしていた。あの群れは殺されてしまったのだろうか？　あのときと同じ場所、同じ川辺に足跡がついていないのを見ると、ふと寂しさが込み上げてくる。それはちょうど、かつて家族と夏休みを過ごした田舎の家を再び訪れたときに感じる寂しさに似ている。思い出が残るその家にはもう誰も住んでおらず、ひっそりと静まり返っている。

そのとき、少し離れたところにある林道に残された、大型のイヌ科動物の足跡が目に留まった。犬の足跡の可能性もある。各々の観察と解釈を辛抱強く重ね合わせていくうちに、林道から川岸へと五〇メートルにわたって続く、動物の複雑な足取りが浮かび上がってきた。ある地点で足跡は途切れている。私たちはいくつかの手掛かりを基に、頭の中でこの動物の足取りを組み立てていった。林から出てきた動物は、慌てず速足で川岸へと向かい、おそらく漂っていた羊の死骸のにおいを嗅ぎに川床へと降りた。そのまま進行方向に進んでいったはずだが、左側に広がる明るい色の砂地に足跡は残されていない。ならばこの動物は右側へと進んだはずである。案の定、私たちはそこで糞を発見した。外観は狼の糞そのもので、ひと塊の毛と骨の破片が混じっている。糞は川を横切る浅瀬の両側に置かれている。狼はよく、地政学的に重要な地点に、このように目立つかたちでしるしを残す。群れの仲間や、敵対する狼や、狐や犬などの動物に縄張りの範囲を示すためである。

あの群れが帰ってきたのだろうか？　それとも、そもそも初めから旅立ってなどいなかったのだろうか？　いや、別の群れ、あるいは一匹狼かもしれない……。だが縄張りのしるしを辿っていくと、ついに三年前の仮説を証明することにもなる決定的な手掛かりを発見した。毛と骨の混じった大きな狼の糞である。崩してみると、中に奇妙な物質の破片が詰まっている。その正体を突き止めようと苦心しているうちに、ある考えが私たちの頭をよぎった。淡いピンクのキチン、そう、これはザリガニの殻の破片だ。

過去の仮説が立証されたこともさることながら、三年の空白期間を経て、同じ狼が再びこの地を歩いているとわかったことが何より感慨深い。同じ群れだと言い切れるのは、この群れが、狼にしては非常に珍しい伝統を受け継いでいるからだ。私の知る限り、このような慣習を持つ狼はフランスのどこにも生息していない。

そこには哲学的な感慨ともいうべきものがある。私たちが時を隔てて同じ群れ、同じ家族を識別できたのは、遺伝形質や見た目といった生物学的特徴によってではなく、共有された文化によってであるからだ。時が経ち、多くのことが変わってもなお私たちがこの群れを特定できたのは、群れに伝わる狩猟文化のおかげである。三年の間に縄張りが移動したかもしれないし、死んでしまった個体がいたかもしれない。アルファ〔＝狼〕のペアが変わったかもしれないし、新たに群れに加わった狼が頭角を現してきたかもしれない。私たちの目には見えない何らかの出来事が起きていたはずだ。だが、たとえ群れの個体や長が変わったとしても、伝統は変わらない。「あの群れだ」と認識することを可能にする群れの継続性は、遺伝や血縁関係からではなく、文化の一貫性から見えてくる。私たちは狼の姿を一度も見ていない。群れの個体と出会ったこともなく、どんな群れなのか、何頭で暮らしているのかも知らない。それにもかかわらず、たった一つの手掛かりが、同じ群れ、同じ家族、そして群れの存在と一貫性とを保証する同じ伝統を認識したという、確かな実感を与えてくれる。この手掛かりは、〝狼〟の各個体を抽象的な種の特徴（狼全般の本能や行動様式）によって説明しようとする生物学的分類の無名性からこの群れを掬い出し、群れ特有の生き方と、他ならぬこの地における群れ固有の歴史を描き出す。

　見えない世界の密度と広がりは計り知れない。私たちは狼の姿も行動も目にしてはいないし、その存在についてほとんど何も知らない。けれども、目に見えない群れの生活を物語る目に見えるわずかな痕跡を追うことで、この群れに固有の事柄を知るに至った。ちょうど、孤立した村に伝わる珍しい風習やさりげない挨拶の仕草が、離散した後も住民の出自を物語るように。これがあの狼たちなのか、それともその子孫なのかは定かではないが、ともあれ、同じ伝統と独特な技術を受け継いだ集団の狼であることは間違いない。形もなく目にも見えない、信じるに値しないようなもの、物質の恒常性や現象の再現性から最も遠いと思われていたものから、意外なことに最も生き生きとした知見が得られた。このような動物の特定のしかたは非常に珍しい。この体験によって、自然愛好家（ナチュラリスト）の技術は新たな広がりを見せた。生物学的なハイイロオオカミという種だけでなく、ザリガニ漁文化を教育し継承する家族という、より繊細な集団を特定するに至ったのである。

しるしを分かち合う技術

最初の追跡に話を戻そう。粘土の上に残された無数の痕跡を追って、ザリガニの仮説を立てた夏のことだ。二日目の晩、私たちは目立たない場所に設営したキャンプで眠っていた。

夜中の三時頃、私たちは一斉に、狼の遠吠えを真似た吠え声を上げた。これは昔からある狼との対話法の一つで、こうすることで子狼の遠吠えを誘う。遠吠えを偽物と見抜いてか、おとなの狼が返事をすることは滅多にないが、自制が利かない子狼はつい返事をしてしまう。子狼が遠吠えを始めると、多くの場合、群れ全体が呼応して遠吠えを始める。カナダのオンタリオ州にあるアルゴンキン州立公園に滞在した折には、公園の東側に棲んでいたある狼の群れ全体が私たちの呼びかけに応じた。月明かりの下、苛立った様子もないその遠吠えは、長々と響き渡り、やがて聞こえなくなった。オ＝ヴァールでのキャンプの夜、私たちはここに棲む狼に向けて精一杯狼の歌を贈ったが、返ってきたのは風の音だけだった。

出発の日の朝、最後に水浴びをしようと水場を訪れたとき、私たちのうちの一人が驚きの声を上げた。昨晩、彼が脱いだ衣服を置いておいた木の幹の周囲の地面に、昨日まではなかった狼の巨大な前足の跡が残されていたのだ。平行に並んだ足跡の位置関係から、足跡の主が木の幹に鼻を近づけ、そこに残された不審者、つまり私たちのにおいを嗅ぎまわったことが窺い知れる。さらに、少し離れたところでも慎重な調査の痕跡が見つかった。昨日私たちが調べた道に、新しい足跡がついていたのだ。足跡は昨夜つけられたものだ。口に出さなくとも、皆が同じ結論に行きついた。私たちは、私たちが追っていた動物に追われていたのだ。狼はすぐ近くに潜み、私たちが狼に向ける関心と同じくらい強い関心を、私たちに向けている。

この逆転現象は、追跡という行為が他の生物に対する人間の優位を保証しないことを暗に示している。人間は、相手から読み取られる心配のない読み手でもなければ、他の生物を観察できる唯一の明晰な意識の持ち主でもない。野外で追跡を行う人間は、自らも追跡の対象となりうるのである。

痕跡の上に屈み込んだ追跡者の頭上に、ときおり猛禽類の鳴き声が響き渡る。追跡の矛盾に苛(さいな)まれた追跡者は顔を上げ、境界を見定めようと空しい努力をする。私が足跡を観察しているとき、誰が私を見ているのだろう？　私はどんな生き物の目に、のんきな獲物として映っているのだろう？　他の生物を対象化していたはずの関係性が、森の中ではいつの間にか逆転している。

この不思議な逆転現象を理解する上でまず意識すべきことは、自分が何らかのしるしを発しながら生きているということだ。ならば、存在を消さなければならない。たとえば、サルビア〔シソ科の植物〕の茂みと一体化してみよう。においのある葉を体にこすりつけ、縮こまり、谷を見下ろす小高い丘の上で、他の動物から見て何の変哲もないサルビアの茂みになりきるまで、ひたすら待ち続ける。そうすることで、はじめて何かが起きるのを期待できる。

次に意識すべきことは、自分が他の生物に読み取られているということだ。イエローストーン国立公園に滞在した際の経験が、動物の世界におけるしるしの広がりを垣間見せてくれた〔本書第二章を参照〕。イエローストーン川沿いに広がる丘陵地帯ラマー・バレーにて、私は公園の自然保護官が熊の棲み家だと公言している区域の探索に出かけた。平野に転がった二つのバイソンの死骸を、強大な雑食動物たちが牙(きば)を剝いて取り合っている。私は尾根沿いに風下側を歩いていた。曲がるたびにグリズリーに出くわす危険がある。すると、私の前に一頭のプロングホーン〔北米に生息する偶蹄目（ウシ目）の動物。別名エダツノカモシカ〕が現れた。私はこの動物を落ちつかせ、一〇〇歩ほど先を歩かせようと試みた。偵察役になってもらうためだ。プロングホーンの嗅覚は人間よりもはるかに優れているため、その行動や耳の動き、緊張、足取りから、私一人では察知できないグリズリーの存在を読み取ることができるだろう。だがプロングホーンはそんな私の思惑などお構いなしに、気の向くままに歩いていってしまった。さらにその先では、死骸を狙う動物に遭遇しないよう、屍肉を漁るカラスの鳴き声の出所を特定し、三角測量によってその飛行範囲を割り出したりもした。そのときふと、ある疑問が頭に浮かんだ。他の動物は私の行動から何を読み取っているのだろう？　私は動物の様子から、その動物が周囲の世界について知覚していることを読み解いているが、もし動物も同じことをしているのだとしたら？　そうだとすれば、サルビアの茂みに潜む私をじっと観察していたプロングホーンや、バイソンや、仁王立ちになったアメリカグマの行動は、別の意味を帯びてくる。私は動物たちが私に興味を示したと思い込んでいたが、実際には動物たちは、私以外の動物について私が知っていることを読み取っていたのではないか？　カラス科の研究を専門とするドイツの鳥類学者バーンド・ハインリッチ〔一九四〇-〕は、狼や熊がカラスの鳴き声から獲物の所在を把握すると書いている。このことから、「しるしが行き交うことで情報が共有される情報体系（システム）」という意味での生態系（エコシステム）を想像することができる。

生きることは、惜しみなくしるしを分け与えることだ。望むと望まざるとにかかわらず、いやいやながらも、しるしを独り占めすることなく、すべての生き物に与えること。現象学ではこれを純粋な贈与と定義している。しるしを与え、受け取り、交わし合うことは、生物を生態系に織り込む生命の大いなる政治の基礎であり、本質である。地政学的な観点から見れば、追跡という行為は、他の生物のしるしを読み取るだけでなく、他の生物からしるしを読み取られもする、釣り合いの取れた行為として理解することができる。

変身の技術

動物の足跡を辿ることで、動物の目から見た世界が見えてくる。考えてみれば、この現象は魔術やシャーマニズムにおける変身にも似ている。シャーマンは儀式の中で自らの精神を動物の体に乗り移らせる。これについて、人類学者ルイ・リーベンバーグは次のように書いている。「追跡の最中、集中力が極限まで高まると、自分自身が動物の内側に入り込んでいくような体験をすることがある。ある足跡は動物が息切れし始めたことを物語っている。歩幅は小さくなり、掻き分ける砂の量は増え、休憩の間隔も狭まってきている。追跡に際して動物が向かった先を予測するには、動物の身になって考える必要がある。痕跡を見れば、動物の動きを再構築することができる。動物を追跡し、その内側に入り込んでいく中で最も興味深いことは、ときおり自分が動物になったような感覚を覚えることだ。まるで動物の体の動きを自分の体で感じているような感覚である[2]」。

この能力は、人間と生物の世界との関係性を変える上で、決定的な役割を果たす。他の種(しゅ)との関係について、非自然主義(ナチュラリズム)的な、つまりは非西欧的な世界の見方が教えてくれるものに意識を向けるよう、私たちに促すからである。

アニミズム文化において、シャーマンとは動物をはじめとする人間以外の生物に精通した専門家であり、動物との交渉役を担う人物である。交渉のためにはある種から別の種へと移行する必要があるが、それは簡単に身につけられる芸当ではない。種が異なるということは、世界の見え方が異なることを意味しているからだ。このことはアメリカ先住民の観点主義（パースペクティヴィズム）に見て取ることができる。哲学的な思索に富んだ追跡とは、よって観点主義（パースペクティヴィズム）に基づいたものでなければならない。

観点主義（パースペクティヴィズム）とは、ブラジルの人類学者エドゥアルド・ヴィヴェイロス・デ・カストロが提唱した概念であり、アメリカ先住民のシャーマニズムが織りなす象徴的な体系を基にしている。観点主義（パースペクティヴィズム）は、アメリカ大陸に暮らす民族の多くに共通して見られる存在論の一種だ。「世界は複数の視点によって構成されている。あらゆる存在はそれぞれが固有の志向性を持った中心であり、それぞれの特徴や力に従って他の存在を把握している」[3]。

では、哲学的な思索に富んだ追跡のどこが観点主義（パースペクティヴィズム）的なのだろうか？

二〇一五年の春、私は一匹の雌狼を追跡していた。粘土の上に残された足跡を追っていくと、あるところで道が途切れ、一面が石に覆われた岩場に突き当たった。岩の上にも苔（こけ）の上にも、爪痕は残されていない。顔を上げて辺りを見回していると、岩場の向こうにあるセイヨウネズの茂みの中に、狼の目と気を引きそうな一本の抜け道が見えた。頭の中に描いた道筋を辿っていくとすぐに、泥の上に残された新たな足跡が見つかった。右の前足の爪が割れている。私の追っている雌だ。次の岩場でまた足跡を見失ったが、石灰岩が形成するいくつかの狭い道の中から、狼の動きに最も合致する道を選んで進んでいくと、再び谷間に残された足跡を見出すことができた。追跡の現場、そして追跡する人間の意識の内側で起きていることは何か？　他の生物の目で世界を見ることである。その瞬間、種の境界は曖昧になる。

森の中で追跡をしていると、動物がその場にいないにもかかわらず、足元で自分自身の存在のしかたが置き換わっているような印象を受けることがある。自然主義（ナチュラリズム）的な世界観は、アニミズムと混ざり合い融合することで、観点主義（パースペクティヴィズム）的な世界観へと変貌を遂げる。別の生物が生きる世界の原寸大の地図が、手品師が食器を動かさずにテーブルクロスを抜き取るのと同じ要領で、いつの間にか私たちが調査している足元の地面に出現している――自らの足で歩き、分かち合うべき、人間とは異なる生物のあり方だ。追跡とは、小さな範囲で、別の世界や別の存在論を渡り歩く行為であると言える。では、この手品にはどのようなタネが隠されているのだろうか？　動物の目で世界を見ていると感じるとき、一体どのような移行が生じているのだろうか？

慎重に考えなければならない問題である。魂が生まれ変わるように、人間の精神が別の体に乗り移っているのだろうか？　それではあまりに壮大かつ神秘的で、何より西欧的である。この問いの面白いところは、自然主義（ナチュラリズム）とアニミズムとでは精神と肉体という概念の意味合いが大きく異なることを明らかにする点だ。

私たちの文化は、ある肉体から別の肉体への魂の移動を、輪廻転生や幽体離脱といった独特なかたちでとらえている。輪廻転生とは魂が別の体に宿ることを指すが、その対象は人間、動物、植物、さらには鉱物と幅広い。テュアナのアポロニオス〔一世紀の新ピタゴラス学派の哲学者〕は一頭のライオンにイアフメス二世

〔エジプト第二六王朝のファラオ。在位、紀元前五七〇－五二六〕の受肉した姿を見たと伝えられている（アテネのピロストラトス著『テュアナのアポロニオス伝』五巻四二頁）。幽体離脱とは秘教的な体験の一種で、精神が物質としての肉体を離れ、意志を持って周囲の空間を自由に飛び回ることを指している。

追跡に際して問題となる体験は、これらの体験とは一切関係のない、現実に即したものである。森の中で何かの糞の上に屈み込み、泥に紛れて見失ってしまった痕跡を再び見出そうと奮闘する。神秘主義の入り込む余地は一片もない（生命の神秘を除けば、であるが）。さらに、ここに描き出そうとしている変身には、幽霊のように周囲の空間を飛び回る自由など微塵もない。それどころか制約があまりに多いため、空から見下ろす感覚とはかけ離れている。では何が制約となっているのか？　実はそれこそが問題なのである。というのも、追跡という体験を通して生じる移行の起点となるのは肉体だからだ。肉体から抜け出すことなどないし、誰にもそんな真似はできない。肉体がすべてである。ただしそれは自然主義（ナチュラリズム）的な意味での肉体、すなわち独立した精神の入れ物としての物質的な肉体とも異なる。では一体、何が問題なのだろうか？

動物を追跡する際の、動物の内部に入り込んだような謎めいた感覚に立ち戻ってみよう。このとき、具体的には何が何に入り込んでいるのだろうか？

魂が肉体を乗り換えるわけではないのと同様に、他の動物の知覚を人間が借りるわけでもない。たとえば、仮想現実を体感できるヘッドセットやスクリーンを用いれば、イヌ科動物の見ている色や、四色型色覚を持つ鳥が見ているコントラストや、ハエの眼に映る世界を見ることはできる。興味深いことではあるが、それでは結局、知覚する精神と行動する肉体とを切り分ける唯心論的・二元論的な概念に舞い戻ってしまう。

　追跡の際に起きる現象は、これともまったく異なっている。他の動物の目を通して世界を見ていると感じるとき、私たちの目に映っているのは、観点主義(パースペクティヴィズム)的な意味での動物の体が見ている世界であると考えられる。動物の体が見ている世界とは、動物に固有のアフォーダンス〔ジェームズ・ギブソンが提唱した概念。環境がそこに生活する動物に提供する意味や価値を指す〕、すなわちそれぞれの動物の体が反応する〝誘因〟のことである。

　アメリカの知覚心理学者ジェームズ・ギブソン〔一九〇四―七九〕は、誘因を「共通の環境下で、ある特定の体に特有の行動を引き起こさせる可能性」と定義している。身体的特性は、周囲の環境から個々の体に特有の誘因を浮かび上がらせる。木や、小川や、浅瀬や、野ネズミの穴や、断崖や、他の動物が残した縄張りのしるしが、それを見る生物の存在のしかたによって、異なる行動を示唆するのである。誘因とは、ある特定の行動や振舞いへと生物を誘(いざな)うきっかけのようなものであり、特に意識せずとも認識することができる。

　たとえば、両側の谷から立ち昇ってくるにおいと道が交差するあの峠は、狼にとっての誘因となっている。この誘因は狼に、立ち昇る芳香を享受し、縄張りのしるしを残すよう促す。

　他にも例を挙げよう。ドアノブは、物をつかむことのできる動物にとっては「回す」という行為の誘因となるが、それ以外の動物にとっては何の意味もなさない。においによるマーキングは、縄張りを持つ動物にとっては調査や返答といった行為の誘因となるが、草食動物にとっては関心の対象外である。ピレネー山脈〔フランス・スペイン国境〕のブナ林に生える数少ない針葉樹は、背中をこすりつけるのに適した木を探す熊にとっては誘因となる（実際にそれらの針葉樹は、樹脂に絡んだ熊の毛を広大な森の中から見つけ出すための手掛かりとなる）が、他の動物はその存在に気づきもしない。傾斜のついた岩はユキヒョウにとって、縄張りを示す地政学的な誘因となるとともに、自分の存在を雌にアピールする誘因ともなる。同じ岩は、アイベックスにとっては嵐から身を守る誘因となり、ヒマラヤハゲワシにとっては「とまる」という行為の誘因となる。

追跡における変身とは、動物の誘因を受け継ぐことである。自己の消失に至るまで周囲の世界に意識を向けられたときにだけ、他の動物の誘因が感じ取れるようになる。

観点主義（パースペクティヴィズム）に基づいて考えれば、見えるものと見えないものとの差は、見る側の見る能力に関係することがわかってくる。つまり厳密にいえば、他の生物の精神にではなく、体に入り込むことが問題なのである。それぞれの生物の体に特有の、見る力、行動する力が、その生物の世界を形成している。観点主義（パースペクティヴィズム）という考えの面白さはここにある。そして体とはまさしく、それぞれの生物に固有の能力、観点をもたらした、生態系の進化の賜物なのである。たとえば「人間に嫌悪を催させる腐肉も、ハゲワシの目には焼き魚に映る」というアマゾンに伝わる考え方は、ハゲワシがあらゆる病原体を中和・吸収できる屍肉食性の体をもって食料を見分けていることを表している。その意味で、腐肉はハゲワシにとっては堪能し、空腹を満たす誘因となり、人間にとっては嫌悪を感じ、目を背ける誘因となるのだ。

アニミズム文化における変身を定義したエドゥアルド・ヴィヴェイロス・デ・カストロの言葉は、そのような意味に解釈することもできる。変身とは、動物の外観を人間の精神に着せることではなく、「自身の内に別の体が持つ力を呼び起こすこと」なのである。

自然主義者（ナチュラリスト）にとって、個人の自己同一性を保証し、世界の見方を規定しているのは精神であり、肉体とは単なる物質でできた、知性を持たない入れ物にすぎない。ところが面白いことに、追跡に際しては、追跡者である人間の精神をそのまま追跡対象である動物の体という入れ物に移したところで何の意味もない。この類の変身は西欧の創作によく登場するが、精神が同じままであれば、足跡を見つけるための知覚の飛躍は起こりえない。新たな発見は皆無である。せいぜい速足で移動する動物に引き回されるだけで、何も見えはしないだろう（ところで肝心の目的は、足跡を見つけ出し、追跡し、見失わないことである）。

ここで問題となるのは魂の移動ではなく変身、それもアニミズム的な意味での変身である。自己同一性を保証する不変の精神を保ったまま外観を変える（自然主義的（ナチュラリズム）な変身の概念）のではなく、体が形成する、世界を見る観点そのものが一変するのである。ここでいう体とは、自然主義的（ナチュラリズム）な意味での体ではなく、特定の誘因を引き寄せる器官としての体である。「自身の内に別の体が持つ力を呼び起こすこと」とはすなわち、他の体が反応する誘因を知覚することなのだ。進化の賜物である体は、感覚や反応といった繊細な行動特性を備え、生態系との関係性を独自に構築している。追跡者は変身することで、相手の見ている誘因を見つけ出そうとする。それがうまくいけば、いっときの間、狼が見ている峠の景色が見えるようになる。峠は一時的に狼と化した私たちを、狼として誘（いざな）う。派手さは少しもなく、目的も至って現実的ではあるが、不思議な現象であることに変わりはない。

これらのことを言葉で表すのはなかなか難しい。そのため、様々な角度から表現を試みる必要がある。別の言い方をすれば、人間の精神が動物の体を借りるのではなく、人間の体が動物の観点を借りるのである。そして動物の観点とは、動物の体そのものである。もちろん変身といっても、筋肉や骨や毛並みといった外観を取り換えるわけではない（自然主義（ナチュラリズム）的な意味での狼男の神話がこれに当たる）。そうではなく、厳密にアニミズム的な意味で体を変える。つまり動物が世界を見る観点を、その動物に固有の誘因とともに取り入れるのである。

追跡とは、周囲の世界を形成する観点そのものである動物の体を、折を見て借りることである。人間も含めた動物が、ある観点から周囲の世界を認知できるのは――つまり周囲の空間の中に際立った特徴や誘因を特定できるのは、基点となる体があるからこそなのだ。

主張する意図はまったくないが、そのような慎ましい意味で、哲学的な思索に富んだ追跡を、「私たちの世界観を一変させる行為」と呼ぶことができるだろう。追跡を実践することで、私たちは知らない間に少しだけ観点主義（パースペクティヴィズム）やアニミズムに近づいている。ジョルジュ・ル・ロワによって描かれた前述の哲学的追跡は自然主義（ナチュラリズム）的な行為ではあるものの、動物の足跡の上に屈み込んだ者の背後では、周囲の世界は変質していくことになる。それは自然主義（ナチュラリズム）的な世界観を覆し、生物との関係をよりアニミズムに近いものへと作り変える行為なのである。

哲学的な思索に富んだ追跡の特徴をいくつかのかたちで表現してみよう。観点主義（パースペクティヴィズム）に基づいた追跡では、追跡者は生物のラテン語名を探すよりも先に、生物の体に備わった力、観点、その生物が抱える生存上の問題、理性に頼らずにその問題を解決する方法、歴史性や柔軟性に依拠した他の生物との根源的な生態学的・政治的関係、ある種の人間の活動との相互補完関係、そしてその生物の習性や慣習に注意を向ける。生物との交流を図るための媒介言語として、それらを探求するのである。

生物に対するこのような特殊な興味の持ち方を、新自然主義（ネオナチュラリズム）と位置づけてみよう。〝自然主義（ナチュラリズム）〟という言葉はあまりにも多くのものを指しているため、安易に用いるわけにはいかないが、その曖昧さが役立つこともある。ここで問題となるのは、ダーウィンの自然主義（ナチュラリズム）と人類学者フィリップ・デスコラの自然主義（ナチュラリズム）だ。二つのうち、最初に登場するのは博物学者（ナチュラリスト）ダーウィンの自然主義（ナチュラリズム）である。ビーグル号に乗船して世界を周り生物を観察したダーウィンは、目に入るすべてのものを、探求心をくすぐる魅惑的な謎として調査した。ここでいう自然主義（ナチュラリズム）〔＝博物学〕とは、自然に興味を持つすべての愛好家の活動を指して使われる言葉だ。一九世紀以前、博物学者（ナチュラリスト）という言葉は自然現象に熱烈な関心を抱いた学者を指して使われたが、その中には知識の豊富な愛好家も多く含まれていた。博物学者（ナチュラリスト）という言葉自体は、一五二七年頃に初めて登場したと考えられている。当時は、生物や鉱物や気候の関係に関心を持った人のみならず、「自然の本能に従って行動する人」をも指して用いられていた。その後、自然科学が正式な学問として認められ、より厳格な規則が確立されていくにつれ、もう一つの自然主義（ナチュラリズム）、すなわちデスコラのいう自然主義（ナチュラリズム）が台頭してくる。自然とは本質的に内面性を持たない不活性な物質であり、純粋に物理的な要因と数学的法則によって説明することができるとする立場が、この第二の〝自然主義（ナチュラリズム）〟である。フィールドワークを実践する今日の自然科学者に、デスコラの言う意味での自然主義者（ナチュラリスト）はほとんどいない。とはいえ、公的な研究活動の中には、生物やその特性の論理的な分類に終始するものも見受けられるのが現実だ。たとえば国立博物館などの施設は、そういった活動の媒体とも受け皿ともなっている。

私がここに描こうとしている生物調査のあり方についていえば、新自然主義（ネオナチュラリズム）とは単純に、デスコラのいう自然主義（ナチュラリズム）から解放されたダーウィン的な自然主義（ナチュラリズム）のことを指している。新自然主義者（ネオナチュラリスト）とは、自身が動物であることを自覚し、かつ調査対象が物理的・化学的要因に還元可能な無機物以上の存在であることを理解した上で、実地調査に励む自然科学者のことである。新自然主義者（ネオナチュラリスト）は、生物をラテン語名によって分類しようとするのではなく、人間を含む他の生物と地政学的関係を築いたり、共存協定（モデュス・ヴィヴェンディ）を結んだりしながら、同じ空間で寄り添って暮らす生きた存在として、生物を位置づけなおそうとする。

現代の新自然主義者（ネオナチュラリスト）が必ずしも学者や専門家であるとは限らない。謙虚ながらも知見のある愛好家たちはインターネット上で簡単に見つけられる。新自然主義者（ネオナチュラリスト）たちは目立たないブログを通して、自然農法で育てた野菜同士の同盟関係・敵対関係についての外交知識や、庭にこっそり仕掛けたカメラに映る夜行性動物たちについての地政学的知識を披露している。各々が編み出した、自然主義（ナチュラリズム）的存在論に陥らないための方法や、「生物から奪う側」ではなく「生物に与(くみ)する側」に立つための方法を共有している。それでいて、生物の力の正体を知っているわけでも、自分の主義主張を表明しているわけでもない。インターネット上に無限にあふれる知識は、学問による生物の知識の独占から新自然主義者(ネオナチュラリスト)たちを解放した。知識はもはや専門家の頭の中や遠方の図書館に収まっているものではなく、獣道を辿るのと同じ要領、同じ熱意をもって、インターネット上で追跡できるものとなった。

アルフレッド・ラッセル・ウォレス〔一八二三－一九一三、イギリスの博物学者、探検家〕やフンボルト〔一七六九－一八五九、ドイツの博物学者、探検家〕などの先人たちと新自然主義者(ネオナチュラリスト)の異なる点は、後者が自身の内に眠る自分以外の動物の力を呼び起こし、活用していることを自覚している点だ。新自然主義者(ネオナチュラリスト)は、ユキヒョウの忍耐とその獲物に対する欲望をもって、目には見えない生物の行動を追跡し、理解しようと努める。ノロジカと共通する選択・採集の資質をもって、頭の中で様々な種類の植物を分類し、その関係を整理する。従来の自然主義者(ナチュラリスト)が生物の分類に専心していたのに対し、新自然主義者(ネオナチュラリスト)は生物同士の共存に関心を向ける。痕跡の収集は、科学的な客観性を証明し公正な知に資するための行為に留まらず、それ自体が地政学的な実践となる。新自然主義者(ネオナチュラリスト)にとって、知とは現実から切り離された真実を追求することではなく、共用の棲み家における生物同士の共存のしかたを追求することなのである。

新自然主義者(ネオナチュラリスト)とは、自然主義(ナチュラリズム)を手放し、さらには乗り超えた自然主義者(ナチュラリスト)のことを指す。新自然主義者(ネオナチュラリスト)による調査の物語の前提であり、またその特徴ともなるのは、語り手自身が他の動物に関心を寄せる一頭の動物、生物に興味を持った一個の生物であることだ。新自然主義(ネオナチュラリズム)とは、動物によって紡がれた一頭の動物〔＝人間〕が実践する自然主義（ナチュラリズム）なのである。

見えないものを見る技術

難点は、しるしの世界が目に見えないことだ。部外者にとって、しるしの世界は暗号そのものである。そこには壮大なものも、目を引くものも、わかりやすいものもない。それでいて、動物の習慣や暮らし方を物語る痕跡の世界を集団で探索することには、えもいわれぬ喜びがある。追跡では、見る技術以上に想像する技術がものを言う。

オ＝ヴァールの谷に棲む尊大な狼、巣穴の入り口と思われる場所に細心の注意を払って自動撮影カメラを仕掛けても一向に姿を見せようとしない、サヴォワ〔フランス南東部〕のヴァッシュ山に棲むオオヤマネコ、人間の目には見えないエタノールで交信する木々、スズメに成りすます高い知能を持ったカラス、土に紛れて暮らしながら土壌を豊かにし、生命を根づかせるトビムシ〔主に土壌中に生息する原始的な昆虫〕……明確な謎も残さず、財宝とともに姿を隠してしまう生物には、ときに閉口させられる。断固として尻尾をつかませまいとする技巧をかいくぐって生物の沈黙を破り、腹話術に頼ることなく——何ものにも還元しえない生命固有の魅力を復元するため——生物に口を開かせるには、多大なエネルギーを要する。

そのため、くたくたになってしまうこともある。

生物をばかでつまらない存在と決めつけるのは簡単だ。虫けら、機械、数学や力学の法則に従って動く物体……私たちの文明は、生物をそのようなものとみなしてきた。今こそ、生物を言語以前の生の歓喜へと連れ戻すために闘わなければならない。それも、言語によって。

周囲の生物に対し、これまでとは違った感受性を働かせることによって。

他の生物のしるし、生物を支配する形のない構造の手掛かり、そして生物に関係し、その暮らし方や共存方法を物語り、探求へと誘(いざな)う痕跡に意識を向けるすべての行為を、生態系に敏感な追跡と呼ぶことができるだろう。

生態系に敏感な追跡とは、たとえばアマツバメが低く飛んでいるのを見て、じきに天気が崩れると察することだ（食虫動物であるアマツバメは、目には見えない気圧の変化に応じて下降する空気中のプランクトンを追って、低く飛ぶ）。あるいは、遠くに見える牧草地に、家畜によってまき散らされた、目には見えない窒素を養分にして育つシロザやシビレタケの群生地を見抜くことだ。あるいはまた、川岸のある地点で立ち止まったことを示す狼の足跡から、その興味の対象を突き止めることだ。

ついばまれたローズヒップ〔のばら〕の赤い実は、この実を食べたのが目に見えないノハラツグミなのか（この鳥は果肉を食べ、種を残す）、それともアオカワラヒワなのか（この鳥は種(たね)を食べ、果肉を残す）を物語る。

枯れ葉の山に片膝をつき、腐植土を掻き分けながら、目の前の痕跡の意味について考える。このアカシカは、掘り出した塊根のほんの一部しか食べていない。

塊根の皮には、下顎の門歯によって刻まれた溝がついている。だがそれ以外の部分は食べられていない。それぞれの塊根が、ほんの少しずつだけ食べられている。なぜだろう？ アカシカなりの食料保管方法が存在するのだろうか？ 再び生えてくるよう、敢えて残しているのだろうか？ それとも、タンニンが多くて食べられなかったのだろうか？ 謎を解く鍵は見つからない。

生態系に敏感な追跡を実践するために、わざわざ手つかずの自然の中に出向く必要はない。パリの街の屋根に巣を作るカモメの慣習、飼い猫の夜の行動、無垢な雄猫が街の生態系に及ぼす捕食者としての影響力、テラスに設置した堆肥(コンポスト)作り容器に暮らし、人間と繊細な相互扶助関係を築くミミズの複雑な性格、持続型農法(パーマカルチャー)で育てるベランダの野菜同士の友好関係と敵対関係など、街の中であっても調査対象には事欠かないからだ（さらには、街を行き交う人間の動物行動学的・生態学的痕跡も調査対象となりうる。いかに否定しようとも、人間もまた生物の一員なのである）。

私の連れは、都市の真ん中にある私たちの家のテラスに、栄養豊富な土が入った鉢を置いている。風に乗って、あるいは鳥の餌袋に潜んで新天地を目指すさすらいの植物に、場所を用意してやるためだ。突然の来客があっても構わないよう、食事の際に席を一つ空けておく遊牧民のもてなしの慣習に通じるものがある。今年はノボロギクがわが家に根を下ろした。

テラスの軒下にはアマツバメの家族が棲みついている。親鳥は雛を育てた後、例年通り八月一日から二日頃、太古からの呼び声に応じて、越冬のためアフリカへと飛び立っていった。雛鳥たちはまだ飛び方を覚えていない。それでも、あと数日から一週間もすれば、誰の手も借りずに飛べるようになる。そしてしばらく練習を重ねた後、親の後を追ってひとりでにアフリカへと飛び立っていく。不思議な直感に導かれ、越えたことのない海を越えるのだ。私たちはときおり、堆肥作り容器（コンポスト）に暮らすミミズを狙うハエの幼虫を雛鳥に与えてやる。アマツバメが低く飛べば、じきに雨が降り始める。私たちは雛鳥の鳴き声を聞きながら、洗濯物を取り込む。ノボロギクはすくすくと育っている。人間は孤独な存在だなどと、一体誰が言ったのだろう？

追跡という言葉がここで指し示しているのは、生物共同体を構築する、形がなく目にも見えないものを探し出す資質のことだ。移ろいやすく、他の生物には見えない経験に基づいた数々の要素によって、生物共同体は構成されている。「何者も痕跡を残さずに存在することはできない」という魔法の言葉は、追跡者の目線の先にしるしを浮かび上がらせる。

追跡は〝経験の消失〟によって損なわれた、人間の生物に対する感性や知を修復し、生態系への感受性を取り戻すための一つの方法なのかもしれない。追跡をする人は、目が景色に問いかける疑問を、次のようなかたちで言語化することを余儀なくされる。「ここには誰が棲んでいるのだろう？」「ここに棲む生き物たちは、それぞれの棲み家が重なり合ったこの空間を、どのように構成しているのだろう？」

観念論に頼るまでもなく、追跡は現代の自然主義（ナチュラリズム）が作り変えた自然体験――人間の魂の反映、心安らぐのどかな場所、スポーツの舞台、自撮り（セルフィー）の背景――を、複雑に絡み合った共用の棲み家に没入し、貪欲にしるしを追求する体験へと変貌させる。生態系への感受性は、ある空間を構築し、棲み家とし、互いに結ばれ、そして自分自身ともつながりのある存在によって、一度は空（から）になった空間を再び満たす経験を通して磨かれる。

朝、車で職場に向かう途中、羽を広げて大空を舞うチョウゲンボウ〔ハヤブサ目ハヤブサ科の鳥〕の姿をよく見かける。チョウゲンボウは、私には見えないものを見る技術を駆使して、その日の獲物を探している。その姿を見かけるたびに、私の中に純粋な喜びが沸き起こってくる。以前にも述べた、誰にも所有できず、与えても何も失われることのない、意図せずに贈られる贈りものを受け取った感覚だ〔本書五〇頁を参照〕。この贈与の感覚は、私の内に、生命の歴史という同じ運命共同体に属する生物に対する、太古の昔より変わらない感謝の念を呼び起こす。生命の美しさ、不思議さ、多様さ、尊厳を目の当たりにしたときに沸き起こる喜びである。生命の存在が形づくる謎は、私自身の命という謎を思い起こさせてくれる。人間として生き、存在することは、私にとって一つの謎であり続ける。しかしその謎も、他の生命という謎と接することで、少しだけわかりやすく、豊かで、受け入れやすいものになる。

追跡はまた私たちの内に、理解の及ばない喜びと、自己の存在が拡張する感覚の入り混じった不思議な現象を生じさせる。そのきっかけとなるのは、把握しがたい不可思議な動機に従って私たちのすぐそばで暮らし、ときに煩わしく感じることもある他の生物との偶然の出会いなのだ。

追跡とは、目に見える痕跡を読み解くことで、同じ世界に棲む目に見えない住民の姿を浮かび上がらせる技術なのである。

歩き方として見たとき、追跡と、より身近な活動であるハイキングとの間には思いがけない違いがあることがわかる。追跡をする人は、周囲に注意を張り巡らせながら歩く。これに対し、ハイキングをする人は、他の生物に対してときに無神経に振舞う。自分自身のことしか目に入らない旅人は、複雑にもつれ合った生物の棲み家を、個人的な遊びや精神的充足の場へと変えてしまう（ある旅人について、一六世紀の思想家モンテーニュは次のように書いている。「自分自身にかまけるあの旅人は、道中何も見ていないに等しい」[4]）。そのような旅人は、まるで自分の家に居るかのように、周囲を顧みず我が物顔で振舞う。追跡をしていると、大声で話し、無遠慮に笑いながら歩く西欧人の奇異な振舞いによく驚かされる。あのように大騒ぎしてもいい場所といったら、自分の家くらいなものだ。

また姿勢の面でも、追跡をする人は意図せずして、ポストカードの写真に見られるような景観の美しさや壮大さとは別の角度から景色を眺め、感じ、想像しているように思われる。景色には、様々な生命の暮らし方が交錯する場所、という文字通り新たな側面が加わる。景色の中に暮らすそれらの生命は、旅、狩り、遊び、争い、求愛、威嚇、危険、恐れ、複雑な政治関係、協力、同盟、共存協定（モデュス・ヴィヴェンディ）、外交条約などによって、景色を彩（いろど）っている。たとえその大半が、人間にとって理解の及ばないものだとしても。

動物が織りなす景色、植物の社会学、バクテリアと植物の根との同盟関係に意識を向け、緊密に交わり合ったそれらの不可思議な生命の活動に想像力を働かせることで、自然に棲む新たな方法が見えてくる。そこに広がっているのは、まだ誰も探索したことのない外交共同体としての自然だ。

最後に挙げておきたい追跡の特異な点は、追跡それ自体が私たちを動物との出会いに導くわけではなく、それを通じて私たち自身を、過去に起きた狩りや採集の状況へと立ち返らせてくれる点だ。動物との出会いはあくまで期待でしかない。追跡は私たちを影響の形而上学に導きこそすれ、動物に出会いたいという意志を実現させる手段にはならない。追跡は出会いの状況を整えはするが、出会い自体を引き起こしはしない。それによって、出会いはまったく別の重要性を帯びた出来事となる。追跡は私たちに、現代では稀となったある心理状態を取り戻させてくれる。気を張り詰めて警戒し、不測の事態の到来を今か、今かと待ちわびる心理状態である。

明け方、まだ見ぬ何かとの出会いを期待して出発する。見方によっては、人生そのものではあるまいか。

共存する技術

これまで見てきたように、追跡から捕食行為を切り離すと、ある種の注意が残る。そこで、人間にとって注意の根源的な用途とは何か、という疑問が浮かんでくる。追跡という行為の起源の大部分は狩猟に求めることができるが、注意の用途が狩猟に限定されるわけではない。ホモ・サピエンスは何十万年もの間、多種多様な動物に囲まれた環境下で、動物と交わりながら暮らしてきた。このことから、追跡は第一に地政学的な行為であったと考えることができる。追跡は、捕食という目的に限定された行為ではなく、生態系の住民である人間が常日頃から実践してきた行為といえるだろう。追跡は、幾重にも折り重なった世界で、日々他の生物と共存していくために答えなければならないある疑問に対応している。追跡の出発点ともいうべき問いは、次のようなものである。「ここには誰が棲んでいるのだろう？　どのように暮らしているのだろう？　どのように縄張りを築くのだろう？　この生物の行動は、私の生活にどう関係してくるだろう？　反対に、私の行動はこの生物にどう影響するだろう？　どこで摩擦が生じ、何について同盟が結べるだろう？　争わずに共存していくためには、どのような規則を作る必要があるだろう？」

このような観点から、人間以外の生物と世界を分かち合う上での根本的な政治問題について、考えを巡らせることができる。生物が形のない習慣によって縄張りを整備しているとすれば、そこで生じる政治問題とは、もつれ合い、重なり合った棲み家の中で、それらの習慣といかに折り合いをつけるか、ということに他ならない。そこからさらに、良い習慣とは何か、という疑問が生じてくる。おそらくそれは、様々な生命同士の習慣が織りなす共習慣・共進化とも呼ぶべきものであり、共通の目的を持った同盟関係、すなわち相互扶助のかたちを取るだろう。

追跡のそのような側面を、ここでは現代的な自然との接し方として追求している。動物の棲み家の分断化と大規模な破壊は、単なる土地開発工事の帰結ではない。それらは第一に、人間が我が物顔で造り変える空間に暮らす動植物の、人間の目には見えない棲み家に対する人間の無知に起因している。

　アメリカの生態学者マイケル・ローゼンツワイグ〔一九四一‐〕の提唱する〝和解生態学〟も、この問題を解消しようとする試みの一つだ[5]。その趣旨は、他の生物の目で世界を見るとともに、その見えない要求に注意を払うことで、人間が住む土地を広範囲にわたって他の生物が棲める土地に造り変えるというものである。現代において他の生物が暮らしていくためには、進化（多様性の獲得と自然淘汰）に必要な時間・空間と、人間が大規模に造り変え、もう元に戻ることはないこの世界に適応するための余地を、人間の手で用意しなければならないというわけだ。

　現代において追跡が提起する問題は、人間と他の生物が共に不安定な環境下で暮らしてきた更新世の時代のそれと似通ってきた。不安定さをもたらしたのは、気候変動や急激な環境の変化である。そのような世界で人間が無数の生命と共存していくためには、共に暮らす方法、守るべき習慣と変えるべき習慣、組み合わせるべき力と尊重すべき境界――つまりは生物共同体の地政学を踏まえた外交術を学ぶ必要がある。

　そうはいっても、原始への回帰を訴えているわけではない。更新世と同じ状況に戻ったために外交術が必要なのではなく、人新世（アントロポセン）とも呼ばれる（ここでは名前は重要ではない）現代に特有の状況が、外交術を必要とさせるのである。私たちの時代の状況が提起する問題とは、生物であふれ返り、もつれ合い、ひとつながりになった地上での、異なる種（しゅ）同士による新しいかたちでの共存である。最も野生に近い動物ですら、人間の活動や都市化や気候変動による影響を受け、それらの変化をできる限り取り込みながら、人間に交じって暮らしている。それらの生物の暮らし方に、人間が直接手を加えることはできない。その意味で、現代は双方にとって不安定な時代と言える。

ここで問題となっているのは、都市から遠く離れた森の奥にある手つかずの自然でもなければ、工業化と資本主義経済の要請によって人工的に整備された自然でもない。問題となっているのはそうした古くからの概念である自然ではなく、人間の活動によって土台から造り変えられた生物の棲み家の方なのである。しかし生物は再起する力を失ったわけではない。生物は、人間を含む他の種と新たな関係を築くとともに、新たな行動を生み出し、新たな進化の方向を見出していく。人間による破壊がどのような結果を招いたとしても、である。つまり新たな状況とは、複雑に折り重なった人新世（アントロポセン）の編み目の中を追跡すること、あるいは、アメリカの人類学者アナ・チン〔一九五二―〕のより捻（ひね）りの利いた終末論的表現を借りれば、「資本主義の廃墟」[6]の中を追跡することなのである。

私たちはこれまでに何度か、カダラッシュ（南仏プロヴァンス地方の村）に建設中の核融合炉付近に棲みついた狼の群れを追跡してきた。ヴェルドン川とデュランス川の合流点に位置する原子力・代替エネルギー庁カダラッシュ研究所は、複雑な地政学的歴史の産物だ。この研究所では、欧州連合（ＥＵ）加盟国〔二〇一七年時点で二八ヶ国〕にインド、日本、中国、ロシア、韓国、アメリカ、スイスを加えた計三五ヶ国が共同で研究を行っている。一九八五年一一月に開催された米ソ首脳会談にて、ソ連のミハイル・ゴルバチョフ書記長が新世代のトカマク型核融合炉建設のための国際共同研究を提案したのが事の発端だ。トカマク型核融合炉とは、真空容器内で太陽の核融合反応を再現する核融合炉である。プロジェクトの総予算は近年一九〇億ユーロに達し、研究所内には軍事施設も併設されている。狼の足跡は、研究所の周囲に張り巡らされた、武装警備員が見張る有刺鉄線沿いに残されていた。足跡のすぐ向こうには、箱の中に太陽を閉じ込めるべく奮闘する複数の巨大な核融合炉が鎮座している。動物たちは、ときおり猪が金網に開ける穴から、人間には立ち入りが禁じられた空間に出入りしている。野生の象徴たる狼が、なぜ原子力施設のすぐそばに棲みついたのだろう？ このような場所には散策目的の観光客が寄りつかないため、静かに暮らせるからだろうか？ それとも、猟師が放射能汚染を恐れてノロジカを狩らないため、餌が豊富にあるからだろうか？ 真相は定かではないが、狼は確かに原子力施設のすぐそば、施設が作り出した隙間に暮らしていた。ある夏に仕掛けた自動撮影カメラには、五頭の元気な子狼の姿が映っていた。子狼たちはカダラッシュ研究所へと続く道の上で遊んでいた。にわかには信じがたいことだが、核融合炉の陰でさえ、生命は繁栄するのだ。

現代の世界で追跡の対象となるのは、遠く離れた〝外部〟としての自然に暮らす生物ではなく、人間と生物の歴史が紡ぎ出した、生命の混沌とも呼ぶべき生態系そのものの姿である。思いがけない出会いの積み重ねによって紡がれた、生態系を構成する偶発性の歴史を認めることで、その全容は見えてくる。単調で変化のない〝自然〟の中で活動する野生の生物はもはや存在しない。生物は、生物自身の論理に従いながら、人間に交じって暮らしている。たとえば、ヨーロッパノスリ〔タカ目タカ科の鳥〕は高速道路と不思議な相互扶助関係を築いている。高速道路上ではねられた動物の死骸を餌にすることで、道路を掃除し、車両の円滑な走行を助けているのだ。追跡は人間の活動が環境に与えた変化と、それに対する生物の対応を見せてくれる。現代のシジュウカラは、巣作りのために煙草の吸い殻をせっせと拾い集める（ニコチンが卵を寄生虫から守ってくれるためだ）[7]。シジュウカラは、人間が引き起こした変化や環境破壊の歴史をうまく方向転換することで、生命の混沌の中から新たな暮らし方を生み出した。生態系の混沌の中をうねりながら進んでいくことこそが、直線的でも崇高でもない、追跡の道筋なのである。

最近、私は実践研究の一環として狼の群れの活動を観察すべく、南仏に滞在し、数日間夜の見張りに立った。静けさの中、私たちは平野を見下ろす丘に陣取り、夜の闇に赤外線カメラを向けた。このカメラは物体の温度差を感知し、コントラストによってそれを画面に映し出す。すると間もなく、光で表示された狼たちの姿が画面上に現れた。狼たちは遊んだり、日々の習慣を繰り返したりした後、狩りないし縄張りの巡回に出かけていった。割り切れないのは、私たちが使用したカメラが市販の禁じられた軍用のものであるという点だ。いわゆる〝機密扱いの〟戦争の道具である。国境警備用に開発されたこのカメラの本来の用途は、諸々の標的の他、とりわけ不法入国を試みる移民を取り締まることである。その点でこの道具は比喩的に、「関係のあり方の両義性」を体現しているように思う。目的が異なるとはいえ、こうして狼の観察に移民監視用のカメラを用いることには、考えさせられるものがある。このような道具は、人間が人間のすぐそばで暮らす他の存在と築く関係のあり方に共通した部分を浮き彫りにしている。そもそも、私たちが狼を観察していた場所からして、軍事演習地なのだ。頭上をヘリコプターが飛び、遠くで砲弾の炸裂音が響く中、私たちは廃用になった戦車で遊んでいる四頭の子狼と出会った。ある夜には、自動小銃の掃射音に狼の遠吠えが重なった。戦車と羊の群れの間、人間と人間の技術が作り上げた集団の隙間に、狼は棲みつき、再起した。そうして狼たちは、長く複雑な過去を持つ環境の中で生きる術(すべ)と、その環境を作り変える術を学んでいく。そびえ立つ過去の廃墟の中で、生物は再び交じり合い、新たな模様を織りなしていく。

現代の世界における追跡は、素朴な体験とは程遠い、様々なものの入り混じった曖昧な体験をなしている。向こう見ずな経済活動がもたらした共存の危機に対する鋭い意識、生物を支配してきた人間の歴史、変化した世界の中で同盟関係を再構築すべく、すべての生物が暮らしていくための共存協定(モデュス・ヴィヴェンディ)を生み出したいという欲求——そして、いかなる障壁にも挫(くじ)けずに再び立ち上がろうとする生命の力強さに賭ける思い、これらが追跡という体験を形づくっているのである。

第五章
ミミズの世界観

哲学的な思索に富んだ追跡を身につけるため、カナダ・オンタリオ州の森の奥深く、あるいはキルギス共和国のステップを目指すことは決して間違いではない。遠くから眺めることで、新たな世界の見方を発見できる。だがそれも、わが家に帰るための回り道の一つにすぎない。

生物の繁栄と衰退は、私たちのすぐそばで繰り広げられている。異国の地を訪れたり、先住民の暮らしを真似たりせずとも、追跡を実践し、共用の世界を形づくる生物の多様な棲み方に触れることはできる。追跡から学ぶ注意のあり方と無私の姿勢とは、二つの意味で私たちをわが家へと導いてくれる。

一つ目は哲学的な意味だ。人間は世界を、無音で、寒々しく、不条理と弱肉強食の掟（おきて）とが支配する荒れ果てた空虚なものとして思い描いてきた。その世界を照らすのは、孤独な唯一の主体である人間が放つ、今にも消え入りそうな文明の光である。人間の精神が作り出したこのような世界には到底住みようがない。これに対し、追跡によって意志とは無関係に足を踏み入れることになる世界は、刺激と温かみにあふれている。無数の魅力的な生命が息づくその世界では、共存協定（モデュス・ヴィヴェンディ）の交渉という冒険が待ち受けている。外交術が必要ではあるものの、人間と他の生物との根源的な関係が否定も破壊もされていない以上、より温かみのある世界である。その世界には、現代に特有の孤独感は存在しない。なぜなら人間を内側から支える他の存在――生物、川、バクテリア、植物、動物、虫、海、荒れ地、森など――が、私たちを取り囲んでいるからである。その意味で、追跡はわが家へと帰るための技術なのである。

このことは、未開地を〝文明化〟によってわが家へと変える方法と比較することで、より鮮明になる。植民地支配の歴史を振り返ってみても、この主題は実に興味深い。往々にして都会出身の植民地支配者は、未開の新たな領地がある特定の条件を満たさない限り、文明化が完了したとはみなさなかった。その条件とは、その土地に棲む他の生物の習性や生態を知らなくとも、新しくやってきた入植者が警戒せずに伸び伸びと（つまり無知かつ無頓着に）暮らせることである。その土地の内情に通じていなくとも安全に暮らせるのであれば、その土地の文明化は成功である。そのためには、共存のしかたを知らない限り危険な存在であり続ける蜘蛛や、蚊や、猛獣や、バクテリアといった不穏な生物を、その土地から排除しなければならない。それこそが、植民地支配者にとって〝未開〟の自然を掌握し、居住地へと変える方法であった。その一方で同じ土地に暮らす土着民は、人間とは異なる基準に従って生きるこれらの手に負えない生物たちを、駆除する必要も、支配する必要も感じてはいなかった。土着民にとって、その土地はそのままでも十分に「わが家」であった。昔からそこに暮らしている土着民にとって、その土地が未開で居心地の悪い場所であったと考える方が理屈に合わない。もちろん、両者ともその土地を住みやすいように作り変えてはいる。だがその方法が必ずしも〝文明化〟であったとは限らないのである。

未開地を居住地に変えるために文明化するという考え方は、おそらく都会出身の植民地支配者に特有のものだろう。土着民や田舎の住民は何ら不自由を感じていないからだ。その土地に長く暮らす人々は、不測の事態に備えて周囲に気を配るという最低限の警戒心と、その土地に共存する生き物の生態や習性に関する知識を身につけることで、快適に暮らす術(すべ)を確立してきた。ところが〝文明人〟は、周囲の環境に警戒する必要のない、他の存在を排除した孤独な世界に生きることを望んだ。下等な存在である動植物や生態系や気象の力を学んだり、対話をしたりする必要のない世界に生きることを選んだのである。

植民地支配者にとって環境の束縛からの解放を意味したものは、多種多様な生物が共存する環境に暮らしてきた土着民にとっては対照的に、生命のない世界への疎外を意味したに違いない（黒澤明監督によるソ連映画『デルス・ウザーラ』〔制作一九七五〕の最後の場面がまさにこれを象徴している。森に暮らし、火や森の生き物と対話しながら生きてきた老人が、最後は殺風景なコンクリート造りの部屋の中で、たった一人暖炉を見つめている）。

北太平洋のアメリカ先住民デナイナ人に伝わる民話では、森で迷った旅人は狼に道を尋ねることで窮地を脱する。これに対して、『ピーターと狼』〔ソ連のセルゲイ・プロコフィエフ（一八九一－一九五三）が作曲した子どものための童話音楽〕や『赤ずきんちゃん』〔フランスの作家ペロー（一六二八－一七〇三）作。元は西欧の口承の昔話〕といった童話では、「森で迷う」という神話素〔クロード・レヴィ＝ストロースが提唱した、神話の物語を構成する基本要素のこと〕が見事に反転している。前者では救済を象徴する狼が、後者では危険を象徴しているのである。力強い生命の息づく前者の世界では棲み家の作り方が異なることを、この反転は示している。

両者の違いは、前述した必要最低限の警戒心の有無にある。警戒心とはつまり、その場所を縄張りとする生物とそれらの生物を知る人々が共に大切にしてきた、外部の世界を受け入れる潜在的な姿勢のことだ。土着民は、何ものにも還元しえない他の存在（ときに煩わしいこともある）との緊密な関係を、不幸な宿命ではなく、わが家の一部とみなしてきた。言い換えれば、それは他の生物と交わり、自分自身も世界の一部として存在する暮らし方である。

文明化とは、ある環境を「わが家」とするための姿勢全般を指すのではない。文明化の特徴は、わが家を築くためにはむしろそこに棲む生命や生活環境を無視し、蔑み、服従させなければならないと信じる姿勢にある。文明化によってわが家を築くには、人間の居住地を生物共同体から切り離すとともに、人間を束縛する周囲の環境から自由にならなければならない。そして周囲の環境から、生物同士が支え合う共同体の生みの親という地位を、つまりは自由をもたらす関係性の紡ぎ手という地位を剝奪しなければならない。

だがある環境を「わが家」へと変える方法は他にも存在する。それは無数の生命のあり方に注意を凝らす警戒心と、他の生物との絶え間ない外交（知識があれば他の生物は危険ではない）によってわが家を形成するという、文明化よりもはるかに好ましい方法である。

さて、追跡はもう一つ別の意味でも私たちをわが家へと導いてくれる。追跡が呼び覚ますユキヒョウの忍耐や、研ぎ澄まされた警戒心や、目立たないものの豊かさに対する感性は、都会に暮らす人間の身近にいる目立たない生物にも向けられるからだ。たとえば、自宅の台所に置かれた堆肥作り容器（コンポスト）に棲むミミズである。追跡によって、ミミズ堆肥容器（コンポスト）は不思議な魅力を秘めた箱へと変貌する。ミミズ堆肥容器（コンポスト）とは、ミミズと微生物の働きにより生ごみを分解し肥料へと変える、複数の層に分かれた容器のことだ。ミミズの見慣れない習慣や、その不思議な暮らし方や、人間が家の中でミミズと結ぶ新たなかたちでの同盟関係は、ここに描く「入森」の試みによって、またとない関心の的となる。ミミズ堆肥容器（コンポスト）との同居には、単なるエコロジーの取り組み以上の意味が潜んでいる。追跡と同じ観点主義（パースペクティヴィズム）の論理に従えば、生ごみの堆肥化という実用性に基づいたミミズとの交流には、アニミズム的な一面があることがわかってくる。「ジャガーの目には、血はビールのように映る」というアメリカ先住民の世界観を例に取れば、人間にとってのごみは、ミミズにとってごちそうなのである。それに加えて、ミミズ堆肥容器（コンポスト）の取り扱いには、まさにこの観点主義（パースペクティヴィズム）が欠かせない。ミミズの奇妙な要求を満たさなければ、生ごみは腐敗し、たちまち悪臭が漂い始めるからだ。たとえばミミズの不思議な生態の一つに皮膚呼吸がある。それを知らずに油を容器に入れれば、ミミズは窒息してしまう。ミミズの存在のしかたに関する詳細な知識があって、はじめて同居は可能となる。ところでその知識は、ミミズとの交流の中で追跡し、身につけていかなければならない。

　現代の生活では、生ごみは消費できないものとして捨てられてしまう。他の生物が蓄えたエネルギーはすべて人間に帰属し、余った食物は腐って然るべきであると考える西欧的な態度が、そこにはよく表れている。この習慣の根底にあるのは、熊との出会いの章でも取り上げた、生物共同体からの離脱という思想である。生態ピラミッドの頂点に立つ人間は、すべてのエネルギーを独占し、他の生物には決して還元しない。一見何の変哲もないミミズ堆肥容器(コンポスト)は、そのような形而上学を一変させ、台所の中に小さな地球を出現させる装置となる。生命のエネルギーをバイオマス〔生物体をエネルギー源や工業原料として利用すること〕として循環させるこのプラスチック製の容器は、一つの世界を体現しているのだ。ミミズ堆肥容器(コンポスト)のおかげで、私は自分のもとに集まった有機物を捕捉して離さない、生命エネルギーの終着点ではなくなる。その一部は有機物を吸収できる生物に手渡され、その生物の営みから、肥料と黒い黄金（分解された食物の栄養素を豊富に含んだ液体）が生まれる。さらにその肥料は、持続型農法(パーマカルチャー)で育てた野菜の養分となり、菜園を訪れる虫や動物へと循環していく。

　ミミズ堆肥容器(コンポスト)の中にはシャーマニズムが隠れている。それを探るには少し回り道をして、シベリアのシャーマニズムに触れておく必要があるだろう。フランスの人類学者ロベルト・アマイヨンによれば、シベリアのシャーマニズムは以前にも言及した肉の循環の概念によって特徴づけられる〔本書八四頁を参照〕。「狩人が肉を口にする交換の仕組みは、異なる世界間での肉の循環を保証している。第一に、狩人によって殺された獲物の肉が人間を養う。人間が一生を終えると、今度は死骸となった狩人の肉が（超）自然へと還っていく」[1]。

　伝統的なシャーマニズムには、（獲物というかたちで）森から奪われたエネルギーが、（狩人が自身の肉体をハゲワシに捧げる自発的な死というかたちで、あるいは森の精霊が狩人の肉体を侵食したとみなされる病気や老いという象徴的なかたちで）森に還っていけるようにするための、一連の慣習が存在する。それによって、人間と他の生物の世代交代は保証される。現実と象徴の両面において相互性を取り入れたこれらの慣習は、私たちのものとは異なる世界観に根差している。生態系からの人間の離脱を前提とせず、すべての生命の繁栄のために生物同士の交換を恒久化させようとするこの世界観は、生物との新たな関係の築き方を示している。

シベリアの狩猟生活を取り入れなくとも（それはそれで的外れである）、エネルギーを生物の世界から人間の側に引き入れ反対方向に流そうとはしないダイオードのような、一方通行の関係を正した世界観を想像することは可能だ（本書八三－八四頁を参照）。その世界観とはすなわち、生態系の活動が生み出したエネルギーを食物連鎖の頂点で独占し、余りは誰にも渡さずに腐らせてしまう特権によって存在しうる、超越者たる人間であることを拒否した世界観である。さて、そうした世界観が想像可能なのは、（滑稽に聞こえるかもしれないが）ミミズ堆肥容器（コンポスト）がシャーマニズムを再現した装置だからである。なにも難しく考える必要はない。ミミズとミミズを取り巻くバクテリアの集団は、人間の髪や爪を食べるのである。もしこのことに拒否感を覚えるならば、それは人間を食物連鎖の頂点に位置づけ、食べられることのない捕食者へと仕立て上げた形而上学がいかに根深いかを示している。ヴァル・プラムウッドが掘り起こしたこの哲学の所産は、私たちの本能にまで食い込んでしまっている（本書八〇－八五頁を参照）。髪や爪は、人間が摂取したエネルギーから人間の体が作り出した有機物である。このエネルギーをミミズに受け渡すことで、ミミズはそれを肥料へと変える。肥料は自然農法で育てた菜園や庭の動植物の糧となり、そこで育った実を通りすがりの鳥がついばんでいく。こうして肉と太陽の循環が形づくられる。

世界と交流する生きた観点をつなぎ合わせることで、それまで堰き止められていた流れは、ミクロの世界から再び循環し始める。

無から新しい世界観を生み出すのが難しいのであれば、身近にあるものを足掛かりにすればいい――ミミズ堆肥容器（コンポスト）と暮らすことで、周囲にはおのずと新たな世界が開けてくる。ゆっくりと、手探りで、生物が共存しながら生きていくことのできるまったく新たな世界観を、ミミズ堆肥容器（コンポスト）から取り出すのだ。

見た目こそ風変わりなものの、生態系内でのエネルギー循環を確立した世界観はこうして再構築されていく。この新しい世界観は、いつでも利用できる不活性な資源として生物を独占してきたこれまでの世界観に取って代わるものである。循環の輪が考案され、想像され、再構築されれば、他の生物の糧となりうる生ごみが捨てられてしまうこともない。ミミズ堆肥容器（コンポスト）は、単なる象徴でも（象徴は菜園の野菜や共生生物の肥やしにはならない）、はたまた世界を覆す革命でもない。ミミズ堆肥容器（コンポスト）は、そっと白地図の図柄を書き換えることで新たな世界を出現させ、視線と行動を少しずつ大切なものの方へと向き直させてくれる、ミクロの装置なのである。

私の連れは、ミミズ堆肥容器（コンポスト）と奇妙な同盟関係を続けていく中で、ときおりミミズが私たちの健康を気遣っているように感じることがあるという。ミミズに何日も食べ物を与えていないことに気がつき、後ろめたい思いをする。それは同時に、私たち自身が加工食品ばかり食べ、野菜を口にしていない証拠でもある。私たちの食生活が乱れれば、ミミズの餌も減る。相互性の輪は、様々なかたちで至るところに存在し、思いもよらぬ共通の利害関係を生み出している。

これ以外にも、同様の効果をもたらす活動は存在する。他の生物と外交関係を築こうと試みる活動がそれだ。街中で実践できる野草採集もその一つである。たとえば摘んだ植物の種子の分散を助けることで、関係の相互性を実感しながら、エネルギーの返還を学ぶことができる。野草採集によって、いわば水平面での肉の循環（生態系の働きによって太陽のエネルギーが植物に変換される循環）とも呼ぶべき世界観が再構築されていく。

アメリカ先住民スー人の歌に、語り手が熊に変身する歌がある。[2] 語り手は前足で地面を蹴って草原へと進んでいく。歌はこう続く。

わが前足は聖なる足
野には薬草が生い茂る
わが前足
野には薬草が生い茂る
わが前足は聖なる足

すべてのものは聖なるもの
わが前足
すべてのものは聖なるもの

薬草とは薬効のある野草や、香草や、栄養価の高い野草のことを指す。空き地、森、コンクリートの隙間、草原など、薬草は至るところに生えている。スペインのエル・シドロン洞窟で発掘された、およそ五万年前に死亡した若いネアンデルタール人の遺体の歯石からは、ポプラの新芽を噛んでいた痕跡が見つかった。ポプラの新芽の鎮痛成分と抗炎症成分は、つい最近生物学者によって発見されたばかりである。考えてみれば、人類と並行して進化を遂げてきた野草に、苦痛を和らげたり、病気を治したり、病人を元気づけたり、生き長らえさせたりする成分が秘められていること自体、不思議なものである。人間が栽培したわけでも選別したわけでもないこれらの植物は、三〇万年も昔から、人間にとって身近な薬であり続けた。探し方と用法さえ知っていれば利用でき、誰かに奪われる心配もない、謎に満ちたありがたい野草である。[3]「野には薬草が生い茂る」世界であれば、「すべてのものは聖なるもの」と思う気持ちにも合点がいく。このような歌や現象には、私たちのものとはまったく別の世界観が見て取れる。そこでは自然は、額に汗して文明化しなければならない物騒で野蛮な世界でも、無機質な資源でできた不条理な世界でもなく、生態系の進化が形成した、すべての生物に惜しみなく恩恵をもたらす豊饒な世界として描かれている。住民たちが緊密に寄り合うことで織りなす棲み家は、無機質な材料で建造された物理的な家とは異なり、誰にも所有できない「わが家」となる。

　想像力を要する実践によって構築されるこのような慎ましい世界観は、私たちに残された生気のない世界に対する現実的な対抗力を備えている。その力は私たち自身のあり方にずれを生じさせるとともに、人間の存在を支えている大切なものに与（くみ）し、人間に破滅をもたらすとわかりきっているものに対抗するよう背中を押してくれる。

　外交術とは、物語を行動に紡いでいく技術であると同時に、すでに世に広まった困難に立ち向かう確固たる意志でもある。誰にも帰属しない有益な技術と発想、経験を流動化させる慎ましい手段である外交術には、ちょうど呪物に霊力が宿るように、異なる世界観が宿っている。外交術とは、異なる生命のあり方を取り入れた行動に特別な力を込めようとする、ささやかな呪術なのである。

　これら数々の行動の起点となるのは、他の生命のあり方に対する並外れた感性と、神秘主義の介在しない単純な仮説のかたちを取った純朴なアニミズムである。その仮説とは、他の生物が単なる物ではなく、行動し、苦しむ主体であるということ、自らの基準に従って世界を形成する互いに重なり合った観点であるということ、そして、それぞれが内面性と独自の興味を持つ存在であるということである（たとえその内面性や興味が、人間の基準では想像できないものであるとしても）。内面性とは、ここでは単純に生物が物ではなく、周囲の世界を棲み家へと変える主体であることを意味している。ところで、生物の行動を司る主体性や観点や内面性は目に**見えない**。大切な人の心が見えないのと同様に、人間には生物の内側を覗き見ることはできないのだ。しかしながら、何者も痕跡を残さずに存在することはできない。それこそが追跡の極意である。たとえ目に見えない相手であっても、必ず目に見える痕跡を残す。狼、土壌を豊かにするバクテリアや菌類、交信し合う木々、花粉を運ぶミツバチといった生物の内面は、直接見ることは叶わないものの、残された目に見える痕跡を追跡することで浮かび上がってくる。目に見えないものの存在を想定しない限り、過去の出来事に説明がつかないからだ。痕跡は私たちを追跡へと誘う。相手がミミズであれ、薬草であれ、ユキヒョウであれ、目には見えない他の生物の内面性や存在のしかたを物語る、目に見える痕跡に注意を向ける行為を、追跡と呼ぶのである。

追跡を実践し、他の生物が互いにしるしを送り合う技術や、自らの基準に従って人間のすぐそばに棲み家を形成する技術に気を配ることで、周囲の世界は生物であふれた共同体へと姿を変え、まったく新たな体験を可能にしてくれる。生物たちの風習を学ぶことによって、共同体内で暮らし、糧を得ることができるようになる。その充足感は筆舌に尽くしがたい。これと比較すると、パスカル〔一六二三－六二、フランスの哲学者。主著『パンセ（瞑想録）』〕の言う〝気晴らし〟が、死の運命を忘れるための方策などではなく、実は生命の不在を紛らわせるための方策であったように思われてならない。「この無限の空間、その永遠の沈黙が、私には恐ろしい」[4]というパスカルの言葉は、現代人が抱える孤独感の原型を言い表している。だがそれならばなぜ、パスカルからすれば人類共通のものであるはずの世界の沈黙と孤独感とがもたらす苦悩が、周囲の生態系と共存する先住民の生活を記録した民族誌のどこにも描かれていないのだろうか？

パスカルは症状こそ正しく突き止めたものの、診断を誤ったのかもしれない。〝気晴らし〟によって忌避しなければならないのは、死の運命でも、無音の世界の不条理でもなく、身近にある物言わぬ資源へと変えられてしまった生物の世界の沈黙だったのではないか。果てしない宇宙の沈黙とは、人間の本源的な問題ではなく、おそらくは新石器時代に端を発し、近代になって急加速した、生物共同体との接点の喪失がもたらした後遺症なのである。生物の世界はしるしであふれており、沈黙など存在しない。そこでは常に複雑に重なり合った歌が鳴り響いている。ただしそれを聞き取るには、解釈する力が必要である。おそらくは、空間（都市での生活）、存在論（人間以外の生物に内面性を認めない態度）、技術（近代化に伴う生物の隷属化）の三つの面において生物共同体と離別することにより誕生しつつあった自然主義（ナチュラリズム）と、パスカルの都会的な生活とが相まって、無限の空間の、耳を塞ぎたくなるような沈黙が夢想され、創造されたのだろう。というのも、聞く耳を持つ人にとっては、柵の向こうにも、空き地にも、窓の外にも、沈黙など存在しないからだ。

このことから、人間の孤独感の大きさは、森の中で生物を認知する力の度合いに比例すると考えられる。森、さらには生物が息づくすべての場所（つまりショッピングセンター以外のあらゆる場所）が、ロマン派の詩人が表現するような観念的孤独の舞台となるのは、人間が周りを見ずに歩いているからに他ならない。生命のしるしや痕跡を認知し、解読する力を失ってしまったがために、人間は森の中、ひいては世界の中で、深い孤独を感じるようになったのかもしれない。言い換えれば、生命の世界が静かなのではなく、人間が聞き方と読み方を忘れてしまったのである。生物の世界は、もはや人間がわが家のように歩き回ることのできるしるしの集合体ではなくなってしまった。生気を失い、生態や習性や進化に関する意味と謎を剝ぎ取られた生物の世界は、いつしかただの美しい景観と化し、果ては観念的な苦悩の舞台となった。

トゲチシャ〔キク科の植物。レタスの仲間〕は葉の表面がいつも北か南を向いている面白い野草である。この野草を見分けられる人にとって、トゲチシャは迷ったときに方位を教えてくれる生きたコンパスとなる。葉の向きが変わるのは、日焼けを避けるためだ。都会の空き地でトゲチシャを探す人、道路脇でヨーロッパノスリと高速道路の不思議な共生関係（前者は掃除をし、後者は餌を提供する）を発見する人、深い藪（やぶ）から抜け出す獣道を造ってくれた鹿に感謝し、お礼に道を広げてやる人、ベランダで野菜同士の幸福な同盟関係を構築する人……そのような人々にとっては、もしかしたら孤独感など存在しないのかもしれない。

行動を変えることによってしか、観念を変えることはできない。そのように考えることで、追跡やそれに類する活動には新たな意義が見出される。その意義とは、人間以外の生物の世界にささやかな居場所を取り戻すこと、しるしを読み取り、与え、交換すること、人間との関係の中で発揮される人間以外の生物の豊かな創造性を理解し、折り合いをつけていくこと、そして今よりも温かい世界観を創り上げていくことである。様々な資質を受け継いだ生物の一員として、他の生物とともに生きることができれば、きっと今よりも自由を感じられるはずだ。

第六章
探求の起源

私たちがこれまでに見てきたのは、あまりに貧しくなってしまった人間と人間以外の生物との関係を見直すために拵（こしら）えられた、不格好で不安定な実践手段とも呼べるものだった。それも、個人の行為に限っての話である。ここではがらりと視点を変え、人間を現在の人間たらしめた何百万年にもわたる人類化の過程において、追跡が果たした役割について考えてみたい。すなわち、人間という奇妙な種の誕生に追跡が及ぼした影響について、地質学的な時間単位での調査を試みるのである。第四章でも触れたように、人類学者のルイ・リーベンバーグは、追跡に際しての調査が人間の思考能力の誕生に重大な役割を果たしたとする仮説を唱えた。リーベンバーグはその中で、人間に備わった特異な知的資質の一部が、獲物を追跡するという行為に対して働いた淘汰圧〔自然淘汰を引き起こす要因となる自然環境の力〕によって、膨大な時間をかけて形成されたとする説を提唱している。

この仮説について語るためには、ホモ・サピエンスという種（しゅ）が、その進化の過程で接してきた様々な生態系に暮らす生物との複雑な共進化によって生まれた種であることを思い起こしておく必要がある。すべての種の背景には特異な歴史がある。イルカやシロアリや狼といった種は、それぞれが特異な進化の軌跡を辿り生まれてきた。では、私たちから見ていかにも不可解な生物であるホモ・サピエンスという種を生み出した軌跡の特異性とは何だろうか？　中核となるのは、今から二〇〇万年以上前に起きたある出来事が、人類化を引き起こす決定的な要因になったという考え方だ。その出来事とは、アフリカの森林に暮らす果実食性の霊長類が、サバンナに暮らす肉食を主とする雑食動物へと変化したことである。果実食性の霊長類から肉食動物への移行という歴史がもたらした食性の組み合わせこそが、ヒトという種の特異性をなしている。この特異性は、人間の奇妙さを理解する上で、人類の親戚であるサルとの系統発生的な類似性を偏重した動物学的な比較よりも役立つと考えられる。

知性の進化

ルイ・リーベンバーグは、アフリカのカラハリ砂漠にて狩猟・採集生活を営むブッシュマンの追跡技術を調査したフィールドワークを通して、追跡が人間の認知力形成に果たした役割に関する仮説を組み立てた。ここでは再度その仮説を取り上げるとともに、新たな角度からの考察を加えてみたい。

様々な資料が示すところによれば、ヒト属は少なくともおよそ一九〇万年前、ホモ・エレクトス〔およそ一一一一九〇万年前に旧世界のほぼ全域に生息していたヒト属の一種〕の時代から狩りを行っていた。屍肉を回収していただけではありつけそうにない部位に残された（道具による）無数の切断痕が、私たちの祖先が狩りを行っていたことを物語っている。では、狩りはどのような方法で行われていたのだろうか？

私たちは通常、特に疑問に思うこともなく、人類以前の私たちの祖先が、石や焼き入れをした手槍を用いて大型の獲物を狩っていたと想像する。しかし大型の有蹄類の運動能力と防衛本能を考慮すれば、この仮説が誤りであることがわかる。弓矢の登場はこれよりずっと後、ホモ・サピエンスの出現以降であると考えられている（これまでに発見された中で最も古い弓は、六万四〇〇〇年前から七万一〇〇〇年前のものである）。手槍を正確に投擲できる距離は、せいぜい一〇メートル程度だ。獲物の警戒心を考慮に入れれば、投槍器と弓矢の発明以前に、ヒト属が大型の有蹄類を仕留められる距離にまで近づけたとは、どうも考えにくいのである。

このことから、ヒト属の歴史の中で最も長い間用いられてきた狩猟技術は持久狩猟であったと推測できる。持久狩猟とは、現在でもカラハリ砂漠のコイ人〔コイサン語族〕をはじめとする一部の狩猟・採集民族が実践している狩猟技術である。真新しい有蹄類の足跡を見つけた狩人は、においや音で人の気配を察知し逃げる動物をひたすら追っていく。何時間にもわたる追跡の末、動物は自身の運動により生じた熱で熱中症を発症し、動けなくなる。こうして獲物は狩人の手に落ちる。サバンナに棲む大型有蹄類の体温調節機能は、人間のものと比べ、長時間の運動に適していない（サバンナの有蹄類は大型のネコ科動物と同じく、短距離走に適した体温調節機能を備えている）。つまり、動けなくなるほどの体温上昇を相手に引き起こさせることによって、狩人は獲物に十分接近し、仕留めることができるのである。追跡は通常八時間程度続き、長いときには一二時間にも及ぶ。こうして獲物に接近した狩人は、至近距離から獲物の心臓に槍を突き立ててとどめを刺す。[1]

持久狩猟が太古の昔より続けられてきた狩りの手法であるという仮説は、ヒト属に顕著な表現型の特徴とも一致する。ヒト属を「毛のないサル」たらしめた、段階的な体毛の消失である。体毛の消失は、持久走に不可欠な発汗による体温調節を可能にするための適応であったと解釈できる。剝き出しの皮膚は、獲物の体毛に覆われた皮膚よりも熱を逃がしやすいため、数時間にわたる追跡の末、獲物が体温上昇により動けなくなった後も活発に動き回ることができるからだ。

持久走への適応は、ホモ・サピエンスの表現型に今なお見て取れる。バランスと速度を保ちながら振り子の原理で走る生体力学的な適応がそれだ。ホモ・サピエンスの祖先にあたる霊長類が肉食へと移行する際、素早く長時間移動し続ける能力を選別する淘汰圧が働いた。その結果、二本足で走る毛のないサルが誕生した。さて、何十万年も前に生じた淘汰圧の影響が現在の人間の体に見て取れるのであれば、その影響は人間の精神にも、毛のない皮膚と同じくらい鮮明に残されているとは考えられないだろうか。

というのも、このような方法で狩りを行うには、長時間走る能力の他に、正しい方向に走る能力も必要となるからだ。狩人に動物の姿は見えていない。見えているのは足跡だけである。つまり毛のない皮膚や持久走に適した体と同様に、足跡を見失わないための能力も自然淘汰によって形成されたと推測できるのである。

これから追っていく論理の趣旨は、食料の調達方法——持久狩猟——と、それに要求される認知力と、認知力が人類化の過程で果たした役割との相関関係を突き止めることにある。進化が人類の祖先にもたらした、長距離にわたる追跡（リーベンバーグによれば規則的追跡と推量追跡に分類される〔後述〕）に必要な知力のどこから人間の思考能力が芽生えたのだろうか？

いなくなった相手を見る

まずはじめに、リーベンバーグが考察した時代よりもさらに遡って、果実食性の霊長類を生存のための追跡へと導いた進化の歴史上の出来事について考察を加えていきたい。

人間の知性を他の霊長類〔果実食性の霊長類〕の知性とただ比較することにあまり意味はない。他の霊長類は、ホモ・エレクトス（あるいはホモ・エルガステル〔本書六七頁を参照〕）とは異なり、およそ二〇〇万年もの間、狩りや追跡を続けてきたわけではないからだ。問題は、人間が果実食動物の肉体を保ちながら、後天的に追跡を行う肉食動物へと転じた点にある。すなわち、見えないものを見つけるよう定められた視覚型動物への転身である。進化の歴史と環境のとある結びつきが、考える生物としての人間を生み出した。その結びつきとは、社会生活を営む果実食性の霊長類（嗅覚が鈍く、視覚が発達し、他者の意図を察する心理類推力に長けている）という過去と、まったく異なる淘汰圧が働く新たな生存環境との出会いである。肉食を主とする雑食性の二足歩行動物がサバンナで生きていくためには、追跡が不可欠なのだ。このことが、人間という複合的な動物に知能が備わるきっかけの一つとなったと考えられる。

優れた嗅覚なしに見えないものを見つけるには、見えないものを見るための心の眼を開く必要があった。新たな獲物との共進化は、他に類を見ない認知機能の発達を人間にもたらした。つまり認知機能が発達するきっかけとなった要因は、肉食でも（巨大な脳を維持するためのタンパク質の供給には欠かせないが）、食料調達手段としての狩猟でも（表現型や生態の変化には一役買っているが）なく、追跡なのである。

他の捕食者はどのように獲物を見つけているのだろうか？　猛禽類は視覚型の捕食者だが、その狩りの課題は、地上を歩く人間のそれとはまるで異なっている。視界を遮るもののない空中では、遠くまで見渡すことのできる視力を発達させることが、進化の上で最も有利な選択となるからである。上空からは、はるか遠くにいる獲物を発見し、目で追跡することができる。

地上で暮らす肉食動物（狼やヒョウなど）の生存環境を参考にしてみよう。大半の肉食動物は、においで相手を識別できる優れた嗅覚を備えている。たとえば狼は、事前に獲物の位置を知ることなく縄張り内を歩き回り、いざ獲物の〝痕跡〟を見つけると、その後を追って見事に相手の元にまで辿りつく（狼は獲物の「足跡を読む」といわれている）。痕跡を追って獲物の元にまで辿りつく狼の能力には、淘汰圧が働いている。痕跡は視覚的刺激と嗅覚的刺激とで構成される。嗅覚型の動物は、においの刺激を感知しただけで神経系が活性化され、即座に獲物の正体を突き止めることができる。さらにはにおいの刺激を辿るだけで、獲物の向かった先を知ることができる。焼きたてのパンの香りを追ってパン屋に辿りつく、といったような日常の経験は、嗅覚を頼りに方角を定め判断を下すのに、いかに抽象的な推論が不要であるかを示している。雪原でカンジキウサギを追跡するオオヤマネコは、分かれ道でにおいの痕跡を見失ったとき、二分の一の確率で方向を間違える。においの道が途切れたとき、オオヤマネコには残された痕跡の意味を目で読み取ることができないのである。

ヒト属は地上で暮らす肉食動物へと転じたものの、優れた嗅覚を備えてはいない（果実や葉は逃げないので、嗅覚は不要なのだ）。視覚は優れているが、地上を離れることはできない。たとえ猛禽類に匹敵する視覚を持っていたとしても、森や地球の湾曲の向こう側を見通すことはできないだろう。認知力は、ヒト属がある生存上の問題に直面した結果、それを解決するために、自然淘汰によって徐々に形成されていったと仮定できる。生存上の問題とは、追跡に対応した感覚器官を持たずして、いかに食料を見つけ出すかというものである。追跡者へと転じた果実食動物が獲物を見つけるためには、内なる眼をもって視力を補い、頭の中に獲物の姿を見出す必要があった。

人間は本質的に視覚型の捕食者である。人間特有の視覚のあり方と、有蹄類という獲物との関係が、長きにわたり食料調達の手段となった追跡へと人間を導いた。というのも、人間の視覚は痕跡を追えるほどには発達しているが、それだけで狩りができるほど、遠くを見通せはしないからである。

上空から見下ろす目を持たず、優れた嗅覚も持たない、視覚を頼りに地上で生活するという人間の生存環境が追跡を発達させる土台となった。人間の思考能力の一部はおそらくそこから芽生えたと考えられる。脆弱な鼻と、地表付近にある目と、遅い足——食料にありつくためには、姿の見えない獲物を長時間にわたって追い続ける必要があった。すなわち追跡である。優れた視覚と視界の狭さが、他の生物に類を見ない認知機能である心の眼を呼び覚ました。これに対して狼は、人間とは異なる感覚運動性を有している。狼は嗅覚が非常に発達した動物である。有蹄類の足跡を前にしたとき、狼は何を見ているのだろうか？　専門家によって意見の分かれる、非常に難しい問題である。狼は足跡がそこにある理由を読み解くことができるのだろうか——つまり、足跡がその存在と不在を象徴するところの獲物の姿を、頭の中に思い描くことができるのだろうか？　私にはそれよりも、その必要があるのかを問うことの方が重要であるように思える。有蹄類の蹄（ひづめ）はにおいを分泌している。人間の場合のように、イメージ（足跡の外観が神経系を刺激して生み出すイメージ）を通して見るよりも、においを通して見る方が、狼はより鮮明に獲物の姿をとらえることができるのだ。もとより嗅覚がほとんど発達していない私たち人間でさえ、強いにおいを嗅げば同じように連想が働く。ならば、狼がにおいの痕跡を好んで追跡するのは、視覚が発達していないからではなく、外観よりもにおいの方がより鮮明だからであると仮定することができよう。これとは反対に、においの痕跡が不明瞭で、ほとんど何も訴えかけてこないからこそ、人間は砂の上に残されたたった一つの足跡、目に見える足跡からイメージを喚起する力を高める必要があった。それにより、脳内で抽象的なイメージを構築するのに必要なニューロン〔神経単位〕が発達していった。目に見えるものからそれ以上の情報を読み取る解釈能力が発達したことで、原初の記号とも呼べるものが誕生したのである。

肝心なのは、もし人間がにおいで動物を識別でき、またにおいの強い方向に進んでいくだけで動物を追跡できたとしたら、痕跡自体が何かを喚起することはなかったであろうという点だ。解読し、解釈することで、痕跡ははじめて意味を持つようになる。鼻が利かないことで、目は脳と連動してより多くの働きをするよう強いられた。たとえば、足跡の偏りをもとに、獲物が向かった方角を見定めなければならない。外観はにおいよりも直接的な情報に乏しい。そのため、知的な営為が要求されるのである。

　砂の上に足跡がある。視覚型の動物は、この足跡を記号として解釈し、読み解かなければならない。否応なしに足跡を探し回っているうちに、段々とこの動物は、そこにないものの存在を示す記号というものに慣れ親しんでいく。痕跡を読み取り解釈する必要性から、象徴能力が発達し始める。森の中で有蹄類の足跡の上に屈み込んだ経験のある人なら、足跡の偏りから動物の向かった先を読み解く術（すべ）を学んだ覚えがあるはずだ。足跡という表意文字には、種、年齢、性別、進行方向、健康状態、個体の特徴、精神状態、目的といった、実に多くの情報が含まれている。

　追跡は、人間に認知力が芽生える決定的な要因であったのかもしれない。動物の向かった先や動物の過去の行動といった見えないものを見る人間の能力は、追跡によって発達していったと考えられる。たとえば、まっすぐな足跡は動物が特定の場所に向かったことを示している。巣穴に戻る動物の足跡は大抵まっすぐであり、さらにその足跡が別の古い足跡と交差していれば、巣穴が近いことがわかる。行きは餌を探すために歩き回るが、帰りはその必要がないからだ。優れた追跡者は、ある捕食者が狩りをした後、暑さを避けて身を休め、肉を少し口にして再び歩き出したことを、足跡から読み取ることができる。

「ある痕跡から、追跡者は次のような情景を組み立てる。ここで休んでいる最中に雌の鳴き声を耳にした雄ライオンは、声をもっとよく聞こうと、起き上がって速足で砂丘の上へと移動した。そこでしばらく待った後、このライオンは雌を探しに出かけていった。この仮説をもとに、追跡者は痕跡を探し始める。すると二〇〇歩ほど離れたところに、雌ライオンの足跡が見つかる。尿の跡から、この雌ライオンが発情期にあることがわかる。さらに追跡者はこの場所で、別の雄ライオンの足跡を発見する。二頭の雄が争った形跡も見られる。一頭は逃走し、残った一頭は雌と一緒に立ち去っている。はじめに見えていたのは、起き上がって砂丘に移動するライオンの足跡だけだ。だが足取りや足跡の形は、このライオンの目的が狩りではなかったことを示している。足取りは落ちついているし、もし獲物に気づかれないよう身を伏せたとすれば、足跡はつぶれているはずだ。このライオンが砂丘に登って足を止めたのは、よって何かを聞くためである。おまけに移動のしかたから、このライオンが雌に惹かれていることが見て取れる」[2]。

　追跡とはこのように、動物の過去の行動について、痕跡自体が示す以上の情報を推論し組み立てることで、見えないものを見ようとする試みである。追跡者は文字通り見えないものを見る。ちょうど医者が、体の表面に現れたいくつかの症状から、体内に潜む目に見えないバクテリアの存在を突き止めるようにである。追跡者は、見えないものが残した目に見えるわずかな痕跡を頼りに、見えないものへと辿りつく（何者も痕跡を残さずに存在することはできない）。

　追跡には非常に明快な法則がある。それは痕跡を一目見て下した判断が、大抵の場合誤りであるということだ。[3] 優れた追跡者は、獲物の正体について判断を下す前に、頭の中でたった今見つけた痕跡を他の痕跡と関連づけ、検証を行う。追跡には、徹底した調査とともに、確証が得られるまでの徹底した判断の保留が求められる。

「ある追跡者は私に、痕跡をあまり性急に判断してはならないと説明してくれた。現実とは異なる解釈をしてしまう恐れがあるからだ。判断を下す前に痕跡を注意深く観察し、よくよく考えなければならないと彼は忠告してくれた」[4]。

実際、追跡の現場では、粘土や雪の上に残された痕跡の意味を読み解けないことも多い。何度も間違えては、次の痕跡でその誤りに気づく。不確実性を受け入れ、迷いを抱えたまま進む術を、追跡者は否が応でも身につける。わからないことがあるという不快感から逃れようと結論を急ぐ気持ちに、抵抗する術を学ぶ。「わからない」と繰り返し口にする習慣を身につけるのはなかなか難しい（実際にはこれこそが、痕跡を前にしたときの最も賢明な言葉である場合が多い）。しかしひとたびその習慣を身につければ、自由度は飛躍的に高まる。フランスの人類学者ナスタジア・マルタン〔一九八六－〕は、北極圏に暮らすアメリカ先住民のグウィッチン人が、足跡を前に日々交わしている会話を伝えている。

「狼だ。いや、違うかもしれない。いや待て、やはりそうかもしれない。きっとそうだ」[5]。

追跡者は、獲物の正体を断定する前に時間をかけて考えるため、繰り返しこのような思考を促す言葉を口にする。徹底した判断の保留は、追跡に不可欠であるとともに、追跡の特徴をなしている。このことから次のような問いが生じてくる。もし追跡が人間の認知力の原型を築いた活動であり、そのために判断の保留が不可欠となったのであれば、それは日常の知的な営為にどのような影響を与えたのだろうか？

判断の保留が聡明さの証とみなされるようになった要因の一つが追跡であったと仮定しよう。見えるものと見えないものとの関係性は、人間の認識上の問題であり、判断の保留を要求する。また、存在・不在は追跡の問題であると同時に、仲間との意思疎通の問題でもある。前者は動物の過去の行動を痕跡から再構成し、後者は目には見えない相手〔＝仲間〕の意図を、目に見えるその振舞いから推察する。まるでこの二つの生存条件（追跡と社会性）が、目に見える断片的な情報を手掛かりにして、「目に見えない関係性を頭の中で構築する能力」を発達させる淘汰圧を生じさせたかのようである。こうした人間に特有の認知上の問題が、人類の形成に寄与した可能性は否定できない。

追跡には、規則的追跡と推量追跡の二種類がある。[6] 規則的追跡とは、動物が残した痕跡を一つひとつ追っていく方法だ。単純に見えるこの追跡方法にも、痕跡を読み取り解釈する力と、判断の保留が要求される。短距離の追跡であれば、規則的追跡だけで事足りる。しかしながら、これまで見てきたように、ヒト属は持久狩猟を行う長距離走者に転身した。長距離の追跡では、岩場や川や複数の動物が行き交う場所など、獲物を見失う機会も多くなる。そこで、推量追跡が登場する。

この点で、進化は規則的追跡に必要な資質だけでなく、推量追跡に必要な資質も人間に授けたようだ。

「動物の過去の行動を再構成するにあたり、追跡者はまず、足跡や痕跡といった実在する証拠を集める。推量追跡は、最初の痕跡の解釈および動物の行動とその土地に関する知識に基づいた仮説を立てることから始まる。追跡者は、頭の中で仮定した動物の行動をもとに、痕跡が見つかると思われる場所を捜索する。重要なのは推測であり、痕跡の観測は予想の答え合わせにすぎない。予想が証明されれば、仮説の信憑性は高まる。予想が外れていれば、仮説を見直し、別の可能性を検討しなければならない」[7]。

　追跡者は数々の可能性を考察し、それぞれについて正誤のフィードバックを得る。このことから、リーベンバーグがどのような意味において追跡に科学の起源とも呼べるものを見出したのかを窺い知ることができる。科学と一口に言っても、その概念はあまりに漠然としている。リーベンバーグは言明していないものの、ここでいう科学が有史以降の学問としての科学でないことは明白である。ここで意味する科学とは、〝合理的〟な調査とその論理構成に必要な人間特有の認知力のことである。

　リーベンバーグの仮説に次のような仮説をつけ加えてみたい。人間に認知力が芽生え発達していったのは、人間が身を置くことになった生態的地位が、食料調達に厳密な意味での推測を必要としたからである、と。食料調達には、論理の基礎となる三つの推論法を組み合わせた調査が不可欠であった。すなわち、仮説形成法（アブダクション）、演繹法、帰納法である。

　推量追跡において最初に必要となるのは、仮説の形成と検証である。推量追跡の特徴は、知覚できないもの――見えないもの――についての仮説を立てることにある。これが仮説形成法（アブダクション）だ。続いて、もしも仮説が正しければどのような目に見える痕跡が発見できるかを演繹する。最後に、実際にその痕跡を探すことで、これまでの仮説を検証するとともに、再現可能な普遍的知識をそこから導き出す。

ところで、この論理の基礎となる三つの推論法（仮説形成法(アブダクション)、演繹法、帰納法）の組み合わせは、順序も含め、プラグマティズム〔一九世紀末にアメリカで誕生した、観念や思想を実際的な行為との関係でとらえる思想〕の論理学者チャールズ・サンダース・パース〔一八三九－一九一四、アメリカの哲学者、論理学者。プラグマティズムの創始者〕が「科学の方法」、あるいは探求の方法と呼んだものとぴったり一致する。[8] 持久狩猟という認知力を要する食料調達方法が探求の起源になったと考えられるのは、そのような理由からだ。ここでいう探求とは、論理の基礎となる三つの推論法を特定の順序で組み合わせ、信憑性のある説を導き出すための、実際的な手段を指している。

数十万年にわたる追跡がもたらしてきた淘汰圧が、人間のある種の認知力や論理性の誕生および発達に果たした役割については、詳細に検証する余地があるだろう。認識論者のイアン・ハッキング〔一九三六－、カナダの哲学者〕は、科学的な思考形式の登場は有史以降だが、論理的思考能力の誕生は有史以前に遡るとする仮説を立てている。[9] たとえば、追跡においては背理法〔ある命題を証明するのに、結論を否定すれば矛盾が生じることを示して、その命題が正しいことを証明する方法〕を用いた推論が重要な役割を果たす。「追跡者には、足跡がまったく残されていない状態を見分ける能力も求められる。地面が固い場所では、動物がそこを通った場合に足跡が残るかどうかを判別できなければならない。獲物の足跡を見失ったことを自覚するのも、追跡者にとっては大切なことだからだ。動物が通った可能性のある道が二つに分かれていたとしよう。一方の道のあるべき場所に足跡が残されていなければ、動物が選んだのはもう一方の道だと推察することができる」[10]。

狩りを行う霊長類に特有の追跡という行為は、人間に備わった認知力の中でも特に洗練された背理法のような推論法を学ぶための、格好の環境になったと考えられる。抽象的な思考を可視化し、背理法のような論理問題（地面がぬかるんでいるのに足跡がついていない、ということは……）に日頃から慣れ親しむという意味で、外部にある痕跡は一連の論理的思考能力の獲得を促したと推測できる。というのも、外部にある視覚的な媒体（足跡）を基にした方が、抽象的な論理命題を基にするよりも、背理法による思考を身につけやすいはずだからだ。

私たちはリーベンバーグとともに、進化論的立場から、人間の思考の幕開けに立ち会っている。その端緒となったのは、追跡に必要な認知機能の母型を形成した淘汰圧である。この認知機能から、外適応〔本書第三章原注7を参照〕によって、抽象的で生き生きとした人間の思考、すなわち探求が生まれるのである。

共感から想像へ

推量追跡を行う追跡者は、獲物の向かった方角を見定め、その先に動物の通り道や川や重要な地点があることを察知すると、目先の痕跡を追うのを止め、一直線にその地点へと向かう。そして、そこで再び痕跡を見出そうとする。動物の動きを予見するには、相手と一体化するほどまでに、動物のことを知り抜いている必要がある。動物の視点に立って、動物が移動する様子を脳裏に思い描くのだ。

このような知見は、単にその動物の習慣や、行動や、生態に関する経験と知識に基づいたものではない。仮説の形成には、相手に自分自身を重ねて考える能力も寄与している。この点に、追跡に必要な認知力と社会生活に必要な心理類推力との融合が見て取れる。心理類推力とは、同じ群れの仲間の意図や思いや欲望を想定し、読み解く力のことだ。狩りを始めたことで、人間の心理類推力が働く対象は同類から獲物にまで拡張（外適応）された。ヒト属の特異な認知力は、よって相手の心理を読み取る社会的な霊長類が追跡を始めたことにより形成されたと仮定できる。それはつまり、自然淘汰によって獲得された心理学者としての資質を、同類以外の生物の解釈に転用したということである。心理や社会を解釈する能力は、追跡を触媒として、他の生物との外交活動に外適応される。外交活動とは、他の生物の習慣や交流手段を理解することである。

追跡に際しては、厳密な観察と想像力の行使、すなわち正確性と空想の不思議な結合が生じる。第一に、空想を働かせるために手掛かりを読み解いて推論し、次いで空想することで進むべき方角を見定める。外界の受容と内省との間に矛盾は生じない。追跡とは集中して思索する行為であるが、その過程はすべて自己の外で起きている。いわば探索している場所一帯に自己を伸長し、外で内省する行為なのである。よってここに描かれる追跡には、見えないものや謎は存在するが、彼岸や超越性は存在しない。世界は見かけ以上のものでこそあれ、本質や超自然は無用である。古くから存在する外観の中には、意味や、豊かさや、謎や、美が十分すぎるほどに息づいている。

推量追跡では、一つひとつの痕跡を検証する手間を省き、想像上の道を辿る。動物の目を借りて、藪(やぶ)の中に経路を思い描くのだ。熟練した追跡者の目は、地平線の彼方に向けられる。追跡者は足元を見ずに、獲物の姿を夢想する。獲物の痕跡が見つかるだろうと想像した場所に着いて、はじめてその目は地面に向けられる。足跡を見失った追跡者は、道を見出すために、動物にこう問いかける。「もし私がお前だったらどうするだろう?」(動物の内奥にある欲望と嫌悪、誘因、生活リズム、世界観を想起しての問いかけである)。

推量追跡の資質と心理類推力との結合は、獲物の探索行為が前述したシャーマニズムの現象、すなわち動物の体への精神の移行と重なることを示唆している。淘汰圧が働く日々の追跡行為には、獣人化(獣人とはエジプトの神々のように半人半獣の姿をした人物を指す)の原初のかたちを認めることができる。太古の昔に人間が獲得した、動物の世界に交わる力——狩りをする狼や道を選択するレイヨウそのものと化す資質——である。リーベンバーグは、持久狩猟に不可欠である自分自身の肉体からの遊離〔シャーマニズム的現象〕をもとに、適応における共感力〔=感情移入〕の価値を説明している。リーベンバーグの直感の根拠となっているのは、調査協力者の一人であるブッシュマンの追跡者ネイトが語る、追跡における心の働きの重要性である。

「ネイトによれば、追跡者は常時、自分の体の状態とクーズー〔羚羊(レイヨウ)類の一種〕の体の状態とを見比べる必要がある。足跡をよく見て、歩幅の大きさや砂のへこみ具合を観察すれば、獲物の疲労状態がわかってくる。自分とクーズーの体の状態を比較するのだ(…)。自分の体が感じる感覚が、自分自身の状態と同時に、クーズーの状態を教えてくれる。感覚に十分な注意を払わなければ、自分の方が熱中症で倒れてしまうだろう。この例は、狩りにおける共感力の重要性を示すとともに、共感力が、自然淘汰によって獲得された適応のための資質であることを示している」[11]。

　このような個々の体験に即した変身は、単なる現実離れした夢想ではない。リーベンバーグの仮説に従えば、この変身はヒト属の進化の過程で生じた淘汰圧によって形成された資質の現れである。理性の及ばない動物の隠れた内面性、ひいては生物やそれ以外の存在（海や山や空など）の内部に働く論理に触れる試みとしての外交術は、そのような意味で、人間の特異な認知力の一部を生んだ太古の資質に由来すると考えられるのである。

　人間は、相手がどのように行動するかを読み取る動物的資質を備え、またその資質を何に使うかに頭を悩ませる、生物の外交官である。もちろん、この資質は人間を特別な存在に押し上げる類のものではない。この資質は選ばれた生物の証などではなく、数ある動物の奇妙な特性の一つにすぎない。人間を他の生物の上に位置づけるどころか、反対に人間を否応なしに生物の只中に放り込む、関係構築のための資質なのだ。

追跡能力の外適応

日々の習慣であり生存の条件であった追跡、何十万年におよぶ進化の過程で獲得された認知力を要する行為としての追跡は、人間の思考能力の「外適応素材」となる認知力を形成したと考えられる。外適応素材という表現をしたのは、進化の過程で獲得された神経器官の転用により、現在の人間の能力が生まれた可能性を示唆するためだ。人類化の過程で人間の認知力形成に働いた複雑かつ多様な淘汰圧は、現在人間が知力を用いて行っている活動——数学から芸術、哲学に至るまで——を可能にする素材となる形質（その活動自体を本来の目的とする形質ではなく）を生み出した。[12] 進化生物学では、外適応の発生パターンは二つに分けられる。一つは、ある機能のために獲得された形質が、予期せぬ変化によって第二の機能に転用される場合、もう一つは、ある形質の発現によって生じた構造的副産物が、新たな機能や用途へと転用される場合だ。特に興味深いのは後者の方である。器官が複雑であればあるほど、それだけ構造的副産物の発生も顕著になる。さて、脳は非常に複雑な器官である。脳は、進化によって選択された能力を備えた器官であるとともに、使用者次第でいつでも新たな用途に転用されうる器官でもあるのだ。スティーヴン・ジェイ・グールド〔一九四一－二〇〇二、アメリカの古生物学者、進化生物学者〕は、ダーウィンもこのことを直感していたと書いている。

「ダーウィンは厳格な適応主義者ではなかった。しかし彼は、脳の複雑な機能の一部が自然淘汰によって獲得されたことは間違いないものの、その入り組んだ構造の結果、脳が脳を形成した淘汰圧とは無関係な無数の用途にも利用できるようになったことを認めている。そうして生まれた新たな用途のいくつかは、後世の社会を生き抜く上で、不可欠とは言わないまでも重要なものとなっていった（たとえば、ウォレス〔一八二三－一九一三、ダーウィンと同時代のイギリスの博物学者〕の同時代人にとっては夕方五時の茶会がそれである）。人間の生存率を高めるために脳が生み出すものの大部分には、外適応が関係している（…）」[13]。

正確を期すために、機能の外適応と用途の外適応を区別しておこう。前者は、ある形質が別の機能を獲得した後に、新たな自然淘汰に晒される場合を指す。たとえば、鳥の羽はもともと体温調節のために発達した形質だが、後に飛行に転用されたことで、飛行機能に対する新たな淘汰圧が発生した。後者は、ある形質が自然淘汰に晒されることなく、個体によって別の用途に転じられる場合を指す。人間の脳の外適応はこちらに該当する。たとえば美術史家がレンブラント〔一六〇六－六九、オランダの画家〕の絵画を読み解くために、追跡の資質を外適応するような場合である。

認知力の獲得にあたり、追跡が淘汰圧を生じさせたことはまず間違いないだろう。その能力の一部は、現在も同じようなかたちで使われている。一方で、認知力の獲得がもたらした構造的副産物は、途方もない用途へと外適応されることとなった。文学作品の創造、無限小の探求、失われた古代シュメール文明の解明など、人間の知力の用途は枚挙にいとまがない。おそらくその能力の一部は、常に新たな用途に転じられ、いまだ底の知れない追跡の資質に由来している。というのも、記号を読み取る行為の大部分は、目に見える足跡を、目に見えないものの記号として読み取る日々の習慣から派生したと思われるからである。

ベッドに横たわり目を閉じるだけで、到達不可能な場所、かつて存在した場所、実在しない場所、架空の場所を訪れることができる。この幽霊のような知性の特性が、人間という動物の奇妙さを特徴づけている。人間は、頭の中に構築された存在しない世界を幽霊のように飛び回ることで、過去や未来、理論や実践に関する問いを立て、解決することができる。

本質的に、現在の生物のあり方は、古くからの習慣が転覆した姿であると言える。その習慣とは、移り変わる生存上の問題と格闘する中で、それぞれの種が身につけてきたものだ。つぎはぎ細工のようなものである。しかし土台となる資材はやはり重要であって、ここでは追跡に要する認知力、すなわち記号を読み取り、目の前に存在しないものを頭の中で再構築する能力がこれにあたる。追跡には常に解釈と再構築がつきまとう。この二つの活動は、紀元前三〇〇〇 - 四〇〇〇年前の文字の発明よりもはるか以前から存在した。また文字の発明も、記号を読み取る行為である追跡に照らし合わせてみれば、はるかに理解しやすいものとなる。手掛かりとしての足跡は、類似による連想（煙と火）と、象徴による関連づけ（言葉と物）のちょうど中間にあたるため、象徴作用を理解する手助けとなるのだ。追跡を起点とすることで、象徴的思考や、口頭言語や、文字――いずれも足跡の変形した姿――が誕生した背景を窺い知ることができる。

人類最初の探偵である原初の追跡者の技術を実践することで、私たちは人間の知の誕生に立ち会っているのかもしれない。ただしここでいう知とは、生物の世界の繊細なざわめきや、種々雑多な意味作用と交流によって織りなされるその宇宙に感性を働かせる、生態系に極めて敏感な知のことである。恵みをもたらす環境を〝自然〟と呼び、単なる資源へと貶めることで、また自分たちだけの世界に閉じこもり、動植物の共同体が形づくる生命の大いなる政治との接点を失うことで、いつしか人間は生態系と密接に結びついた知を忘れてしまった。私たちの周囲、そして私たちの内側に棲む生物たちと争うことなく共存していくために、科学研究や伝統的な知恵や芸術の持つ創造力を駆使して、現代にこの知をよみがえらせる価値は大いにあるように思われる。

様々な種のヒト属（おそらくはホモ・エルガステルとホモ・サピエンス）が領土を拡大し、新たな土地へと進出していく中で、食料調達技術は分化していった（貝の収集、漁、罠猟、多様な植物が育つ生態系に進出したことによる採集量の増加）。さらに新石器時代に至ると、動物の家畜化と食物貯蔵という食料革命が起こる。食料調達技術の多様化により、追跡に必要な能力への淘汰圧は減少し、それらの資質を他の用途へと転じる余地が生まれた。このような機能の余白は、外適応の発生条件の一つである。生物のあり方を根本から覆すような予期せぬ機能の（ここでは用途の）変化は、こうしてある形質が〝解放〟されることにより生じる。しかしその母型が消えてしまうわけではない。人間という複合的な動物の場合、追跡のための機能一式はパリンプセスト（書かれた文字を何度もこすり取られ、内容を上書きされた羊皮紙）上に残ってはいるものの、事後の変化がそれをほとんど識別できなくしているのである。

このように、人間を特徴づける認知力の一部は、行動に関する資質および脳機能というかたちで人間の内に残された外適応素材に由来すると考えられる。これらは祖先から受け継がれ、私たちの内に堆積してきた資質である。ここまで私たちは、追跡者・採集者としての資質（記号の読解、調査）について、そして協力や集団生活を可能にする社会的動物としての資質（心理類推力、他者の意図を仮定し推論する力）について見てきた。また収斂（しゅうれん）進化を扱った別の章では、ユキヒョウの忍耐をはじめ、食物を選別する採集家としてのノロジカの資質、あらゆるものを口にする美食家としての熊の資質、新天地を求めて分散していく探検家としての狼の資質に触れてきた。

それ以外に、採集生活を営み暖色に惹かれる果実食・葉食性の霊長類としての人間の資質にも言及しておくべきだろう。記憶力（種（たね）を色々な場所に分けて隠しておき、腹が空いたときに取り出して食べるカケスの例が、自然淘汰により発達した記憶力というものの確かさを証明している）、微細な違いに基づいて分類を行う識別能力（たとえば薬草と毒を区別する力）、帰納的推論を行う能力（ある系統の植物に共通する性質を一般化し、親世代の植物にその性質を求める力）、さらには概念の使用（ここでいう概念とは、野生生物学者がジズ〔ある生物に特有の振舞い〕と呼ぶものの原型にあたるもの）、新しいものに対する旺盛な好奇心などがこれに該当する。

狩猟生活がもたらした認識と情動に関する資質の母型、社会生活を営む果実食性の霊長類という過去、さらには太古の時代の被捕食者という立場が相まって、現在の人間という謎めいた複合動物が成り立っている。動物から受け継がれた資質と、それぞれの資質に応じた淘汰圧の存在、淘汰圧によって選別された資質の解放と、自然淘汰を生じさせない新たな目的への転用が、今日私たちが自由と呼ぶものの発生条件となっている。

長きにわたる人間の狩猟の歴史は、食料調達の意味を根本から変えることになる新石器時代の農耕の出現によって、覆い隠されてしまった。農耕の歴史は、人類の歴史全体の一〇〇分の三程度にすぎない。しかし農耕の出現によって、狩猟生活で獲得された知的能力の母型は無数のかたちへと変化を遂げ、その結果、手や知性や欲望の新たな用途が生まれた。とはいえ、それに先立つ何十万年におよぶ生存のための懸命な獲物の捜索が、人間の内面性の礎（いしずえ）を築いたであろうことに変わりはない。この人を見よ、獲物のいない世界に生きる追跡者だ。

生存を懸けた探求の起源

ここまでの仮説が正しければ、現代では忘れられてしまった追跡という行為は、ヒト属が日々実践し、人間に認知力が芽生えるきっかけとなった重要な活動であったということになる。もしそうならば、追跡は情動の母型構築にも関与していたとは考えられないだろうか？

動物の行動に精通した一流の科学者テンプル・グランディン〔一九四七-、アメリカの動物学者〕は、多岐にわたる人間の企ての原動力となる情動を、追跡に端を発する進化の所産であると分析している。グランディンは神経生物学の研究をもとに、情動を、発見がもたらす快楽ではなく、探索そのものに対する欲望が引き起こす神経の恍惚状態であると解釈している。そしてそのような視点から、西欧の騎士道、北欧の伝説、推理小説、あるいは冒険を題材にしたあらゆる文学作品の中に神話化された〝探求〟という活動の根源的な意味について論じている。分析の土台となるのは、私たち人間について知る手掛かりともなる動物の特異な行動である。

グランディンの理論は、アメリカの神経科学者ヤーク・パンクセップ〔一九四三－二〇一七〕が行った実験の結果に依拠している。パンクセップは、食料の探索が生物に「強い関心、積極的な好奇心、熱い期待」[14]といった情動を引き起こす際に活性化する脳の神経回路を「探索システム」（大文字でSEEKINGと綴る）と名づけた。これらの情動は、安全な場所や交尾相手を探しているときにも発現する。

この点に関するパンクセップの発見は非常に重要である。なぜなら、パンクセップはこの神経回路を、それまでとはまったく異なるものと結びつけたからだ。

「かつてこの回路は、報酬系とも呼ばれる脳の快楽中枢であると考えられていた。探索回路にかかわる主要な神経伝達物質がドーパミンであることから、ドーパミンは快楽物質とみなされていた」[15]。

ところが、実際に研究所の実験動物たちがドーパミン分泌のために刺激していた脳の神経回路は、快楽中枢ではなく、〝探索回路〟だった。

「ラットが刺激していたのは好奇心＝関心＝期待回路だった。何かに興奮し、起きていることに強い関心を抱き、いわゆる最高の瞬間を生きることこそが、快楽の源だったのである」[16]。

食物の探索全般に言えることは、なかでも獲物の発見が困難な捕食行為に当てはまる。このことから、狩猟時に強烈な喜びを喚起する仕組みは、自然淘汰によってもたらされた適応上の優位性であると仮定できる。ダーウィンも考えたように、概して進化はその生物にとってためになる行為（ここでは何らかのかたちで適応度合を高める行為）をすることで、純粋な喜びが得られるような仕組みを生物の内に刻み込んでいる。パンクセップは、狩りが探索システム（好奇心、関心、期待）と同じ神経回路を活性化し、探求の場合と同じ快感、同じ喜びをもたらすことを明らかにした[17]。食料の探索がもたらすこの情動が、獲物の殺害や栄養摂取といった目的とは切り離され、私たちの日々の探索に外適応されたのかもしれない。

「人間はそれぞれの性格や関心に応じて探索を楽しむ。蚤（のみ）の市で掘り出し物を漁ったり、インターネット上で病気の治療薬を検索したり、あるいは教会や哲学講義に出向いて人生の意味を模索したりする。これらの活動すべてが脳の同じシステムから生じている」[18]。

快楽中枢と探索回路の差異を決定づける論拠となるのは、活性化の条件だ。

「脳のこの部分〔探索回路〕は、動物が自分の近くに食べ物がありそうな気配を感じると活発になり、実際に食べ物を見ると活動が止まる。探索回路が活発になるのは食べ物を探している間であって、食べ物を見つけたときや食べている間ではない。探索が快楽をもたらすのだ」[19]。

ドーパミンは快楽のホルモンではなく、探求のホルモンなのかもしれない[20]。そして熱心な探索行為としての追跡は、人間の探求の中核をなす動物的な行為なのかもしれない。つまり、もともとは生存上の重要な問題に対し、並々ならぬ興味を抱くことを目的とした脳の回路を外適応、つまり転用することによって、関心、期待、強い好奇心、無限に湧くエネルギー、無我の境地（フロー）といった複雑な情動の総合体が生まれたのかもしれない。生存上の重要な問題とは、逃げる動物を追いかけ、発見することだ。「今はなき森の中で、人間はなおもはつらつと活動し続ける」[21]。

〝幸福〟と呼ばれる状態について研究する現代心理学がこれとまったく同じ考え方をしているのは実に興味深い。心理学では、切望する結果を出すために人が入り込む極限の集中状態のことを、無我の境地（フロー）、あるいは至上の体験[22]と呼んでいる。全身全霊を傾けて一つのことに打ち込むあまり、自我は消失してしまう。「跳躍であれ。その終着点である饗宴（きょうえん）に加わるなかれ」とルネ・シャール〔一九〇七－八八、フランスの詩人〕は『イプノスの綴り』に書いている[23]。

探索システムの外適応が、人間の生に刺激をもたらしている。探求、企画、前に突き進む力、偉業を成し遂げる力の源となっているのは、人間の脳に刻まれた探索回路である。行動の大本（おおもと）となるこの母型は動物のかたちをしている。というのも、動物の内に見られる行動と情動の繊細な複合体を注意深く観察することによってこそ、人間と動物を結びつける進化の継ぎ目を発見し、人間についてより深く理解することができるからだ。以上がグランディンの打ち立てた、動物としての探求の喜びに関する理論である。探索システムを最大限に働かせながら活動し続ける頭脳動物の最たる例は、ドン・

キホーテ〔セルバンテス（一五四七－一六一六、スペインの作家）による同名作品の主人公。〝空想的理想主義を追求する者〟としても形容される〕だろう。

グランディンは、人間という動物を知り抜いた偉大な動物行動学者である。彼女は人間の内に眠る大いなる動物の力と、その力が導く多彩かつ緻密な決定に光を当てることで、単純化を好む物理化学的な決定論を退け、人間が何者であるかを説明してみせた。人間性を否定することなく、動物の力に血を通わせてみせた。そして動物の体の内に生きるという謎を浮き彫りにしてみせた。体と機械、動物性と野卑な低俗さとを混同した挙句、人間を低俗な存在に貶めることで悪趣味な愉悦を覚えるある種の還元主義者とは似ても似つかない。愛、恐怖、存在の苦悩、崇高な思考、探索、好奇心、欲望、平穏といった精神的な体験の只中においてさえ、私たちが第一に身体であることを、グランディンは思い出させてくれる。

生物学的な観点から人間の生を分析することで、以上のようなことが明らかとなった。その成果は、人間の存在の最も繊細で崇高な側面を、蔑（さげす）むことなく描き出せたときにはじめて知覚可能となる。

こうして、現代における追跡には新たな意義が加わった。追跡はもはや単なる自然・民俗研究の一環ではなく、ポール・シェパード〔一九二五－九六、アメリカの生態学者〕の表現を借りれば「更新世の声を聴く」[24]行為となる。更新世との接合は、森の中で暮らす裸の男女といった夢想的な体験とは程遠い、ある特定のかたちを取って現れる。人間の認知力や情動の一部、つまりは現在の私たちの一部を形成したであろう追跡という原初の活動を通して、私たちの内に、人間という生物に刻まれた行動様式の一片を浮かび上がらせるのである。私たちの内に浮かび上がったはるかなる人類の過去と現在の瞬間が出会うことで何が起きるのかを、私たちはこの目で確かめることになる。

公共体の起源

ここに描く哲学的な思索に富んだ追跡は、ロビンソン・クルーソー〔デフォー（一六六〇－一七三一、イギリスの作家）の同名小説の主人公。無人島でひとり自給自足の生活を送る〕のような孤独な冒険譚とは似ても似つかない。追跡は複数人で、和気あいあいと行われることが多いからだ。複数人での追跡は注意力と空想力を増加させる。話すことで仮説が生まれ、そこからすぐに実地での検証に取りかかることができる（何者も痕跡を残さずに存在することはできない）。

追跡者の実態は、厳か（おごそ）かな森の中をひとり散歩する夢想家のイメージとも、痕跡を一瞥（いちべつ）し、眉をひそめただけでその意味を理解する寡黙な先住民のイメージとも異なる。実際の追跡では、追跡者たちは小声でおしゃべりし、解釈を比べ、議論する。追跡者は物語を語ることで、生物を自然から解き放つ。個体または集団としての予見しがたい性質を生物に取り戻させるには、生物を物語化し、複雑にする必要があるのだ。動物の存在も動作も感知できず、目の前にあるのは過去のわずかな残滓（ざんし）にすぎない一組の足跡だけ——そのような状況下で、過去の幻影をよみがえらせ、足跡を残した生物の姿を現前させるのは、複数の物語と組み上げられた仮説の力なのだ。

ある朝のこと、オンタリオ州にあるアルゴンキン州立公園のアーン湖にて、妖(あや)しげな雰囲気の漂う下生(したば)えの奥深くを流れる小川の中に、私たちはヘラジカの足跡を見つけた。性別は不明だが、一五センチを超える蹄(ひづめ)の跡から巨大な個体であることがわかる（最も大きな個体は鬐甲(きこう)〔両肩の間の隆起部分〕までの高さが二メートルに達し、体重は六〇〇キロにも及ぶ）。どうやら小川の上流に向かっているようだ。最初の曲がり角で、私たちは足跡を見失った。早速、密談が始まる。追跡用の手話で話し始めたものの、すぐにボキャブラリーが尽きてしまった。見解を比較するため、小声で話し始める。一人は足跡の方角が定まっていたことを根拠に、ヘラジカが上流に向かったと主張する。もう一人は、ヘラジカが平らな草地に下っていったと推測する。一人目は不機嫌そうに、それでは筋が通らない、と反論する。そんな突飛な方向転換をすれば、ヘラジカは木々が狭く立ち並んだ松林を通り抜けなければならなくなる。二人目は首を横に振り、「見に行こう」と草地を指さす。草地に着くと、果たしてそこには左右の前足と後ろ足を揃えて踏み出すヘラジカ特有の、優美で見事な足跡が残されていた。草地の出口で私たちは再び足跡を見失った。二人は怪訝(けげん)そうな面持ちで顔を見合わせる。一人目が〝推量追跡〟の合図をする。一つひとつ順番に足跡を追っていくのを止めるということだ。顔を上げ、これまでに見つけた足跡が示す経路を歩く動物の姿を思い浮かべながら、頭の中で動物の行き先と、次に足跡が見つかるであろう地点を想像する。そうして脇目もふらず一直線にその地点を目指す。

まだ新しい糞(ふん)が、ヘラジカが近くにいることを教えてくれる。驚かせてはいけない。新たに見つかった足跡を囲んで、忍び声での議論は弾む。幾度にもわたる白熱した弁論と、見失った痕跡の発見とを繰り返した末、私たちはついに、ヘラジカが昼寝のための隠れ家に選んだと思われる小さなモミ林を特定した（この地のヘラジカは夜行性である）。モミの木が隙間なく立ち並んだ林の周辺には、真新しい糞が落ちている。林に足を踏み入れたところで、いたずらにヘラジカを追い詰め、一目散に逃走させるだけだ。私たちは窪地に腰を落ち着け、ヘラジカが動くのを待ち受けることにする。小川と葉叢に抱かれ、微笑みを浮かべながら、静けさの中、ただ待ち続ける。

　このように複数人で追跡を行うときには、内省的な沈黙は存在しない。追跡には、絶え間ないひそひそ話と、人や他の生物と一緒にいる喜びと、物語を語ることで過去を掘り起こしていく楽しみがついてまわる。そこにいるのは、崇高なものを前に沈思にふける人間ではなく、共用の世界の謎を調査するおしゃべりな動物たちである。あらゆるものが会話を誘い、共有を促す。しるし、手掛かり、マーキング、におい、求愛行動の形跡、饒舌なフェロモン〔誘引物質〕――動物にも、そして動物の感覚にも簡単に近づけないのであればなおのことだ。生物の棲み家は、言葉の古い意味での交際の場へと再度変貌を遂げる。そこは種々雑多な生物でにぎわう交際の場であって、孤独な瞑想の場ではない。

　生物の棲み家は高度な社交の場である。序章で紹介した「アルゴンキン人は森と積極的に社会的な関係を築く」という謎めいた一節は、そのような意味に解釈することもできる。ところでそのような体験の記述は、ネイチャーライティング〔自然を主題とするノンフィクション文学・エッセイ〕とは何の関係もない。第一に、そのような体験は動物として動物を追跡し記述することで語られるからであり、第二に、いわゆる〝自然〟

はそのような体験の中には存在しないからである。そこにあるのは、独自の歴史、関係性、共存協定（モデュス・ヴィヴェンディ）を築いてきた生物同士が互いに棲み合う縄張り以外の何ものでもない。互いに姿を見せ合いながら生きる者同士に固有の地政学を、それぞれの生物が発達させている。これらすべてが、従来の自然という言葉が指すものとはかけ離れている。

追跡に議論がつきものであったことを踏まえれば、最初期のホモ・サピエンスが（そしておそらくはその祖先が）何十万年もの間、獲物の痕跡を追い続ける持久狩猟を実践してきたこと自体に重大な意義があったことが窺い知れる。追跡を可能にするのは神秘的な直感などではなく、肉体、感覚、想像力、論理的思考の白熱した融合なのだ。

言葉や論理を用いず、直感と感覚だけを頼りに物事の隠された本質を見抜く、孤独で寡黙な先住民という紋切り型の追跡者のイメージを払拭（ふっしょく）すれば、一組の足跡を囲んで集まる太古の追跡者たちの姿が浮かんでくる。何に熱中しているのだろうか。各人が見解を表明し、緻密な論証を重ねていく、いつ終わるとも知れないおしゃべりにである。人類学者のルイ・リーベンバーグは、その研究の中で、現代のブッシュマンの追跡者が足跡を解釈するための集団討論を現在も続けていることを報告している（彼はそこに、相手の仮説を審査する科学的手順である査読の原点を見出している）。

さらに考えを押し進め、もう一つの仮説を組み立ててみよう。それは、意見の不一致から一つの共通の物語を描き出すために議論が誕生したという仮説だ。集団全体にかかわる不確かな状況を前に、共通の見解を導き出し、取るべき統一指針を決定するために、集団でのおしゃべりは生まれた。こうして出現した、共通の問題に対処するための集合知ともいうべきものは、様々なものと混ざり合って、後にアテネの広場（アゴラ）のような〝公共体〟へと結実する。「屈しない夜（ニュイ・ドゥブ）」〔二〇一六年三月、労働法改革に反対してフランスのパリを起点に始まったデモ。レピュブリック広場で夜通し行われたことからその名がついた〕とも似通っているが、こちらの場合、飢えという実際的な問題が、決定と行動をより切実なものにしている。

ここにもまた、その他多くの出来事と並んで、人類を現在のような不思議な生き物たらしめた要因が見て取れる。歴史家のマルセル・デティエンヌ〔一九三五－二〇一九、ベルギーの歴史家。古代ギリシャの研究家として知られる〕はその有名な著書の中で、古代アテネの軍隊で行われていた、ある状況に共通の見解を与える伝統の内に、政治的分別の誕生を認めている。デティエンヌはそれを、平等な立場の者同士による集団討論を通して、個々人のばらばらな経験から統一の結論を導き出し、進むべき方向を決定する技術、と定義している。『イーリアス』〔ホメロス（紀元前八世紀後半）によるギリシャ最古の長編叙事詩〕の冒頭に描かれた軍人の会合がその一例であるが、古代アテネではその後、討論の参加者が民兵すべてに拡大されることになる。デティエンヌは、神託の唯一の担い手であった神官の存在と、アテネにおける徴兵制に連動した歴史的改革からもたらされた言葉の非宗教化とを対比させている[25]。市民によって構成される軍隊という集団の中で、対話のための言葉――「共通の問題を議論する」ために「平等な権利」を与えられた言葉――が誕生する。こうして、王や易者が真実を独占する時代は終わりを告げる。以降、真実は集団の手で、平等な立場の人々による平等な対話を通して、作り上げられることとなる（無論、大多数の人々はこの権利を有していないわけだが、それはまた別の話である)。

歴史研究の一環として見たとき、この仮説は、古代ギリシャにおける「神託」から「世俗的な政治対話」への移行を説明する上で、当を得た見事なものといえる。だが共通の問題に取り組むための平等な討論の起源を追求するのであれば、もう少しだけ時代を遡り、他民族に対してより寛大な別の何かを見つける必要がありそうだ。

実際、私たちが現在の私たちの起源、あるいは私たちが理想とする像の起源(ここでは民主的な言説)をいかに最近の過去(主として古代ギリシャやユダヤ＝キリスト教の歴史)に求めがちであるかに気がつくと、はっとさせられる。それも人間の過去から動物性を拭い去り、人間の歴史を動物的な起源から遠ざけるためになされているのだ。しかし現実には何十万年、何百万年という歴史が、人間という生物の系譜をなしている。紀元前三〇〇〇年頃の文明と文字の誕生から人間の歴史を語り始めることは、一〇〇歳まで生きた人の伝記を九九歳の時点から書き始めるに等しい——あたかも生誕から九九歳の誕生日までに起きた出来事が、その人の人格形成に何の影響も与えなかったかのように。

平等な立場での討論に基づいた集団的理性の下地が、古代ギリシャのようないわゆる文明社会において、過去一万年の間に形成されたとは考えにくい。それよりも、数十万年かけて獲得された無数の動物の資質を組み合わせながら少しずつそれは形成されていったと考える方が、合理的かつ堅実であるように思われる。その中には、獲物の居場所を突き止めるべく、各人の目に映る足跡の意味を集団で解釈する必要のあった、追跡という行為を通して獲得された資質も含まれているはずだ。

この考えはより精緻で厳密な検証に値すると思われるが、ひとまず次のような空想を語るに留めておこう。動物の足跡の前に集まった集団は、次に向かう先を決定する必要がある。各人がそれぞれの提示した過去の物語を検証し、その物語の信憑性を比較し合う（カラハリ砂漠のブッシュマンたちは、現在もこの方法を実践している）。各人が言うべきことを言い、また各人が、論証の精度や、動物が辿った経路を頭の中で再構築する才能の度合いに応じて審査される。集団が次に取るべき行動はこのようにして決められた。

追跡では、信用に値する物語と進むべき方向を集団で決定する必要がある。見えないものを巡り、形をなしていく想像に、次々と論拠がつけ加えられていく。真実を生み出し、共に進むべき道を地上に見出すために欠かせない物語は、そのようにして紡がれていく。

個々人のばらばらな見解から、誰もが納得する共通の物語を導き出すための集団討論は、サバンナの空の下で行われた。これが、公共体や〝民主主義〟という言葉が指し示すものの一端が産声を上げるきっかけになったと考えられる。集団での議論は、各人の頭の中に隠された異なる見解を引き出して一つに束ねることで、一時（いっとき）の間、人々が同じ道を、同じ未来に向かって歩むことを可能にする。

想像してみてほしい。太古の昔、私たちには理解不能な原初の言語を操る、傍目（はため）には見分けのつかないヒト科の集団が、砂の上に残された足跡を追っている。足跡は途中で途切れている。一行はその前で立ち止まる。一人は手に持った投げ槍で西を指し、別の一人は投げ槍を東に向ける。どうやら、想像力と思考を働かせて見えないものを見るよう促す謎、地面に残された目に見える謎から、別の何かを読み取ったようだ。一行は輪になって、私たちには聞き取ることのできない身振りと語句を交えたひそひそ話を始める。他者の知性を借りてそれぞれの見解を審議し、共に進むべき道を決めるのである。

村浩明訳，世界思想社，1996〕

23 Aphorisme 187 de *Poèmes et proses choisis de René Char*, NRF Gallimard, Paris, 1957, p. 59.

24 Paul Shepard, *Retour aux sources du Pléistocène* (1998), éditions Dehors, Paris, 2013.

25 「私たちには，歴史的・社会的背景が「真実」という概念の系譜にかかわっているように思われた．ピタゴラス学派に関する調査を通じて長い間検証してきた社会体制の分野において，私たちは言葉が非宗教化されていく過程を発見した．なかでも重要性が高かったのは，戦士の一団に属するすべての人に平等な発言権を与えていた軍事会議の存在である．それにより，共通の問題を議論することが可能になった．紀元前六五〇年頃，武具と戦術の変更に伴い，重装歩兵を起用した改革が行われた．この改革により，「同じ権利を有する似た者同士の」民兵が登場し始める．その結果，対話のための言葉，世俗的な言葉，他者に影響する言葉，集団の問題を議論し，相手を説得しようとする言葉が徐々に広まっていった．一方で，真実を担う神聖な言葉は廃れていった．本質的に政治的である新たな役割と，広場（アゴラ）との関連によって，言葉（ロゴス）は自らの法に従う自律的なものへと変化していった」(Marcel Detienne, *Les Maîtres de vérité dans la Grèce archaïque* [1994], Le Livre de Poche, Paris, 2006, “Retour sur la bouche de vérité”, p. 8-10)

所作は，ヒト属の知の歴史の中で最も古い所作に数えられる．人間は狩猟生活の中で，数十万年かけて，泥の中に残された足跡や糞から目に見えない獲物の姿と動作を再構築する術を身につけてきた．「藪の奥深く，あるいは森の切れ間といった難解な場所でも，人間は驚くべき速度で複雑な情報処理をこなすようになった」(Ginzburg, *Mythes, emblèmes, traces*, Flammarion, Paris, 1989, p. 148〔カルロ・ギンズブルグ『神話・寓意・徴候』竹山博英訳，せりか書房，1988〕)．このことから，追跡は記号論の源泉になったと考えることができる．そこに見られるのは，痕跡や症状や手掛かりだけを頼りに，個々のケースを再構築し分析しようとする姿勢だ．また追跡は，ギンズブルグのいうところのあらゆる近代科学の基礎となった徴候解読型パラダイムの起源であるとも考えられる．医学，法解釈，歴史，古生物学……そして犯罪捜査までもがそこには含まれる．

13　Stephen Jay Gould, *La Structure de la théorie de l'évolution* (1972), Gallimard, Paris, 2006, p. 1766〔スティーヴン・ジェイ・グールド『進化理論の構造』渡辺政隆訳，工作舎，2021〕

14　Temple Grandin, *L'Interprète des animaux*, éditions Odile Jacob, Paris, 2004, p. 115〔テンプル・グランディン，キャサリン・ジョンソン『動物感覚―アニマル・マインドを読み解く』中尾ゆかり訳，日本放送出版協会，2006〕

15　*Ibid.*, p. 116〔同上〕

16　*Ibid*〔同上〕

17　狩りを始めてから獲物を仕留めるまでの間，怒りを司る神経回路（同種内での争いや自己防衛の際には活性化する）が活性化することはない．「動物はいつも静かで落ち着いている」(*ibid.*, p. 164〔同上〕)．捕食の実態がいかに感覚的な解釈とかけ離れているかがここに見て取れる．問題は，相手を仕留めることを目的とした，好戦的かつ男性的なイメージの色濃い狩りではなく，探求・探索行為としての追跡，感覚および内なる頭脳動物を呼び覚ます行為としての追跡なのである．

18　*Ibid.*, p. 117〔同上〕

19　*Ibid*〔同上〕

20　生物に存在の母型を求めるこの考えには，ジル・ドゥルーズ〔1925－95，フランスの哲学者〕の提唱した概念と重なるところがある．すなわち快楽と欲望の差異化である．快楽を存在の高まりに結びつけるのは誤りだ．快楽には波があり，満ちるときもあれば静まるときもある．ドーパミンは，どちらかといえば欲望の化学的痕跡である．つまり，生き生きとした喜び，存在の高まりをもたらすのがドーパミンなのだ．快楽主義は誤ってこれを快楽の中に求めたため，失敗に終わった．

21　Edward O. Wilson, *Biophilie, op. cit.*, p. 132〔エドワード・O・ウィルソン，前掲書〕

22　Mihaly Csikszentmihalyi, *Flow. The Psychology of Optimal Experience* (1990), Harper, New York, 2008〔M・チクセントミハイ『フロー体験―喜びの現象学』今

る．そこから作られたのがアスピリンである）．

4 Blaise Pascal, *Pensées*, Le Livre de Poche, Paris, 2000, p. 58〔パスカル『パンセ』前田陽一・由木康訳，中央公論新社，2018, p. 162〕

第六章　探求の起源

1 デイビッド・アッテンボローが解説するBBC（イギリス放送協会）の素晴らしい映像作品 *Life of Mammals* (2002-2003) を参照のこと．オンラインで視聴可能：https://www.youtube.com/watch?v=826HMLoiE_o.

2 Louis Liebenberg, *op. cit.*, p. 119.

3 *Ibid.*, p. 83.

4 *Ibid.*, p. 57.

5 私信．

6 手掛かりが一切ない場合には，運任せの追跡が行われることも追記しておこう．リーベンバーグによれば，ブッシュマンの狩人は革製の円盤を用いて方角を占う．このことから，偶然性を操作し，まったく先の見えない状況下で道を見出す技術がシャーマニズムでは重要視されていると考えたとしても，拙速ではないだろう．狩りに出る前，狩人たちは向かう方角を決めるために円盤を読む．その時点では情報が一切ないからである．リーベンバーグはこれについて二つの仮説を立てている．一つは狩人が獲物の動きに関する知識をもとに円盤を解釈しているというもの，もう一つは狩人が無作為に経路を変更するために円盤を用いているというものだ．狩人が同じ行動を繰り返せば，獲物はそれに合わせて習慣を変える．行動パターンを変え，予測不能にすることによって，狩りを成功に導くことが後者の目的である．Louis Liebenberg, *op. cit.*, p. 120.

7 *Ibid.*, p. 112.

8 「仮説に対する裏づけないし反証が得られる帰納法は，パースにとって仮説の検証方法としての意味合いが強かった」と，三つの推論法を用いた科学の方法について詳述した著作にクロディーヌ・ティエルスランは書いている．Claudine Tiercelin,*C. S. Peirce et le pragmatisme*, PUF, Paris, 1993, p. 95-98.

9 次の著作を参照：Ian Hacking, *Entre science et réalité*, La Découverte, Paris, 2001〔イアン・ハッキング『何が社会的に構成されるのか』出口康夫・久米暁訳，岩波書店，2006〕

10 Louis Liebenberg, *op. cit.*, p. 60.

11 *Ibid.*, p. 39.

12 歴史家のカルロ・ギンズブルグは，著書『神話・寓意・徴候』の中で，認知力が誕生するきっかけとなった行為の一つに痕跡の読解を挙げている．ここでいう認知力とは，取るに足らない実験結果から，実験によって確認することのできない複雑な事象へと辿りつく能力のことである．ギンズブルグによれば，先史時代の狩人の

science of Form", *Paleobiology*, vol. 8, n° 1, hiver 1982, p. 4-15.

8　Eduardo Viveiros de Castro, *The Relative Native*, Hau, Chicago, 2016, p. 243.

9　Davi Kopenawa et Bruce Albert, *La Chute du ciel* (2010), "Terre humaine", Pocket, Paris, 2014.

第四章　慎ましき追跡の技術

1　Georges Le Roy, *Lettres sur les animaux*, Lettre II, The Voltaire Foundation, Oxford, 1994, p. 24.

2　Louis Liebenberg, *The Art of Tracking. The Origine of Science*, David Philip Publishers, Claremont, 1990, p. 38.

3　Eduardo Viveiros de Castro, *Métaphysiques cannibales*, PUF, Paris, 2009, p. 20〔エドゥアルド・ヴィヴェイロス・デ・カストロ『食人の形而上学―ポスト構造主義的人類学への道』檜垣立哉・山崎吾郎訳，洛北出版，2015〕

4　Michel de Montaigne, *Essais*, Gallimard, Paris, livre 1, chap. 39〔ミシェル・ド・モンテーニュ『エセー』宮下志朗訳，白水社，2005〕

5　次の著作を参照：Michael Rosenzweig, *Win-Win Ecology. How the Earth's Species Can Survive in the Midst of Human Enterprise*, Oxford University Press, 2003, p. 5 :「私たちは人間による土地の利用と，他の多くの種による土地の利用に折り合いをつける方法を学ぶことができる．ともすれば，大半の生物と和解できるかもしれない．他の生物が人間の造った畑，都会の公園，学校の校庭，軍事基地，あるいは各家庭の庭を訪れるということは，裏を返せばそれだけ生存可能性があるということだ．人間と同じ場所で生きる他の生物には，人間が利用しているものを利用する機会がある．和解によって，種の絶滅の危険性を最小限に抑えることができるのである」

6　Anna Lowenhaupt Tsing, *Le Champignon de la fin du monde. Sur la possibilité de vivre dans les ruines du capitalisme* (2015), La Découverte, Paris, 2017〔アナ・チン『マツタケ―不確定な時代を生きる術』赤嶺淳訳，みすず書房，2019〕

7　Montserrat Suárez-Rodríguez, Isabel López-Rull et Constantino Macías Garcia, "Incorporation of Cigarette Butts into Nests Reduces Nest Ectoparasite Load in Urban Birds: New Ingredients for an Old Recipe?", *Biology Letters*, vol. 9, n° 1, 2013.

第五章　ミミズの世界観

1　Roberte Hamayon, *op. cit.*, p. 373.

2　*Partition rouge, chants et poèmes indiens*, trad. F. Delay et J. Roubaud, Seuil, Paris, 1988, p. 194.

3　医薬業界は二〇世紀になってようやくその成分を解明するに至った（ポプラの新芽や柳の樹皮に含まれるサリシンは，肝臓で分解されることでサリチル酸に変化す

Predators, Island Press, Washington, 2014, p. 99.

6 David Quammen, *Monster of God. The Man-Eating Predator in the Jungles of History and the Mind,* W. W. Norton & Company, New York, 2004.

7 Val Plumwood, "Human Vulnerability and the Experience of Being Prey" (1995), *Quadrant,* vol. 39, n° 314, p. 29-34.

8 *Ibid.*, p. 31.

9 地球上の生物はすべて，光合成によって変換された太陽のエネルギーを利用して生きている（深海に暮らし，化合物の酸化反応をエネルギー源とする，化学合成細菌と呼ばれる数少ないバクテリアを除いて）.

10 シベリアのシャーマニズム的世界観については，次のロベルト・アマイヨンの著作を参照のこと：Roberte Hamayon, *La Chasse à l'âme. Esquisse d'une théorie du chamanisme sibérien,* Société d'ethnologie, Paris, 1990. 相互捕食を軸とする世界観全般については，次のエドゥアルド・ヴィヴェイロス・デ・カストロの著作を参照のこと：Eduardo Viveiros de Castro, *From the Enemy's Point of View, Humanity and Divinity in Amazonian Society,* University of Chicago Press, Chicago, 1992.

11 Val Plumwood, art. cité, p. 34.

第三章　ユキヒョウの忍耐

1 Paul Shepard, *Nature and Madness,* University of Georgia Press, Athens, 1988, p. 52.

2 Omar Khayam, *Rubayat,* Gallimard, Paris, 1994, quatrain 71〔オマル・ハイヤーム『ルバイヤート』小川亮作訳，岩波書店，1993, p.91〕

3 Charles Darwin, *Notebooks* (1836–1844), Cambridge University Press, 2009, p. 524.

4 動物から受け継がれた資質という考えは，ポール・シェパードの思想に由来している．Paul Shepard, *Nous n'avons qu'une seule terre* (1996), José Corti, Paris, 2013,「眼」の章を参照.

5 Saint Augustin, *Œuvres complètes,* éditions Raulx, Bar-Le-Duc, tome XII, chap. XV : "Source vraie de la patience".

6 アラスカ州（アメリカ）のカトマイ国立公園には，公園内の重要な原生地域（ウィルダネス）の様子を中継するカメラが複数台設置されている．夏にはパソコンの画面越しに生中継で，解説や編集や演出に煩わされることなく，急流で鮭を獲るグリズリーたちの姿を好きなだけ観察することができる．http://www.explore.org/live-cams.

7 外適応とは進化論の概念の一つで，ある用途のために発現した生物学的形質が予期せぬ変化によって，後に別の機能ないし用途に転じられることを指す．たとえば鳥類の祖先である恐竜の羽毛は，もともとは飛行のためではなく体温調節や求愛行動のために選択された形質であったが，後の変化により飛行に用いられるようになった．次の論文を参照：S. Jay-Gould, E. Vrba, "Exaptation – a missing term in the

Emanuele Coccia, *La Vie des plantes. Une métaphysique du mélange*, Rivages, Paris, 2016〔エマヌエーレ・コッチャ『植物の生の哲学―混合の形而上学』嶋崎正樹訳，山内志朗解説，勁草書房，2019〕

6　Claude Lévi-Strauss et Didier Eribon, *De près et de loin*, éditions Odile Jacob, Paris, 1988, p. 193〔クロード・レヴィ＝ストロース，ディディエ・エリボン『遠近の回想』竹内信夫訳，みすず書房，2008〕

7　Walt Whitman, "Le chant de la grand-route", dans *Feuilles d'herbe (1855), op. cit*〔ウォルト・ホイットマン，前掲書，「大道の歌」より〕

第一章　狼のしるし

1　René Char, *Feuillets d'Hypnos*, Gallimard, Paris, 1946.

2　Adolf Portmann, *La Forme animale*, La Bibliothèque, Paris, 2014, p. 246〔アドルフ・ポルトマン『動物の形態―動物の外観の意味について』島崎三郎訳，うぶすな書院，1990〕

3　Jean-Marc Moriceau et Philippe Madeline (direction), *Repenser le sauvage grâce au retour du loup. Les sciences humaines interpellées*, PUC,Caen, 2010, p. 117.

4　Aldo Leopold, *Almanach d'un comté des sables*, Flammarion, Paris, 2000〔アルド・レオポルド『野性のうたが聞こえる』新島義昭訳，森林書房，1986〕

5　Konrad Lorenz, *L'Envers du miroir. Pour une histoire naturelle de la connaissance*, Flammarion, Paris, 2010〔コンラート・ローレンツ『鏡の背面―人間的認識の自然誌的考察』谷口茂訳，筑摩書房，2017〕

第二章　一頭の仁王立ちになった熊

1　Edward O. Wilson, *Biophilie* (1984), José Corti, Paris, 2012〔エドワード・O・ウィルソン『バイオフィリア―人間と生物の絆』狩野秀之訳，平凡社，1994〕

2　『スモーキー・ベアの経典』はアメリカの詩人ゲイリー・スナイダー Gary Snyder の詩作品．原題：*Smokey the Bear Sutra*, 1969.

3　ある種の部族が動物と取り持つ外交的関係については，次の著作に収められているポール・シェパードの「動物の友だちについて」の項を参照のこと：Stephen R. Kellert, Edward O. Wilson (éd.), *The Biophilia Hypothesis*, Island Press, Washington, 1993〔スティーヴン・R・ケラート，エドワード・O・ウィルソン編『バイオフィーリアをめぐって』荒木正純・時実早苗・船倉正憲訳，法政大学出版局，2009〕

4　これを動物同士の関係と表現する人もいるだろう．だが動物同士の交流を肉体的な攻撃に限定するのは間違っている．外交的関係は，牙を剝き出しにした争いに劣らず動物的なのだ．というのも，共生関係や敵対関係にある動物同士において，儀式化された対話は肉体的な争いと同じくらいありふれたことだからである．

5　Cristina Eisenberg, *The Carnivore Way, Coexisting and Conserving North America's*

原注

序文

1 Jean-Christophe Bailly, *Le Parti pris des animaux*, Christian Bourgois éditeur, Paris, 2013.

2 生物との関係性を起点の範疇でとらえるという考えは，ピエール・シャルボニエとブルーノ・ラトゥールとの対談の中でバティスト・モリゾが提唱した．“Redécouvrir la terre”, *Tracés. Revue de sciences humaines* [en ligne], 33 | 2017, 2017年9月19日 公開，2017年12月14日 閲覧．URL : http://journals.openedition.org/traces/7071 ; DOI : 10.4000/traces.7071.

3 人間とグリズリー〔灰色熊〕の出会いについて書かれたジェイコブ・メトカーフの次の論文に，「近さなき近しさ」の具体例が描かれている．Jacob Metcalf, “Intimacy without Proximity: Encountering Grizzlies as a Companion Species”, *Environmental Philosophy*, vol. 5, n° 2, automne 2008.

4 前述のピエール・シャルボニエとブルーノ・ラトゥールとの対談を参照．

5 この点については，次のブルーノ・ラトゥールの見事な提言を参照のこと．バティスト・モリゾの研究はある意味で，この提言に対する思弁的かつ実際的な答えの一つになっている．Bruno Latour, *Où atterrir ? Comment s'orienter en politique*, “Cahiers libres”, La Découverte, Paris, 2017〔ブルーノ・ラトゥール『地球に降り立つ—新気候体制を生き抜くための政治』川村久美子訳・解題，新評論，2019〕

6 Akira Mizubayashi, *Mélodie, chronique d'une passion*, Folio, Gallimard, Paris, 2013.

7 Baptiste Morizot, *Les Diplomates. Cohabiter avec les loups sur une autre carte du vivant*, Wildproject, Marseille, 2016, p. 149.

序章　入森する

1 Philippe Descola, *Par-delà nature et culture*, NRF Essais, Paris, 2005〔フィリップ・デスコラ『自然と文化を越えて』小林徹訳，水声社，2020〕

2 *Ibid*., p. 440〔同上〕

3 Gilles Havard, *Histoire des coureurs de bois, Amérique du Nord 1600-1840*, Les Indes savantes, Paris, 2016.

4 Walt Whitman, “Le chant de la grand-route”, dans *Feuilles d'herbe* (1855), Gallimard, Paris, 2002〔ウォルト・ホイットマン『草の葉』酒本雅之訳，岩波書店，1998，「大道の歌」より〕

5 この現象については，次のエマヌエーレ・コッチャの見事な作品を参照のこと：

謝辞

本書の題材となった遠征を近くで、あるいは遠くで支えてくれたすべての友人たちに、感謝の意を表す。友人たちには文章の校閲にも尽力いただだいた。原稿を真摯に読み込み、丁寧な指摘を加えてくれたフレデリック・アイ＝トゥアティ、マリー・カザバン＝マズロルの両名に感謝の意を表す。信頼と友情を寄せてくれたステファヌ・デュランに謝意を表する。哲学的追跡の物語という新たな試みに挑戦する機会と自由を与えてくれたアンヌ・ド・マルレに謝意を表する。

ヴァンシアンヌ・デプレがヴァンシアンヌ・デプレのままでいてくれたことに感謝する。

最後に、数々の探検を共にし、またそれを執筆するという冒険に同行してくれたエステルに感謝を捧げる。

訳者あとがき

本書は二〇一八年にアクト・シュッド Actes Sud 社より刊行された *Sur la piste animale* の全訳である（コピーライトは二〇一七年）。生態系の破壊や動物の権利問題に対する意識が高まりつつある中、人間と他の生物との関係性を考えるきっかけになる本として、フランスで注目を集めている。本書は著者自身が経験した五つの追跡の物語を軸に構成されているが、個々のエピソードは別々の時期に発表されたものであり、それぞれが独立した作品となっている。最も古いのは第一章「狼のしるし」の基となったエピソードで、二〇一五年にフランスの社会・文化雑誌『ヴァキャルム』に掲載された。本書の中ではやや異色な第六章「探求の起源」は、著者の前著『外交術―新たな視点からの狼との共存 *Les Diplomates. Cohabiter avec les loups sur une autre carte du vivant*』（二〇一六年）の一部に加筆修正を加えたものだ。

著者のバティスト・モリゾ Baptiste Morizot は、南仏出身の哲学者である。エクス＝マルセイユ大学で准教授を務めるかたわら、野生動物の棲む地域に赴き、フィールドワークを行っている。執筆活動も精力的に行っており、前述の著書のほか、二〇二〇年にも二冊の本を出版している。本書に序文を寄せたヴァンシアンヌ・デプレ Vinciane Despret 氏はベルギーの哲学者で、モリゾと同じく動物に関する研究で知られている。このテーマに関する多数の著作を出版するほか、展示企画など芸術分野においても活躍している。

ここではまず、哲学者としての著者の姿に焦点を当ててみたい。哲学者と聞いて思い浮かべるイメージは人それぞれだろう。一口に哲学者といっても、時代背景や国によってその像は大きく異なるからだ。ただ、モリゾのようにフィールドワークを主体とする哲学者はあまり見かけないように思う。モリゾの研究対象は、一見すると動物学や動物行動学のようだが、モリゾ自身はそれを哲学と呼んでいる。では、モリゾのいう哲学とは何を指しているのだろうか。

哲学者の役割とは「概念を生み出すこと」であると、モリゾはあるインタビューの中で答えている。これはフランスの哲学者ジル・ドゥルーズが提唱した考えだ。ドゥルーズは、何かについて考えることと概念を生み出すこととをきっぱり区別している。ドゥルーズによれば、現代の哲学が追求するのは物事の本質ではなくある特定の状況であり、その状況を思考するため、哲学者はそれに必要な概念を生み出す。そのようにして生み出された概念をつなぎ合わせていくことを、ドゥルーズは地図作りになぞらえている。

モリゾの哲学の舞台となるのは、動物をはじめとする生物の追跡だ。モリゾのいう追跡とは、人間の活動が生態系に甚大な影響を及ぼし、ほとんどの生物が人間社会との隙間に暮らす現代という時代において繰り広げられる追跡を指す。現代に特有の状況がもたらした、人間と他の生物との関係性という問題を思考するための概念や言葉は、いまだ確立されていない。追跡が気づかせてくれる問題や、動物との出会いが明るみに出してくれる世界を思考するには、よって新しい概念や言葉を生み出す必要がある。さらにそこから概念同士をつなげ、構造化していくことで、思考は実践と連動した、血の通った行為となる。また、そのようにして展開される思考は、複雑な前提知識がなくとも読み解くことのできるものであり、この問題に関心を持つすべての人に対して開かれた思考となる。

その意味で、モリゾの哲学は追跡の実践と一体になっている。追跡の物語は、決して単なる冒険譚ではない。追跡を通して動物と対峙すること、あるいは動物の世界に足を踏み入れることで、モリゾは自身の内に根づいた西欧的な自然主義（ナチュラリズム）の違和感に気づき、そこから抜け出すための新たな世界観を構築しようと試みる。それぞれの追跡の物語が、異なる謎を著者に投げかける。その謎をめぐり生まれてくる思考は、追跡が行われた場所や出会いの状況と切り離せない。キルギスの山地でユキヒョウの忍耐を考えるとき、読者は標高四〇〇〇メートルの世界に連れていかれる。モリゾは読者を案内しながら、目に見えないユキヒョウが教えてくれることを、一つひとつ言葉にしていく。肉体的な過酷さも含め、追跡に伴う感覚、感情、論理のすべてが、思索の一部をなしている。

追跡を哲学へと昇華させることもさることながら、それをこのようなかたちで言語化するにはさらなる飛躍を要する。概念を論理的に説明することで普遍化しようとする従来の西欧哲学の言語を用いたのでは、追跡の経験を変質させてしまいかねないからだ。またヴァンシアンヌ・デプレ氏が序文で指摘しているように、モリゾの用いる言語は一七世紀、デカルトやパスカルの時代に確立されたフランス語である。この言語は自然主義（ナチュラリズム）を内包している。モリゾの場合、この自然主義（ナチュラリズム）の言語を用いながら、自然主義（ナチュラリズム）とは異なる世界観を描き出そうとする中で、いわゆる哲学的な文章とは異なる独特な文体を生み出したと言える。

　実際、モリゾの文章は、哲学の言葉というよりも散文詩の言葉に近い。経験から純粋な論理を抜き出そうとするのではなく、反対に、身体的な感覚や情動をふんだんに論理に組み込んでいる。それによって追跡にまつわる思索は、個々の経験、景色、動物の存在と切り離せないものとなっている。一連の概念、およびそれを基に展開する思索は、まるで追跡の時間と連動して流れていくような印象を受ける。

　追跡の実践と結びついた種々の概念は、こうして従来の哲学が目指すところの普遍化を免れ、現代に特有の問題を新たな視点から描き出す。また、このようにして生み出された概念は、他の生物と新たな関係を築こうとするあらゆる人間の活動に役立つ地図ともなるだろう。人間と自然という二項対立ではなく、他の生物との外交関係に目を向けることで、生物多様性をめぐる問題のとらえ方はがらりと変わるはずだ。たとえば「植物の論理を学ぶ」という考え方は農業に直結しているし、「微生物やミミズの世界観を学ぶ」という視点は生ごみを肥料へと変えていくことに通じる。モリゾの哲学は、人間と他の生物との関係性を見直すための新たな地図を提供してくれる。

本書の重要な主題の一つである自然主義についても、少し触れておきたい。

ここで問題となる自然主義とは、西欧文化に端を発する存在論である。自然主義的な世界観のもとでは、自然は物理法則に従って動く受動的な存在であり、人間だけが意志を持った能動的な存在とみなされる（本書一六六－一六七頁の人類学者フィリップ・デスコラの議論を参照）。それはつまり、物言わぬ均質な自然に囲まれた世界の中で、人間だけが互いに精神の働きを認め、そこに互いの差異を見出す世界観である。モリゾが示唆するように（本書一九五－一九六頁）、パスカルのいう孤独感は、人間の自我だけが差異化を繰り返していった結果生み出されたのだろう。さらにパスカルが直面したこの孤独感は、二〇世紀の思想運動である実存主義（人間の個別存在を哲学の中心に置く哲学的立場の総称）にも通じていると、モリゾは別の文章で論じている。この孤独感は近代の自然主義に特有のものだ。すべての生物に意志の存在を認め、生命の循環こそが土台となるアニミズム的な世界観の下では、このような孤独感は生じえない。

モリゾが特に疑問に付すのは、自然主義が他者との間に打ち立てる関係性だ。ここでいう他者とは、他の生物を含め、自分たちとは異なる集団に属する存在のことである。植民地支配の例にも見られるように、それは支配・被支配という一義的な関係だ。モリゾはしばしば、生物との関係性を見知らぬ民族との関係性に見立てている。他者との関係性を支配・被支配という利害関係に還元してしまうことが自然主義の特徴であるならば、相手を理解し、外交関係を築き、共存協定を結ぼうと努める姿勢は、相手に意志の存在を認めるアニミズムにおのずと近くなる。

関係性に目を向けることで、はじめて相手がどのように存在しているのかという問いが生まれる。自分とは異なる相手の存在のしかたを問うこと、それこそが「哲学的な思索に富んだ追跡」の出発点であり、自然主義（ナチュラリズム）的な世界観を作り変える手掛かりとなる。動物が生きている世界そのものが探求の対象であるという意味で、この問いは動物行動学とも重なるものだ。他の生物が見ている世界や共存の論理それ自体は、人間には解き明かすことのできない謎であり続ける。だからこそ、生物の外交作法を学ぶための実践が必要となるのだろう。追跡や野草採集や自然農法などの実践によって、他の生物の論理や地政学を実感しない限り、自然対人間という二項対立を崩すことはできない。逆にいえば、そうした実践と実感によって自然と人間の境界を踏み越えることができれば、内面性を持った複数の生物同士が織りなす交流の場に立ち入ることもできる。

自然と人間の対立は、もはや西欧に限らず近代社会共通の現象といえる。その最たる現れは気候変動だろう。人間の活動に起因する環境破壊は、今や世界共通の問題である。しかも、「人間が引き起こした破壊を人間が修復する」という構図は、まさに自然主義（ナチュラリズム）的な世界観そのものだといえる。というのも、この構図には人間以外の生物の適応能力が含まれていないからだ。モリゾは本書の中で、高速道路ではねられた動物を餌にするヨーロッパノスリや、煙草の吸い殻を巣作りに利用するシジュウカラの例を挙げている（本書一七九－一八〇頁）。人間と自然が二分されている限り、こうした生物自身の論理を前提としない自然主義（ナチュラリズム）から脱することはできない。考えてみれば私たちの周りでも、人間との利害関係を抜きにして自然が話題になることはほとんどないように思える。その意味で、自然主義（ナチュラリズム）

は、西欧的な存在論を越えて、私たちの社会の問題でもあるといえる。

近代社会として見たとき、私たちは西欧的な自然主義の中に生きている。しかしその一方で、この世界観が古来の日本の世界観とどの程度一致するかは、大いに考える余地があるだろう。というのも、自然主義の誕生は、西欧の科学や文化の歴史と切り離せないからだ。他の文化圏（本書ではアニミズム文化）では生じえなかった自然と人間の断絶を引き起こしたという点で、自然主義という世界観もまた、一つの特異な世界観であることを心に留めておきたい。

西欧の自然主義的な世界観の特徴として、ヴァル・プラムウッドは埋葬の慣習を挙げている。西欧人の遺体は他の生物の食料にならないよう、棺に納められ、地中深く埋められる。モリゾはこの慣習を、死者の肉体を生態系に還すシベリアの肉の循環や、チベットの鳥葬と比較している（本書八二－八四頁）。埋葬の慣習や死生観には、それぞれの文化圏に暮らす人々の世界観が色濃く反映されているように思える。社会構造という大きな枠組みで見れば、自然主義は自明なものに映るかもしれないが、伝統や慣習といったより身近な視点から見れば、私たちの生きている世界は、自然主義とは別種の世界観に根差していることが窺える（余談ではあるが、フィリップ・デスコラは自然主義（内面性に差異を認め、肉体性を共通とする存在論）とアニミズム（内面性を共通とし、肉体性に差異を認める存在論）以外に、トーテミズム（同一の肉体性と内面性を共有する集団が複数存在し、集団間の差異によって集団内の同一性が保証される存在論）およびアナロジズム（肉体性と内面性が無数に差異化され、その組み合わせによって個々の存在の位置が規定される存在論）という存在論を取り上げている。デスコラは東洋の文化に、精神も肉体も一定ではなく、時間や関係性によって存在そのものが移り変わっていく世界観を認め、これをアナロジズムに分類している）。

以上のような見方をすれば、この本は一転して奇妙な作品に映る。自然主義（ナチュラリズム）の言語を用いてモリゾが綴る馴染みのない論理を、ちょうど動物の足跡を辿るように、読者は追っていく。自然主義（ナチュラリズム）的な世界観そのものと同時に、自然主義（ナチュラリズム）の言語による自然主義（ナチュラリズム）の乗り越え方を、モリゾは読者に見せてくれているわけだ。

しかしながら、モリゾの哲学の醍醐味は、そのような世界観をめぐる文化論にかかずらわない点にこそある。モリゾは人間同士の文化的な差異よりも、生物としてのヒトに目を向ける。文明の歴史は、せいぜい過去一万年の間に生じた出来事にすぎない。文明の歴史を基に人間を論じることは、「一〇〇歳まで生きた人の伝記を九九歳の時点から書き始めるに等しい」（本書二三三頁）。人間と人間以外の動物に共通の資質や進化の歴史に関する考察は、身体的な存在としての人間を際立たせ、人間を他の生物と同じ地平に立たせる。共用の棲み家に暮らす動物としての人間のあり方、ひいては個々の人間自身の存在のしかたに目を向けさせる。

ただしそれは、実存主義のように「個」としての存在を突き詰めていくためではない。相手の論理を正確に知りえないからこそ、相手との関係性に働きかけるのである。人間以外の生物を愛する自然保護官たちが誰よりも「人間らしい」ことは想像にかたくない（本書一二二頁）。固定化した他者との関係性の中で、近代に特有の孤独感を抱えて生きる自然主義（ナチュラリズム）的な世界観と比べれば、どちらがより温かみのある世界観であるかは一目瞭然だろう。

モリゾが提起する「追跡」の手法は、あくまで関係性と共生を追求し、争いも対立も生まない考えからくる。思考する動物としての人間の特性を発揮するにはこの上ない主題である。環境問題がもはや人間を取り除いた「生物」「自然」「環境」の問題ではなくなった現代であるからこそ、生物の一員としての目線を取り戻す人間の営みの重要さが痛感される。

翻訳にあたって不明な箇所は、著者のモリゾ氏から直接ご回答をいただいた。多忙な中、訳者の質問に丁寧に答えてくれたモリゾ氏に、この場を借りてお礼申し上げたい。
新評論の山田洋氏には、企画段階から訳文の推敲に至るまで大変お世話になった。ここに厚くお礼申し上げたい。

二〇二二年八月七日

丸山　亮

著者紹介

バティスト・モリゾ（Baptiste MORIZOT）

1983年生まれ、フランスの哲学者。エクス＝マルセイユ大学にて哲学科の准教授を務める。人間と他の生物との関係性について、野生動物の追跡をはじめとするフィールドワークに基づいた研究を行っている。著書に『外交術―新たな視点からの狼との共存』（2016年）、『生物の存在のしかた』（2020年）、『共同戦線―生命の熾火をかきたてる』（2020年）などがある。

訳者紹介

丸山亮（まるやま・りょう）

1986年生まれ。早稲田大学第一文学部仏文専修卒業。2014年から2017年までパリの日本文化機関に勤め、帰国後、翻訳家として活動を始める。訳書にシリル・ディオン著『未来を創造する物語―現代のレジスタンス実践ガイド』（竹上沙希子との共訳、新評論、2020年）がある。

動物の足跡を追って　（検印廃止）

2022年10月30日　初版第1刷発行

訳　者　丸　山　　亮
発行者　武　市　一　幸

発行所　株式会社　新　評　論

〒169-0051　東京都新宿区西早稲田3-16-28
http://www.shinhyoron.co.jp

TEL 03（3202）7391
FAX 03（3202）5832
振　替　00160-1-113487

定価はカバーに表示してあります
落丁・乱丁本はお取り替えします

装　幀　山田英春
印　刷　フォレスト
製　本　中永製本

ISBN978-4-7948-1220-9
Printed in Japan